MARK THOMAS

ALPTRAUM EINER MUTTER

Kinder ermorden den zweijährigen James Bulger

Aus dem Englischen
von Walter Brumm

Deutsche Erstausgabe

WILHELM HEYNE VERLAG
MÜNCHEN

HEYNE ALLGEMEINE REIHE
Nr. 01/8573

Titel der Originalausgabe
EVERY MOTHER'S NIGHTMARE

Redaktion: Werner Heilmann

Printed in Germany 1994
Umschlaggestaltung: Atelier Ingrid Schütz, München
Gesamtherstellung: Elsnerdruck, Berlin

ISBN: 3-453-08227-3

1

Nur ein Monat trennte James Bulger von seinem dritten Geburtstag, als zwei Mörder ihn in einem belebten Einkaufszentrum von seiner Mutter fortlockten, zu einem einsamen Eisenbahndamm schleppten und dort umbrachten. Es war ein unbeschreiblich grausamer Tod, und daß jemand die Niedertracht aufbringen kann, einem unschuldigen kleinen Kind solch ein Schicksal zu bereiten, entzieht sich allem Verständnis. Hinzu kommt, daß die Mörder in diesem Fall erstaunlicherweise erst zehn Jahre alt waren.

James' fürsorgliche Eltern Ralph und Denise Bulger wohnten in Kirkby, einer Trabantenstadt von Liverpool in Nordwestengland. Denise, fünfundzwanzig, hatte ihren einzigen Sohn am 12. Februar 1993, einem Freitagnachmittag, zum Einkaufen in die Nachbarstadt Bootle mitgenommen. Sie stand in einer vielbesuchten Metzgerei im Strand-Einkaufszentrum, einem weitläufigen modernen Ladenkomplex, um Fleisch an, als der kleine Junge von ihrer Seite weglief und verschwand. Jede Mutter kennt diesen schrecklichen Augenblick. Für Sekunden oder Minuten setzt eine hektische Suche ein, und gewöhnlich kommt es dann zum tränenreichen Wiedersehen mit einer Mutter, die zu erleichtert ist, um zornig zu sein. Denise sollte dieses Wiedersehen nie mehr erleben. Für sie wurde der Alptraum jeder Mutter schreckliche Wirklichkeit.

Überwachungskameras im Einkaufszentrum beobachteten diskret und stumm, wie James von zwei Jungen weggeführt wurde. Die unscharfen Bilder von einem lebhaften und fröhlichen Kleinkind, das vertrauensvoll an der Seite zweier Jungen dahinhüpfte, die Schreckliches vorhatten, brannten sich in den folgenden Tagen in das Bewußtsein einer fassungslosen Nation ein. Als die Polizei diese Bilder am Samstagmorgen und am Sonntag in Pressekonferenzen freigab, bestand noch allgemein die Hoffnung, daß die inzwischen gestartete umfangreiche Suchaktion zu einem glücklichen Abschluß führen würde. Diese Hoffnung wurde am Sonntagnachmittag zunichte, als der gräßlich zugerichtete kleine Leichnam des Jungen in Walton, Liverpool, auf einem Bahngleis entdeckt wurde.

Die Polizei von Merseyside, zuständig für den Großraum Liverpool, benötigte weniger als vier Tage, um die jugendlichen Mörder aufzuspüren und festzunehmen. Einer wohnte unweit des Tatortes in Walton, der andere im benachbarten Norris Green. Die Meldung von ihrer Festnahme wurde vierundzwanzig Stunden zurückgehalten, während die Ermittler weitere wichtige Nachforschungen anstellten. Am Freitag, dem 19. Februar, wurde dann die Nachricht, daß zwei zehnjährige Jungen als Tatverdächtige festgenommen worden seien, vom Leiter der Ermittlungen, Kriminalkommissar Albert Kirkby, bekanntgegeben.

Die Schockwellen dieses Verbrechens breiteten sich rasch über das ganze Land und die Welt aus. Niemand konnte recht glauben, was geschehen war, niemand konnte verstehen, warum. Der Fall rückte die Debatte über die Erosion an Sitten und Verhaltensnormen, die an den Wurzeln der britischen Gesellschaft zu registrieren war, wieder in den Brennpunkt der öffentlichen Aufmerksamkeit. Man wurde sich plötzlich der Bedrohung durch eine herumstreunende, ungezügelte Generation ohne Furcht vor Bestrafung oder ein wirkliches Gefühl für Recht und Unrecht bewußt. Wenn zehnjährige Kinder so niederträchtig sein konnten, wer wollte dann noch voraussagen, welche Greueltaten die zukünftigen Erwachsenen dieser bedenkenlosen Generation verüben mochten?

Viele einfache Leute in Großbritannien hatten angesichts der Entwicklung schon länger ein wachsendes Gefühl von Unbehagen verspürt. Auswüchse von Jugendkriminalität hatten die Nation früher schon entrüstet und erschreckt. Der Mord am kleinen James Bulger verstärkte dieses Gefühl, aber er bewirkte noch mehr: er ängstigte die Menschen. Wenn es je einen Augenblick gab, an dem die Feststellung angebracht schien: jetzt reicht's, dann war es der Tod dieses armen Kindes.

Es hatte in der Vergangenheit Morde an Kindern gegeben und auch schreckliche, von Kindern verübte Verbrechen, doch schien dieser Fall allgemein ein besonderes Echo zu finden. Ein wichtiges Element dabei war vermutlich die Wirkung der Videoaufnahmen, die von den automatischen Überwachungskameras im Einkaufszentrum aufgezeichnet worden waren. Sie waren so unscharf, daß die beteiligten Kinder mit ein wenig Fantasie jedermanns Kinder sein konnten. Gab es irgendwo Eltern, die bei dem fröhlich hüpfenden Kleinkind auf dem Bildschirm nicht einen Wesenszug ihres eigenen Kindes erkannten, aus vergangener oder gegenwärtiger Zeit? Und die Mörder? Viele Eltern außer Kontrolle geratener ungezogener Kinder müssen, als diese Jungen ins Bild kamen, scharf hingesehen und ihr Gewissen erforscht haben, ob sie wirklich ausschließen konnten, daß ihre eigenen Sprößlinge ähnlich schrecklicher Verbrechen fähig wären. Vor allem aber flößten diese Bilder jedem, der sich jemals um ein Kind gesorgt hatte, ein Gefühl verzweifelter Hilflosigkeit ein. Mit dem Wissen, was diesem kleinen Jungen bevorstand, verspürte wohl jeder den instinktiven Drang, die Hand zum Bildschirm auszustrecken und ihn zurückzureißen, in Sicherheit zu bringen. »Wäre ich nur dort gewesen«, mag sich mancher gedacht haben. »Irgendwie hätte ich es verhindert.« Doch niemand tat es. Von all den Hunderten von Menschen, die an diesem Freitagnachmittag unterwegs waren, um Einkäufe für das Wochenende zu machen, beschäftigt mit ihren eigenen Vorhaben und Sorgen, bemerkte niemand etwas Unrechtes. Hätten Sie oder ich uns anders verhalten?

Von James' Verschwinden erfuhr ich erst spät an diesem Freitagnachmittag. Liverpool und das übrige Merseyside bilden einen Teil meines Zuständigkeitsbereichs als Reporter der Press Association, Großbritanniens überregionaler Nachrichtenagentur. Anfänglich war keiner von uns Medienberichterstattern übermäßig besorgt. Kinder, selbst solche in James' zartem Alter, gehen überraschend oft verloren; und kommen meistens innerhalb von ein paar Stunden wohlbehalten wieder zum Vorschein. Doch als am Samstag noch immer keine Spur des Jungen gefunden und die Videoaufzeichnungen veröffentlicht worden waren, wurde es klar, daß der Fall eine unheilverkündende Dimension angenommen hatte. Gleichwohl herrschte bei allen besorgten Aufrufen an die Bevölkerung, und obwohl Polizeitaucher inzwischen den nahen Kanal zwischen Liverpool und Leeds absuchten, das Gefühl vor, alles werde sich zum Guten wenden. Zwei Jungen, die noch nicht einmal als Halbwüchsige anzusprechen waren, mochten dumme Streiche oder anderen Unfug im Sinn haben, aber Mord schien jenseits aller Wahrscheinlichkeit. Die Polizei hoffte vielmehr, daß es sich um Ausreißer handelte, die irgendwo in einem leerstehenden Gebäude hausten und James dort festhielten.

Diese Hoffnungen endeten für mich mit einem Anruf, den ich am Sonntagnachmittag von wohlinformierter Seite bekam. »Sie haben ihn gefunden«, berichtete mir der Anrufer.

»Lebendig?« Sein Tonfall hatte meine Frage schon im voraus beantwortet. Ich wollte es bloß nicht glauben.

»Nein.«

Bald danach erhielt ich die offizielle Bestätigung der Polizei, daß der Leichnam eines Kindes gefunden worden sei. Ich nahm den Bescheid am Autotelefon entgegen, während ich von meiner Wohnung am anderen Ufer des Mersey zum Fundort fuhr. Als ich dort eintraf, ungefähr dreihundert Schritte vom Polizeirevier Walton Lane entfernt, hatten Beamte der britischen Bahnpolizei das Gelände bereits abgesperrt. Ein langer, trüber Abend lag vor mir, ehe ich die erste offizielle Bestätigung der Polizei von Merseyside bekam, daß es sich so verhielt, wie wir alle schon wußten. Man hatte den Leichnam als den von James Bulger identifiziert, und er war ermordet worden.

Als Nachrichtenreporter sollte man gegen die meisten Dinge immun sein. Wie die Polizeibeamten auch, versucht man als Reporter eine unsichtbare zweite Haut zu entwickeln, die eine innere Distanz zu herzzerreißenden Situationen ermöglicht und es einem erlaubt, seine Arbeit zu tun. Das ist die Theorie. Später an diesem Abend, als ich inoffiziell erfuhr, daß James vor seinem Tod gequält worden war, bekam die Maske professionellen Gleichmuts Risse. Während ich unterwegs gewesen war, hatte meine Frau den frühen Abend bei einer Nachbarin verbracht und mit deren achtzehn Monate alten Zwillingstöchtern gespielt. Sie kennt mich besser als ich mich selbst kenne und merkte sofort, daß mich etwas beunruhigte. Sie drängte mich, bis ich ihr sagte, was ich gehört hatte. Und an diesem Abend weinte sie eine Stunde lang, bevor wir beide in einen unruhigen Schlaf fielen.

Am nächsten Morgen erwachte ich pünktlich zu den 7-Uhr-Nachrichten von Radio City, der privaten Rundfunkstation von Liverpool. Sie brachte die erste Reaktion der Familie Bulger auf die Entdeckung von James' Leichnam. Seine Großmutter väterlicherseits, Helen Bulger, die wie die meisten Mitglieder der großen, eng miteinander verbundenen Familie in Kirkby wohnte, hatte in den frühen Morgenstunden einer Sendung mit Hörertelefon gelauscht und sich mit einem Anruf beim Sender gemeldet. Dort hatte man nur einen kurzen Ausschnitt ihrer Reaktion ausgestrahlt, aber ich rief den Nachrichtenraum in Liverpool an, und sie überspielten mir am Telefon die ganze Aufzeichnung.

Mrs. Bulger war sofort allen Vermutungen und Andeutungen entgegengetreten, ihre Schwiegertochter habe sich vielleicht durch Nachlässigkeit mitschuldig gemacht, und beschrieb sie als eine »sehr fürsorgliche Mutter«.

»Es hat uns alle niedergeschmettert. Ich verstehe nicht, wie sie so grausam sein konnten«, sagte sie. »Es ist wie ein schlechter Traum. Mir ist, als sähe ich etwas, was anderen zustößt. Man sieht und hört von diesen Fällen, aber man weiß nichts – man kann es nicht wissen – von der Tiefe des Schmerzes.«

Sie erwähnte in diesem Zusammenhang einen Vorfall, der sich kurz zuvor zugetragen und im ganzen Land Entrüstung ausgelöst hatte. Ein Richter am Krongericht in Gwent, Wales, hatte einen Fünfzehnjährigen, der ein gleichaltriges Schulmädchen vergewaltigt hatte, unter Aufsicht der Jugendbehörde gestellt und verurteilt, seinem Opfer 500 Pfund Schmerzensgeld zu zahlen, damit sie sich »schöne Ferien« machen und von ihrem traumatischen Erlebnis erholen könne. (Generalstaatsanwalt Sir Nicholas Lyell legte in der Folge

Berufung gegen dieses Urteil ein, und der junge Vergewaltiger wurde vom Berufungsgericht zu zwei Jahren Jugendstrafe verurteilt. Die Ironie wollte es, daß die Schwester des Jungen daraufhin behauptete, ihr Bruder müsse den Preis für die seit dem Bulger-Fall gegen Verbrechen Jugendlicher aufgebrachte Öffentlichkeit bezahlen.)

Mit vor Erregung bebender Stimme sagte Mrs. Bulger: »Wenn es Kinder sind, sollte ihnen nicht erlaubt werden, einen Erholungsurlaub für meinen Sohn und meine Schwiegertochter zu bezahlen. Sie sollten dort eingesperrt werden, wo man ihnen etwas beibringen kann. Selbst ein Kind weiß, wann es Unrecht tut. Das ist meine Meinung. Vielleicht werden mir viele nicht zustimmen...«

Mrs. Bulger sagte, ihre besorgten Söhne hätten ihr nicht gestattet, das Polizeihauptquartier in Bootle aufzusuchen, wo ihr sechsundzwanzigjähriger Sohn Ralph und seine Frau Denise seit dem Verschwinden ihres Jungen den größten Teil ihrer Zeit verbracht hatten. Auf die Frage, wie den Eltern jetzt zumute sei, hielt sie einen Augenblick inne und sagte dann in zittrigem Ton: »Sehr schlecht... sehr schlecht.« Es war ein zutiefst aufwühlendes Gespräch; manchmal hörte es sich an, als sei der Moderator des Senders, Pete Price, selbst den Tränen nahe. Mrs. Bulger sparte ihre ergreifendsten Worte bis zuletzt auf: »Wir wissen, daß er tot ist, aber wir glauben immer noch, daß wir ihn noch einmal umarmen können. Er war so ein quirliger kleiner Junge. Und so hübsch...«

Am gleichen Morgen besuchte ich eine weitere Pressekonferenz im Polizeirevier Marsh Lane in Bootle, wo jetzt die Mordkommission ihr Hauptquartier aufgeschlagen hatte. Nachdem ich mir dort Notizen gemacht hatte, unternahm ich den kurzen Spaziergang zum Strand-Einkaufszentrum. Ich war seit Jahren nicht mehr in der Gegend gewesen und überrascht, daß der triste, heruntergekommene Bereich, an den ich mich erinnerte, umgebaut und in ein lichtes, luftiges modernes Einkaufszentrum verwandelt worden war, komplett mit verglasten Vorhöfen, Kübelpflanzen, Rolltreppen und erstklassigen Ladengeschäften mit bekannten Namen wie Marks and Spencer und Mothercare.

Es war die Ferienwoche in der Mitte des Trimesters, und ich erwartete, daß viele Kinder herumlaufen würden, aber es waren nur wenige zu sehen. Mütter und Väter ließen ihren Nachwuchs in den Kinderwagen oder hielten die Kleinen fest an der Hand. Ein paar Kleinkinder wurden an Laufgurten geführt. Die waren in den sechziger Jahren in Mode gekommen, um entdeckungsfreudige Kinder zurückzuhalten, man verwendete sie aber heutzutage kaum noch. An diesem Montagmorgen verkauften die wenigen Geschäfte in Bootle, die sie noch führten, ihre gesamten Bestände und füllten ihre Bestellbücher mit Aufträgen. Am Ende der Woche tappte beinahe jedes Kleinkind, das man zu sehen bekam, im Schutz eines Laufgurtes aus widerstandsfähigem Nylon. Sie waren mit ihren Müttern so sicher wie durch Nabelschnüre verbunden, und ein Ruck am Laufgurt beendete alle Impulse, sich in die falsche Richtung zu entfernen. Die Kinder schienen ein wenig verwirrt über diese plötzliche Beschränkung ihrer Bewegungsfreiheit, aber ihre Mütter waren grimmig entschlossen und immun gegen alle Proteste ihrer Sprößlinge. »Niemand nimmt mir mein Kind weg«, das war die Botschaft, die deutlich in ihren Gesichtern zu lesen war.

In der Metzgerei, wo Denise eingekauft hatte, als James von ihrer Seite in die Klauen seiner Mörder gerannt war, sagte Geschäftsleiter Paul Bennett, ein einundvierzigjähriger Vater von zwei Kindern, an diesem Montag: »Heute früh herrscht eine allgemeine Stille, die wir sonst an einem Montag nicht kennen. Die Eltern sind besorgt, und obwohl Schulferien sind, habe ich noch nicht viele Kinder im Einkaufszentrum gesehen. Mein Personal und ich sind alle niedergeschmettert, daß so etwas geschehen konnte, und ich glaube, die allgemeine Öffentlichkeit empfindet genauso. Alle trauern mit den Eltern des Kleinen, und daß so etwas einem so jungen Menschenkind widerfahren konnte. Wir sind seit zweiundzwanzig Jahren hier und haben Raubüberfälle und alles mögliche erlebt, aber niemals so etwas.«

Michelle Lynch, sechsundzwanzig, ließ ihre Töchter Natalia, vier, und Melissa, achtzehn Monate, kaum aus den Augen, als sie durch das Einkaufszentrum ging. »Mir tut bloß diese arme Familie leid. Was sie jetzt mitmachen muß – es ist wirklich furchtbar«, sagte sie. »Man kann Kinder nicht vierundzwanzig Stunden am Tag überwachen, und es ist schwierig, sie ständig im Auge zu behalten, wenn man Einkäufe machen muß.«

Silvia Lythgoe wollte einen Laufgurt für ihre dreijährige Tochter Rachel kaufen. »Den ganzen Morgen habe ich mich um sie gesorgt. Es ist soviel Betrieb hier«, erzählte sie mir. »Selbst wenn sich herausstellen sollte, daß es Kinder waren, die James umgebracht haben, sollten sie genauso behandelt werden wie erwachsene Täter.«

Paul Devaney, fünfunddreißig, und Ehefrau Lorraine, dreiunddreißig, aus Walton, überwachten ihre Töchter Anny, fünf, und Beth, achtzehn Monate, mit Adleraugen. »Anny hält sich immer an Lorraines Hand oder dem Kinderwagen fest. Sie weicht keinen Schritt von uns, weil wir sie gewarnt haben«, sagte Mr. Devaney. »Sie ist starr vor Schrekken darüber, was geschehen ist. Wir kommen seit einigen Jahren hierher und haben auch am Freitagmorgen hier eingekauft. Jetzt sind wir die ganze Zeit auf der Hut. Die Eltern tun uns so leid. Jemand muß diese Jungen kennen, sagt der Polizei aber nichts. Das sind diejenigen, die genauso eingesperrt gehören wie die Täter.«

Polizeibeamte mischten sich unter die Käufer und erkundigten sich, ob sie am Freitagnachmittag das Einkaufszentrum besucht und irgendwelche verdächtigen Vorkommnisse beobachtet hätten. Ein Suchplakat der Polizei bat um Mithilfe der Bevölkerung und zeigte ein Foto des lachenden James sowie unscharfe Filmbilder der zwei Mörder, die aus dem Videofilm der Überwachungskameras kopiert worden waren.

Als ich das Einkaufszentrum verließ, hatte jemand einen Strauß Nelken unter dem Plakat abgelegt. Eine hineingesteckte kleine Karte trug die Aufschrift: »Für die Familie von James, von einer Anteilnehmenden und Mutter. Herzliches Beileid.« Dieser Blumenstrauß sollte sich als der auslösende Funke für eine bemerkenswerte Fülle von Gefühlsäußerungen der Menschen von Merseyside erweisen, die in den kommenden Tagen in erstaunlicher Weise ihre Herzen öffneten.

Die Kränze, Blumensträuße und Teddybären vervielfältigten sich täglich, bis sie einen langen, hohen, duftenden Hügel bildeten, der sich vom Eingang weit ins Einkaufszentrum erstreckte. Am folgenden Freitag, eine Woche nach James' Verschwinden, wurden die Blumen zum Mittelpunkt einer einfachen Zeremonie, die der Reverend Chris Jones von der örtlichen St. Matthew-Gemeinde hielt. Um 15 Uhr 40, dem Zeitpunkt, an dem James vor sieben Tagen verschwunden war, beachteten die anwesenden Käufer eine Schweigeminute.

Ähnliche Szenen gab es in Walton, zwei Meilen entfernt, wo die Menschen Schlange standen, um Hunderte von Blumensträußen, Kränzen und Kinderspielsachen an der Ecke Cherry Lane auf eine Grasböschung zu legen, nahe der Stelle, wo James' Leichnam auf den Eisenbahnschienen gefunden worden war. Diese Blumenmengen riefen die unauslösliche Erinnerung an die Hillsborough-Katastrophe vom 15. April 1989 ins Gedächtnis zurück, als Liverpool das letzte Mal im Mittelpunkt internationaler Aufmerksamkeit gestanden hatte. Vor dem Anfield-Station des FC Liverpool hatten sich damals kilometerlange Schlangen gebildet; Fußballfans von Merseyside und aus ganz England waren wie in einem Pilgerzug hergekommen, um Blumen niederzulegen und denjenigen, die ihr Leben verloren hatten, die letzte Ehre zu erweisen. Zuerst füllte sich der Strafraum um das Tor mit Blumen, und schließlich war das ganze Spielfeld buchstäblich mit einem Blumenmeer bedeckt. Sein süßer, überwältigender Duft lag über dem Stadion, als dort der Trauergottesdienst stattfand. Es war ein herzzerreißender, beinahe unglaublicher Anblick, und jene unter uns, die dabei waren, werden ihn nie vergessen.

Als James Bulger starb, reagierte die von Natur aus warmherzige, gefühlsbetonte Bevölkerung von Liverpool ganz ähnlich. Wieder wählte sie Blumen, um ihrem Mitgefühl Ausdruck zu geben, doch geriet diese öffentliche Demonstration von Anteilnahme in den Brennpunkt der weitgehend ungerechtfertigten Kritik, die nach James' Tod auf Liverpool niederging. Einer der bösartigeren Zeitungsartikel in der landesweiten Medienschlacht, die im Anschluß an den Mord über Liverpool hereinbrach, erschien unter der Überschrift: »Stadt des Selbstmitleids.« Vielleicht haben die Einwohner von Liverpool eine Neigung, in ihrer kollektiven Trauer zu schwelgen. Vielleicht neigen sie wirklich dazu, sich in übertriebener Weise zu rechtfertigen, wenn sie sich Kritik von außen gegenübersehen. Ich möchte diese Debatte den Sozialwissenschaftlern überlassen. Als ein Mann, der in Liverpool geboren wurde und den größten Teil seines Lebens im Großraum dieser Stadt gelebt und gearbeitet hat, stehe ich den Dingen vielleicht zu nahe, um ein Urteil abgeben zu können.

Immerhin kann ich mit Gewißheit sagen, daß die Gefühlsäußerungen, die auf James' Tod folgten, nichts Unechtes oder Übertriebenes an sich hatten. Das Entsetzen und der Zorn über die Untat waren ebenso ungeheuchelt wie die Trauer, die für jeden mitfühlenden Menschen spürbar war.

Der Hillsborough-Familienunterstützungsverein, eine Selbsthilfegruppe aus Familien der Katastrophenopfer, veröffentlichte in den Todesanzeigen der Abendzeitung *Liverpool Echo* eine Beileidsadresse an James' Eltern. Sie standen wirklich nicht allein. In den Tagen nach der Entdeckung des Leichnams waren die Anzeigenseiten der Zeitung voll von mehr als tausend Kleinanzeigen mit Beileidsadressen und Botschaften des Mitgefühls. Wie es an der Merseyside Tradition ist, drückten Verwandte und nahe Freunde der Bulgers ihr Mitgefühl in diesen Zeitungsspalten aus. Der Tod des Jungen hatte die Menschen so tief getroffen, daß Hunderte von anderen ihre Botschaften hinzufügten. Pächter und Angestellte vieler Gaststätten, Beschäftigte von Dutzenden von Firmen, Mitglieder von Klubs, Gewerkschaften und politischen Parteien fühlten sich alle verpflichtet, ihr Beileid auszusprechen. Denise und Ralph Bulger veröffentlichten die Todesanzeige für ihren Sohn in derselben Zeitung. Sie baten darin die Eltern, von Blumenspenden zur Beerdigung abzusehen und statt dessen das Alder Hey Hospital, das größte Kinderkrankenhaus in Westeuropa, mit Geldspenden zu unterstützen.

Als ich an diesem ersten Montag durch das Strand-Einkaufszentrum ging, hatten mehrere Geschäfte bereits improvisierte Sammelaktionen für die Familie Bulger eingeleitet. Verschiedene örtliche Gaststätten und Vereine progagierten die gleiche Idee. Natürlich konnte Geld nicht wirklich helfen, dessen waren sich alle schmerzlich bewußt. Doch obwohl dieses Gefühl von Hilflosigkeit bestand, hatten die Menschen einfach das Bedürfnis, etwas zu tun. Als die Spenden zu einer Flut anschwollen, wurde es klar, daß etwas organisiert werden mußte, um mit den Tausenden von Pfund, die sich ansammelten, richtig umzugehen. Am Freitag, dem 26. Februar, gründete der Bürgermeister von Knowsley, zu dessen Verwaltungsbereich Kirkby als Wohnort der Bulgers gehörte, den James Bulger-Gedächtnisfonds. Mike Reddington, ein früherer Beamter der Liverpooler Stadtverwaltung, der schon treuhänderischer Verwalter des Hillsborough-Hilfsfonds war, wurde einer der Treuhänder des neuen Fonds. Er wurde mit dem doppelten Ziel eingerichtet, der Familie zu helfen, ihr Leben wiederaufzubauen, und ein bleibendes Gedenken an James zu schaffen, das kleinen Kindern von Nutzen sein konnte.

Sean Sexton, ein von Denise und Ralph mit ihrer Vertretung beauftragter Rechtsanwalt, der als Puffer zwischen ihnen und der intensiven Aufmerksamkeit der Medien wirkte, gab in ihrem Auftrag eine Erklärung ab: »Die Familie ist allen, die Geld gespendet haben, außerordentlich dankbar und wünscht, daß aus dieser schrecklichen Tragödie etwas Gutes erwachsen möge. Darum ist es ihre wie auch die Absicht der Stadtgemeinde Knowsley, daß das Geld über die Familienhilfe hinaus zu einem guten Zweck in der Gemeinde verwendet werden sollte.«

Am Freitagabend, als die beiden Jungen, die James ermordet hatten, noch von der Kriminalpolizei vernommen wurden, fand in der römisch-katholischen Kirche St. Mary im Ortsteil Northwood von Kirkby ein Trauergottesdienst statt. Alle Bänke waren besetzt, und viele Besucher standen in den Gängen. Lautsprecher übertrugen den Gottesdienst nach draußen, wo andere in der Kälte ausharrten. Insgesamt waren 1500 Besucher zum Trauergottesdienst erschienen, darunter einige von James' Onkeln und Tanten. Denise und Ralph scheuten in ihrem Kummer die Öffentlichkeit und fühlten sich nicht imstande, dem einstündigen Gottesdienst beizuwohnen, aber Pater Michael O'Connell, der Gemeindepfarrer, der soviel getan hatte, um ihnen Trost zu spenden, überbrachte der Bevölkerung der Merseyside und ganz Englands ihren Dank für ihr Mitgefühl und ihre Unterstützung.

Am nächsten Nachmittag erhoben sich 35000 Fußballanhänger im Anfield-Stadion des FC Liverpool zu einer Schweigeminute für James, bevor das Heimspiel gegen Ipswich angepfiffen wurde. Über dem Stadion wehte ein riesiges Banner mit der Botschaft R.I.P. (Ruhe in Frieden) JAMES.

Nur wenige Stunden später wurde gegen die beiden Jungen, die von der Polizei festgehalten wurden, nach dreitägigen geduldigen Verhören formell Anklage wegen der Entführung und Ermordung von James Bulger erhoben. Sie wurden darüber hinaus der versuchten Entführung eines zweiten zweijährigen Jungen aus demselben Einkaufszentrum früher an jenem verhängnisvollen Freitag beschuldigt.

Der Montagmorgen brachte ihren ersten Auftritt vor Gericht – und eine ganz andere Stimmung in die Straßen von Bootle. Vor dem Justizgebäude bildete sich ein Menschenauflauf, und ein Handgemenge außerhalb des Gerichtssaales führte zu Festnahmen und einem Sperrfeuer von Artikeln in der überregionalen britischen Presse, in denen die Bewohner Liverpools verurteilt wurden, als ob sie alle irgendwie für die Aktivitäten einiger Hitzköpfe verantwortlich wären.

An diesem Montag sagten Denise und Ralph ihrem Sohn ein letztes Lebewohl und betteten ihn in seinem kleinen weißen Sarg auf dem Friedhof Kirkdale zur letzten Ruhe. Die vorausgegangene Totenmesse in Kirkby war die stille, würdige Trauerfeier, die das Elternpaar gewünscht hatte. Die erwarteten Tausende hatten die Bitte der Familie respektiert und sich nicht vor der Kirche eingefunden; sie gaben sich damit zufrieden, die Fernsehübertragung der Zeremonie zu Hause zu verfolgen.

Zwei Tage später erschienen die zwei angeklagten Jungen wieder vor dem Jugendgericht, aber nun hatten sich die erhitzten Gemüter merklich beruhigt. Die Menschenmengen waren kleiner und die Stimmung zurückhaltender. Die Medienberichterstattung von den Ereignissen der letzten Woche hatte offensichtlich eine ernüchternde Wirkung auf Randalierer und Unruhestifter gehabt. Die zahlreich erschienenen britischen und ausländischen Fernsehteams, die gehofft hatten, mehr lynchwütige Menschenmengen vor die Kameras zu bekommen, zogen enttäuscht ab.

Weniger als drei Wochen waren seit James' Verschwinden vergangen, aber denjenigen von uns, die in den Sog der Ereignisse gezogen worden waren, kam es wie eine Ewigkeit vor. Als ich an diesem Mittwoch vom Gericht nach Hause zurückkehrte, fühlte ich mich geistig, körperlich und emotional ausgelaugt. Es hatte soviel hektische Aktivität gegeben, soviel hilflosen Zorn, soviel Traurigkeit. Jetzt erst war Zeit zu ruhigem Nachdenken, zu einem Versuch, dem ganzen Geschehen einen Sinn abzugewinnen.

Bei der Beerdigung hatte Pater O'Connell gesagt, James' Tod habe die Welt gerührt. Ich zweifelte nicht daran, daß er darin recht hatte. Sogar Premierminister John Major, der damals gerade dem neugewählten US-Präsidenten Bill Clinton seinen ersten Besuch abstattete, machte die Erfahrung, daß die amerikanischen Journalisten mehr am Fall Bulger und Großbritanniens Kriminalitätsproblem interessiert waren als an der besonderen Beziehung zwischen beiden Ländern oder dem drohenden Handelskrieg zwischen den USA und der Europäischen Gemeinschaft.

Auch in England brachte James' Tod das Problem der Jugendkriminalität an die erste Stelle der politischen Tagesordnung. In den Wochen, die auf die Mordtat folgten, wurde ausführlich über andere Verbrechen junger Straftäter berichtet. Das Thema der augenscheinlichen Hilflosigkeit der Gesellschaft gegenüber jugendlichen Rückfalltätern wurde wieder und wieder zur Sprache gebracht. Die Polizei konnte jugendliche Straftäter fangen und vor Gericht bringen, aber die Justiz verfügte über kein Mittel, das sie daran hindern konnte, rückfällig zu werden, manchmal schon innerhalb von Stunden nach ihrem Erscheinen vor Gericht. Einige dieser hartgesottenen Kriminellen lachten offen über die Machtlosigkeit der Gerichte. Sie waren von einer beunruhigenden und erbitternden Gefühllosigkeit und Gleichgültigkeit und zeigten weder Mitgefühl für ihre Opfer noch Reue. Gewissen – das war für sie ein Fremdwort und kein Faktor in ihren Überlegungen. Sie wußten, daß sie tun konnten, was sie wollten, ohne schlimme Folgen befürchten zu müssen. Das war genug.

Natürlich hat die Kinderkriminalität etwas besonders Erschreckendes an sich, aber als Journalist muß ich regelmäßig neue Beispiele der zunehmenden Brutalität *vieler* Teile der britischen Gesellschaft registrieren. Die Alten und Schwachen werden von gewissenlosen Menschen, denen die Folgen ihrer selbstsüchtigen Handlungen für ihre Opfer gleichgültig sind, als leichte Beute gesehen. Ein paar Pennies oder Pfund sind genug, um diese Strolche zu Gewalttätigkeiten zu verlocken, die häufig das Leben ihrer gebrechlichen und verwundbaren Opfer zerstören.

Vielleicht bin auch ich ein Opfer dessen, was Soziologen als das »Goldene Zeitalter-Syndrom« bezeichnen. Es besteht darin, daß jede Generation einen Verfall von Sitten und Moral beklagt, wie es ihn in ihrer Jugendzeit nicht gegeben habe. Aber mir scheint eben wirklich, daß das Leben auf unseren Straßen in den neunziger Jahren rauher und aggressiver ist, als ich es vor rund zwanzig Jahren als Heranwachsender erlebte. Die Menschen haben weniger Geduld miteinander; angestauter Ärger scheint sich rascher in Beschimpfungen oder Gewalt Luft zu machen; Höflichkeit wird ignoriert, Gefälligkeit verspottet. Ich weiß, daß viele andere diese Ansicht teilen und bin der entschiedenen Überzeugung, daß wir uns heute mit extremeren Formen des Verbrechens abfinden, als dies noch vor einigen Jahren der Fall war. In den Anfangsjahren meiner journalistischen Tätigkeit garantierte fast jeder Mordfall außerhalb des Bereichs häuslicher Affekthandlungen landesweite Berichterstattung. Heute muß ein Mord in dieser oder jener Weise »anders« sein, um außerhalb der lokalen Medien mehr als eine flüchtige Erwähnung zu finden.

Das ist keine angenehme Umgebung, um Kinder darin aufzuziehen, selbst wenn man die Vorteile einer starken Familienbindung genießt. Noch dazu ist dieser hilfreiche Hintergrund eines festen Zusammenhalts, den die meisten von uns vor nicht allzu langer Zeit für selbstverständlich hielten, in Gefahr, die Ausnahme statt die Regel zu werden.

Viele Kinder sehen sich heutzutage vor einem schwierigen Start ins Leben. Öfter als je zuvor haben sie nur einen Elternteil, der seine liebe Not hat, mit dem Geld zurechtzukommen, und der weder die nötige Zeit noch die Kraft aufbringen kann, um die Kinder zu guten Bürgern zu erziehen. Ein Kind vor den Fernseher zu setzen, damit es sich ruhig verhält, ist für viele geplagte Eltern eine verständliche, aber potentiell schädigende Maßnahme. Die Diät gewaltstrotzender Videofilme, der viele Kinder zu Hause in einem Alter ausgesetzt sind, das allenfalls zur Vorführung eines Märchenfilms geeignet wäre, könnte unseren Kindern kaum schlimmere Rollenmodelle liefern. In manchen Elendsvierteln mit hoher und weiter steigender Arbeitslosigkeit gibt es nur für die intelligentesten und talentiertesten Kinder eine realistische Hoffnung, einen ordentlichen, gut bezahlten oder entwicklungsfähigen Arbeitsplatz zu finden. Gleichzeitig werden ihnen glanzvolle Fernsehbilder von einem Lebensstil gezeigt, den jemals zu erreichen sie keine Aussicht haben. Da ist es vielleicht kein Wunder, daß viele dieser Jugendlichen keinen Grund sehen, sich an die Regeln einer Gesellschaft zu halten, die ihnen nichts bietet als die Aussicht auf ein Leben zu mageren Sozialhilfesätzen, die kaum das Notwendigste zum Unterhalt gewährleisten. Wenn sie etwas sehen, was sie wollen – dann werden sie es sich eben nehmen.

Aber kann irgend etwas davon einen Mord rechtfertigen? Die Grenzen von Recht und Unrecht sind für viele dieser Kinder und Jugendlichen recht verschwommen, aber nicht völlig ausgelöscht. Selbst ein mangelhaft erzogener und schlecht angeleiteter kleiner Junge weiß, daß er Unrecht tut, wenn er aus dem Laden an der Ecke Süßigkeiten stiehlt. Um wieviel mehr muß dies auf die Tötung eines anderen Menschen zutreffen?

Ein Kind muß so gut wie jeder Erwachsene die Schmerzen und das Leid erkennen, die es einem anderen zufügt. Es ist schwer vorstellbar, daß ein Kind, wie fehlgeleitet es auch sein mag, vor sich selbst einen Akt so vollkommener Niedertracht rechtfertigen könnte, wie er uns in der Ermordung des kleinen James begegnet. Entbehrung ist keine Entschuldigung für Grausamkeit. Auch kann sie nicht erklären, wie ein Kind in so frühem Alter so böse werden konnte.

Es bleibt die nackte Tatsache, daß zwei zehnjährige Jungen diese fruchtbare Tat begingen. Wir können die Umstände dieses Falles bis in die Einzelheiten erforschen, und wir können zu verstehen suchen, warum es geschah, aber es ist ein Fall, der sich nicht einordnen läßt. Wenn wir mit einer Schreckenstat wie dieser konfrontiert werden, halten wir Ausschau nach bequemen Gründen, denn etwas in uns läßt sich beruhigen, wenn man solche Taten wegerklärt. Zwei junge, vermutlich tief gestörte Produkte einer sich selbst entfremdeten, verzweifelten Generation brachen in eine geschütztere, vertrautere Welt von Liebe und Fürsorge ein und entrissen ihr ein Kind zur Verwirklichung ihrer finsteren und grausamen Gewaltfantasien. Ich halte diese Tat für so extrem, daß sie – zunächst – allein steht. Gegenwärtige Trends in der Entwicklung unserer Gesellschaft mögen ihr den Weg geebnet haben, aber sie ist nicht Teil eines Trends – sie ist eine erschreckende, alptraumhafte Verirrung. Die Komponenten, die zu ihr hinführten, sind komplexer Natur, und einige von ihnen können wir nur vermuten. Es gibt keine einfachen Antworten.

2

Eileen Matthews saß zurückgelehnt in ihrem Sessel und sah mit nachsichtigem Lächeln zu, wie ihre kleine Enkelin Antonia mit mutwilligem Vergnügen ihre Spielsachen über den Teppich verstreute. Das Kind, gerade zwei Jahre alt, gluckste und blinzelte schelmisch, um die Aufmerksamkeit der Erwachsenen auf sich zu lenken. Seine Großmutter war siebzig, weißhaarig und bebrillt, eine gebrechliche Frau, deren Gesicht von einem Leben voller Sorgen kündete. Eileen, zweimal verwitwete Mutter von dreizehn Kindern, hatte viele glückliche Zeiten erlebt, aber auch viel Not und mehr als den üblichen Anteil an Kummer und Sorge. Viele Taufen, Hochzeiten und mehr als genug Begräbnisse lagen bereits hinter ihr.

Ihr sauberes, gepflegtes Reihenhaus in der Scoter Road in Kirkby war Hauptquartier und Treffpunkt ihrer eng zusammengewachsenen Familie und zugleich das Fundament, auf dem sie erbaut war. Eileen entsprach vielleicht nicht ganz dem herkömmlichen Vorstellungsbild eines matriarchalischen Familienoberhaupts. Für diese Rolle war sie von zu sanfter und stiller Art. Auch ließ ihre Gesundheit zu wünschen übrig. Vor zwei Wintern hatte sie eine lebensbedrohliche Krankheit überstanden, trotzdem war sie innerlich stark geblieben. Wenn eine ihrer Töchter eine Einkaufsfahrt nach Birkenhead oder Bootle vorschlug, verscheuchte Eileen ihre Schmerzen und Unpäßlichkeiten, zog ihren Mantel an, machte ein tapferes Gesicht und hielt sich bereit.

Eileen liebte ihre Enkelkinder abgöttisch. Niemals kehrte sie mit leeren Händen von einem ihrer regelmäßigen Einkaufsgänge zurück; immer gab es ein Geschenk für das eine oder das andere der kleinen Kinder, die soviel Leben und Frohsinn in ihr Haus brachten. Auch jetzt lagen in ihrem Schlafzimmer säuberlich eingewickelt eine Kindertaschenlampe und ein Malbuch. Sie hatte beides für ihren Enkel James von einer Einkaufsfahrt nach Birkenhead mitgebracht, gerade an dem Tag, als ihre Familie von einer Tragödie betroffen worden war, welche selbst diese gütige Frau, die in ihrem Leben so viel gesehen hatte, verzweifeln ließ.

Eileen wurde 1923 im Stadtteil Walton von Liverpool geboren. Damals war das ein anderer Ort. Die Zeiten waren schwer, aber die Straßen der Reihenhäuser aus roten Ziegeln bildeten ein lebendiges Gemeinwesen; der Krämerladen an der Ecke und die Kneipe waren die Treffpunkte. Eileen und ihre Eltern wohnten in der Drayton Road, über einer Drogerie. In diesen Straßen kannte jeder jeden, und ein Fremder fiel sofort auf. Niemand achtete darauf, die Haustür abzusperren. Die Kinder spielten draußen und hatten nichts zu fürchten. Eileen erinnerte sich sorgloser Kindheitstage, während der sie an der grasbewachsenen Böschung der Cherry Lane gespielt hatte. Dort lagen jetzt, nur wenige Schritte vom Schauplatz seines Todes entfernt, Blumen zum Gedenken an ihren Enkel.

Eileen wuchs in den Jahren der Weltwirtschaftskrise heran, heiratete ihren ersten Mann John Samuels und schenkte ihm drei Kinder. In einem der letzten Einsätze des Zweiten Weltkrieges wurde er mit einem Lancaster-Bomber über Deutschland abgeschossen. Es war ein harter Schlag für eine junge Mutter, die drei Kinder zu versorgen hatte, doch wie so viele andere Kriegerwitwen überwand Eileen ihren Kummer um der Kinder willen und machte irgendwie weiter.

Nach dem Krieg lernte sie Hugh Matthews kennen und heiratete wieder. Auch ihn hatte der Krieg mitgenommen: er war fünf Jahre Kriegsgefangener in Deutschland gewesen. Mitte der fünfziger Jahre zog das Ehepaar nach Kirkby in die Scoter Road. Der größte Teil der ausufernden neuen Trabantenstadt, die Kirkby heute darstellt, bestand damals noch aus Ackerland und Weideflächen. Die Familie war unter den ersten, die in die neu gebaute Straße zogen. Eileen und Hugh hatten zusammen zehn Kinder. Hugh arbeitete als Maschinenschlosser in verschiedenen örtlichen Fabriken, bis er mit Mitte sechzig in den Ruhestand ging. Als geschickter Handwerker baute er einen kleinen Schuppen hinter ihrem Haus zur Werkstatt aus. Seine Söhne sahen ihm bei der Arbeit zu, halfen aus, wenn sie konnten, und lernten von ihm. Die Familie Matthews braucht nur selten die Hilfe auswärtiger Handwerker in Anspruch zu nehmen. Sie tapezieren ihre Häuser, verlegen ihre Böden, machen ihre Einbauschränke und sogar ihre schmiedeeisernen Gartenpforten selbst. Es ist Teil des Vermächtnisses, das Hugh ihnen hinterlassen hat.

Mit dem Wachstum der Stadt Kirkby wuchs auch die Familie Matthews. Denise wurde 1967 als Zweitjüngste geboren. Wie ihre Brüder und Schwestern besuchte sie die nahegelegene Gesamtschule und war ein beliebtes Mädchen, freundlich und kontaktfreudig. Sie hatte ihre schüchterne Seite, verbarg sie aber hinter einem warmen Lächeln und einem bisweilen bissigen Humor.

Ihr Jugendidol war Michael Jackson. 1987 tanzte Denise eines Abends im Klubraum des Fußballvereins von Kirkby zu einem seiner Erfolgsschlager, als sie auf einen schlanken jungen Mann namens Ralph Bulger aufmerksam wurde.

»Er kam einfach herüber und forderte mich zum Tanz auf«, erinnerte sich Denise. »Wir verstanden uns sofort. Oft lud er mich zum Essen ein, aber ich wollte nie, also gingen wir meistens etwas trinken.«

»Sie brauchte Jahre, ehe sie sich traute, mit mir zu essen«, sagte Ralph lächelnd. »Sie kann ein klein wenig schüchtern sein. Anfangs sind wir beide so, bis wir die Leute kennen, aber danach ist alles in Ordnung. Ich mochte sie gleich.«

Ralph hatte sein ganzes Leben in Kirkby verbracht. Seine Eltern Helen und James waren vor mehr als dreißig Jahren aus Liverpool nach Kirkby gezogen. Es war ein Weg, den viele Familien gegangen waren, als die um den Hafen der Stadt gelegenen Viertel Liverpools von den Stadtplanern zum Sanierungsgebiet erklärt und zum Abriß freigegeben worden waren.

Helen und James Bulger hatten vier Söhne und zwei Töchter. Sie nennt Ralph »mein Baby«. »Er hat immer gelacht und gescherzt. Alles aus seinem Mund klang wie ein Scherz«, sagt sie.

Gefördert durch diesen Humor gestaltete sich die Beziehung rasch intensiver, und schließlich wurde Denise schwanger. Das Paar war nicht verheiratet, aber inzwischen waren sie von ihren Eltern fortgezogen und bewohnten gemeinsam ein winziges Einzimmerapartment in Cherryfield Heights, Southdene, Kirkby. Trotz ihrer beengten Lebensumstände freuten sie sich auf das Kind. Die einzige düstere Wolke am Horizont ihres Lebens war die fortdauernde Arbeitslosigkeit Ralphs. Wie ihm erging es vielen jungen Männern in der Gegend.

Nach einer 1991 durchgeführten Erhebung waren in Kirkby 34 Prozent aller Männer über sechzehn arbeitslos, ein Satz, der in der Altersgruppe der Achtzehn- bis Vierundzwanzigjährigen auf 44,9 Prozent stieg. Ralph nutzte alle gebotenen Möglichkeiten zur Erlangung einer beruflichen

Qualifikation. Er belegte siebzehn verschiedene Kurse zur Berufsausbildung, doch vergebens. »Ich bin ein professioneller Jobber, aber ich kann keinen Job bekommen!« sagt er mit einem grimmigen Lächeln. »Ich habe Ausbildungskurse für alle möglichen Berufe gemacht, vom Pflasterer bis zum Polsterer, vom Maurer bis zum Landschaftsgärtner und Gabelstaplerfahrer. Aber es gibt hier herum einfach keine Jobs. Das schafft mich, aber ich versuche es trotzdem weiter.«

Zum ersten Mal erlebte das junge Paar Tragisches, als Denise mit ihrer Tochter niederkam, die den Namen Kirsty erhalten sollte. Das Kind war eine Totgeburt. Ralph war während der Geburt an ihrer Seite gewesen, und beide empfanden es als einen niederschmetternden Schlag. Die Säuglingsschwester legte Denise das Neugeborene in den Arm und machte zwei Fotos, die sie Denise zur Erinnerung überließ. Ralphs größte Sorge galt Denise, die völlig verzweifelt war. Noch am selben Tag bat er sie, ihn zu heiraten, und Denise nahm ihn an.

Die standesamtliche Trauung fand am 16. September 1989 statt, achtzehn Monate nach ihrer Verlobung und an Denises zweiundzwanzigstem Geburtstag. Die Familie feierte das Doppelereignis in Eileens Haus. Glücklicherweise hatte der Verlust ihrer Erstgeborenen Denises Fähigkeit, Kinder zu haben, nicht beeinträchtigt, und bald war sie wieder schwanger mit ihrem zweiten Kind. Ihr Bruder Ray erinnert sich, wie besorgt die Familie diesmal um sie war. »Nach der Totgeburt waren wir alle in Sorge um dieses Kind. Um das Risiko einer Wiederholung zu verringern, kam Denise zweieinhalb Wochen vor der Geburt ins Krankenhaus.«

Alles verlief jedoch normal, und am Freitag, dem 16. März 1990, brachte Denise einen kleinen Jungen zur Welt. Wieder war Ralph während der Geburt an ihrer Seite, und diesmal war es ein gesundes blondes Kind. Ralph eilte zum nächsten Telefon, um den Schwiegereltern die freudige Nachricht mitzuteilen. Großvater Hugh nahm den Anruf zu Hause in der Scoter Road entgegen und rief der versammelten Familie zu: »Es ist ein kleiner Junge!«

»Wir waren alle begeistert«, erinnert sich Ray Matthews.

»Am selben Nachmittag fuhren wir ins Krankenhaus, um ihn zu sehen. Ich hielt ihn im Arm, als er erst ein paar Stunden alt war, ein kleines Bündel nur, mehr Windelstoff als sonst etwas! Ich wickelte ihn aus, um sein Gesicht besser zu sehen, und fand, daß er Kirsty sehr ähnelte.«

Denise und Ralph gaben ihrem Sohn die Namen James Patrick, nach Ralphs Vater, der kurz vor James' Geburt mit siebenundfünfzig an Krebs gestorben war. Ralphs ältester Bruder hieß gleichfalls James Patrick. Von Anfang an umgaben Denise und Ralph ihr Kind mit besonderer Fürsorge. Der tragische Verlust ihres ersten Kindes machte dem jungen Paar bewußt, welch ein kostbares Geschenk ein gesundes Kind ist. Nichts war ihnen zu viel, wenn es nur James nützte. Sie brachten ihn nach Haus in ihr kleines Apartment und überschütteten ihn mit Aufmerksamkeit.

»In den ersten Monaten weinte James ständig«, erinnert sich Denise. »Zu allen Nachtstunden trugen wir ihn auf den Armen hin und her. Aber als er ungefähr vier Monate alt war, hörte das auf, und er weinte kaum noch. Von da an schlief er fast jede Nacht durch, und tagsüber hörten wir ihn kaum jemals weinen. Solange wir mit ihm spielten, fühlte er sich wohl. Er hatte blondes Haar und schlug damit seinem Papa nach, der als kleines Kind auch blondes Haar hatte.

Er begann früh zu reden. Mit ungefähr vier Monaten sagte er ›Mama‹ – zuerst noch nicht richtig, aber ich wußte, was er meinte. Ich war sehr überrascht, als er es das erste Mal tat und erzählte es allen, aber das Dumme war, daß er es nie vor anderen sagen wollte!

Er war ungefähr ein Jahr alt, als er anfing zu gehen. Zuerst tappte er an den Möbeln entlang und hielt sich an ihnen aufrecht. Dann ließ er eines Tages los, und ich schrie vor Schreck auf! Er machte nur einen Schritt, dann fiel er hin, aber er versuchte es immer wieder.«

Inzwischen war es dem Paar gelungen, eine Zweizimmerwohnung im Erdgeschoß der Oak Towers in Northwood, Kirkby, zu bekommen, nur ein paar hundert Schritte von der Scoter Road entfernt. So verfügten sie über etwas mehr Raum, um ihr Kind aufzuziehen, und hatten es nicht weit zu

Denises Elternhaus. Jeden Tag brachte sie James nach Haus zu ihrer Mutter. Er und Antonia, die Tochter von Denises Schwester Sheila, waren ungefähr gleichaltrig, wuchsen zusammen auf und wurden enge Freunde.

Heute muß Denise wehmütig zusehen, wie Antonia allein zu Eileens Füßen spielt; dann sagt sie: »James war jeden Tag hier bei seiner Oma. Er und Antonia hatten schon ihre kleinen Streitereien, aber sie kamen großartig miteinander aus. Wenn sie gestritten hatten, umarmten sie sich hinterher und küßten sich.«

Bruder Ray erinnert sich, wie James mit Antonia und seiner eigenen Tochter Heather spielte, die auch ungefähr im gleichen Alter war. »Antonia war seine beste Freundin. Sie rannten herein und hinaus und machten allerlei Unfug. Ihr Lieblingsplatz war ihre kleine Höhle unter dem Eßzimmertisch. Sie waren sehr gute Kameraden. Die Kinder zeigen jetzt auf sein Bild und sagen ›James‹. Daß er ihnen von einem Tag auf den anderen genommen wurde, verstehen sie nicht; es ist wie eine leere Stelle für sie. Wir sprechen immer von ihm, wenn die Kinder da sind, weil wir möchten, daß sie ihn nicht vergessen, genauso wenig wie wir ihn vergessen könnten.

Er war eine richtige kleine Persönlichkeit. Jedesmal wenn ich meine Mama besuchte, war er da. Man konnte ihm nicht einfach die Hand auf den Kopf legen, man mußte ihn aufheben und auf den Arm nehmen und herzen. Er sah für sein Alter klein aus und war so verschmust, daß man ihn am liebsten die ganze Zeit im Arm gehabt hätte. Wirklich, er war sehr liebenswert.«

Als der einzige kleine Junge unter mehreren kleinen Mädchen in der Familie stand James oft im Mittelpunkt der Aufmerksamkeit und brachte dringend benötigten Frohsinn in die Runde, die in den ersten Monaten seines Lebens von zwei Schicksalsschlägen getroffen worden war. Zwei von seinen Namengebern, sein Großvater und der Urgroßvater väterlicherseits, waren beide im selben Jahr gestorben.

Seine drei überlebenden Großeltern waren in James beinahe so vernarrt wie seine Eltern. Sein zweiundsiebzigjähriger

Großvater Hugh beugte sich gern zu dem tapsigen kleinen Kind herunter und ließ sich die Brille von der Nase nehmen. »Er hielt große Stücke auf James«, erzählte Eileen. »Wenn Großvater abends im Bett lag und die Brille abnahm, sagte er oft: ›Wo mag James jetzt sein?‹«

Hugh war ein altmodischer Mann, der von modernen Begriffen wie Gleichberechtigung nicht viel hielt. Er ging niemals einkaufen; das war Eileens Aufgabe. Einen Laden betrat er nur, wenn er beim Zeitungshändler eine Zeitung kaufte. Trotzdem brachte er es über sich, ein Spielwarengeschäft aufzusuchen und ein Stofftier für seinen Enkel zu erstehen. So wichtig war ihm James.

Ein paar Tage vor James' erstem Weihnachtsfest sagte Hugh zu seiner Frau, er wolle einen Sonntagsspaziergang zu Ray machen. Ray ist eines der vier Familienmitglieder, die in der Scoter Road wohnen, fast alle anderen wohnen nur Minuten entfernt. Eileens Augen wurden naß, als sie sich erinnerte: »Ich saß hier und sprach mit Hugh, und er stand auf, um sich Schuhe und Mantel anzuziehen und sagte, er wolle auf eine halbe Stunde zu Raymond hinübergehen. Im Hinausgehen rief er mir noch zu: ›Ich werde nicht lang ausbleiben, Eileen.‹ Das war das letzte Mal, daß ich ihn lebendig sah. Er verschwand aus meinem Leben wie – nun, genau wie James.«

»In unserem Haus angekommen, konnte Papa kaum sprechen«, erinnerte sich Ray. »Er bekam keine Luft. Ich mußte zurück zu meiner Mutter laufen und den Krankenwagen anfordern.« Ray folgte seinem Vater ins Krankenhaus, wo er sofort behandelt wurde. Am Abend hatte er die Krise seines Herzanfalls überstanden und hielt hof in seinem Krankenhausbett, wo er mit Ray und seinem Bruder Paul lachte und scherzte. »Eine Krankenschwester sagte uns, es gebe keine Probleme, und er sei völlig in Ordnung. Wir gingen kurz nach Mitternacht, aber früh am Montagmorgen erhielten wir einen Anruf, sein Zustand habe sich verschlechtert. Als ich ins Krankenhaus kam, war er gestorben.

Papa war immer gesund gewesen, und sein Tod kam so plötzlich, daß wir alle wie betäubt waren. Am Montag sprachen wir mit dem Bestattungsunternehmen, und dann bekam

Mama einen Herzanfall. Sie wurde nach Walton in die Intensivstation gebracht, und am Montagabend sagten sie uns, sie werde nicht durchkommen. Wir machten uns auf das Schlimmste gefaßt. Doch dann unterzog sie sich einer Herzoperation, war eine Woche in der Intensivstation und begann sich zu erholen. Jetzt geht es ihr besser als uns allen, Gott sei Dank. Es war eine verheerende Zeit für die Familie. Damals dachten wir, Schlimmeres könnten wir nicht mehr erleben...«

Kinder haben oft ein feines Gespür für den Kummer Erwachsener, selbst wenn sie nicht verstehen können, was um sie vorgeht. James Patrick Bulger muß die Trauer in seiner kleinen Welt gespürt haben, die bevölkert war von seinen Eltern und einer ständigen Prozession von Tanten, Onkeln und Kusinen. Auf seine unschuldige Weise brachte er Helligkeit und Aufmunterung in eine düstere Zeit.

James war ein aufgeweckter kleiner Junge, und als er laufen lernte, entwickelte sich seine Persönlichkeit sehr rasch. Denise erzählte, wie er dasaß und zuschaute, wenn sie ihre bevorzugten Videokassetten von Michael Jackson spielte. Das Kind starrte auf den Bildschirm und war bezaubert von den seltsamen, wundervollen tänzerischen Bewegungen des Stars. Es dauerte nicht lange, und er stand auf, bewegte sich zum Rhythmus und ahmte nach, was er sah. Er tanzte und drehte sich und machte ruckartige Schulterbewegungen wie das Idol seiner Mama. Denise, Eileen und wer sonst noch zusah lachten bis zur Erschöpfung.

Denises blaßblaue Augen leuchteten auf, als sie sich der Fröhlichkeit dieser Augenblicke erinnerte. »Er hatte eine Menge Energie. Keine fünf Minuten konnte er stillsitzen. Selbst wenn er beim Essen saß, war es so, daß er aufstand und zu tanzen anfing, wenn ich den Fernseher mit einer Michael Jackson-Kassette einschaltete. Ich konnte es ihm nicht verdenken. Auch ich sah lieber Michael Jackson als meine eigene Küche. Mit der Zeit kannte er ein paar von den Liedtexten und sang sie mit; für sein Alter war er eben sehr aufgeweckt. Ich brauchte ungefähr vier Jahre, um all die Worte zu lernen. James machte die Bewegungen schließlich genau wie Michael. Er war gut darin! Oft sagte er: ›Mach Michael Jackson an.‹ Bald lernte er auch das Videogerät zu bedienen, spulte die Kassette zurück und spielte sie wieder und wieder. Wenn man eine Minute aus dem Zimmer ging, war er schon am Gerät und schaltete es ein.«

Auch seine Großmutter schmunzelte, als sie sich erinnerte. »Wenn er tanzte, schlenkerte er mit den Armen wie Michael Jackson. Und dabei schaute er mich an, weil ich so lachen mußte. Daraufhin fing er an, die Bewegungen zu übertreiben, weil er natürlich sah, daß ich vergnügt war. Er brachte uns mit seinen Mätzchen immer zum Lachen – wie ein richtiger kleiner Schauspieler.«

In seinem kurzen Dasein war James umgeben von der Wärme und ermutigenden Fürsorge seiner Angehörigen und Verwandten. Er fühlte sich wohl und gewann Selbstsicherheit in der Gesellschaft von Erwachsenen und älteren Kindern. Und an Kindern fehlte es nie in Eileens Haus. Es war ein Familienleben, wie es viele von uns, die vor dreißig oder mehr Jahren geboren wurden, noch gekannt haben und in zärtlicher Erinnerung bewahren. Tage in Großmutters Haus, mit Tanten und Onkeln, die einen verwöhnten, und Vettern und Kusinen, mit denen man spielen und Streiche aushecken konnte und die einem ein Gefühl von Zugehörigkeit gaben. Man wußte, wer man war, weil man mitten in einer großen Familie aufwuchs. Widerfuhr einem Familienmitglied Unheil, so konnte es auf die Unterstützung hilfreicher Verwandter bauen. Gab es gute Nachrichten in der Familie, feierten alle miteinander und machten ein denkwürdiges Erlebnis daraus. Familien wie diese sind bedauerlicherweise die Ausnahme statt die Regel geworden. Heute lösen wirtschaftliche Umstände immer mehr alte Familienverbände auf und verteilen deren Mitglieder über das Land, bringen sie in Gegenden, die ihnen fremd sind und wo sie, um das ernüchternde Sprachklischee zu gebrauchen, das soviel über die heutige Gesellschaft aussagt, »für sich bleiben«.

Auch in Kirkby, einer modernen Trabantenstadt, fehlt es nicht an solchen Vierteln, wo einsame Menschen ein Leben in stiller Verzweiflung führen. Andererseits gibt es auch dort

Nischen herzerwärmender nachbarlicher Gemeinschaft. Im Laufe der Jahre ist über Kirkby viel geschrieben und gesagt worden. Es erlangte frühzeitig traurige Berühmtheit als »Newtown« in der BBC-Fernsehserie *Z Cars*. Die in den sechziger Jahren umstrittene Serie, die sich aus heutiger Sicht eher zahm ausnimmt, stellte das Verbrechen und die damit zusammenhängenden Probleme modernen Lebens in großstädtischen Ballungsräumen dar. Es war eine neuartige und wichtige Form des Fernsehdramas, hatte aber die unglückselige Nebenwirkung, Kirkby zu einem schlechten Ruf zu verhelfen, der ihm bis heute anhaftet und den abzuschütteln es sich seither bemüht.

Ich kam 1976 erstmals mit der Stadt in Berührung, als ich in meiner Funktion als junger Bezirksreporter für das *Liverpool Echo* darüber zu berichten hatte. Die Strafverfahren der örtlichen Gerichte für Erwachsene und Jugendliche lieferten ständig Material für Artikel, Betriebsschließungen und Streiks waren gang und gäbe, und die Mieter der Sozialwohnungen schienen wegen der in einigen Fällen unglaublichen und geradezu grauenhaften Wohnverhältnisse in Gebäuden, die erst vor wenigen Jahren errichtet worden waren, in einem beinahe ununterbrochenen Kriegszustand mit dem hart bedrängten Stadtrat von Knowsley zu liegen. Trotz alledem war etwas an der Stadt und vielen ihrer Bewohner, was irgendwie bewundernswert war. Die Stadt hatte ihren Anteil an Rabauken und kriminellen Elementen, aber in ihr wohnten auch eine Menge von guten, ehrlichen Leuten, die sich abmühten, das Beste aus den Karten zu machen, die das Leben ihnen gegeben hatte und die die Köpfe nicht hängen ließen.

Siebzehn Jahre später ist Kirkby noch immer eine Stadt mit vielen Problemen, aber es gibt auch ermutigende Anzeichen. Die Arbeitslosigkeit bleibt ein ungelöstes Problem, und noch immer schließen Fabriken die Tore. Die tiefe und langdauernde Rezession, von der Großbritannien sich 1993 gerade erst zu erholen beginnt, war nach der Zeit des Wohlstandes in den frühen achtziger Jahren ein harter Schlag für die meisten Teile des Landes gewesen, für die von der Strukturkrise bereits schwer getroffene regionale Wirtschaft der Merseyside aber nur eine weitere Umdrehung der Unglücksschraube. Die letzte Volkszählung ergab, daß die Bevölkerung Kirkbys von 51111 im Jahre 1981 auf 43341 im Jahre 1991 zurückgegangen war.

1989 endlich wagte der Labour-Stadtrat von Knowsley einen kühnen Schritt, um das größte Einzelproblem der Stadt anzugehen, den katastrophalen Zustand eines großen Teils der gemeindeeigenen Gebäude des sozialen Wohnungsbaus.

Die Auswirkungen dieser Politik sind inzwischen in vielen Teilen der Stadt sichtbar. Ansehnliche neue Genossenschafts-Wohnanlagen erheben sich neben verwahrlosten Wohnblocks, die noch auf ihre Sanierung oder den Abriß warten, und geben all jenen einen Hoffnungsschimmer, deren Aussichten seit allzu vielen Jahren trübe gewesen sind. Heute sind die Hochhausblocks, die solch ein Schandfleck waren und das Auge eines jeden Reisenden beleidigten, der sich der Stadt näherte, niedergerissen, und ein mit zwanzig Millionen Pfund finanziertes Projekt zur Umgestaltung des Stadtbezirks Hampton Court Maze nach mehr traditionellen städtebaulichen Gesichtspunkten ist weit fortgeschritten. Viele Häuser haben jetzt Vorgärten, durch die man auf die Straße gelangt, das klingt einfach, aber die sich daraus ergebende Verwandlung ist erstaunlich. Kirkby ist endlich auf dem Weg, das zu werden, was es schon immer hätte sein sollen, wenn die Stadtplaner es richtig gemacht hätten – ein anständiger Ort, wo man gern wohnt.

Das ist wichtig für Menschen, die sich nicht mehr als Verbannte aus dem Stadtzentrum von Liverpool sehen und zu einer Stadt gehören wollen, auf die sie stolz sein können. »Nach unseren Wahrnehmungen fühlt sich die heutige Generation viel mehr in Kirkby heimisch als in Liverpool«, sagte Rob Orme vom städtischen Wohnungsamt. »Sie sehen sich als Kirkby-Zugehörige, nicht als Liverpool-Vertriebene.«

Für diese Menschen war es besonders kränkend, daß die überregionale, in der Londoner Fleet Street konzentrierte Presse nach James' Tod die ganze Merseyside mit gehässigen und herabsetzenden Artikeln in den Schmutz zog. Sie wußten besser als jeder andere, daß die Stadt mehr Einrichtungen und finanzielle Zuwendungen braucht und daß es noch immer genug Gebiete gibt, vornehmlich in Northwood, die in großem Umfang sanierungsbedürftig sind. Vor allem wissen sie, daß mehr Arbeitsplätze gebraucht werden. Niemand leugnet, daß die Verbrechensrate hoch ist, vor allem in bestimmten Vierteln, aber der größte Teil davon entfällt auf Kleinkriminalität und ist sicherlich nicht so schlimm, wie man es in vielen Innenstadtbereichen im ganzen Land antreffen kann. Frauen, Kinder und alte Leute können sich auf den Straßen von Kirkby relativ sicher bewegen. Tatsächlich liegen die Zahlen der letzten Verbrechensstatistik für Kirkby ein gutes Stück unter jenen für die Merseyside und das Land als Ganzes.

In meinen Gesprächen mit der Familie gewann ich den Eindruck, daß James in Kirkby seinen Weg gemacht haben würde. Im Kreis einer so großen, hilfreichen und ordentlichen Familie hätte es ihm nie an Anleitung gefehlt. Seine Eltern sahen in ihm frühe Anzeichen bemerkenswerter Intelligenz. »Er konnte zählen, er kannte sein ABC und lernte schon ein wenig lesen«, berichtete Denise stolz. »Er hatte eine Menge Bilderbücher; oft nahm er das erstbeste zur Hand und ging es mit mir durch. Zuerst betrachtete er die Bilder, dann sagte er die Worte.« Onkel und Tanten, die Denise und Ralph in ihrer Wohnung besuchten, erlebten immer wieder, daß James mit einem Vorschulbuch auf ihre Knie kletterte und verlangte, daß sie es mit ihm ansahen.

Nicola Bailey, die Verlobte von James' Onkel Paul, erzählte: »Man konnte sehen, daß Denise sich viel mit ihm beschäftigt hat. Er sprach wie ein fünfjähriges Kind, konnte zählen, und man konnte ein richtiges Gespräch mit ihm führen. Er hatte eine hohe, piepsige Stimme und war schon eine kleine Persönlichkeit. Wenn ich Antonia sehe, kommt mir das alles vor Augen. Sie waren immer zusammen, richtige kleine Gefährten.«

James war ein geselliges Kind; er und seine Eltern waren bei den anderen Mietern ihres Hauses beliebt. Im Sommer saß James oft auf ihrem Erdgeschoßbalkon und schwatzte mit den anderen Mietern oder dem Hausmeister, wenn sie kamen und gingen.

In der kleinen Wohnung seiner Eltern hatte James seinen eigenen besonderen Stuhl, einen gepolsterten roten Kinderstuhl, mit dem er am Tisch sitzen konnte. Sein Vater hatte ihn in Hughs Werkstatt angefertigt, als sie vom Apartment in ihre Zweizimmerwohnung umgezogen waren. »Er machte ihn nach Maß«, erzählte Ray Matthews. »Ralph ist sehr geschickt mit den Händen. Er verbrachte Tage mit der Anfertigung. Es war James' Thron, könnte man sagen – Prinz James auf seinem Thron.«

Ralph ist ein wortkarger Mann geworden, nichts mehr von dem lebenslustigen, kontaktfreudigen Spaßvogel, als den seine besorgte Familie ihn schilderte. Besonders schwer fällt es ihm, über James zu sprechen. Daß er im Laufe unserer Gespräche mitteilsam wurde, und sei es nur für ein paar Augenblicke, war selten. »Er spielte gern Fußball, war aber zu jung, um die Spiele am Fernseher zu verfolgen. Gern versteckte er sich hinter Möbeln und sprang hervor, wenn ich kam. Er war für alles zu haben. Manchmal schob ich ihn mit seinem Go-Kart eine kleine Anhöhe hier in der Nähe hinauf und ließ ihn hinunterrollen. Das gefiel ihm. James war ein famoser kleiner Junge.« Mehr konnte Ralph nicht sagen. Er starrte zur Wand, einen gehetzten Ausdruck in den Augen, verloren in quälenden Gedanken.

Besonders gern hörte James das Knattern des Polizeihubschraubers, wenn er das Haus überflog. Dann rannte er zum Fenster, zeigte aufgeregt zum Himmel und rief: »Hubschrauber! Die Polizei, die Polizei!«

Ralph kaufte ihm zu Weihnachten einen Spielzeughubschrauber. Es war ein wundervolles Spielzeug, das mit Blinklichtern und einem eingebauten kleinen Lautsprecher ausstaffiert war, der sagte: »Halt oder ich schieße!« James war begeistert. Beim Weihnachtsessen konnte er kaum von etwas anderem reden. Denise hatte ihn zum Weihnachtsfest mit einer dunkelgrünen Cordhose und passender Weste herausgeputzt. »Alle erzählten ihm, er sehe wie ein Billardspieler aus«, erinnerte sich Ray. »Er dachte, er sei der Größte.«

James schlief in seinem Kinderbett neben den Eltern unter einer mit Elefanten und Luftballons bedruckten Schlafdecke. Er hatte eine Spielzeugtaschenlampe, die er mit ins Bett nahm. Meistens streckte Ralph den Arm aus und hielt seinem Jungen die Hand, bis dieser einschlief. Manchmal wachten die Eltern auch nachts auf und entdeckten, daß James zu ihnen unter die Decke gekrochen war. Nach ein paar begütigenden Worten krabbelte er dann ohne weiteres in sein eigenes Bett zurück.

Alle Mitglieder der großen Familie haben ihre eigenen Erinnerungen an James und sein Bestreben, sie zum Lachen zu bringen. »Jedesmal wenn man ihn anschaute, tat er etwas Komisches«, erzählte Denise. »Und wenn er entdeckte, daß er einen damit zum Lachen bringen konnte, tat er es noch mehr.« Eine verwandte Seele für seine schalkhaften Neigungen fand James in seinem Onkel Ronnie, der mit Denises Schwester Rita verheiratet war. Ronnie Fulham war vierunddreißig, ein hünenhafter Mann und eine Erscheinung, die geeignet war, ein kleines Kind einzuschüchtern. Um James zu erschrecken, nahm er einmal sein künstliches Gebiß heraus und schnitt wilde Grimassen. Das ängstigte den Kleinen, aber dann nahm Ronnie ihn mit in die Küche und gab ihm ein Schokoladeneis, und alles war wieder in Ordnung. Danach lernte James seinen Onkel rasch einschätzen und begriff, daß er weichherzig und gutmütig war.

Bald hatte sich der kleine Junge seine Vergeltung ausgedacht. Als Ronnie in Ralphs und Denises Wohnung zu Besuch kam, lief James auf ihn zu, als wollte er ihm zur Begrüßung einen Kuß geben. Im letzten Augenblick schrie er: »Riech Zwiebeln!« und hauchte ihm aus nächster Nähe ins Gesicht. Er hatte eigens rohe Zwiebeln gekaut und sorgte dafür, daß Ronnie nichts davon vorenthalten blieb.

Ein andermal besuchte James mit seinen Eltern Ronnie und Rita und erspähte ein neues Möbelstück. Er fragte Ronnie: »Ist das euer Kaffeetisch?«

»Ja, warum?«

»Richtig Scheiße«, erwiderte James unbewegt.

»Wir waren alle schockiert, konnten aber nicht aufhören,

über ihn zu lachen«, erinnerte sich Rita Fulham. Ihre vier Kinder erfreuen sich jetzt des Aquariums, das einst Denises und Ralphs Wohnung zierte. Sie hatten es für James angeschafft, aber er war so fasziniert von den Fischen, daß die fürsorgliche Denise befürchtete, er könnte es herunterziehen und auf sich kippen; deshalb gab sie es Rita und Ronnie.

»James war ein normaler kleiner Junge. Wir hatten viel Freude mit ihm. Er war gesund und springlebendig und fing gerade an, die Welt für sich zu entdecken«, sagte sein Onkel Ron in zärtlicher Erinnerung an seinen kleinen Sparringspartner.

Großmutter Eileen erzählte mir, wie James seine eigene Version des Versteckspiels entwickelte. »Es fing damit an, daß er den Ball in die Luft warf, was er im Zimmer nicht durfte. Wenn er dann geschimpft wurde, verschwand er unter dem Eßtisch. Sobald er damit angefangen hatte, versteckte er sich immer öfter dort. Manchmal versteckte er sich auch hinter meinem Sessel vor Denise. Er war immer auf dem Sprung, ein glücklicher kleiner Kerl.

Wenn ich früh zu Bett ging, begleitete er mich nach oben und blieb noch eine Weile, bis Denise heraufkam und ihn holte. Hin und wieder nannte er mich ›Mutter‹, weil er hörte, daß die anderen mich so nannten. Er war ein sehr glückliches kleines Kind. Alle mochten ihn. Um sein Leben gern fuhr er Taxi. Er konnte noch nicht richtig reden, da sagte er schon: ›Taxi, Nana!‹ So fuhren wir oft mit dem Taxi hinauf zum Strand. Er kam gern mit zum Einkaufen, aber hauptsächlich wegen der Taxifahrt. Das ging so weit, daß wir sogar zum hiesigen Co-op mit dem Taxi fuhren, nur um James eine Freude zu machen. Er mochte gern mit Antonia singen und tanzen. Sie kamen gut miteinander aus, die beiden. Hin und wieder gab es kleine Streitereien, aber gleich darauf verstanden sie sich bestens. Oft spielten sie hinten in unserem Garten Fußball. Zu Weihnachten kaufte ich ihnen kleine Fahrräder. Ich dachte, im Sommer könnten sie anfangen, Radfahren zu lernen – aber es sollte nicht sein.«

Sie blickte hinaus in den Garten, und tiefe Trauer legte sich über ihre Züge. »Ich kann nicht sagen, wie sehr wir ihn hier vermissen. Alles hat sich jetzt verändert. Denise kommt jeden Tag zu mir – und James ist nicht bei ihr. Ich habe nur noch meine eigenen Erinnerungen. James war mein einziger Enkel. Die anderen sind alle Enkelinnen oder schon erwachsen.«

Großmutter Helen, siebenundfünfzig, erinnerte sich, wie James ihr zu Hilfe kam, als ihr Asthma zu einem Hustenanfall führte. »Der kleine James Patrick schlug mir auf den Rücken und fragte, ob es mir besser gehe«, sagte sie. »Wenn Denise ihn zu mir brachte, marschierte James gleich zur Keksdose. Um den Kindern etwas zum Spielen zu geben, hatte ich hier einen großen Teddybären. Am Silvestertag waren sie wieder hier, und es gab Hühnchen. Als ich aus der Küche kam und nach James Ausschau hielt, saß er neben dem Teddy und fütterte ihn von seinem Teller. Wenn Ralph mit ihm spielte, warf er ihn manchmal bis zur Decke hinauf, und das gefiel James. Ich bekam es dann mit der Angst und rief: ›Du wirst ihn fallen lassen!‹ aber James schrie: ›Wieder, wieder!‹«

Helen rang um ihre Fassung. »Unser Leben wird nie mehr das gleiche sein. Jedesmal wenn wir beisammen sitzen und reden, führt das Gespräch zu James. Sehe ich ein kleines blondes Kind vorbeilaufen, folge ich ihm mit meinen Blikken. Leute, die ich seit Jahren gekannt habe, gehen mir aus dem Weg, weil sie nicht wissen, was sie zu mir sagen sollen.«

Als wir im Wohnzimmer von Ray Matthews' Haus in der Scoter Road saßen, schob er eine abgenutzte Videokassette ins Gerät, und wir richteten unsere Blicke auf den Fernseher. Es ist August 1992. Kinder rennen lachend und schreiend in Elaines Garten herum. Sie ist Ralphs Schwester, und ihre Tochter Stephanie feiert ihren sechsten Geburtstag. Ein stämmiger kleiner Junge mit blondem Haar hüpft lebhaft auf einem kleinen Trampolin auf und nieder und strahlt in die Kamera.

Die Szene wechselt zu Elaines Wohnzimmer. Kinder tanzen und hüpfen ausgelassen zur Musik herum. Der blonde kleine Junge ist mit Vergnügen bei der Sache, dann wirft er sich in einen Sessel und streckt zum Gekicher der anderen Kinder die Beine in die Luft. Die älteren Kinder singen »Happy Birthday«, und als sie damit fertig sind, schreit James Bulger plötzlich »Happy birthday to you«. Das bringt die anderen Kinder zum Lachen. Und genau das wollte James.

3

Der Junge saß auf der Eingangsstufe seines Hauses, die Beine von sich gestreckt, träge und gelangweilt.

»He, Mann, sind Sie ein Reporter?« Mein Anzug hatte seinen Argwohn geweckt. Das spiralgebundene Notizbuch schloß einen Kriminalbeamten aus.

Ich läutete zum zweiten Mal an der Türglocke eines benachbarten Hauses. Niemand da. Resigniert wandte ich mich dem Jungen zu und gab mich als Reporter zu erkennen. Er war vierzehn und trug die universale Halbwüchsigenuniform aus T-Shirt und Jeans. Sein Haar war kurzgeschnitten, seine Haut von einem bleichen, kränklichen Weiß. Er sah mager und unterernährt aus.

»Rücken Sie was raus, dann erzähle ich Ihnen eine Geschichte über ihn.« Seine glanzlosen Augen wichen unbehaglich meinem Blick aus, während er sprach.

Ich überlegte. Der Junge konnte eine ordentliche Mahlzeit gebrauchen, aber irgendwie glaubte ich nicht, daß das Geld dafür bestimmt war.

»Tut mir leid, das kann ich nicht machen«, sagte ich. »Ob du mir Auskunft geben willst, ist deine Sache. Andernfalls...« Ich zuckte die Schultern und wollte mich abwenden.

»Ich hing immer mit seinem großen Bruder herum. Robert machte sich manchmal an uns ran.«

Ich wandte mich ihm wieder zu. Wir waren ein paar Haustüren von dem Reihenhaus entfernt, wo der zehnjährige des Mordes angeklagte Robert Thompson gewohnt hatte. Das Haus war jetzt mit Brettern vernagelt, eine berüchtigte Adresse in einer sonst wenig bemerkenswerten kleinen Straße mit roten Ziegelhäusern.

»Was für ein Junge war er?«

»Er war ein Knallkopf. Geben Sie vier Pfund, machen Sie schon.«

Ich schüttelte den Kopf. »Tut mir leid, ich sagte dir...«

Ein anderer Halbwüchsiger, älter als der erste, kam über den Gehsteig. »Der war ganz schlimm. Er zeichnete immer so Bilder... schlimme Sachen.«

»Was für Sachen?«

Er blickte zu Boden, studierte die Risse in den Platten des Pflasters. »Weiß nicht. Ich kannte ihn selbst nicht. Die Leute sagen es.«

»Ich sah ihn im Fernsehen, wie er den Kameras zuwinkte, am Abend, als sie den Kleinen fanden«, warf der erste Junge ein. Er war plötzlich mitteilsamer, genoß vielleicht den Ruhm, das Ungeheuer aus der Nachbarschaft tatsächlich gekannt zu haben.

Ich erinnerte mich eines Hinweises, den mir ein Kriminalpsychologe gegeben hatte. »War er jemals grausam zu Tieren?«

»Ich sah, wie er Tauben die Köpfe abriß«, kam augenblicklich die Antwort.

»Wo ist das passiert?«

»In einem ausgebombten Haus um die Ecke. Wir konnten da hinein.«

»Wie hat er sie gefangen?«

»Er holte sie aus ihren Nestern.«

»Dann waren es junge Tauben?«

»Ja.«

»Wie oft kam das vor?«

»Er machte es einige Male.«

»Sagte er, warum?«

»Nein.«

»Hast du ihn gefragt oder versucht, ihn daran zu hindern?«

Keine Antwort. Mürrisch schaute er seinen Freund an, dann auf den Boden.

»Was hat er sonst noch getan?«

Der Junge war des Verhörs überdrüssig. Es sprang nichts

dabei heraus, und die Fragen begannen unangenehm zu werden.

»Nein… Ich weiß nicht.« Seine Miene hellte sich auf. »Sie können ins Haus schauen. Durch den Briefschlitz.«

»Es stinkt da drin, nach Brennspiritus«, ergänzte sein älterer Freund.

Es schien eine zwecklose Übung, aber die beiden Jungen beobachteten mich erwartungsvoll, also ging ich ein paar Schritte die Straße entlang, die Stufen hinauf und hob die Klappe des Briefschlitzes. Das Metall trug die verblaßte Inschrift BASTARD. Im Innern gab es nichts zu sehen. Da die Fenster mit Brettern vernagelt waren, herrschte Dunkelheit. Ich konnte gerade noch die Treppe ausmachen.

»Schauen Sie ins Wohnzimmer«, forderten mich die Jungen auf. »Durch die Bretterritzen.«

Zur Haustür zu gehen, war eine Sache, aber dies hätte das Übersteigen einer niedrigen Mauer erforderlich gemacht. Ich schüttelte den Kopf. »Danke, Jungs. Ich habe genug gesehen.«

Sie zogen bereits die Straße hinunter. Ich sah ihnen nach und seufzte. Sie kannten die Thompsons, davon war ich überzeugt. Was den Rest betraf, so ist es in einem Fall wie diesem schwierig zu erkennen, wo die Tatsachen enden und schaurige Gerüchte anfangen. Aber einiges über diese unglückliche Familie ist uns mit Gewißheit bekannt.

Robert Thompson wurde am 23. August 1982 als fünfter von sieben Söhnen seiner Mutter Anne in Liverpool geboren. Sie war damals verheiratet, und nach Auskunft eines der älteren Brüder war die Familie nicht unglücklich. Sein Bruder Arnold erinnerte sich, daß sein Vater einen Wohnwagen kaufte, als Robert zwei war. 1986 und 1987 fuhren sie damit in den Ferien und an Wochenenden nach Southport auf einen Campingplatz. »Wir kamen alle gut zurecht. Ich hatte keine Probleme in der Schule und ging gern hin«, erinnerte sich der Bruder. Zumindest im Rückblick kam es ihm wie eine beinahe idyllische Zeit vor.

Dann, am Sonntag, dem 16. Oktober 1988, verließ ihr Vater ganz plötzlich die Familie. Und schon eine knappe Woche später erwartete die verwirrten Brüder der nächste Schock. Am folgenden Samstag gingen sie alle zu ihrer Großmutter, um bei der Rückkehr zu entdecken, daß ihr Haus bei einem zufällig ausgebrochenen Feuer niedergebrannt war. Die Familie wurde darauf in ein Wohnheim in Toxteth einquartiert, wo sie die nächsten zwei Monate leben mußte.

Einer von Arnolds Brüdern fragte ihn, bei wem er lieber leben würde, und Arnold antwortete: »Bei Papa.« Das war ein Fehler. Sein Bruder erzählte es der Mutter, die ihm von da an das Leben schwer machte. Arnold sah seinen Vater nur noch einmal, nachdem er die Familie verlassen hatte. Selbst der Polizei gelang es nicht, ihn ausfindig zu machen. Anne fing an zu trinken, ging regelmäßig aus und überließ ihre sechs Söhne weitgehend sich selbst. Der älteste Bruder, damals siebzehn, hatte die Verantwortung und schlug die anderen Jungen, wenn sie etwas Unrechtes taten.

Schließlich wurde die Familie in ein Reihenhaus in Walton umquartiert. Die Straße, wo sie die nächsten vier Jahre leben sollte, ist schmal, aber ziemlich belebt, weil die Bewohner der Umgebung sie als praktische Abkürzung zwischen zwei Hauptstraßen benutzen. Ihre Bebauung stellt eine ziemlich unordentliche Mischung aus roten Backsteinreihenhäusern der Vorkriegszeit und kleinen Ladengeschäften dar. Kinder laufen auf den schmalen Gehsteigen und schlüpfen zwischen den parkenden Wagen durch.

Da ihre Mutter sich wenig um sie kümmerte, begannen die Jungen mehr oder weniger regelmäßig die Schule zu schwänzen. Bald waren die Thompsons in der Gegend als Problemfamilie bekannt; die Jungen verwahrlosten und trieben sich herum, ihre Mutter trank und sah viel älter aus als ihre fünfunddreißig oder sechsunddreißig Jahre. Es war unausweichlich, daß die Sozialbehörde der Stadt Liverpool aufmerksam wurde. 1990 kam der zweitälteste Junge in Heimerziehung, bald darauf gefolgt vom Ältesten, der zur Bewährung unter Aufsicht gestellt worden war.

Die Verantwortung für die Jüngeren fiel darauf hauptsächlich Arnold zu. Es war eine Pflicht, die er ernst nahm, und er bemühte sich nach Kräften, den jüngeren Brüdern Anleitung zu geben. Einer von ihnen, gerade ein Jahr jünger als Arnold, pflegte früh um acht das Haus zu verlassen und erst gegen Mitternacht zurückzukommen. Arnold konnte nicht viel tun, um ihn daran zu hindern, und zuletzt ging auch dieser Junge in Heimerziehung. Arnold brachte Robert und seinen jüngeren Bruder Simon zur Schule, aber Robert schwänzte trotzdem den Unterricht und verbrachte seine Tage damit, daß er Ladendiebstähle verübte und allerlei Unfug trieb. Manchmal tyrannisierte Robert auch den kleinen Simon, ein nettes Kind, das sich im Unterricht anstrengte, und zwang ihn, die Schule zu schwänzen. Er war auf dem Weg, die gleichen schlechten Gewohnheiten anzunehmen wie seine älteren Brüder.

Unterdessen bekam Anne wieder ein Kind, diesmal von einem anderen Mann. Arnold kümmerte sich noch immer um die jüngeren Brüder, aber die Schwierigkeiten, mit seiner Mutter auszukommen, nahmen zu. Am 10. Oktober 1992 kamen die Dinge für Arnold zur Entscheidung, als seine Mutter ihn, wie er sagte, im Laufe einer Auseinandersetzung mit einem Stock schlug. Nach dreijährigen Bemühungen, die Familie zusammenzuhalten, hatte er genug davon. Er suchte einen Sozialarbeiter auf und ging im November freiwillig in die Heimerziehung. Daheim konnte er es nicht mehr aushalten.

Danach kehrte er nicht mehr oft nach Haus zurück. Als er Robert zum letztenmal sah, war der Junge draußen und »bewachte« Wagen, die Fußballanhänger in der Straße geparkt hatten, um ins Stadion Goodison Park zu gehen, wo Evertons Heimspiel gegen Tottenham Hotspurs stattfand. Es war der Abend des 10. Februar 1993, zwei Tage bevor James ermordet wurde. Viele Kinder in der Gegend bessern ihr Taschengeld auf, indem sie Besuchern von Everton-Heimspielen im Goodison-Stadion und Liverpool-Heimspielen im nahen Anfield-Stadion die Bewachung ihrer Fahrzeuge anbieten. Die meisten Fußballanhänger gehen darauf ein. Vor wem die Kinder die parkenden Wagen beschützen, bleibt dabei unklar, aber es scheint zweckmäßig, sie zu bezahlen.

Arnold sagte vor der Polizei aus, er halte Robert für einen ziemlich normalen Jungen. »Er ist nicht gewalttätig. Tatsächlich fürchtet er sich vor seinem eigenen Schatten. Er treibt sich mit seinen Rollschuhen auf den Straßen herum. Manchmal versucht er sich aufzuspielen.«

Die Nachbarn waren nicht weniger verblüfft. In einer Gegend, wo Schuleschwänzen und Bagatelldiebstähle für viele Kinder Teil ihrer Lebensweise sind, fielen die Thompsons nicht als besonders verworfen auf. Wenn überhaupt, wurden ihre im allgemeinen guten Manieren als willkommene Abwechslung vom Benehmen einiger anderer Kinder in der Gegend vermerkt.

»Sie schienen sehr nett, besonders die älteren Jungen«, sagte eine Nachbarin. »Wenn man sie traf, waren sie sehr höflich. Ansonsten kannte ich sie nicht sehr gut.«

Der örtliche Metzger meinte achselzuckend: »Sie kamen manchmal hier herein. Es gibt schlimmere Jungen in der Gegend. Ich kann noch immer nicht glauben, daß Robert damit zu tun hatte.«

Die unmittelbare Nachbarin der Familie sagte, das neue Kind habe Mrs. Thompsons Leben deutlich verändert. »Als sie hierher zogen, hielt sich die Mutter meistens in der Kneipe auf, während die Kinder wie die Wilden herumliefen, aber in den letzten zwei Jahren hatte sich das geändert. Ich unterhielt mich öfter mit Mrs. Thompson über ihr neues Baby. Seit sie es hatte, war sie wie ausgewechselt.

Robert schien ein netter kleiner Junge zu sein. Auf der Straße grüßte er mich und vertraute mir auch mal die eine oder andere Kleinigkeit an. Er zerschlug Flaschen und machte anderen Unfug, aber nicht mehr als jedes andere Kind. Was geschah, war ein furchtbarer Schock. Man glaubt nicht, daß irgendein Junge in diesem Alter dazu fähig sein würde.«

Eine andere Nachbarin, Mutter von drei Kindern, wohnte gegenüber und ein paar Häuser von den Thompsons entfernt. Sie hatte sich in den vorausgegangenen zwei oder drei Jahren eng mit Anne angefreundet. Ihre Kinder spielten regelmäßig mit den Thompsons. Sie schob die Verantwortung für die Probleme der Jungen auf die Sozialbehörde. »Anne wollte die Jungen wegen der Sozialbehörde nicht schlagen, wenn sie ungezogen waren«, sagte sie. »Sie ließ sich von den

Sozialfürsorgern zuviel hineinreden. Wahrscheinlich wären die Jungen ganz in Ordnung, wenn sie ihnen dann und wann eine ordentliche Tracht Prügel verabreicht hätte. Sie aber versuchte die Jungen auf Vordermann zu bringen, indem sie mit ihnen zum Polizeirevier ging, wenn sie etwas angestellt hatten.

Anne machte mal eine schlimme Zeit durch. Im letzten Jahr hatte sie gerade angefangen, mit sich ins reine zu kommen, und nun geschah dies. Sie tut mir leid. Ich war völlig geschockt. Ich konnte es nicht glauben.

Robert war ein netter Junge. Er war kein Engel, aber er hatte ein goldenes Herz. In den Geschäften ließ er Sachen mitgehen, aber es waren Dinge für seine Mama und das Baby. Überhaupt stehlen hier in der Gegend viele Kinder. Wenn Sie ihn gekannt hätten, würden Sie nicht glauben, daß er so etwas tun konnte.

Er spielte oft mit meinen Kindern und gab auf meinen kleinen Jungen acht, der sieben ist. Er war großartig mit ihm und ließ es nicht zu, daß jemand ihn schlug. Mein kleines Mädchen war seine Freundin. Sie ist auch zehn. Sie mochte Robert und war sehr aufgeregt, als er verhaftet wurde.

Wenn die Fußballspiele stattfanden, hingen sie hier draußen herum und bewachten die Wagen. Sonst waren sie oft im Videoladen und sahen zusammen Trickfilme. Das war alles, was sie taten. Robert war höflich. Er konnte frech werden, wenn jemand was zu ihm sagte, aber wenn man ihn gut kannte, war prima mit ihm auszukommen. Er war nett. Für Anne muß es schrecklich sein, diese Sache. Ich habe sie seit Roberts Verhaftung nicht gesehen.

Niemand konnte sagen, daß an den Jungen etwas wirklich Schlechtes sei, und in den letzten paar Jahren kannte niemand sie besser als ich. Der eine, der freiwillig in die Heimerziehung ging, war sehr gut. Er war der einzige, der in der Schule tüchtig und einer der Besten in seiner Klasse war.«

Auch Jon Venables war das Produkt einer zerbrochenen Ehe und einer unglücklichen Kindheit. Jon wohnte in einer besseren Straße als Robert, einer ruhigen Seitenstraße der schattigen Alleen von Norris Green. Auch sein Heim war ein

Reihenhaus, aber es hatte einen eigenen kleinen Vorgarten hinter einer sauber zugeschnittenen Hecke und einen gedeckten Durchgang neben der Haustür, der in den rückwärtigen Garten führte. Jon wurde am 13. August 1982 geboren, gerade zehn Tage vor Robert. Er war das zweite von drei Kindern aus der Ehe von Susan und Neil Venables. Seine frühen Jahre waren überschattet von häuslichen Zwist, und 1985, als Jon gerade drei Jahre alt war, wurden Susan und Neil geschieden.

Sowohl bei Jons Bruder, der drei Jahre älter war, als auch bei seiner ein Jahr jüngeren Schwester wurden Lernstörungen festgestellt, und sie besuchten beide dieselben Sonderschule. Im Alter von neun Jahren bekam der ältere Bruder von Zeit zu Zeit plötzliche Wutanfälle. Das ist für Kinder mit Lernstörungen nicht ungewöhnlich, war für seine Eltern aber betrüblich. Eine Sozialarbeiterin, die in der Sonderschule zur außerschulischen Betreuung der Kinder eingesetzt war, arrangierte Wochenenderholungsaufenthalte in einer Pflegestelle, was zu helfen schien.

Jon war nicht der intelligenteste Schüler, wurde aber in seiner Lernfähigkeit dem Normalbereich zugerechnet. Kinder können in solchen Situationen besonders grausam sein, und seine Altersgenossen sowohl in der heimatlichen Straße wie auch in der Schule machten ihm das Leben schwer, weil sein Bruder und seine Schwester »zurückgeblieben« waren. Er wurde ein zutiefst unglücklicher kleiner Junge.

Im September 1989, als Jon eine örtliche Grundschule besuchte, bemerkten die Lehrer, daß er ein asoziales Verhalten zeigte, das zwar ärgerlich, aber nicht besonders bedenklich war. Im nächsten Schuljahr verschlimmerten sich seine Verhaltensstörungen und gaben vom Januar 1991 an Anlaß zu ernster Sorge. Mit Einwilligung seiner Mutter wurde Jon an den Schulpsychologen überwiesen, der im Mai gleichen Jahres über das exzentrische Verhalten des Jungen und die Notwendigkeit seiner Modifizierung berichtete. Auch wurde die Möglichkeit diskutiert, daß er überaktiv sei.

Jons damalige Klassenlehrerin erinnerte sich, daß sein Verhalten nach den Weihnachtsferien sehr seltsam wurde. Sie erklärte gegenüber der Polizei: »Er saß auf seinem Stuhl, hielt sich mit beiden Händen am Pult fest, schaukelte vorwärts und rückwärts und begann zu stöhnen und seltsame Geräusche zu machen.«

Die ratlose Lehrerin nahm ihn zu sich nach vorn und ließ ihn neben sich am Tisch sitzen, aber er fummelte mit Gegenständen auf ihrem Schreibtisch herum und warf sie auf den Boden. Manchmal schlug er mit dem Kopf gegen die Möbel, bis es ihn schmerzen mußte. Er weinte und beklagte sich, daß andere Kinder es außerhalb des Klassenzimmers auf ihn abgesehen hätten.

Die Lehrerin war überzeugt, daß Jon zu besseren schulischen Leistungen fähig wäre, obwohl er seine Bücher kaum beachtete und schwache Leistungen erbrachte. Sie lud Mrs. Venables in die Schule ein, um über sein Verhalten zu sprechen, und die Mutter sagte ihr, sie habe auch zu Hause Schwierigkeiten mit ihm; oft würde er sie beschimpfen. Das Beste wäre wohl, wenn er mit seinen Geschwistern in die Sonderschule ginge.

Im März des gleichen Jahres wollte die Lehrerin den Jungen nicht an einem Wochenendausflug mit den anderen Kindern teilnehmen lassen, weil sie die Verantwortung für ihn nicht übernehmen konnte. Die Sozialarbeiterin, die der Familie Venables half, erbot sich, ebenfalls am Ausflug teilzunehmen und sich um Jon zu kümmern, aber die Schule lehnte ab. Danach verschlimmerte sich Jons Verhalten. Er bewegte sich um sich selbst rotierend die Wände entlang, riß Bilder und Schautafeln herunter, legte sich zwischen den Pulten auf den Boden und verkeilte sich so, daß seine Lehrerin Mühe hatte, ihn herauszuziehen. Gelegentlich schnitt er sich absichtlich mit einer Schere, oder er schnitt Löcher in seine Socken. Manchmal klebte er sich Papier aufs Gesicht und ergriff alles, was an Gegenständen in seiner Nähe war, um es auf andere Kinder zu werfen. Einmal, als er wegen seines Verhaltens vor der Tür stehen mußte, fing er an, Gegenstände durch den Korridor zu werfen. Bei anderer Gelegenheit hängte er sich mit dem Kopf nach unten wie eine Fledermaus an Kleiderhaken. Eltern anderer Kinder kamen in die Schule, um sich über die Störungen im Unterricht zu beklagen, die Jon mit seinen Versuchen, Aufmerksamkeit auf sich zu lenken, verursachte.

Das Maß war voll, als er im Klassenzimmer einen anderen Jungen mit einem langen Lineal angriff. Er stellte sich hinter den anderen und versuchte ihn mit dem Lineal zu würgen. »Ich weiß nicht, wie weit Jon gegangen wäre, aber der andere Junge wurde rot im Gesicht«, sagte die Lehrerin der Polizei. »Es kostete mich und eine andere Frau, die zu dem Zeitpunkt in der Klasse war, einige Anstrengung, Jon von seinem Opfer wegzuziehen.«

Man suspendierte Jon vom Unterricht, und obwohl er niemals formell von der Schule entfernt wurde, beschloß man, ihn an eine andere Schule zu versetzen. Für die Lehrerin war das eine große Erleichterung. »In den vierzehn Jahren, die ich unterrichte, ist mir niemals ein Junge wie Jon begegnet. Während des Zeitraumes, in dem ich die Verantwortung für ihn hatte, verursachte er mir manche Ängste und Sorgen. Die Versuche, ihn ruhig zu halten und seine Teilnahme am Unterricht zu erreichen, waren sehr anstrengend«, sagte sie. »Ich hatte immer das Gefühl, daß Jon zwar wußte, daß sein schlechtes Benehmen falsch war, aber trotzdem damit fortfuhr, um auf sich aufmerksam zu machen.«

Mrs. Venables und die Sozialarbeiterin wandten sich im Juni 1991 an eine Grundschule in Walton und fragten, ob Jon dort am Unterricht teilnehmen könne, da es an seiner bisherigen Schule Schwierigkeiten gegeben habe. Die Schulleiterin willigte unter der Bedingung ein, daß er sich ordentlich benehme und eine Klasse zurückversetzt würde. Mit dem Beginn des neuen Schuljahres im Herbst wurde Jon in Walton eingeschult.

Jon Venables' neue Schule war dieselbe, die Robert Thompson seit September 1989 besuchte. Auch seine älteren Brüder waren, beginnend im Jahr 1982, vor ihm hier zur Schule gegangen. Die Schulleiterin hatte die Sozialfürsorge davon unterrichtet, daß jeder der Thompson-Jungen seinen nächstjüngeren Bruder tyrannisiert hatte.

Nachdem gegen Robert Thompson und Jon Venables Anklage erhoben worden war, verbrachte Kriminalinspektor Jim Fitzsimmons lange Stunden im Gespräch mit Lehrern der Schule und war tief beeindruckt vom Verantwortungsbewußtsein und den pädagogischen Fähigkeiten des Lehrpersonals. Der Schock, daß zwei ihrer Schüler ein so grausames Verbrechen verübt hatten, saß tief und wirkte lange nach. Es war keine Schule, wo es an Disziplin gefehlt hätte. Zur Sicherheit der Kinder waren die Türen verschlossen, aber auch, um ihnen das Verlassen der Schule während der Unterrichtsstunden zu erschweren. Inspektor Fitzsimmons sagte: »Die Schulleiterin war geschockt und verstört, als ihr klar wurde, daß die Täter ihre eigenen Schüler waren. Wir sprachen ausführlich über Verantwortlichkeiten und kindliches Verhalten. Es gab Probleme mit diesen Jungen, aber nicht auf einer Ebene, daß man etwas von dieser Größenordnung hätte voraussagen können. Tatsächlich spielte Gewalttätigkeit im Schulalltag keine besondere Rolle. Das Beängstigende ist, daß die beiden einfach zwei gewöhnliche Jungen waren, nicht schlimmer als viele andere und tatsächlich viel besser als einige der Schulkameraden. Was können Lehrer mehr tun? Sie müssen sich damit abfinden, daß sie nicht alles bewirken können und daß die Gesellschaft mitverantwortlich ist.«

Im September 1991 wurden Robert und Jon zum ersten Mal in dieselbe Klasse gesteckt. Wie Jon, mußte auch Robert ein Jahr wiederholen. Vielleicht war es diese gemeinsame Erfahrung, welche die beiden zusammenführte. Was auch der Grund gewesen sein mag, zwischen den beiden Jungen entstand eine Freundschaft. Jon hatte bisher nicht die Schule geschwänzt, doch sobald er Roberts Einfluß ausgesetzt war, wurde er in das Spiel hineingezogen.

Noch immer zeigte Jon Anpassungsstörungen. So gab er vor, er habe Anweisungen seines Lehrers nicht gehört, um der damit verbundenen Arbeit auszuweichen, oder er wanderte im Klassenzimmer herum und störte die anderen Schüler. Manchmal warf er sich auch mit dem Oberkörper über sein Pult, um zu zeigen, daß er nicht tun wollte, wozu er aufgefordert worden war. Doch sein Lehrer, ein dreiundfünfzigjähriger Mann mit sechzehn Jahren Erfahrung im Unterricht verhaltensgestörter Kinder an Sonderschulen in Yorkshire und Warwickshire, wußte mit ihm umzugehen. Jon wurde in ein gut strukturiertes und straff organisiertes System von Arbeits- und Verhaltensnormen im Klassenzimmer einbezogen und reagierte darauf. In der weniger geordneten Umgebung des Pausenhofes hatte er jedoch noch immer große Schwierigkeiten, sich angepaßt zu verhalten. Eine Aufsichtsperson erinnerte sich, daß sie ihn mehrmals tadeln mußte, weil er andere Kinder belästigt hatte. Zur Strafe mußte er eine Weile mit dem Gesicht zur Wand stehen, wie es bei einem Fehlverhalten bei Kindern üblich war. Jon reagierte auf diese Form von Bestrafung, indem er den Kopf gegen die Wand stieß, zu Boden fiel und mit den Armen um sich schlug. Er hörte erst damit auf, wenn es ihm nicht gelang, dem Aufsichtspersonal irgendeine Reaktion zu entlocken. Der Lehrer erinnerte sich, daß Jon und Robert außerhalb des Klassenzimmers oft in belanglose Streitereien und Raufereien verwickelt waren. Einmal schritt er ein, als Jon mit einem kleineren, jüngeren Schüler raufte, und fragte ihn, wie ihm zumute sein würde, wenn ein Größerer als er über ihn herfiele. Jon stimmte zu, daß es nicht richtig sei, sich so zu benehmen.

Die Beurteilung Robert Thompsons durch einen anderen Lehrer ist besonders aufschlußreich. Er erzählte Jim Fitzsimmons: »Robert war ein stiller, oft schüchtern wirkender kleiner Junge, der die Papierkugeln anfertigte, mit denen die anderen warfen. Das war zumindest im Klassenzimmer so, aber auf dem Pausenhof geriet er oft in Auseinandersetzungen.«

Doch wenn die beiden Freunde auch schwerlich Musterschüler waren, so wäre es doch falsch, daraus zu folgern, Robert und Jon seien notorische Raufbolde und Unruhestifter gewesen. »Sie unterschieden sich nicht von vielen anderen Schülern und standen als Störenfriede oder Problemkinder gewiß nicht allein«, sagte der Lehrer.

Anders als Roberts untergetauchter Vater hatte Neil Venables trotz seiner Scheidung die väterliche Verantwortung

Denise und James an einem Urlaubstag.

James mit seiner Großmutter Eileen Matthews.

Das ursprüngliche Einzelbild aus der Videoaufzeichnung der Überwachungskamera, kontrastverstärkt und kopiert.

Der Computer holt den kritischen Bildausschnitt näher heran, um ihn zu vergrößern.

nicht aufgegeben. Er wohnte nicht weit von seiner Familie in Walton und kümmerte sich auch weiterhin um die Kinder. Als das Paar einen Versöhnungsversuch unternahm, einigte es sich darauf, daß die Kinder von Donnerstag bis Sonntag bei ihm blieben, während sie den Rest der Woche bei ihrer Mutter verbrachten. Wenn die Kinder bei ihm waren, stand er früh auf und lieferte sie so rechtzeitig beim Haus ihrer Mutter ab, daß Jons Geschwister in den Minibus einsteigen konnten, der sie zur Sonderschule brachte.

Das Schema tyrannischer Unterdrückung jüngerer Geschwister, das die Geschichte der Thompson-Brüder in der Schule gekennzeichnet hatte, wiederholte sich nun mit Robert und Simon, der in eine untere Klasse derselben Schule ging. Simon beklagte sich bei seiner Lehrerin, daß er seine Brüder und vor allem Robert nicht möge, weil er oft auf ihm herumhacke und ihn schlage. Simon vertraute ihr an, daß Robert ihn oft zum Schuleschwänzen zwinge und ihn schlagen würde, wenn er sich weigerte. »Simon ist ein sehr netter kleiner Junge, der im Unterricht sein Bestes gibt. Er hat auch ein sehr ruhiges Temperament«, sagte sie.

In dem Schuljahr, das im September 1992 begann, wurden Robert und Jon in eine neue Klasse versetzt, und Jons störende alte Unarten kamen wieder zum Vorschein. Er fing auch an, mit Robert die Schule zu schwänzen. In diesem Herbsttrimester fehlte Jon fünfzig Halbtage, davon zehn entschuldigt, während Robert vierzig Halbtage am Unterricht nicht teilnahm.

Ihre neue Lehrerin sah in Robert den Urheber des Schuleschwänzens und anderer kleiner Probleme. Sie hatte den Eindruck, daß Jon der Typ des Mitläufers sei. In dieser Einschätzung wurde sie von anderen Mitgliedern des Lehrkörpers unterstützt. »Jon verursachte mir mit seinem Benehmen die meisten Schwierigkeiten im Unterricht«, sagte sie der Polizei. »Er war nicht ständig ungezogen, aber er störte den Unterricht und war schwierig. Dagegen war Robert im Klassenzimmer ziemlich leicht zu handhaben. Ich sorgte dafür, daß die beiden nicht beisammensaßen; ihre Plätze waren an verschiedenen Enden des Klassenzimmers.

Im allgemeinen reagierte Jon auf meine Forderungen nach Disziplin, aber nur eine Zeitlang. Wenn er Ärger mit mir hatte, ließ Jon den Kopf hängen und wich meinem Blick aus. Robert war völlig verschieden. Wenn er wegen undisziplinierten Benehmens getadelt wurde, gab er sich demütig und konnte – so schien es mir jedenfalls – weinen, wann und wie er wollte.«

Sie sagte aus, sie habe die Jungen in der Schule niemals in Gewalttätigkeiten verwickelt gesehen. Jon sei bisweilen im Unterricht wegen Störens und Faulheit aufgefallen, und Robert sei immer bereit gewesen, andere Schüler anzuschwärzen, habe aber niemals eigene Übeltaten zugegeben. »Er war ein schlauer kleiner Bursche, der auf der Straße gelernt hatte, wo es langgeht, und der sehr genau registrierte, was um ihn vorging. Er lernte langsam, war aber im Klassenzimmer kein störendes Element. Die einzigen wirklichen Schwierigkeiten, die ich mit beiden Jungen hatte, entstanden aus ihrem gemeinsamen Schuleschwänzen, und das hatte Auswirkungen.« Aber wie schon ihr Klassenlehrer im vorausgegangenen Schuljahr, hob auch sie hervor, daß Jon und Robert ganz gewiß nicht schwieriger oder problematischer als viele ihrer anderen Schüler gewesen seien.

Die Schulleiterin erzählte Kriminalinspektor Fitzsimmons, sie habe Jon »seltsam« gefunden, weil er während eines Gesprächs jeden Blickkontakt vermieden und sehr wenig Gefühlsregung gezeigt habe, aber Tränen nach Belieben habe produzieren können. Auf dem Pausenhof wäre er oft in Raufereien geraten und sei jähzornig gewesen. Gleichwohl betrachtete sie Robert als die unzweifelhaft stärkere und dominierende Persönlichkeit von den beiden Jungen.

Sie sagte, Jon habe eine aggressive Natur, und andere Schüler hätten versucht, ihn wegen seines Jähzorns »auf die Palme zu bringen«. »Er war der offenere der beiden; von ihm war viel eher als von Robert Thompson zu erwarten, daß er die Wahrheit sagte. In der Schule war er oft in Raufereien verwickelt. Ich wies ihn häufig zurecht und machte ihm klar, daß es falsch sei, andere zu schlagen. Und ich bin überzeugt davon, daß er mich verstand.

Robert fiel im Unterricht niemals als Unruhestifter auf, aber er ist ein Lügner und schlau. Selbst wenn wir Beweise gegen ihn hatten, fuhr er fort zu lügen.« Sie sagte auch, Robert sei nicht nur ein regelmäßiger Schuleschwänzer gewesen, sondern habe andere Jungen beeinflußt, mit ihm die Schule zu schwänzen. »Wenn ein neunjähriges Kind die Schule schwänzt, muß es das entweder schon auf dem Schulweg planen, oder fest entschlossen sein, sie zu verlassen, solange die Schultür offen ist.«

Diese Entschlossenheit zeigten beide Jungen bei einem Vorfall am 26. November 1992, der die Schule zu einem energischen Vorgehen veranlaßte. Der Hausmeister der Schule war an diesem Tag krank, und die Schultür ausnahmsweise unbewacht. Eine Lehrkraft hörte zufällig, wie Robert und Jon verabredeten, daß sie weglaufen wollten, während die Schultür unbewacht sei, und daß sie es in der Mittagspause versuchen wollten, wenn niemand achtgeben würde.

Der Vorfall führte zu einer Lehrerkonferenz, bei der beschlossen wurde, daß ein Junge von nun an in seinem Klassenzimmer zu bleiben habe, während der andere jeden Tag in die Klasse eines anderen Lehrers gehen sollte. Sie durften in den Pausen nicht auf den Hof hinaus und wurden auch während der Mittagszeit getrennt und unter separater Bewachung gehalten, einer im Erdgeschoß und einer im Obergeschoß, um sie am Ausreißen zu hindern. Man überwachte sie sogar dann, wenn sie zur Toilette gingen.

Die Klassenlehrerin sprach mit beiden Jungen und fragte sie, ob sie verstünden, daß das Schwänzen ihre Schularbeit beeinträchtigte, ihnen Bestrafung eintrage und ihre Eltern, aber auch sie als Lehrerin unglücklich mache, weil sie ihr Vertrauen enttäuscht hätten. Robert begann zu weinen und versprach, daß er es nie wieder tun und sich in der Schule mehr anstrengen wolle. Jon versprach das gleiche.

Ihr früherer Lehrer, dessen disziplinierte Methodik bei Jon so guten Erfolg gehabt hatte, wurde gleichfalls gebeten, mit den beiden Jungen über ihr Schuleschwänzen zu sprechen. »Robert erzählte mir, daß Jon, während sie zusammen die

Schule schwänzten, in Läden gestohlen habe, und Jon berichtete mir von Robert dasselbe«, sagte er zu Kriminalinspektor Fitzsimmons. »Robert log so natürlich und selbstverständlich, wie er atmete, und wenn er der Lüge überführt wurde, schien er unbesorgt und verzichtete meistens auf Rechtfertigungsversuche. Auch Jon log mit Leichtigkeit, wurde aber weinerlich, wenn er deswegen unter Druck gesetzt wurde. Der Lüge überführt, war von ihm eher als von Robert zu erwarten, daß er die Wahrheit sagte.«

Mrs. Venables kam in die Schule, um mit der Schulleiterin über Jons Probleme zu sprechen. Sie schrie Jon in Gegenwart der Schulleiterin an; beide Frauen machten ihm energische Vorhaltungen und setzten ihm mit klaren Worten auseinander, wie schlecht und falsch es sei, die Schule zu schwänzen und zu stehlen. Jons Vater, der in der Nähe der Schule wohnte, wurde von dem Problem in Kenntnis gesetzt und fing an, Jon am Ende jedes Unterrichtstages von der Schule abzuholen. Inzwischen bahnte sich zwischen den Ehepartnern eine Versöhnung an, und sie verbrachten mehr Zeit zusammen.

Am 3. Dezember kam Mrs. Thompson in die Schule und meldete, daß Robert am Abend zuvor von zu Hause weggelaufen sei. Sie erzählte der Lehrerin, daß sie Robert nach seiner Rückkehr erklärt habe, daß es unrecht sei, von zu Hause wegzulaufen, und daß sie seine Schuhe genommen und versteckt habe. Sie versprach, daß sie ihn künftig jeden Tag um 15 Uhr 30 von der Schule abholen würde.

Als der Unterricht nach den Weihnachtsferien am 4. Januar wieder begann, hatte es zunächst den Anschein, als bemühe sich Jon, sein Versprechen einzuhalten. Im Frühjahrstrimester war er nur sechs Halbtage abwesend, und zwei davon galten durch ein Schreiben von seinen Eltern als entschuldigt. Dagegen verschlimmerte sich Roberts Verhalten womöglich noch. Von sechzig möglichen Halbtagen in der ersten Trimesterhälfte fehlte er an siebenunddreißig unentschuldigt.

In dieser Zeit ereignete sich ein Vorfall, der wie ein unheilverkündendes Vorspiel zu dem anmutet, was folgen sollte. Ende Januar wurde Simons Lehrerin gebeten, den Direktor des Strand-Einkaufszentrums in Bootle aufzusuchen. Bei ihrer Ankunft wurde ihr mitgeteilt, daß Simon, Roberts kleiner Bruder, im Einkaufszentrum aufgegriffen worden sei, wo er weinend und verzweifelt umhergeirrt war. Simon erzählte ihr, Robert und ein anderer Junge – nicht Jon – hätten ihn zum Kanal gebracht, der am Rand des Einkaufszentrums vorbeiführt, und ihn dort sich selbst überlassen. »Er war sehr aufgeregt«, berichtete sie. »Er sagte, Robert habe ihn mit Schlägen und Fußtritten traktiert, und er habe ständig Angst vor Robert.«

Am 4. Februar suchte die Schulleiterin mit einer Sozialarbeiterin und einem Beamten der Jugendfürsorge Roberts Mutter auf, und man kam überein, daß Mrs. Thompson ihren Jungen jeden Tag selbst zur Schule bringen müsse, weil dies die einzige Möglichkeit sei, ihn zum regelmäßigen Schulbesuch anzuhalten.

Die Schulleiterin tadelte Robert und hielt ihm vor, daß er seinen jüngeren Bruder, der ein so eifriger Schüler sei, tyrannisiere und ihm das Leben schwer mache. »Ich sagte Robert, es sei schlecht, die Schule zu schwänzen, zu stehlen und andere zu tyrannisieren.«

Wenn dieser Vorfall an eine Art Probe für das denken läßt, was Robert im Sinn hatte, so deutet ein weiteres Detail der Aussage ihrer Klassenlehrerin vor der Polizei klar darauf hin, daß Jon wußte, was bald geschehen sollte.

Am Donnerstag, dem 11. Februar, dem Tag bevor die beiden Jungen die Schule schwänzten und James sein Schicksal ereilte, war Jon mit einer Arbeitsgruppe, die er selbst gewählt hatte, in einer Unterrichtsstunde, in der die Jungen lernten, mit Hilfe einer Batterie einen elektrischen Stromkreis zum Betrieb einer kleine Glühbirne zu installieren. Aber der Junge verweigerte total jede Zusammenarbeit mit den anderen Schülern. »Jon benahm sich schlimmer als jemals zuvor in meiner Klasse«, erinnerte sich seine Lehrerin. »Er war aufgeregt und fahrig und machte den Eindruck, als könne er nicht an sich halten. Robert verhielt sich genauso wie immer.«

Sie erteilte Jon einen Verweis und ließ ihn bei der Tür am

Boden sitzen. Dieses unruhige, oft schwierige Kind benahm sich an diesem Tag so schlecht, daß sich die Lehrerin später auch im Kollegenkreis darüber äußerte.

Nachdem die Kinder heimgegangen waren, stellte sie Jons Pult für den nächsten Tag in die letzte Reihe des Klassenzimmers, wo sein Verhalten sich auf die anderen Kinder weniger störend auswirken würde. Aber Jon sollte dieses Pult nie mehr benutzen. Sie hatte Robert Thompson und Jon Venables zum letzten Mal unterrichtet.

4

Am Morgen des 12. Februar 1993 krabbelte James Bulger frisch und fröhlich aus seinem Bett. Es war ein kalter Wintertag. Er zog seinen kleinen roten Stuhl an den Tisch, wo Denise ihm eine Schüssel mit seinen bevorzugten Frühstücksflocken vorsetzte.

Ralph machte sich bereit, zu Denises Bruder Paul zu gehen, dem er versprochen hatte, beim Anbringen von Einbauschränken im Schlafzimmer seines neu bezogenen Hauses am anderen Ende der Scoter Road zu helfen. Denise beschloß, mit James ihre Mutter zu besuchen. Es war der übliche Beginn eines gewöhnlichen Tages in James' Leben. Als er gewaschen und zum Schutz gegen die Kälte draußen warm angezogen worden war, nahmen Denise und Ralph ihn mit auf den kurzen Weg zu Großmutter Eileens Haus. Ralph verabschiedete sich kurz von den beiden. James stand noch ein wenig an der Haustür und winkte seinem Vater nach, der mit raschen Schritten die Straße hinunterging.

Eileen war mit ihrer ältesten Tochter Jean nach Birkenhead zum Einkaufen gefahren, aber in der Scoter Road war man nie um Gesellschaft verlegen. Denise ging auf ein Plauderstündchen zu ihrer Schwester Sheila, wo James mit seiner Kusine und besten Freundin Antonia spielte. Um halb zwölf kam Ray Matthews mit seinem jüngeren Bruder Gary nach Haus und beteiligte sich an der Unterhaltung der beiden Schwestern.

Um die Mittagszeit erschien auch Pauls Verlobte Nicola Bailey. Die dunkelhaarige Nicola, fünfundzwanzig, kannte den vier Jahre älteren Paul Matthews seit zehn Jahren, und acht Jahre davon lebte das Paar schon zusammen. Sie waren jetzt verlobt, und Nicola gehörte längst zur Familie. An diesem Tag hatte sie vor, das Kaufhaus T.J.Hughes im Strand-Einkaufszentrum in Bootle aufzusuchen, um Unterwäsche umzutauschen, die sie dort gekauft hatte und die nicht passend gewesen war. Sie hatte die dreijährige Tochter von John Matthews bei sich, einem weiteren Sohn von Eileen. Nicola kümmerte sich für ein paar Stunden um das kleine Mädchen. Sie rief in der Scoter Road an, um zu hören, ob Sheila mit ihr zum Strand gehen wolle, aber Sheila hatte andere Pläne.

Denise dachte einen Moment nach und sah dabei zu James hinüber. Sie hatte mit ihrem Nachmittag nichts weiter anzufangen, und für den Jungen war es das Schönste, mit dem Auto zu fahren. So erklärte sie sich bereit, an Sheilas Stelle mitzufahren.

Froh über die Gesellschaft, stimmte Nicola zu. Denise schlug vor, den Buggy ins Auto zu laden, denn James ging niemals ohne seinen Buggy irgendwohin. Nicola meinte jedoch, es lohne sich nicht. »Wir werden nicht so lange dort sein«, sagte sie.

Sie stiegen alle in Nicolas Ford Orion. James konnte vor Aufregung kaum an sich halten. Denise setzte sich mit den beiden Kindern in den Fond, während Nicola fuhr. Es war kurz nach eins. James stand auf dem Sitz neben seiner Mutter und winkte aus Leibeskräften seinem Onkel Ray zu, der vom Wohnzimmerfenster zurückwinkte, bis der Wagen um die Ecke verschwand.

Gegen zwei Uhr erreichten sie ihr Ziel und stellten den Wagen auf einem offenen Parkplatz neben dem mehrstöckigen Parkhaus des Einkaufszentrums ab. Sie nahmen den kürzesten Weg durch das Kaufhaus Woolworth in den Fußgängerbereich des Einkaufszentrums und steuerten dann T.J.Hughes an.

Es war ein belebter Freitagnachmittag. Käufer, die sich gegen die winterliche Kälte und den Wind in dicke Mäntel gehüllt hatten, gingen geschäftig ihren Wochenendbesorgungen nach. Jeder schien es eilig zu haben. Ein paar Kinder, die zwischen den Menschenströmen herumlungerten, fanden kaum Aufmerksamkeit. In den luftigen und geräumigen Passagen des gedeckten Fußgängerbereiches war es warm und trocken, für jugendliche Schulschwänzer ein regelmäßiger Zufluchtsort vor der Kälte. Geschäftsleute und die Polizei waren sich des Ärgernispotentials bewußt, das mit ihrer Neigung zum Ladendiebstahl zusammenhing, aber von der allgemeinen Öffentlichkeit wurden sie praktisch übersehen. Irgendwo in dieser Menge trieben sich zwei zehnjährige Jungen herum, Robert Thompson und Jon Venables, die keine besondere Aufmerksamkeit erregten; ihre Gesichter sahen frisch und unschuldig aus. Die gelegentlichen verstohlenen Blicke und geflüsterten Worte zwischen ihnen hätten jemanden, der sich die Zeit zu genauerem Hinsehen nahm, vielleicht einen Hinweis darauf geliefert, daß sie etwas im Schilde führten – aber niemand hätte das Schreckliche erraten können, das sie an diesem Tag planten.

James Bulger war begeistert. Er war es gewohnt, bei diesen Einkaufsausflügen angeschnallt in seinem Buggy zu sitzen, von Denise und ihrer Mutter mit Argusaugen überwacht. Heute jedoch konnte er frei umhergehen. Zwar rief Denise ihn immer wieder scharf zurück, wenn er sich weiter als ein paar Schritte von ihrer Seite entfernte, dennoch war es für ihn ein ungewöhnliches Maß an Bewegungsfreiheit, die er genoß.

Bei T.J.Hughes suchte Nicola in der Wäscheabteilung nach der richtigen Größte für den angestrebten Umtausch. Die Kinder rannten unterdessen lachend und kichernd zwischen den Verkaufstischen herum. Auf einmal verlor James die Orientierung und konnte Denise nicht mehr sehen. »Mama!« rief er, und im Nu war seine Mutter bei ihm, nahm ihn bei der Hand und schalt: »Du sollst nicht weglaufen!«

Bald darauf bekam James Hunger, und Denise und Nicola gingen mit den Kindern zu einem Imbißstand und kauften ihnen Blätterteigpasteten mit Wurstfüllung. Das beruhigte sie, und sie gingen zufrieden kauend weiter, während die beiden Frauen in ein paar andere Geschäfte schauten. In der Lebensmittelabteilung von Marks and Spencer kauften sie einige Dinge ein, und James fing wieder an herumzulaufen. Denise holte ihn zurück, und Nicola hob die beiden Kinder auf und setzte sie einander gegenüber in ihren Einkaufswagen. Dann drehte sie ihn im Kreis herum, und die Kleinen lachten und quiekten.

Von dort gingen sie zu Tesco, inzwischen hatte James aber genug vom Einkaufen. Wiederholt sagte er zu seiner Mutter, er wolle zurück zum Auto. Erneut begann er herumzulaufen, und Denise hatte Mühe, ihn an ihrer Seite zu halten; wenn sie ihn bei der Hand nahm, schrie er, sie solle ihn loslassen. Nicola ging in ein Süßwarengeschäft und kaufte ein paar Süßigkeiten, während Denise draußen wartete, um James im Auge zu behalten, der bereits Süßigkeiten bekommen hatte. Die beiden Kinder rannten zusammen herum, und einmal versuchte James auf die Rolltreppe zu gelangen und schrie, als Denise das nicht zulassen wollte. Er machte solch ein Theater, daß eine Frau Denise fragte, was mit dem Jungen sei.

Da die beiden Kinder immer unruhiger wurden, war es Zeit, sie nach Haus zu bringen. Nicola und Denise hatten noch ein Ziel, eine Metzgerei. Denise machte Nicola auf den Laden aufmerksam und sagte: »Das ist die Metzgerei, wo Mutter und ich einkaufen. Das Fleisch ist billig und sehr gut. Laß uns da hineingehen.«

Nicola willigte ein, und die vier betraten den Laden. Nicola ging zum Wurstwarenstand, während Denise und James sich beim Frischfleisch anstellten, um ein paar Koteletts zu kaufen. Denise wollte nicht länger als nötig im Laden bleiben, sie hatte das Geld abgezählt in der Hand, doch als sie an die Reihe kam, brachte der Metzger die falschen Koteletts, und Denise machte ihm klar, daß sie andere wollte. Unterdessen wurde Nicola am Wurstwarenstand bedient. Einmal blickte sie über die Schulter und sah James beim Eingang stehen.

Denise bekam die gewünschten Koteletts. »Als ich bezahlt

hatte, wandte ich mich um, und James war fort«, sagte sie. »Er hatte direkt neben mir gestanden, als ich am Fleischwarenstand wartete. Ich hätte ihn niemals draußen gelassen, wenn ich in einen Laden ging.«

Besorgt fragte sie die kleine Antonia, wo James sei. »Ich weiß nicht«, antwortete die Kleine. Denise fragte sie wieder, eindringlicher. »Er ist durch die Tür gegangen«, antwortete sie diesmal.

»Als sie das sagte, geriet ich in Panik«, erinnerte sich Denise. Sie stürzte zur Tür hinaus und schaute ängstlich umher. Alles war voller Leute, aber von James war weit und breit nichts zu sehen. Sie bekam Herzklopfen, lief zurück in die Metzgerei und sagte: »Nicola, weißt du, wo James ist?«

»Er muß doch hier sein.«

»Er ist nicht da!« rief Denise aufgeregt.

Nicola bezahlte eilig ihren Einkauf und versuchte Denise zu beruhigen. »Ist schon gut. Er kann nicht weit sein.«

Denise und Nicola liefen aus der Metzgerei und begannen eine verzweifelte Suche. In der nun folgenden Hektik konfuser Aktivität gab jemand der verzweifelten Mutter den Rat, zum Büro des Sicherheitsbeauftragten im Erdgeschoß des Einkaufszentrums zu gehen.

»Ich sah mich überall um, aber von James war keine Spur zu sehen; also lief ich zum Büro des Sicherheitsbeauftragten. Der Junge war noch keine fünf Minuten fort. Ich hatte Nicola aus den Augen verloren; sie suchte in verschiedenen Richtungen.«

Im Büro des Sicherheitsbeauftragten waren die Bildschirmmonitore zur Überwachung des Einkaufszentrums eingeschaltet. Denise sagte, daß ihr Sohn verschwunden sei. Darauf wurde James mehrmals über das Lautsprechersystem ausgerufen. Denise erinnerte sich später, daß sie dachte, es wäre besser, wenn sie alle Türen zum Einkaufszentrum schließen würden, bis James gefunden wäre. Sie rannte wieder hinaus und begann die Geschäfte nach ihrem Sohn abzusuchen. »Ich erinnere mich nicht genau, was ich tat«, sagte sie. »Ich rannte einfach durch die Geschäfte. Ich lief sogar hinauf zum Balkon, wo man den Parkplatz überblicken kann, um zu sehen, ob er zum Wagen gegangen war, aber er war nicht dort. Einmal fragte ich einen Mann und eine Frau, die an der Wand auf einer Bank saßen, ob sie ihn gesehen hätten, aber sie verneinten. Leute kamen auf mich zu und meinten, James sei inzwischen bestimmt gefunden worden, und so lief ich immer wieder ins Büro des Sicherheitsbeauftragten. Aber jedesmal lautete die Auskunft: ›Nein, er ist nicht hier.‹ Ich wurde wütend. Sie würden nicht glauben, wie viele Leute ich fragte, ob sie einen kleinen Jungen gesehen hätten. Sie sagten alle nein. Aber jemand mußte ihn bemerkt haben! Wer kann einen kleinen Jungen völlig übersehen?«

Nicola, die ihren kleinen Schützling nicht von der Hand ließ, setzte gleichfalls die Suche fort. Irgendwo traf sie wieder mit Denise zusammen, und sie beschlossen, zu T.J. Hughes zurückzukehren. Inzwischen war Denise in Tränen aufgelöst. In der schrecklichen Panik, die sie erfaßt hatte, konnte sie nicht verstehen, warum es ihr nicht gelang, ihr eigenes Gefühl entsetzlicher Angst auf andere zu übertragen. »Die für die Sicherheit zuständigen Leute schienen nicht mal interessiert«, sagte sie. »In einem Geschäft sagte mir ein Wachmann: ›Ich habe ihn nicht gesehen‹, und das war es. Ich gab ihm ordentlich Bescheid und rannte hinaus. Die Verkäuferinnen bei Hughes waren hilfsbereit. Sie telefonierten für mich immer wieder mit dem Büro des Sicherheitsbeauftragten.«

Schließlich kam ein freundlicher Kaufhausdetektiv zu Denise und sagte: »Kommen Sie, ich bringe Sie hinunter zum Sicherheitsbeauftragten. Machen Sie sich keine Sorgen. Ihr Junge wird bei Woolworth sein. Da finden wir sie immer, weil es dort viel Spielzeug gibt. Wir haben noch nie einen verloren.«

Polizeihauptwachtmeisterin Mandy Waller war in ihrem Fiat Panda auf Patrouille in Bootle, als über Funk die Nachricht kam, daß im Einkaufszentrum ein Kind vermißt werde. Das war ein relativ häufiges Vorkommnis, aber die einunddreißigjährige Mandy, die dem Schauplatz des Geschehens am nächsten war, fuhr trotzdem sofort hin und ging ins Sicherheitsbüro. Dort saßen Denise und Nicola mit Peter Williams, dem Verwalter des Einkaufszentrums.

Die Vermißtenmeldung war um 16 Uhr 22 durchgekommen, und James wurde seit vierzig Minuten vermißt. »Das war eine lange Zeit für ein im Einkaufszentrum vermißtes Kind«, sagte Mandy. »Ich informierte den Inspektor über Funk, und er fing an, eine sofortige Durchsuchung des ganzen Komplexes zu koordinieren. Denise gab mir Einzelheiten über Aussehen und Bekleidung des Jungen, die den Suchmannschaften bekanntgegeben wurden. Ich selbst ging mit Denise durch das Einkaufszentrum und ließ mir zeigen, wo sie James zuletzt gesehen hatte und wo sie vorher gewesen waren. Natürlich war sie aufgeregt und sehr in Sorge, und auch ich war besorgt, weil man kleine Kinder normalerweise innerhalb einer Viertelstunde wieder findet. Aber ich mußte ruhig bleiben und mit der Situation fertig werden.«

Denise und Mandy gingen hinaus zum Taxistand in der belebten Stanley Road vor dem Einkaufszentrum und ersuchten die Fahrer, nach James Ausschau zu halten.

Das Sicherheitspersonal wünschte Einzelheiten darüber, wie lange Denise, Nicola und die Kinder im Einkaufszentrum gewesen wären. Nicola und das kleine Mädchen, das inzwischen gemerkt hatte, daß etwas nicht in Ordnung war und weinte, gingen zurück zum Wagen, um ihre Ankunftszeit am Parkgebührenautomaten zu überprüfen. Als sie den direkten Rückweg durchs Kaufhaus Woolworth nahmen, entdeckte Nicola ihren Bruder Colin, der mit einem Freund Geschenke für den Valentinstag am kommenden Sonntag besorgte. Sie schlossen sich der Suche an, und später begegneten Denise und Mandy noch Denises Schwager Andy, der sich ebenfalls an der Suche beteiligte.

Nicola und Denise kamen wieder im Sicherheitsbüro zusammen. Plötzlich splitterte Glas, und draußen schrie jemand. Denise reagierte auf die Unruhe mit der instinktiven Logik ihrer Bedrängnis: »Jemand hat ihn gefunden!«

Mandy Waller rannte hinaus. Ein Jugendlicher hatte die Glasscheibe in der Tür des Einkaufszentrums eingeschlagen.

»Ich wollte Denises wegen nicht darin verwickelt werden, aber ich konnte es nicht ignorieren«, erinnerte sich Mandy. »Also lief ich ihm nach, aber der Junge schwang sich auf ein Fahrrad. Einer unserer Streifenwagen setzte die Verfolgung fort, und der Jugendliche wurde wegen Sachbeschädigung festgenommen.«

Aufs äußerste frustriert, weil niemand, wie ihr schien, die verzweifelte Dringlichkeit ihres Anliegens ernst nahm, sagte Denise zu Nicola: »Die haben nur anderes im Kopf. Sie nehmen es nicht ernst!«

Schon begann die Dämmerung eines kalten Februarabends herabzusinken. »Er ist nicht hier drinnen«, sagte Denise mit schwacher Stimme zu Nicola. »Er ist irgendwo da draußen, und es wird dunkel.«

»Ich mochte nicht daran denken, was sie durchmachte«, erinnerte sich Nicola. »Ich wußte, wie sehr sie James liebte. Daß ich oder sonst jemand ihn irgendwohin mitnahm, war ausgeschlossen, weil sie James nicht ohne ihre Aufsicht lassen wollte. Es ist mir immer noch unbegreiflich, daß wir ihn aus den Augen verlieren konnten. Ich sah ihn dort bei der Tür. Es war eine Sache von Sekunden, dann war er fort.«

Als die Geschäfte geschlossen hatten, unternahm Mandy Waller mit Denise einen weiteren Rundgang durch das Einkaufszentrum. Denise erinnerte sich, wie das Verkaufspersonal in den Geschäften sich bemühte, ihr Mut zu machen. »Alle sagten immer wieder: ›Er wird schon zum Vorschein kommen, hier ist noch nie ein Kind verschwunden.‹«

Später gingen die beiden hinaus zu Mandys Wagen, während Nicola mit anderen Beamten in einen zweiten Polizeiwagen stieg. Sie fuhren die umliegenden Straßen ab und hielten Ausschau, aber wieder ohne Ergebnis.

Nach ungefähr zwei Stunden hektischer und furchtloser Suche wurde Denise zum Polizeirevier Marsh Lane gebracht, einem modernen roten Backsteingebäude an der Ekke zweier verkehrsreicher Straßen, nur ein paar hundert Schritte vom Strand entfernt. Mandy führte sie in ein ruhiges kleines Nebenbüro, wo Nicola sich ein paar Minuten später zu ihr gesellte. Denise schaute sie verzweifelt an und flüsterte: »Ralph wird einen Wutanfall bekommen. Er sagte immer, ich solle ihn im Einkaufszentrum nicht frei herumlaufen lassen, weil ich ihn vielleicht nicht wiederfinden könne.«

Ralph Bulger beendete die Arbeit an den Einbauschränken seines Schwagers spät an diesem Freitagnachmittag und ging anschließend zu seiner Mutter Helen, die in der nahen Minstead Avenue wohnte. Er plauderte mit ihr und spielte dann eine Weile an dem Sega-Computer eines der Kinder. Anschließend wollte er zu Eileen, um dort seine Frau und den Jungen zu treffen. Es war kurz vor sechs. Wenige Minuten nachdem er Helen verlassen hatte, läutete bei ihr das Telefon. Ein Polizeibeamter des Reviers Marsh Lane teilte mit, daß James vermißt werde.

»Er sagte, sie machten sich Sorgen, weil mehr als zwei Stunden vergangen seien, seit er zuletzt gesehen wurde«, erinnerte sich Helen. »Mein erster Gedanke war, daß es sich vielleicht um eine Entführung handle; daß eine Frau, die selbst keine Kinder bekommen konnte, ihn mitgenommen habe. Als die Zeit verging, hoffte ich, daß dies die Erklärung sei. Man fängt an, sich Gedanken über die verschrobenen Leute zu machen, die da draußen herumlaufen.«

Die Nachricht erreichte Ralph, als er zu Eileen kam. Sie war inzwischen von ihrer Einkaufsfahrt nach Birkenhead zurückgekommen und hatte gleichfalls eine Nachricht von der Polizei erhalten. Voller Sorge rief sie die anderen Mitglieder der weitverzweigten Familie an und setzte sie von James' Verschwinden in Kenntnis.

»Ich dachte, er könnte vielleicht in ein Geschäft gelaufen sein, wo er müde wurde, sich hinsetzte und einschlief«, sagte Eileen. »Dieser Gedanke hielt mich aufrecht – die Vorstellung, daß er irgendwo in einem versteckten Winkel sitzen und schlafen würde.«

Ralph sagte: »Eileen berichtete mir, daß James im Strand-Einkaufszentrum verlorengegangen sei. Mir wurde ganz übel, als ich das hörte. Es war kurz vor sechs Uhr. Ich ging direkt zu Ray.«

Ray Matthews und seine Frau Delia saßen beim Abendessen, als Ralph eintraf. »Habt ihr von unserem James gehört? Er wird vermißt«, sagte Ralph.

Rays erster Gedanke war, daß Ralph seinen älteren Bruder meine. »Warum sollte dein Bruder James vermißt werden?«

»Nicht mein Bruder. Unser kleiner James«, sagte Ralph ungeduldig.

»Wie meinst du das – er wird vermißt?«

»Er wird seit ein paar Stunden unten im Strand-Einkaufszentrum vermißt.«

Das Erinnerungsbild eines kleinen blonden Kindes, das ihm aufgeregt vom Rücksitz eines Wagens zuwinkte, ging Ray durch den Sinn. Er ließ Messer und Gabel fallen, griff zu den Wagenschlüsseln und lief hinaus, dichtauf gefolgt von Ralph.

Unterwegs nach Bootle sagte Ray: »Mach dir keine Sorgen. Inzwischen werden sie ihn gefunden haben. Er wird im Polizeirevier sein und Tee trinken oder mit einem Spielzeug spielen und auf dich warten, daß du ihn abholst und nach Haus bringst.« Er versuchte sich selbst ebenso Mut zu machen wie Ralph.

Als sie eintrafen und erfuhren, daß James noch immer nicht gefunden worden war, wollte Ralph erst mit Denise sprechen und dann bei der Suche nach seinem Sohn helfen. Statt dessen mußte er in einem Vernehmungszimmer Platz nehmen, eine Reihe Fragen beantworten und detaillierte Erklärungen abgeben. Dann fuhren sie mit ihm zurück nach Kirkby, wo sie sich in seiner Wohnung umsahen und zwei noch nicht entwickelte Filme mit Aufnahmen von Familienzusammenkünften an sich nahmen, weil aktuelle Bilder von James dabei waren. Die Filme wurden von einem Polizeikurier mit dem Motorrad abgeholt und zur Entwicklung ins Polizeihauptquartier Merseyside gebracht.

Nach der Rückkehr zum Polizeirevier Marsh Lane sah sich Ralph mit weiteren Fragen konfrontiert. »Ich wollte nur hinaus und James suchen«, berichtete er. »Deshalb sagte ich zu ihnen: ›Statt hier zu sitzen und zu reden, sollten wir draußen suchen.‹«

Unterdessen mußte auch Denise vor anderen Beamten Fragen beantworten und Erklärungen abgeben. Dem verzweifelnden Paar kam dies alles nur als enttäuschende Zeitverschwendung vor, die sie davon abhielt, ihrem natürlichen Instinkt zu folgen und ihren Sohn zu suchen. Alles, was sie durchmachten, war jedoch nur das Standardverfahren der Polizei im Falle eines vermißten Kindes und sehr notwendig, um den Beamten die Möglichkeit zu geben, sich ein weitgehend vollständiges Bild von den Umständen des Verschwindens machen zu können. Endlich, nach mehr als zwei Stunden, wurde Ralph in das Vernehmungszimmer geführt, wo Denise mit Nicola saß. »Ich kann mich nicht erinnern, was wir zueinander sagten«, sagte Ralph. »Ich erinnere mich nur, daß mir übel war.«

Jim Fitzsimmons war zu Haus in Crosby, einer kleinen Nachbarstadt von Bootle, und verzehrte sein Abendessen, als um 19 Uhr 07 sein Piepser ertönte. Er war erst vier Tage zuvor zum Kriminalinspektor befördert worden, und dies war sein erstes Wochenende in Bereitschaftsdienst für die gesamte Kriminalabteilung der Polizei von Merseyside. Er rief die Zentrale an, meldete sich und erhielt die Auskunft, daß ein zweieinhalbjähriger Junge am Strand als vermißt gemeldet worden sei.

In diesem großen und belebten Einkaufszentrum gingen regelmäßig Kinder verloren, aber als Kriminalinspektor Fitzsimmons hörte, daß James seit mehr als drei Stunden vermißt wurde, löste das ein Alarmsignal bei ihm aus. Er fuhr die kurze Strecke zum Polizeirevier Marsh Lane, wo er von dem diensthabenden uniformierten Beamten unterrichtet wurde. Alle Maßnahmen waren bereits eingeleitet. Der Polizeihubschrauber war gestartet und suchte, Verkehrsstreifen fuhren mit eingeschalteten Lautsprechern durch Bootle, und Trupps aus Polizisten und Mitgliedern der Familie des Vermißten durchsuchten das Einkaufszentrum. Auch die Einsatzunterstützungsabteilung, die bei größeren Aktionen zusätzliches Personal bereitstellt, war bereits mobilisiert.

Im Laufe der ersten polizeilichen Nachforschungen waren zwei weitere Zwischenfälle ans Licht gekommen. Ein vermuteter Triebtäter war im Einkaufszentrum erkannt worden, und ein Kind, das von seinen Eltern getrennt worden war, hatte ausgesagt, daß ein Mann versucht habe, es in einen Wagen zu locken. Wie sich herausstellen sollte, gab es zwischen beiden Vorfällen und James' Verschwinden keinen Zusammenhang, aber sie waren beunruhigend genug, um Kriminalinspektor Fitzsimmons davon zu überzeugen, daß die Umstände von James' Verschwinden verdächtig sein könnten. Er traf deshalb die Entscheidung, daß die Ermittlungen dem Verantwortungsbereich der Kriminalpolizei zu übertragen wären und rief alle verfügbaren Kriminalbeamten aus den Kriminalabteilungen der Reviere Marsh Lane, Copy Lane, Crosby und South Lane zusammen. Kriminalbeamte waren bereits zur Wohnung des vermuteten Triebtäters gegangen, hatten ihn jedoch nicht angetroffen. Ungefähr eine Stunde später kam der Mann selbst ins Polizeirevier Marsh Lane, nachdem er erfahren hatte, daß er von Kriminalbeamten gesucht worden war. Eine kurze Vernehmung reichte hin, um festzustellen, daß er nicht in den Fall verwickelt sein konnte.

Die örtlichen Medien wurden gebeten, die Vermißtenmeldung an die Öffentlichkeit zu bringen und Zeugen aufzufordern, ihre Beobachtungen der Polizei mitzuteilen, und um 21 Uhr 30 spürten Kriminalbeamte eine Frau auf, die ein weinendes kleines Kind am Ufer des Kanals von Leeds nach Liverpool, der am Gelände des Einkaufszentrums vorbeiführt, gesehen hatte. Eine Anzahl anderer Kinder hatte in der Nähe gestanden. Die Taucher der Unterwassersucheinheit der Regionalpolizei waren bereits benachrichtigt und sollten beim ersten Licht des nächsten Tages eine Suchaktion durchführen. Kriminalinspektor Fitzsimmons gelangte nun zu der Schlußfolgerung, daß James aus dem Einkaufszentrum zur Böschung des Kanals hinausgelaufen sei und wahrscheinlich im Kanal gefunden würde.

Die Nachricht von James' Verschwinden verbreitete sich wie ein Lauffeuer bei den Familien Bulger und Matthews, und als die einzelnen Mitglieder davon erfuhren, machten sie sich auf den Weg nach Bootle, um an der Suche nach dem vermißten Kind teilzunehmen.

Am frühen Abend fuhr Ray Matthews Denise zum Strand zurück, und als sie durch die äußeren Glastüren spähten, wurde ein Wachmann aufmerksam und ließ sie herein. Sie gingen ins Büro des Sicherheitsbeauftragten und begannen eine weitere Durchsuchung der Ladenflächen in Begleitung von Polizeibeamten und Wachmännern. Im menschenleeren Einkaufszentrum herrschte jetzt im Gegensatz zu der Geschäftigkeit des Nachmittags unheimliche Ruhe. Als sie durch die nur teilweise beleuchteten Passagen gingen, hallten ihre Schritte in der Stille wider. Denise fand ihre Einkaufstasche, die noch an der Stelle lag, wo sie sie Stunden zuvor bei ihrer ängstlichen Suche nach ihrem Sohn fallengelassen hatte.

Einer der Beamten sagte zu Ray, es sei unwahrscheinlich, daß James sich in einem der Geschäfte aufhalte, weil sie durch Infrarot-Alarmsysteme gesichert seien, die von der geringsten Bewegung im Innern ausgelöst würden. Gleichwohl wurde nichts dem Zufall überlassen. Alle Schlüsselinhaber wurden herbeigerufen, und eine Suchmannschaft aus Spezialisten der Einsatzunterstützungsabteilung führte eine sorgfältige Überprüfung durch, welche die ganze Nacht hindurch andauerte.

»Ich dachte, es sei ganz gleich, wie lange es dauern würde«, sagte Ray. »Wir – oder einige von uns – glaubten noch immer, daß er in einem dieser Geschäfte sei, entweder eingeschlafen oder in einem Lagerraum eingesperrt oder etwas dergleichen.«

Sie kehrten zurück zum Polizeirevier, wo Ray in der Eingangshalle mit einem jungen Polizeibeamten sprach, während Denise wieder in ein Vernehmungszimmer geführt wurde. Auch Ray wurde um eine Aussage gebeten. Danach trank er mit Ralph eine Tasse Tee, versuchte ihn zu beruhigen, und anschließend gingen beide zurück zum Strand. Sie sahen sich im Umkreis des Gebäudekomplexes um und durchsuchten anschließend alle Ebenen des mehrstöckigen Parkhauses. Schließlich trotteten sie zurück zum Polizeirevier, um zu hören, ob es Neuigkeiten gab. Es war ein Schema, das in den folgenden zwei Tagen immer wieder so ablaufen sollte.

Im weiteren Verlauf des Abends wurden Denise und Ralph ins Büro des Sicherheitsbeauftragten gebeten, um sich ein Foto anzusehen, das eine der Überwachungskameras aufgenommen hatte. Es zeigte ein Kind, das außerhalb der Metzgerei durch die Passage lief. Sie wurden gefragt, ob sie bestätigen könnten, daß es James sei. »Ein kurzer Blick genügte, und ich wußte, daß er es war«, erinnerte sich Ralph.

Denise bestätigte es. »Es war unzweifelhaft James. Wir wußten es, sobald wir ihn sahen. Ich erinnere mich, daß ich schrie: ›Das ist er!‹ Ich war in totaler Panik.«

Mehrere Brüder des Ehepaars waren inzwischen eingetroffen und begannen auf eigene Faust mit der Suche, die sie beinahe achtundvierzig Stunden lang rund um die Uhr fortsetzten. Es war eine naßkalte Nacht. Ein feiner Nieselregen setzte ein.

Ralphs Bruder James, ein früherer Taxifahrer, der sich in Bootle gut auskannte, suchte einige der heruntergekommenen Viertel ab, die er aus seiner Zeit als Taxifahrer gut kannte. Nicola Bailey fuhr ein erschöpftes und verwirrtes kleines Mädchen zurück zu ihrem Elternhaus, holte ihren Verlobten Paul ab und kehrte zurück nach Bootle. Auch sie verbrachten die Nacht mit dem Durchkämmen der Nachbarschaft und kehrten von Zeit zu Zeit in die Geborgenheit ihres Wagens zurück, um den Motor ein paar Minuten laufen zu lassen und sich aufzuwärmen.

Am späten Abend überredeten die Polizeibeamten Ralph und Denise, daß sie nach Haus gehen sollten, und Ray fuhr sie zurück nach Kirkby. Er ließ sie bei Eileen, wo auch seine Frau Delia und die Schwestern Sheila und Joan waren, und fuhr selbst wieder zur Marsh Lane. Sein Bruder Gary war dort, und sie beschlossen nach Kirkby zu fahren und sich mit warmen Kleidern und Taschenlampen zu versehen. Bei ihrer Rückkehr fanden sie Ralph und Denise noch immer angespannt und in nervöser Unruhe in Eileens Wohnzimmer. Sie konnten es nicht ertragen, dem Schauplatz der Aktivitäten noch länger fern zu bleiben und kehrten mit Ray und Gary nach Bootle zurück. Inzwischen war es ein Uhr früh.

Ray und einige der anderen verbrachten eine Stunde oder

mehr mit dem Absuchen der Kanalufer, leuchteten mit ihren Taschenlampen in die Sträucher und das schwarze, undurchdringliche Wasser. Später in der Nacht verlegten sie ihre Suche weiter hinaus, um Hinweisen nachzugehen, die bei der Polizei eingegangen waren.

Ray erinnerte sich an ihre Durchsuchung einer verlassenen und verfallenen Wohnsiedlung. »Es war furchtbar, als ginge man durch ein Kriegsgebiet. Unrat, zerbrochene alte Möbel, Glasscherben und zerschlagenes altes Spielzeug lagen überall, und es stank abscheulich. Die meisten Häuser und Wohnungen waren mit Eisenplatten vor den Türen und Fenstern gut gesichert. Man konnte nicht hinein, aber einige waren trotzdem aufgebrochen worden. Jemand hatte die Eisenplatten am unteren Rand aufgebogen, und durch diese Öffnung konnte man eindringen und auch in andere Häuser und Wohnungen gelangen. Ich kroch durch und sah mich um, während die anderen für den Fall, daß es Schwierigkeiten geben würde, draußen warteten. Man weiß nie, wem man in solchen Häusern begegnen kann, Drogenabhängigen, Stadtstreichern, untergetauchten Ausreißern, Dieben.«

Paul und Nicola durchsuchten inzwischen eine Baustelle. Mittlerweile war es zwei Uhr früh, und das Gelände lag in tiefer Dunkelheit. Paul ließ Nicola mit abgesperrten Türen im Wagen warten, während er suchte. Der unebene, mit Schutt und allerlei Gegenständen übersäte Boden war schwierig zu begehen, und einmal fiel Paul und schnitt sich die Hand auf. Er spürte instinktiv, daß es, wenn er James hier fände, keine gute Nachricht sein würde. »Ich hatte keine Taschenlampe und suchte mit Hilfe eines Feuerzeugs. Fast hatte ich ein wenig Angst, daß ich ihn hier finden könnte.«

Auch Ralph wurde inzwischen von düsteren Ahnungen geplagt. Sein Bruder Philip erinnerte sich, wie er in den frühen Morgenstunden im Polizeirevier mit ihm zur Toilette ging. Als sie außer Hörweite von Denise waren, wandte sich Ralph ihm zu und sagte mit tonloser Stimme: »Ich habe so ein Gefühl, daß ich ihn nicht lebend wiedersehen werde.«

Der Fototechniker Alan Williams fuhr nach einem langen Arbeitstag durch Bootle heimwärts, als seine Gedanken zu einem Tag vor fünf Jahren zurückwanderten. Sein Sohn Michael war drei Jahre alt gewesen, als er sich im Kaufhaus T.J.Hughes im Strand-Einkaufszentrum von seiner Mutter entfernt und verlaufen hatte. Es war ein schrecklicher Augenblick gewesen, aber Michael war glücklicherweise nicht weit entfernt wieder zum Vorschein gekommen, weinend, aber ungefährdet. Er war jetzt achteinhalb. Alan fragte sich, was die Eltern des kleinen James Bulger durchmachen mußten. Er blickte auf die Uhr am Armaturenbrett. Beinahe Mitternacht.

Vielleicht war es seine eigene Erfahrung, die Alan in dieser Nacht so handeln ließ, wie er es tat, oder vielleicht war es bloß das natürliche Verantwortungsbewußtsein, das er und so viele seiner Kollegen regelmäßig unter Beweis stellen und für das wir anderen dankbar zu sein alle Ursache haben. Alan war ein Zivilangestellter der Polizei von Merseyside und arbeitete in der fototechnischen Abteilung des modernen Polizeihauptquartiers am Hafen von Liverpool. An diesem Abend hatte er lange an einem anderen Auftrag gearbeitet und war dann gebeten worden, einige Aufnahmen von James zu kopieren und zu vergrößern, um den Beamten die Befragungen von Haus zu Haus und die Versorgung der lokalen Medien zu erleichtern. Schließlich hatte er die beiden Filmrollen entwickelt, die von James' Familie aus Kirkby stammten, darunter eine gute Aufnahme von James gefunden und mehr als hundert Vergrößerungen gemacht.

Er hatte diese Nacht keinen Bereitschaftsdienst, doch als er sich abmeldete, überlegte er einen Augenblick und ging noch einmal in die Zentrale. Dort sagte er dem diensttuenden Inspektor, daß in seiner Abteilung niemand mehr im Dienst sei, daß er aber das mobile Funktelefon bei sich habe. Er werde es nachts bei seinem Bett eingeschaltet lassen und im Notfall erreichbar sein.

Alan hatte noch nicht sehr lange geschlafen, als eine dramatische Wendung eintrat, die auch ihn mit einbezog. Beamte der Einsatzunterstützungsabteilung waren im Laufe der

Überprüfung von Videoaufzeichnungen der Überwachungskameras im Strand-Einkaufszentrum auf ein alarmierendes Bild gestoßen. Es zeigte James Bulger, der von einem Jungen an der Hand weggeführt wurde, während ein zweiter Junge ein paar Schritte vor ihnen ging. Bittere Ironie wollte es, daß die Aufzeichnung zur Kennzeichnung des Kamerastandortes vor dem betreffenden Geschäft mit der Bildunterschrift »Mothercare« versehen war.

Kriminalinspektor Fitzsimmons, der noch in den frühen Morgenstunden des Samstags an seinem Schreibtisch ausharrte, wurde von Inspektor Peter Jones ins Büro des Sicherheitsbeauftragten für das Einkaufszentrum gerufen. »Sie zeigten mir die Videoaufzeichnung, wie James mit zwei Jungen das Einkaufszentrum verließ. Jetzt erst wurde uns zum ersten Mal klar, daß James sich nicht verirrt hatte, sondern entführt worden war.«

Er verständigte das Hauptquartier, und die Zentrale rief die Nummer des mobilen Funktelefons. Alan Williams, vom Schrillen des Geräts aus tiefem Schlaf gerissen, kleidete sich hastig an und fuhr zum Strand. Er ließ seinen Kollegen Colin Smith aus dem Bett holen, verabredete sich mit ihm im Hauptquartier, nahm das dreistündige Videoband aus dem Sicherheitsbüro mit und fuhr ins Stadtzentrum zum Polizeihauptquartier.

Ein für 25000 Pfund neu installiertes Gerät in der Abteilung Fototechnik im sechsten Stock des Gebäudes bot das perfekte Instrumentarium für die Aufgaben, die ihnen gestellt waren. Sie hatten zwei Jahre lang versucht, das Innenministerium zur Anschaffung eines Gerätes zur Vergrößerung, Verstärkung und Kontraststeigerung von Videoaufnahmen zu bewegen, und durch einen bemerkenswerten Zufall war das Gerät gerade erst vor drei Wochen installiert worden. Alan und Colin hatten viel Zeit aufgewendet, um sich mit der Technik vertraut zu machen, hatten sie aber nur einmal in einem relativ geringfügigen Fall in der Praxis gebraucht.

Die beiden machten sich sogleich an die Arbeit. Das computergesteuerte Gerät war in einem fensterlosen und klimatisierten Raum untergebracht, um eine gleichbleibende Luftfeuchtigkeit und kühle Temperatur zu gewährleisten, die sowohl die komplizierte Elektronik wie auch Hunderte von hier gelagerten Videobändern der Abteilung schützte. Die bedienende Person saß vor einer mit dem Kontrollbildschirm verbundenen computerähnlichen Tastatur, die Information über das Videobild gab und ihr gestattete, unter einer eindrucksvollen Skala von Verstärkungs- und Abschwächungsfunktionen zu wählen. Hoch zur Rechten befand sich ein Farbmonitor, auf dem das bearbeitete Videobild zu sehen war. Neben dem Arbeitsplatz war ein Stapel von Boxen verschiedener Formen und Größen angebracht, die an den Traum eines Hi-Fi-Enthusiasten von einem optimalen Lautsprechersystem erinnerte. Die Anlage beherbergte Videorekorder und die Elektronik für die verschiedenen Funktionen. Zu ihrer Rechten stand ein Laserdrucker, der qualitativ hochwertige Bildwiedergaben der bearbeiteten Videoaufzeichnung lieferte.

Bei der Analyse des Videobandes gab es sofort Probleme. Die allgemeine Qualität des Originals war nicht gut. Über das Einkaufszentrum verteilt gab es insgesamt sechzehn Überwachungskameras, und alle speisten ihre Aufzeichnungen einem Rekorder ein, der jeweils ein Einzelbild nach dem Rotationsverfahren speicherte. Der Zyklus dauerte ungefähr fünfzehn Sekunden, dann fing er mit dem nächsten Einzelbild von vorn an. Das Durchsehen der unscharfen Bilder und die Auswahl derjenigen aus den relevanten Kameras war langwierige und mühevolle Arbeit, die den Augen große Anstrengung abverlangte. Die beiden Männer arbeiteten abwechselnd in kurzen Intervallen; während der eine Kaffee machte, um die Ermüdung zurückzudrängen, saß der andere am Gerät. Es erforderte ungefähr sechs Stunden, um zwölf bis fünfzehn Minuten Information durchzugehen, wobei sie sich von James' letzter Sichtung an langsam nach rückwärts vorarbeiteten.

Wenn sie ein Bild fanden, das die Bearbeitung lohnte, kam ihnen die digitale Bildverarbeitungstechnik zustatten. Der Computer machte eine digitale Bildaufzeichnung, indem er die vorhandene Information in Pixeln wiedergab, winzigen elektronischen Bildpunkten. Der Basiszeitkorrektur schärfte jedes gewählte Einzelbild, indem er sein Feld von der Vernebelungswirkung umgebender Einzelbilder des Bandes befreite. Das Computerprogramm zählte dann die Zahl der Pixel in jeder Farbe und begann mit dem hochverfeinerten Prozeß ihrer Schärfung und Reinigung. Das System arbeitete nur mit den originalen Rohdaten, die im Videobild enthalten waren. Die Technologie konnte zwar Informationen hinzufügen, die ästhetisch bessere Resultate erbringen würden, aber dies hätte sie für die Polizei als Werkzeug zur Identifikation von Verdächtigen nutzlos gemacht. Der Computer verschlüsselte sogar eine »Prüfspur«, die jeden Schritt zeigte, der in der Verstärkung oder Schärfung von Bildparteien unternommen wurde und die deshalb wenn nötig vor Gericht als Beweismittel für die Art und Weise des Zustandekommens einer Bildverstärkung diente.

Die beiden Männer arbeiteten die Nacht durch, und am Morgen hatten sie die erste Serie brauchbarer Bilder der beiden Verdächtigen angefertigt. Sie zogen Kopien für die Medien und für die Haus-zu-Haus-Befragungen der Polizei und machten sich schließlich müde und erschöpft auf den Heimweg. »Es war ungefähr acht Uhr früh am Samstag, als ich nach Haus kam«, erinnerte sich Colin. »Meine Frau war noch nicht auf, aber meine kleine Tochter war gerade aufgewacht. Ich setzte mich zu ihnen und erzählte, was ich getan hatte. Dabei konnte ich der Geschichte, die sich vor mir entfaltete, selbst kaum glauben.«

Als Colin Smith zu Hause eintraf, kehrte Polizeiinspektor Jim Fitzsimmons gerade in sein Arbeitszimmer zurück. Er hatte bis drei Uhr früh gearbeitet. Die Entdeckung, daß zwei Jungen mit im Spiel waren, hatte dem Fall neue Bedeutung verliehen, und bevor er endlich für ein paar Stunden nach Haus gefahren war, hatte er den diensttuenden Kriminalbeamten angewiesen, alles vorzubereiten, daß am Samstagmorgen unverzüglich eine vollständige Einsatzgruppe der Mordkommission gebildet werden könne, um die Ermittlungen mit Hilfe des Holmes-Computers aufzunehmen. Dieses

System ist das Nervenzentrum, um welches neuzeitliche Ermittlungsarbeit in Mordfällen und ähnlichen Schwerverbrechen kreist. Seine Datenanschlüsse wurden in einen Lagerraum gebracht, der im Polizeirevier Marsh Lane eingerichtet worden war, wo sie darauf warteten, die voraussichtliche Informationsflut aus der Bevölkerung zu verarbeiten.

Die vergrößerten Einzelaufnahmen lagen auf dem Schreibtisch von Kriminalinspektor Fitzsimmons. Kriminalinspektor Geoff MacDonalds übernahm die Leitung der Ermittlungen und setzte für elf Uhr vormittags eine Pressekonferenz an. Dabei sollten die Einzelaufnahmen der Videoaufzeichnung den Medien mit der Bitte übergeben werden, die Fahndung nach James und den beiden Jungen mit größtmöglicher Publizität zu begleiten. Diane Halliwell, die an diesem Wochenende diensthabende zivile Pressesprecherin der Polizei, wurde herbeigeholt, um die nötigen Vorbereitungen zu treffen.

Denise, Ralph und ihre Familien waren betäubt von Müdigkeit und Sorge, ließen aber nicht nach in ihren Anstrengungen, bei der Suche zu helfen. Ralphs Bruder James erinnerte sich: »Jeder von uns war erledigt. Alle sahen übernächtig und mitgenommen aus. Wir befürchteten das Schlimmste, wagten aber nicht, darüber zu reden. Denise sah an diesem Morgen sehr alt aus. Es war, als ob sie über Nacht zwanzig Jahre gealtert wäre.«

Die Familie hatte in der Kriminalabteilung des Polizeireviers Marsh Lane ein Fernsehzimmer bekommen, wo sie sich versammeln konnte. Dort herrschte das Wochenende hindurch ein ständiges Kommen und Gehen von verschiedenen Familienmitgliedern, die sich nach Neuigkeiten oder neuen Suchgebieten erkundigten. Die Kriminalbeamten unterrichteten Denise und Ralph am Samstagmorgen als erstes über die aus der Videoaufzeichnung gewonnenen Erkenntnisse. »Ein Polizist kam herein und sagte, es wäre festgestellt worden, daß zwei Jungen ihn mitgenommen hätten«, erzählte Denise. »Er sagte, sie hätten ihn wahrscheinlich wie einen jüngeren Bruder an die Hand genommen, und man brauchte nichts weiter zu tun als ihn ausfindig zu machen und zurückzubringen. Als er das ausführte, wurde mir leichter ums Herz. Ich dachte mir, zwei Jungen würden dem Kleinen nichts zuleide tun.«

Um zehn Uhr kam Hauptwachtmeisterin Mandy Waller ins Polizeirevier. In ihrer freundlichen, mitfühlenden Art hatte Mandy eine harmonische Beziehung zu Denise hergestellt, und da sie die Beamtin war, die sich von Anfang an mit dem Fall befaßt hatte, wurde entschieden, daß sie sich weiterhin um die Familie kümmern solle. Mandy berichtete: »Es ging nur darum, sie über die Entwicklung auf dem laufenden zu halten, Tee und belegte Brote zu machen und ihnen das Gefühl zu geben, daß alles Menschenmögliche getan wurde. So viele Familienangehörige kamen und gingen, daß man den Eindruck bekam, alle Besucher des Polizeireviers seien irgendwelche Verwandte. Denise und Ralph hatten überhaupt nicht geschlafen. Ray war die ganze Nacht draußen auf der Suche gewesen und sah am Samstagmorgen wirklich mitgenommen aus.«

Denise und Ralph wurden überredet, bei der Pressekonferenz aufzutreten. Es herrschte ein großes Gedränge. Vor den Blitzlichtern der Kameras konnte Denise nur sagen: »Ich kaufte Fleisch in der Metzgerei. Als ich mich umwandte, war er fort. Wenn jemand mein Kind hat – soll er es einfach zurückbringen«, dann brach sie zusammen und floh weinend aus dem Raum.

Dann nahm Ralph das Wort und sagte: »Es hätte jedem passieren können. Sie nahm das Fleisch in Empfang und bezahlte, und als sie sich umwandte, war er fort. James ist ein zutrauliches und fröhliches Kind, das mit jedem zurechtkommt. Er redet mit den Leuten, und wir haben ihm seinen Namen und die Anschrift beigebracht, so daß er sie sagen wird, wenn jemand ihn danach fragt.«

Während in der Marsh Lane die Pressekonferenz andauerte, setzte die Polizei draußen ihre Suche fort und erweiterte das Suchgebiet im Hinblick auf neue Sichtungen, die gemeldet wurden. Mehr als hundert Beamte waren an der Fahndung beteiligt. Polizeitaucher wateten den Kanal entlang und bildeten eine Suchkette. Ray Matthews erinnerte sich, daß einer von ihnen gegen Ende ihrer Suche am Spätnachmittag ein ermutigendes Zeichen mit emporgerecktem Daumen gab. »Das war eine große Erleichterung«, sagte Ray. »Es hatte viele Meldungen gegeben, nach denen James an der Kanalböschung gesehen worden war, und jetzt dachten wir, daß diese Sorge von uns genommen sei. Er war nicht ins Wasser gefallen. Jemand hatte ihn davor bewahrt.«

Am späten Nachmittag ging Mandy mit Denise und ein paar anderen Familienmitgliedern hinauf zur Kantine, um ihnen eine Abwechslung von dem kleinen Fernsehzimmer zu bieten. Das Fenster gewährte einen Ausblick auf die Straße, und als Denise hinausschaute, sah sie zwei kleine Mädchen mit einem Jungen, der in seinem Trainingsanzug, den Stiefeln und dem Anorak James ähnelte. Aufgeregt rief sie Mandy ihre Beobachtung zu, und die Polizistin gab über ihr Funkgerät Alarm. Innerhalb von einer Minute überholte ein Streifenwagen der Polizei mit Blaulicht die kleine Gruppe. Es war eine weitere niederschmetternde Enttäuschung. Der vermeintliche James war tatsächlich ein kleines Mädchen.

Der Samstagabend brachte eine Fortsetzung der schon am vergangenen Tag begonnenen Suchaktion. Noch lange nach Dunkelwerden wurde mit großem Personalaufwand weitergeforscht. Die starken Suchscheinwerfer des Polizeihubschraubers beleuchteten die festgelegten Suchabschnitte, die von Polizeimannschaften in Linienformation durchkämmt wurden. Um 22 Uhr wurde der Umfang der Suche für die Dauer der Nacht eingeschränkt, aber nicht aufgegeben. Sie sollte früh am nächsten Morgen mit unverminderter Intensität wieder aufgenommen werden.

Inzwischen waren die meisten Familienmitglieder völlig erschöpft, wollten jedoch nicht aufgeben und schleppten sich eine zweite Winternacht in der engeren und weiteren Umgebung des Einkaufszentrums herum. Noch immer weigerten sie sich, die Hoffnung aufzugeben, noch immer erfanden sie Szenarien für James' Verschwinden, die alle den gemeinsamen Nenner seiner schließlich wohlbehaltenen Rückkehr hatten. Wenn die bloße gemeinsame Willensanstrengung James gesund und wohlbehalten hätte zurückbringen können, dann hätte er zu dieser Zeit unzweifelhaft daheim in seinem Bett gelegen.

Ray sagte: »Wir wußten nicht, was für einen Reim wir uns auf die ganze Geschichte machen sollten. Nach den Videobildern dachten wir, daß die Jungen ungefähr wie vierzehn aussahen. Wir spekulierten, daß sie James irgendwohin gebracht hatten, um einen Streich zu spielen und eine großangelegte Suchaktion der Polizei auszulösen. Wir sagten uns, sie hätten ihn irgendwo abgesetzt und lägen in ihren Betten, ohne sich etwas dabei zu denken, während James irgendwo umherwanderte oder in einem Winkel kauerte. Wir hielten es sogar für möglich, daß sie James in eines ihrer Elternhäuser geschmuggelt hätten, ohne daß ihre Eltern davon wüßten. Es gab kaum eine Möglichkeit, die uns nicht durch den Kopf gegangen wäre.«

Irgendwann in den frühen Stunden des Sonntagmorgens fuhr Ray mit Denise und Ralph zurück zu Eileens Haus. Denise erinnerte sich: »Ich saß im Sessel meiner Mutter im Wohnzimmer und wartete, daß es hell würde. Rays Frau Delia war bei mir. Die Polizei hatte gesagt, wir sollten nach Haus gehen und uns ausruhen, weil wir so schlecht aussähen. Ich wartete nur auf den Tagesanbruch. Immer wieder riefen wir im Polizeirevier an, um zu hören, ob es Neuigkeiten gebe. Sobald es hell wurde, fuhren wir wieder dorthin.«

Am Sonntagvormittag veranstaltete die Polizei eine weitere Pressekonferenz. Diesmal scheute Denise vor der Tortur eines öffentlichen Auftritts zurück, aber sie schrieb eine Botschaft, die Ralph vorlesen sollte. Sie und andere Familienmitglieder verfolgten den Gang der Pressekonferenz in dem kleinen Fernsehraum des Polizeireviers, hatten aber die Tonwiedergabe abgeschaltet. Vor der Übertragung der Pressekonferenz brachte das Fernsehen ein religiöses Programm. Plötzlich erschien James' Fotografie auf dem Bildschirm, und es wurde ein Bittgebet um seine Auffindung gesprochen. Ray konnte die Worte als Untertitel auf dem Bildschirm lesen. Seit zwei Tagen war das Leben für die Angehörigen eine Abfolge ständiger, erschöpfender Anstrengungen gewesen. Nun gewann Ray zum ersten Mal einen Eindruck von

be. Seine Stimme sank zu einem Flüstern herab, als er antwortete: »Ja, man muß hoffen.«

Anschließend nahm Oberinspektor MacDonald das Wort und bekräftigte Ralphs Appell. »Es kann gut sein, daß sie diesen Jungen mitnahmen und jetzt Angst haben, sich zu melden. Uns liegt nur daran, daß der Junge zurückgebracht wird.«

Dann beantwortete er Fragen im Zusammenhang mit der Beobachtung am Reservoir und erklärte: »Die Zeugin fragte die Jungen nach dem kleinen Kind. Sie sagten, sie hätten das Kind gerade gefunden. Dann nahmen sie ihn in die Mitte und gingen weiter nach Breeze Hill hinein. Sie sagte, die beiden seien ungefähr zwölf Jahre alt. Sie ist nicht vollkommen sicher, sieht es aber als überaus wahrscheinlich an, daß es dieselben Jungen waren, die auf den Videobildern zu sehen sind. Das Reservoir ist knapp eine Meile vom Strand entfernt. Sie verließen den Bereich und gingen in Richtung Breeze Hill. Die Möglichkeit, daß sie ängstlich geworden sind, ist nicht von der Hand zu weisen. Wir untersuchen auch die Möglichkeit, daß es sich um Jungen handelt, die von zu Hause weggelaufen sind und von ihren Angehörigen vermißt werden, oder daß sie möglicherweise in einem leerstehenden Gebäude hausen. Zuerst fand die Frau es ungewöhnlich, dann aber war sie ganz zuversichtlich, daß sie alle in gutem Einvernehmen miteinander wären, weil der kleine Junge gern mit ihnen zu gehen schien.«

Darauf wurde Inspektor MacDonald gefragt, ob er das Schlimmste befürchte. Seine Antwort war kurz, aber sein Gesichtsausdruck sprach Bände. »Ich kann es nicht ausschließen – aber man muß einfach das Beste hoffen«, sagte er.

Dann zeigte er uns die Videoaufzeichnung im Detail, beantwortete ein paar weitere Fragen und erklärte die Pressekonferenz für beendet. Wir gingen fort, unsere Berichte zu schreiben, während die Polizei ihre Suchaktion fortsetzte.

Nachdem das ausgestanden war, fuhren Ralph, Ray und sechs weitere männliche Verwandte zu einem neuen Suchgebiet in der Nähe des Reservoirs. Sie parkten die beiden Fahrzeuge, mit denen sie gekommen waren, koordinierten ihre Bemühungen anhand eines Stadtplans und verteilten sich, um das Gebiet abzusuchen. Polizeibeamte durchkämmten ein Schulgelände in der Nähe eines Sportstadions, und einer der dort eingesetzten Kriminalbeamten erzählte ihnen, daß in der Nähe eine Sichtung gemeldet worden sei. »Wir suchten ihn in Parks und leerstehenden Häusern, in Garagen und Gärten, überall«, erinnerte sich Ralph. »Ich weiß nicht mehr, was ich dachte. Ich suchte einfach und bemühte mich, ihn zu finden. Dabei war ich völlig verwirrt.«

Unterdessen saß Denise mit Nicola und Mandy Waller im Fernsehraum des Polizeireviers Marsh Lane. Mandy konnte nicht mehr tun, als Denise und den anderen Familienmitgliedern, die noch immer regelmäßig kamen, Mut zuzusprechen und sie mit Tee, belegten Broten und Banalitäten zu füttern.

Zuletzt hielt Denise die Untätigkeit nicht mehr aus. »Ich dachte, ich würde verrückt«, erzählte sie. »Ich sagte, ich wollte hinausgehen und suchen.«

Mandy beschloß, Denise und Nicola in ihrem Dienstwagen zu fahren, mehr um ihnen Abwechslung und etwas frische Luft zu bieten als in der Erwartung, etwas zu finden. Sie nahm ihr Funkgerät mit und verständigte die Zentrale von ihrem Vorhaben, ehe sie das Polizeirevier verließen.

Sie brachen um drei Uhr nachmittags auf und fuhren mehr oder weniger ziellos durch die in sonntäglicher Stille liegenden Straßen. Denise starrte mit leerem Blick aus dem Fenster. Die Ausfahrt hatte erst zwanzig Minuten gedauert, als Mandys Funksprechgerät knackend und knisternd zum Leben erwachte. Der Beamte in der Polizeifunkzentrale wies sie an, unverzüglich zur Marsh Lane zurückzukehren – und ihr Funksprechgerät auszuschalten.

5

Zuerst dachten sie, jemand habe eine Puppe auf die Eisenbahnschienen geworfen. Die gelangweilten Halbwüchsigen vertrödelten einen kalten, trüben Sonntagnachmittag nicht weit von ihren Wohnungen in Walton, als sie auf den Schienen der Güterbahnstrecke von Edge Hill nach Bootle den Fund machten. Die Jungen, zwei Brüder im Alter von dreizehn und vierzehn Jahren und ihre beiden fünfzehnjährigen Freunde, gingen näher heran. Plötzlich dämmerte einem der Junge die schreckliche Wirklichkeit. »Das ist keine Puppe! Es ist ein kleines Kind!« rief er.

Nun konnten sie es alle sehen. Es war ein Anblick, den sie niemals würden vergessen können. Entsetzt machten sie kehrt, sprangen die Böschung hinunter und rannten zum Polizeirevier Walton Lane, weniger als hundert Schritte entfernt. Sie stürzten hinein und stießen atemlos die Geschichte ihrer Entdeckung hervor. Augenblicke später liefen sie in Begleitung uniformierter Beamter zurück zum Fundort.

Polizeibeamte sind unerfreuliche Bilder gewohnt. Verkehrsunfälle, Leichenbergungen und die Teilnahme an Autopsien härten sie ab. Gleichwohl traf der grausige Anblick, der sich ihnen an diesem Nachmittag bot, die Beamten unvorbereitet. James Bulgers kleiner Körper lag in zwei Stükken auf den Schienen, durchtrennt von den Rädern eines Güterzugs.

Die Nachricht von der Entdeckung erreichte die Sonderkommission in der Marsh Lane um 15 Uhr 15 an diesem Sonntagnachmittag. Die Polizeifunkzentrale gab der Durchsage an Mandy Waller erste Priorität; bald würde die Polizeifrequenz von einsatzbezogenen Funksprüchen über die Entdeckung wimmeln. Das war nicht die geeignete Form, um James' Mutter vom Tod ihres Sohnes zu unterrichten.

Mandy Waller konnte nicht mit Bestimmtheit wissen, was geschehen war, aber Instinkt und Erfahrung führten sie zur richtigen Schlußfolgerung. Zu Denise und Nicola sagte sie nur, sie müsse zur Marsh Lane zurückfahren.

Denise spürte sofort, daß etwas Bedeutsames geschehen war. »Sie haben ihn gefunden, nicht wahr?« fragte sie Mandy.

Die Polizistin ließ sich nicht festlegen. »Ich habe nur Anweisung erhalten, zum Revier zurückzufahren.«

Denise war überzeugt, daß sie James gefunden hatten. Und sie redete sich selbst ein, daß James, wenn sie zur

Marsh Lane zurückkämen, dort sitzen und auf sie warten würde.

Es war eine kurze Fahrt. Mandy stellte den Wagen auf den eingezäunten Parkplatz hinter dem Revier ab, und die drei Frauen gingen zum rückwärtigen Eingang. Dort begegneten ihnen Kriminalkommissar Albert Kirby, Kriminaloberinspektor Geoff MacDonald und Kriminalinspektor Jim Fitzsimmons. Ihre Gesichter waren angespannt und ernst. Überall eilten Polizeibeamte umher. Denise rief: »Haben Sie ihn gefunden?« Niemand wollte antworten, und so wandte sie sich an Mandy. »Was ist los?«

Mandy hob ratlos die Schultern. Im momentanen Durcheinander gelang es ihr, außer Hörweite von Denise mit Oberinspektor MacDonald zu sprechen. Er sagte ihr, daß der Körper eines kleinen Kindes gefunden worden sei und daß sie gerade zum Fundort fahren wollten, um sich zu vergewissern, daß es James sei.

Die Kriminalbeamten gingen, und Mandy brachte Denise und Nicola in den Fernsehraum hinauf. Nichts war bestätigt, und Mandy wußte, daß sie Denise keine Auskunft geben konnte, solange keine Gewißheit bestand. Es wäre zu grausam für die Mutter gewesen.

Einige andere Familienmitglieder waren im Raum versammelt: Ralphs Bruder Phil, Denises Schwager Denis Mather, ihr Bruder Paul, Nicola und Denises enge Freundin Jeanette. Alle leisteten ihr während der in angstvoller Erwartung verbrachten nächsten halben Stunde Gesellschaft.

Denise ließ nicht locker. »Sie haben ihn gefunden, nicht wahr?«

»Ich weiß es nicht«, sagte Mandy.

Denise wiederholte die Frage.

»Ich weiß es wirklich nicht.« Es waren unangenehme Augenblicke für Mandy. Alle Wahrscheinlichkeit sprach dafür, daß James tot war, aber Mandy konnte der Mutter nichts sagen, bis die Kriminalbeamten bestätigten, was nun beinahe unausweichlich schien. Mandy hatte einen großen Teil der letzten achtundvierzig Stunden mit Denise verbracht, und sie hatten ein Vertrauensverhältnis zueinander gefunden.

Als Polizistin war ihr von Anfang an klar gewesen, daß die Hoffnung, James lebend wiederzufinden, in dem Maße schwand, wie die Stunden zu Tagen wurden, aber Denise zuliebe hatte sie es nicht sagen können und die Hoffnungen der jungen Mutter wider besseres Wissen genährt. Auch jetzt mußte sie ihre eigenen Gefühle verbergen, um Denise vor der endgültigen Verzweiflung zu bewahren, bis die Identifizierung Gewißheit schaffen würde.

Inzwischen waren die drei Kriminalbeamten unterwegs nach Walton. Es war ein Gebiet, das Jim Fitzsimmons sehr gut kannte. Bald nach einem kurzen Flirt mit dem Berufsfußball als Nachwuchsspieler beim FC Liverpool hatte er als junger Polizist im Streifendienst hier seine Runden gemacht. Die Kriminalbeamten parkten ihren Wagen in der Zufahrt eines Speditionslagers in der Cherry Lane und erstiegen den Bahndamm, um auf dem Geleise zum Schauplatz des Verbrechens zu gehen.

Als sie dort anlangten und den kleinen durchtrennten Körper sahen, erkannten sie sofort, daß dies James Bulger war. Und es war ebenso klar, daß man ihn vorsätzlich und brutal getötet hatte.

Albert Kirby erinnerte sich: »Ich konnte es zuerst nicht glauben. Tatsächlich konnte keiner von uns in diesem Stadium die Furchtbarkeit dessen glauben, was geschehen war. Von diesem Moment an gingen wir in die mechanische Phase über. Man weiß, was man in einer Situation wie dieser zu tun hat und setzt die entsprechenden Dinge in Bewegung. In den seltsam stillen Augenblicken, als wir auf unsere Leute warteten, die nun ihre Arbeit aufnehmen mußten, gingen wir da oben auf und ab. Es war sehr schwer zu begreifen.«

Die Hinweise, die auf ein Verbrechen hindeuteten, waren zahlreich. Am unmittelbar auffallendsten war, daß die Kleidung von der unteren Hälfte des Körpers entfernt worden war. Blutbefleckte Ziegelsteine lagen um seinen Körper auf dem Geleise verstreut und ließen den Schluß zu, daß sie entweder auf ihn gelegt oder vor ihm aufgeschichtet worden waren, um ihn vor dem Lokomotivführer des Zuges zu verbergen, der ihn überfahren hatte. Tatort war das Gelände einer niedergerissenen alten Bahnstation. Zu beiden Seiten der zweigleisigen, nicht elektrifizierten Strecke erhoben sich die niedrigen Ziegelmauern der alten Bahnsteige. Die beiden Hälften des Körpers lagen auf einer Seite der Geleise, doch war die rund sieben Meter entfernte Bahnsteigböschung der anderen Seite mit Blut bespritzt. Von dort führte auch eine Spur von Blutstropfen zu der Stelle, wo sein Körper lag. Entweder hatte sich das Kind, nachdem es verletzt worden war, dorthin geschleppt, oder es war getragen worden.

Nun begann der langwierige Prozeß der Spurensicherung zur Rekonstruktion des Verbrechens. Beamte der Bahnpolizei hatten die Umgebung bereits abgesperrt, um die Öffentlichkeit fernzuhalten; Beamte der Polizeitransportabteilung errichteten ein leichtes Schutzzelt über dem Tatort. Kriminalinspektor Andy McDiarmid, dem die Abteilung Spurensicherung unterstand, wurde zu Hause alarmiert; er hatte den Anruf das ganze Wochenende erwartet. Der Gerichtsmediziner Dr. Alan Williams und Spezialisten aus dem kriminaltechnischen Laboratorium in Chorley wurden gleichfalls herbeigerufen.

Kriminaloberinspektor MacDonald verließ seine beiden Kollegen am Tatort, kehrte zurück zu seinem Wagen und fuhr in die Marsh Lane, um einen der schwersten Aufträge seines Lebens auszuführen. Mr. Kirby erinnerte sich: »Es stand außer Zweifel, daß das tote Kind James war, und zu den ersten Fragen, die wir besprachen, gehörte die Verständigung der Eltern. Geoff sagte sofort, daß er es übernehmen würde, da er bereits mit ihnen gesprochen habe und ihnen bekannt sei. Er zeigte enormen Mut, freiwillig diese Aufgabe zu übernehmen, und ich weiß, daß es ihn viel Selbstüberwindung und Seelenqual kostete.«

Nicola Bailey starrte die Milchglasscheibe der Tür zum Fernsehraum im Polizeirevier Marsh Lane an. Sie war überzeugt, daß jeden Augenblick ein vertrauter kleiner Blondkopf dort hinter der Scheibe erscheinen würde.

Eine halbe Stunde war vergangen, seit sie und Denise mit

Mandy zurückgekommen waren. Auch Denise erwartete noch immer, daß man ihr ihren Sohn bringen würde. »Ich dachte wirklich, er würde lebendig und gesund sein. Daß er mit zwei Jungen zusammen war, gab mir diese Hoffnung. Ich dachte, sie hätten ihn irgendwo in einem Schuppen versteckt, und ihre Eltern wüßten nichts davon. Ich stellte mir sogar vor, daß sie daheim Kekse mitgehen ließen, um ihn zu füttern.«

Mandy Waller hatte den Raum für eine Weile verlassen, als MacDonald zurückkam. Er klopfte an die Tür des Fernsehraumes und trat ein. Alle im Raum sahen ihn erwartungsvoll an, nur Denise und Nicola blickten in Hüfthöhe an ihm vorbei. Kein James. Nicola blickte zu dem Beamten auf. Sein Gesicht sah grau und erschöpft aus.

Geoff MacDonald ging auf den Sessel zu, wo Denise saß, kniete nieder und ergriff ihre Hand. »Wir haben ihn gefunden...« Phil Bulger beobachtete Denises Gesicht und sah die Hoffnung darin aufflackern. »Aber es ist keine gute Nachricht, fürchte ich.«

Denise schrie auf. Es war ein schreckliches, gequältes Geräusch, das allen, die es hörten, in die Seele schnitt. Sie warf sich vornüber auf den Boden und stöhnte: »O nein, o nein.«

»Ich weiß, daß der Raum voller Leute war, aber ich könnte Ihnen nicht sagen, wer sie waren«, berichtete Denise. »Ich erinnere mich, daß er zu mir herüberkam und sagte: ›Es ist keine gute Nachricht, fürchte ich‹, aber danach ist alles verschwommen. Ich kann mich nicht besinnen, was noch geschah.«

Nicola schlug die Hände vors Gesicht. Die anderen verharrten in betroffenem Schweigen. In diesem Augenblick kam Mandy herein und sah Denise weinend am Boden liegen. »Sie schien völlig die Besinnung zu verlieren, aber es war nicht wie eine Ohnmacht, beinahe wie Schlaf. Es war sehr seltsam«, erinnerte sich Mandy.

Geoff MacDonald, der sichtlich um Fassung rang, erklärte etwas über den Fundort an der Bahnstrecke, dann fügte er hinzu: »Es tut mir sehr leid.« Die Angehörigen sprangen hinzu, hoben Denise auf und setzten sie wieder in ihren Sessel.

Der Kriminalbeamte verließ den Raum; er wußte, daß es nicht mehr zu sagen gab, nicht jetzt.

Er ging in ein anderes Büro, wo Beamte der Mordkommission eine Einsatzbesprechung hielten. Er brauchte ihnen nichts zu erklären. Sie alle hatten den Schrei gehört. Kriminalpolizeimeister Phil Roberts sah MacDonald ein Taschentuch hervorziehen. »Es gibt sehr wenige Dinge, die mich bewegen, aber dies...« Seine Stimme verlor sich in hilflosem Schweigen.

Roberts erzählte: »Ich hatte gehofft, er sei von den Jungen entführt worden und am Leben, und dann, als wir hörten, daß man ein totes Kind gefunden hatte, hofften wir, es würde ein tragischer Unfall sein. Aber die Chefs sagten, es bestehe kein Zweifel daran, daß es ein Mord wäre. Unsere Hoffnungen waren zunichte geworden. Im Raum breitete sich eine schreckliche Stille aus.«

Ralph Bulger war noch immer mit Ray Matthews auf der Suche nach James. Sie befanden sich in der Gegend des Gefängnisses von Walton und durchsuchten das Gelände einer aufgelassenen ehemaligen Farm, die von der Stadt geschluckt worden war und sich bei den Kindern der Gegend einiger Beliebtheit als Abenteuerspielplatz erfreute, als ein Polizeibeamter zu ihnen kam und sagte, sie sollten zum Polizeirevier kommen. Ralph und Ray meinten, sie wollten die Durchsuchung des Geländes noch abschließen, aber der Beamte beharrte auf seinem Auftrag. Er fuhr sie in seinem Streifenwagen zum Parkplatz, wo Ray seinen Wagen stehengelassen hatte. Der Beamte fuhr weiter, aber die beiden merkten erst jetzt, daß sie ihre beiden Helfer bei der Suche, die mit ihnen gefahren waren, auf dem Gelände ihrer Suchaktion zurückgelassen hatten. So beschlossen sie, auf die beiden zu warten. Einige Minuten vergingen, und ein Volvo-Kombiwagen hielt neben ihnen. Ralphs Bruder James stieg aus. Er war mit Ralphs Bruder Gary direkt von der Marsh Lane, wo sie gerade die Nachricht bekommen hatten, hierher gefahren. James erinnerte sich: »Als ich Geoff MacDonald sah, wirkte er auf mich wie ein anderer Mann. Alle Polizeibeamten, mit denen wir Kontakt gehabt hatten, schienen auf einmal gealtert und erschöpft auszusehen. Alle waren von dem Wunsch, ihn lebendig wiederzufinden, so aufgeputscht gewesen, daß sie nun, als das Schlimmste geschehen war, einfach zusammenfielen. Man sah ihnen an, daß sie total ausgelaugt waren.«

Mandy Waller hatte James und Gary die Nachricht überbracht und hinzugeführt: »Sagen Sie es Ralph, wenn Sie zu ihm kommen. Es liegt bei Ihnen, wie Sie es ihm beibringen.« James akzeptierte es; er wußte, daß es für Ralph besser war, wenn er es von ihm statt von einem Fremden erfuhr.

James bedeutete Ray, sein Wagenfenster herunterzukurbeln, beugte sich zu ihm hinein und legte die Arme einen Augenblick um ihn. Dann ging er zur Beifahrerseite, öffnete die Tür und umarmte seinen Bruder. »Sie haben James gefunden«, sagte er.

Ray fragte: »Wo ist er?«

James schüttelte den Kopf. »Sie haben ihn gefunden, aber er ist tot.« Er blickte seinem jüngeren Bruder in die Augen und sagte mit ruhiger Bestimmtheit: »Du solltest besser zum Polizeirevier zurückfahren und dich um Denise kümmern.«

Ralph nickte. James stieg zu ihnen in den Wagen. »Ich sah am Ausdruck ihrer Gesichter, daß sie die Bedeutung dessen, was ich gesagt hatte, nicht richtig registrierten«, erinnerte er sich. »Ralph sagte überhaupt nichts.«

Ray erinnert sich nicht an seine Rückfahrt zur Marsh Lane. Ralph erzählte: »Ich weiß, daß James es mir sagte. Ich hatte gehofft, es würde noch gut ausgehen. Jetzt war ich am Zusammenbrechen. Nur der Zorn hielt mich aufrecht.«

Als sie in der Marsh Lane ankamen, explodierte Ralphs stumme Erbitterung. Am Fuß der Treppe traf er Geoff MacDonald und fragte ihn: »Ist er es?«

»Ja.«

»Ich möchte ihn sehen«, bat Ralph.

»Sie können ihn jetzt nicht sehen«, sagte der Kriminalbeamte freundlich. Ralph fing an zu brüllen und bearbeitete die Wand mit Fußtritten.

»Haben Sie die Entführer gefaßt? Was haben sie ihm angetan? Hat jemand ihn mißbraucht?« Ralph quälte die Vorstellung, sein Sohn könnte einem Triebtäter zum Opfer gefallen sein.

Es gelang seinem Bruder Phil, ihn vorübergehend zu beruhigen, aber kurz darauf rannte Ralph in Geoff MacDonalds Büro, dichtauf gefolgt von Phil. Der Oberinspektor saß an seinem Schreibtisch.

Ralph schlug mit der Faust auf die Tischplatte und keuchte durch zusammengebissene Zähne: »Haben Sie sie gefaßt? Wer sind sie? Geben Sie mir fünf Minuten mit ihnen. Ich will fünf Minuten!«

Geoff MacDonald begegnete seinem verzweifelten, gequälten Blick und sagte ruhig: »Wir werden sie kriegen. Seien Sie unbesorgt. Wir werden die Täter fassen.«

Phil nahm Ralph beim Arm und führte ihn aus dem Büro zu den Toiletten. Ralphs Brüder wachten über ihn, bis seine nach außen gerichtete Wut sich langsam legte. »Er war voller Haß und sagte bloß, er wolle die Täter umbringen, egal wer sie seien«, berichtete Phil.

Schließlich gelang es Ralph, die Selbstbeherrschung wiederzugewinnen, und er ging zu Denise. Sie hatte es abgelehnt, sich von einem Arzt Beruhigungsmittel geben zu lassen und saß fassungslos und weinend im Fernsehraum. Ralph legte die Arme um sie und flüsterte: »Wir werden stark sein müssen.«

Kriminalinspektor Andy McDiarmid traf am selben Nachmittag kurz vor vier am Tatort ein, um sich von Kriminalkommissar Kirby unterrichten und einweisen zu lassen. Dann übernahm er die Leitung der Ermittlungen und begann die wissenschaftlichen Untersuchungen zu organisieren.

»Bei einem so kleinen Kind rechnet man mit dem denkbar schlimmsten Tathintergrund«, sagte er. »Wir wußten, daß es darauf ankam, ein Maximum an Beweismaterial am Tatort zu sammeln, und das bedeutete, daß wir nichts übereilen durften. In solch einer Situation gibt es immer widerstreitende Interessen. Der Staatsanwalt möchte so rasch wie möglich soviel Beweismittel haben, wie er kriegen kann, damit seine Ermittlungen eingeleitet werden können. Andererseits ist es notwendig, bei der Spurensicherung sorgfältige und gründliche Arbeit zu leisten. Es ist ein Balanceakt, und ein sehr schwieriger. Wir beschlossen von Anfang an, die Ermittlungen am Tatort sehr gründlich durchzuführen, gleichgültig wie lange sie dauern würden.

Unser Hauptproblem war, daß der Tatort schwer zugänglich war. Man mußte zweihundert Schritt auf dem Bahnkörper gehen, um hinzukommen. Es war auch ganz offensichtlich, daß wir Probleme mit der Beleuchtung haben würden.« Eine Feuerwehrmannschaft wurde herbeigerufen, um eine Notbeleuchtung einzurichten. Dann wurde der Bereich als erstes von Beamten der Spurensicherung aus allen Winkeln fotografiert und mit einer Videokamera aufgenommen.

Mr. Kirby entschied frühzeitig, daß nur solche Personen Zugang zu Bildmaterial und zu detaillierten Informationen über die Art des Angriffs auf James erhalten sollten, die ihn zur Aufklärung des Falles benötigten. »Ich entschloß mich schon am Anfang zu diesem Schritt, weil die Tatumstände so gräßlich waren, daß die professionelle Arbeit des Personals davon beeinflußt werden konnte. Wer nicht alle Einzelheiten dessen erfahren mußte, was wir auf den Bahngeleisen gesehen hatten, der sollte auch nicht weiter informiert werden. Ich erklärte es den Leuten, und sie akzeptierten diese Entscheidung ohne Ausnahme.«

Um 19 Uhr waren Dr. Williams und die Wissenschaftler Graham Jackson und Phil Seamen von kriminaltechnischen Labor zur Stelle. Dr. Williams nahm seine erste Untersuchung am Tatort vor. Ein rätselhafter Faktor waren zu diesem Zeitpunkt einige blaue Farbflecken an James' Auge, der Halsseite, dem Ohr und den Fingern einer seiner Hände. Die Wissenschaftler nahmen an Ort und Stelle Blutproben vom Körper, und man verständigte sich, daß er zum Leichenschauhaus gebracht werden sollte, bevor weitere gerichtsmedizinische Proben genommen würden. Sogar die Entfernung des Leichnams vom Tatort wurde fotografisch dokumentiert, um für den Fall, daß sich irgendein Stück Beweismaterial lösen sollte, während er bewegt wurde, eine Aufzeichnung zu haben. Kriminalpolizeimeister Alan Carver fuhr mit Dr. Williams zum Leichenschauhaus im Liverpooler Broadgreen-Krankenhaus, wo der Gerichtsmediziner eine Autopsie vorzunehmen hatte, während Kriminalinspektor McDiarmid am Tatort blieb, um die Untersuchungen zu überwachen.

»Ich wollte von den Wissenschaftlern erfahren, ob sie mir auf Grund der Verteilung von Blutspuren schon hier und jetzt sagen konnten, was tatsächlich geschehen war«, sagte McDiarmid. »Sie leisteten absolut erstklassige Arbeit. Die Wissenschaftler bestätigten, was wir gedacht hatten, nämlich daß vor James' Tod ein Angriff auf ihn stattgefunden hatte.«

Kommissar Kirby und Inspektor Fitzsimmons fuhren zurück zur Marsh Lane, wo sie das komplizierte Verfahren der nun beginnenden Fahndungsarbeit in diesem Mordfall vorbereiteten. »Es war ein trostloser, feuchtkalter Abend«, sagte Mr. Kirby. »Bei unserer Rückkehr waren wir durchgefroren, erschüttert und insgesamt in einer scheußlichen Verfassung. Aber wir schalteten auf die professionelle Methode um und brachten alles ins Rollen. Es gibt eine Unzahl von Dingen, die in solch einer Situation getan werden müssen. Es mußte ein Lagerraum hergerichtet und das Personal zugeteilt werden, und wir hatten bereits eine Menge Leute, die mit Informationen zu uns kamen. Ich hatte das große Glück, daß ich mit den meisten Leuten unseres Teams schon früher bei vielen größeren Fahndungen zusammengearbeitet hatte. So konnte ich mit einer sehr guten, erfahrenen und ausgeglichenen Mannschaft arbeiten, was immer ein Gefühl von Sicherheit gibt. Ich wußte, daß alle an einem Strang zogen.

Ich habe mit weitaus komplizierteren Fällen zu tun gehabt, aber niemand von uns mußte jemals in einer so emotionalen Atmosphäre arbeiten. Die intensive Aufmerksamkeit der Medien begleitete uns vom Anfang bis zum Ende. Wir hatten so etwas bis dahin nicht erlebt.«

Mittlerweile wurden im Zuge der Spurensicherung im Umkreis des Tatortes eine Dose mit mattblauer Farbe sowie einige neue Batterien entdeckt. Eine davon war noch in der

Viererpackung und lag auf dem Bahnsteig neben der Stelle, wo das Blut verspritzt war. Die anderen drei Batterien lagen im Schotter des Gleiskörpers. Eine von ihnen zeigte Blutspuren.

»Sie waren offensichtlich von Bedeutung«, sagte Kriminalinspektor McDiarmid. »Wir standen vor einem großen Dilemma. Sollten wir auf Fingerabdrücke untersuchen, oder auf Übereinstimmung der Blutspuren? Diese Entscheidungen muß man die ganze Zeit treffen. Wenn wir auf Fingerabdrücke aus waren, würde bei dem Sicherungsverfahren das Blut zerstört. Wollten wir eine Blutuntersuchung vornehmen, würden wahrscheinlich die Fingerabdrücke nicht erhalten bleiben. Wir entschieden uns für die Sicherung der Fingerabdrücke, und dann stellte sich heraus, daß wir gar keine Fingerabdrücke bekamen. Das war eine der Risikoentscheidungen, die man treffen mußte.«

Die Spurensicherung ergab auch, daß die glänzende Oberfläche der Eisenbahnschienen eine große Zahl von Fußabdrücken aufwies. Sie waren schwer zu erkennen, auch nicht mit der Notbeleuchtung, aber McDiarmid wußte, daß sie noch in dieser Nacht fotografiert werden mußten, weil die Gefahr bestand, daß sie im nächsten Regen oder sogar im Morgentau verschwinden würden. So begann der Spezialfotograf gewissenhaft jeden Fußabdruck festzuhalten, den die Beamten finden konnten.

»Das Problem war, daß die Jungen, die James gefunden hatten, auf den Schienen herumgelaufen waren. Dazu kamen die Polizeibeamten, die zum Tatort geführt wurden, dann die Feuerwehrleute, die für Beleuchtung zu sorgen hatten. Man versucht einen gemeinsamen Zugangsweg festzulegen, aber schließlich müssen auch unsere Leute auf dem Schauplatz des Geschehens umhergehen. Man kann den Schaden, den sie verursachen, lediglich begrenzen. Ich wußte gleich, daß einige der Fußabdrücke von Polizeibeamten und Feuerwehrleuten stammen würden, aber unter ihnen konnte doch der Fußabdruck eines Täters sein, also mußten wir sie alle aufnehmen. Es war ein enormer Arbeitsaufwand – ein Alptraum, tatsächlich. Insgesamt wurden in dieser

Nacht sechzehn verschiedene Fußabdrücke aufgenommen, von denen wir viele gleich ausscheiden konnten.«

Es war eine lange und arbeitsreiche Nacht für die Beamten der Spurensicherung. Um vier Uhr früh beendeten sie schließlich ihre erste Untersuchung des Tatorts. »Es ist gefährlich, zu lang zu arbeiten, weil die Aufmerksamkeitsintensität nachläßt und man nach so langer Zeit Dinge übersehen kann, aber wir mußten möglichst rasch etwas in die Hände bekommen, weil der Fall im Mittelpunkt der öffentlichen Aufmerksamkeit stand und wir unter Zeitdruck gesetzt waren. Wir alle waren uns dessen bewußt«, sagte Kriminalinspektor McDiarmid.

Helen Bulger war an diesem Sonntagmittag in ihrem Haus in Kirkby eingeschlafen. Das Telefon weckte sie nicht. Ihre Tochter Carol, zweiunddreißig, nahm einen Anruf von Phil entgegen, der im Polizeirevier war. Am Rand der Hysterie stürzte Carol zu ihrer Mutter, rüttelte sie wach und schrie: »Sie haben ihn gefunden! Er ist tot!«

»Ich fing an zu zittern«, erzählte Helen. »Es wollte nicht aufhören. Fast zwei Wochen lang zitterte ich. Es ließ nach, dann fing es wieder an. Der Arzt sagte, es sei der Versuch meines Körpers, die Spannung abzubauen.«

Im Laufe des Abends bekam sie Besuch von Ralph. Ihm war kaum bewußt, was er tat; er war vom Schock und Kummer wie betäubt. Noch später erhielt sie einen Anruf von einer Freundin, die ihr sagte, jemand habe in einem Programm des Liverpooler Privatsenders Radio City, in das sich Hörer telefonisch einschalten konnten, die Vermutung geäußert, Denise sei nachlässig gewesen. »Daraufhin rief ich beim Sender an und sagte, solche Vermutungen seien falsch. Wenn überhaupt, war Denise übervorsichtig. Sie und mein Sohn waren die fürsorglichsten Eltern der Welt. Sie waren bloß zur falschen Zeit am falschen Ort.«

Denises Freundin Janette fuhr sie zu Eileens Haus in die Scoter Road. Phil, der auch mitfuhr, erinnerte sich: »Denise sprach überhaupt nicht. Sie war ganz in sich gekehrt und still, gab keinen Ton von sich.«

Auch Eileen hatte die Todesnachricht telefonisch erhalten. »Ich war wie vor den Kopf geschlagen«, berichtete sie. »Ich hatte gedacht, er sei vielleicht in ein Geschäft gelaufen, hätte sich irgendwo in einen Winkel gesetzt und wäre eingeschlafen. Dieser Gedanke hielt mich aufrecht, die Vorstellung, daß er irgendwo wohlbehalten auftauchen würde. Als ich hörte, daß er tot war, kam eine Art Betäubung über mich. Ich könnte Ihnen nicht sagen, wie mir zumute war. Es war ein furchtbares Gefühl.«

Eileen zog sich in ihr Schlafzimmer zurück, außerstande, mit dem Zusammenbruch aller Hoffnungen fertig zu werden. Als Denise zu ihrer Mutter nach Haus kam, ging auch sie hinauf ins Obergeschoß. Die anderen Frauen der Familie folgten. Stundenlang saßen sie beisammen und trösteten Denise, so gut sie konnten. Es war eine Zeit, in der ihre Gegenwart die einzige wirkliche Hilfe war, die sie leisten konnten.

Ralph verbrachte den größten Teil dieses Abends in der Küche. Seine und Denises Brüder leisteten ihm Beistand in der schrecklichen Einsamkeit des Verlustes. Sein Zorn hatte sich gelegt. Er wollte nur noch eines – seinen Sohn in die Arme nehmen.

Jemand mußte die Bürde auf sich nehmen, James' Leichnam formell zu identifizieren. Ralph hatte sich dazu bereiterklärt, aber die Polizei war bestrebt, ihm diese weitere Qual zu ersparen. Ralph stand am Rand eines Nervenzusammenbruchs. Der Anblick der Verletzungen wäre einfach zuviel für ihn gewesen. Auch Ray und Denise hatten sich erbötig gemacht, aber am Ende fiel die Wahl auf James' Onkel und Namensvetter, Ralphs älteren Bruder, der sich gleichfalls bereiterklärt hatte, die Identifikation vorzunehmen. Er teilte Mandy Waller im Vertrauen mit, daß es am besten noch an diesem Abend geschehen sollte. Am nächsten Morgen würde nichts Ralph daran hindern, es selbst zu tun.

James Bulger ging an seine Aufgabe nicht ohne Beklommenheit heran, war aber sicher, daß er ihr gewachsen sein würde. In seinen Jahren als Taxifahrer war er Zeuge schrecklicher Verkehrsunfälle gewesen. Er war ein harter Mann und sah sich selbst als die logische Wahl. »Wenn Ralph es getan hätte, würde er sich sein Leben lang an diesen grausigen Anblick erinnern. Ich wollte nicht, daß so sein Erinnerungsbild von James sein sollte«, sagte er.

Abends gegen neun, als er mit seiner Frau Karen in seiner Wohnung in Kirkby saß, rief die Polizei an und fragte ihn, ob er bereit sei. Mandy Waller fuhr den Streifenwagen, der das Ehepaar wenig später abholte und zum Broadgreen-Krankenhaus brachte.

Geoff MacDonald erwartete sie vor dem Leichenschauhaus. Er wies James darauf hin, wie wichtig es sei, daß er den Leichnam nicht berühre, da die gerichtsmedizinische Untersuchung noch nicht abgeschlossen sei. Sie mußten ungefähr eine halbe Stunde warten, dann wurde James gefragt, ob er sich der Aufgabe gewachsen fühle. Er nickte und ging hinein.

Mandy blieb mit Karen draußen. »Wird er stark genug sein?« fragte Mandy. Karen starrte besorgt zu der Tür, durch die ihr Mann gegangen war, und zuckte die Schultern. »Ich bin nicht sicher.«

James Bulger hatte sich auf Schlimmes gefaßt gemacht, doch reichte es nicht an die Wirklichkeit heran, die vor ihm auf dem Rolltisch in der Leichenhalle lag. »Er war mit Blut bedeckt, sein blondes Haar vom eigenen Blut rot gefärbt«, berichtete James. Sein Blick war bei diesen Worten ins Leere gerichtet, er sah wieder das Bild, das ihn seither nicht mehr losgelassen hat. »Seine Augen waren offen, und auch sein kleiner Mund war ein wenig geöffnet. Es war unverkennbar James.«

Die unterdrückten Gefühle ließen seine Stimme dumpf und mechanisch klingen, als er mit der Beschreibung fortfuhr. Als er geendet hatte, sagte er: »Ich war erbittert. Es war wirklicher Haß, den ich empfand. Wenn ich die beiden, die es taten, in die Hände bekommen hätte… ich weiß nicht, was geschehen wäre. In meinem Kopf konnte ich James schreien hören, hörte ihn nach seinem Papa rufen, während sie ihn mißhandelten und auf ihn einschlugen. Es war so unwirklich. Er war es, aber ein Teil von mir wollte es nicht glauben.

Doch sehen ist glauben. Es fiel mir auf, daß so klein war, was von ihm vor mir lag. Er war ja nur ein kleines Kind gewesen, aber nun kam er mir noch kleiner vor. Man neigt dazu, die Dinge auszublenden. Der Verstand leistet Überstunden.«

James blickte auf seinen kleinen Neffen nieder und bestätigte den Beamten mit leiser Stimme: »Das ist unser James.«

Dann fragte er einen der Mediziner: »Können Sie sein Gesicht herrichten, für den Fall, daß seine Eltern ihn sehen wollen?«

»Eigentlich nicht«, lautete die Antwort.

James sagte Geoff MacDonald, was der Beamte bereits wußte: daß Denise und Ralph nicht gestattet werden konnte, ihn zu sehen. James erinnerte sich: »Ich weiß, er ist ihr Junge, aber er... Der Anblick wird mir bis zu meinem Todestag im Gedächtnis bleiben. Ich glaube, es hätte sie umgebracht, wenn sie ihn gesehen hätten.«

Das alles forderte einen grausamen Tribut von James. Er begann stark zu trinken und wurde nach seinem eigenen Eingeständnis sehr aggressiv, sogar gegen jene, die ihm nahestanden. »Drei Wochen lang aß ich kaum etwas, und mein Gewicht sank auf einundfünfzig Kilo. Ich war voll Erbitterung und Frustration, daß ich nicht imstande war, die Scheißkerle, die es taten, zu fassen zu kriegen. Ich lebte von Zigaretten und Bier – und das ist alles, wovon ich auch jetzt lebe. Ich gehe nicht mehr jeden Abend aus, aber wenn ich es tue, kann ich mich nicht mal mehr betrinken. Sitze ich hier vor dem Fernseher, sehe ich sein kleines Gesicht auf dem Bildschirm. Ich schlafe kaum. Ich esse eine Mahlzeit am Tag, wenn ich sie hinunterbringe. Sitze ich allein da, so kommt es alles wieder zurück, aber auch mitten in der Nacht, wenn ich im Bett liege. Es geistert durch meine Träume und weckt mich auf. Ich habe Alpträume, in denen ich sehe, wie er umgebracht wird und was sie mit ihm machen. Ich höre sogar seine Stimme...«

Nachdem ich frühzeitig einen Hinweis auf die Ereignisse in Walton erhalten hatte, verständigte ich mein Londoner Büro und machte mich am Nachmittag auf den Weg nach Liverpool. Während der vierzigminütigen Fahrt bekam ich am Autotelefon Verbindung mit Kriminalhauptkommissar Roger Corker, der formell bestätigte: »Der Leichnam eines kleinen Jungen ist auf einer Gleisanlage in Walton gefunden worden. Die formale Identifizierung steht noch aus.« Ich setzte eine Kurzmeldung auf, die von der Press Association rasch übermittelt wurde.

Der Schauplatz des Geschehens, unweit der Ecke Cherry Lane und Walton Lane, war zum Zeitpunkt meiner Ankunft bereits von Beamten der britischen Bahnpolizei abgeriegelt. Innerhalb von Minuten stellten sich weitere Reporter ein. Diane Halliwell, die Pressesprecherin der Polizei, zu der später noch Oberinspektor Paul Donnelly stieß, gab den Pressevertretern vor der Absperrung erste Informationen. Es war eine jener seltsamen Situationen die im Frühstadium eines Mordfalles oft entstehen, wenn jeder weiß, daß es sich um einen Mord handelt und wer das Opfer ist, Verfahrensfragen aber eine förmliche Bestätigung verbieten.

Wir warteten einige Stunden und beobachteten das Kommen und Gehen der Ermittlungsbeamten. Die Eisenbahnstrecke verlief auf einem Bahndamm über dem Straßenniveau und war außerdem durch Bäume und Sträucher abgeschirmt. Der Tatort war mithin nicht einzusehen, doch gelang es ein paar eifrigen Fotografen, von entfernteren, höhergelegenen Standorten mit Teleobjektiven Aufnahmen des Zeltdaches zu machen, das die Polizei am Tatort errichtet hatte. Es war bitterkalt, und die Zuschauermenge aus der Nachbarschaft, die sich bald nach dem Eintreffen der Polizeifahrzeuge versammelt hatte, wurde des Wartens schließlich überdrüssig und verlief sich wieder. Ich erinnere mich, daß ich mit Kollegen müßig darüber spekulierte, daß die jugendlichen Täter unter den Zuschauern aus der Nachbarschaft sein könnten. Heute spricht manches dafür, daß zumindest Robert Thompson tatsächlich mit den anderen neugierigen Zuschauern dort stand.

Im Laufe des Nachmittags und Abends suchten wir immer wieder in unseren Wagen Zuflucht und ließen zeitweise die Motoren laufen, um uns aufzuwärmen. Wenn einer der Pressesprecher erschien, um ein Nachrichtenschnipsel preiszugeben, stiegen wir aus und versammelten uns bei der Absperrung. Es wurde bestätigt, daß die Todesumstände kompliziert waren und daß eine Gruppe von Jugendlichen den Leichnam gefunden hatte, aber an »harter« Information gab es sehr wenig. Schließlich wurden wir aufgefordert, uns im Polizeirevier Walton Lane einzufinden, wo uns eröffnet wurde, daß die Autopsie erst in mehreren Stunden stattfinden könne. Zuletzt überredete man uns, in unsere Redaktionen zurückzukehren, was auch ich tat – unter der Voraussetzung, daß Oberinspektor Donnelly mich verständigen würde, wenn es weitere Erklärungen seitens der Polizei gebe, die ich durch die Press Association in Umlauf bringen sollte. Spätabends läutete dann mein Telefon, und Paul Donnelly sagte mir: »Der Leichnam des kleinen Jungen ist von einem Onkel formell als der des vermißten James Bulger identifiziert worden. Wir gehen jetzt von einem Mordfall aus. Weitere Einzelheiten werden morgen in einer Pressekonferenz mitgeteilt.«

Kriminalkommissar Albert Kirby und Kriminalinspektor Jim Fitzsimmons arbeiteten bis tief in die kalte Winternacht hinein, nahmen an der Spurensicherung teil und legten das weitere Vorgehen fest. Endlich fuhren sie nach Haus, um ein paar Stunden Schlaf zu finden.

Jim Fitzsimmons erinnerte sich: »Inzwischen kam es mir vor, als hätte ich James Bulger selbst gekannt, weil ich seit Tagen ausschließlich an diesem Fall arbeitete und weil man überall sein Gesicht sah, das einen von den Plakaten anblickte. Am Tatort arbeitete ich wie losgelöst von mir selbst, ganz auf das konzentriert, was zu tun war.

Als ich das Polizeirevier verließ, um nach Haus zu gehen, löste sich der innere Spannungszustand schlagartig, und ich war extrem aufgeregt. Meine Frau merkte es sofort, als ich daheim ankam. Meine Verstörung dauerte ein paar Stunden an. Obwohl ich den kleinen Jungen nie gekannt hatte, war es wie ein persönlicher Verlust. Es gab viele Leute, Persönlichkeiten des öffentlichen Lebens, Polizeibeamte, Presseleute und dergleichen, die ähnlich empfanden. Während dieser Stunden fühlte ich mich persönlich stärker betroffen als von jedem anderen Fall, mit dem ich in siebzehn Jahren Polizeidienst zu tun gehabt hatte.«

Kriminalkommissar Albert Kirby nahm am Montagfrüh um acht an einer Besprechung mit seinen Vorgesetzten teil. Sie erörterten, was von dem Fall bekannt war, und diskutierten die Strategie, die sie den Ermittlungen zugrunde legen wollten. Anschließend veranstaltete Albert Kirby eine Konferenz mit den Beamten der Mordkommission, um sie auf den Kurs einzuschwören, auf den man sich an höherer Stelle zur Aufklärung des Falles geeinigt hatte. Die Polizeifahnder der Abteilung sollten jeweils zu zweit Feldarbeit leisten und Zeugen wie auch Verdächtige vernehmen, und die Beamten der Auswertungsgruppe hatten alle eingehenden Informationen zu sammeln, zu vergleichen und zu überprüfen, um sie dann in den Computer einzugeben.

Die Durchführung polizeilicher Ermittlungen in einem Mordfall ist sehr verschieden von dem populären Vorstellungsbild des Fernsehhelden, der als höherer Kriminalbeamter umherjagt und jeden Zeugen vernimmt, bis er den entscheidenden Hinweis findet und die Verhaftung vornimmt. Im wirklichen Leben ist der höhere Kriminalbeamte der Mann an der Spitze einer komplizierten Organisation. Er trägt die Gesamtverantwortung für den Erfolg oder das Versagen der Ermittlungen, aber die Delegation von Arbeit an vertraute und erfahrene Beamte weiter unten in der Befehlskette ist von wesentlicher Bedeutung.

Im Mordfall James Bulger gab es ein starkes Informationsbedürfnis seitens der Öffentlichkeit. Der hohe Aufmerksamkeitsgrad, den der Fall in den Medien fand, und die Art und Weise, wie das öffentliche Gewissen von ihm aufgerüttelt wurde, hatten zur Folge, daß jeder helfen wollte. Die Verarbeitung, Überprüfung und Bewertung solch gewaltiger Mengen an Informationen, das Herausfiltern der nützlichen aus den wohlmeinenden, aber nutzlosen Hinweisen, ist ein langwieriger und mühsamer Prozeß, der Tausende von Arbeitsstunden erfordert. Und diese Arbeit muß sehr gründlich und mit äußerster Sorgfalt getan werden. Erfahrene höhere Beamte setzen die Prioritäten und geben an, welchen Informationen die Fahnder nachzugehen haben. Jeder potentiell nützliche Hinweis wird früher oder später aufgegriffen und überprüft. Manchmal kommt man sehr rasch zu Resultaten, oft dauert es Tage, sogar Wochen, aber es ist ein System, das beinahe unausweichlich zu Ergebnissen führt.

Im Anschluß an die internen Besprechungen hielt Kriminalkommissar Kirby an diesem Montagvormittag seine erste Pressekonferenz über den Fall. Wir versammelten uns wieder im Polizeirevier Marsh Lane, um uns von Mr. Kirby bestätigen zu lassen, was einige von uns bereits inoffiziell erfahren hatten, nämlich daß James außer den Verletzungen, die ihm der Güterzug zugefügt hatte, »absolut grausige« Verwundungen erlitten habe. Er führte aus, es gebe keine Hinweise auf sexuellen Mißbrauch, und daß Raub als Tatmotiv auszuschließen sei. »Zweieinhalbjährige haben nichts, was zu rauben sich lohnte«, sagte er.

»Ich neige zu der Annahme, daß es etwas ist, was aus einem Grund stattgefunden hat, den wir nicht verstehen können. Irgendwie müssen die Ereignisse außer Kontrolle geraten sein. Ich glaube, daß James wahrscheinlich am Leben war, als er dort eintraf, wo sein Leichnam gefunden wurde, und daß er getötet wurde, bevor der Zug ihn überrollte. Was geschehen ist, hat uns in seiner erschreckenden Grausamkeit tief getroffen.«

In einem Appell an die in den Videoaufzeichnungen abgebildeten Jungen, sich zu melden, sagte Mr. Kirby: »Niemand kann beim gegenwärtigen Stand der Ermittlungen behaupten, daß sie für den Tod eines Kindes verantwortlich sind. Sie mögen völlig unschuldig sein. Sie mögen James in törichter Gedankenlosigkeit weggelockt haben. Was ich nicht weiß, ist, ob er später noch mit jemand anderem in Berührung gekommen ist.«

Er erneuerte seinen Appell an die Bevölkerung, jede sachdienliche Beobachtung der Polizei mitzuteilen, und unterrichtete uns über einige der bereits gemeldeten Hinweise.

Während in der Marsh Lane die Pressekonferenz ihren Fortgang nahm, waren bereits Beamte unterwegs, um Jugendliche, die als mögliche Verdächtige identifiziert waren, vorläufig festzunehmen und zur Vernehmung zu bringen. Häuser wurden durchsucht. »Wir hatten es die ganze Zeit mit Jugendlichen zu tun, und die Verläßlichkeit dessen, was sie uns erzählen würden, war ein großes Problem«, erzählte Kriminalinspektor Fitzsimmons. »Das Frustrierende an der Sache war, daß wir die für James' Entführung aus dem Einkaufszentrum verantwortlichen Jungen auf Videofilm hatten. Darum glaubten wir zuerst, wir würden die Täter innerhalb von Stunden gefaßt haben. Je mehr wir uns einen Verdächtigen ansahen und mit den Videoaufzeichnungen verglichen, desto mehr verfestigte sich in uns der Gedanke, er könnte es gewesen sein. Erst jetzt, wenn wir uns die wirklichen Täter ansehen, wird uns klar, wie trügerisch die Videobilder waren.«

Anstrengungen zur Verbesserung und Verdeutlichung der Videobilder dauerten an. Hauptwachtmeister Billy Lighfoot verbrachte Tag für Tag lange Stunden damit, alle von den Überwachungskameras aufgenommenen Videobänder Einzelbild für Einzelbild durchzusehen. Wenn er eines fand, das zweckdienlich sein mochte, versah er es mit der Identifikation und schickte es dem Polizeihauptquartier. Ian Clague, der Leiter der fototechnischen Abteilung, war an diesem Montagmorgen vom Urlaub zurückgekehrt und leitete nun die Bemühungen, aus den vorhandenen Bildern identifizierbare Aufnahmen der Verdächtigen herauszufiltern. Außerpolizeiliche Institutionen boten ihre Hilfe an, waren aber unfähig, Ergebnisse vorzuweisen, die jenen nahekamen, welche die Abteilung mit ihrem eigenen neuen Gerät geschaffen hatte. Es wurmte Ian Clague und seine Leute, wenn sie in Zeitungsartikeln lasen, daß auswärtigen Computerfirmen das Verdienst an Bildern zugeschrieben wurde, die sie doch selbst erzeugt hatten. »Es enttäuschte uns, weil es ein wichtiger Einsatz für die neue Ausrüstung war, für die das Ministerium beträchtliche Mittel bewilligt hatte, und weil wir keine Anerkennung für die Arbeit bekamen«, erinnerte sich Ian.

»Während der ersten sechs Tage der Ermittlungen war das Gerät fast rund um die Uhr in Betrieb. Wir produzierten ausgezeichnete Ergebnisse, aber die Moral in der Abteilung war nicht allzu gut, weil andere das Verdienst für sich beanspruchten.«

Die einzige andere Institution, die nennenswerten Erfolg bei der Verdeutlichung der unscharfen Videobilder hatte, war das Verteidigungsministerium. Die Kriminalbeamten Andy Rushton und Steve Montgomery brachten die Videobänder zum geheimen Zentrum für Luftaufklärung und Nachrichtendienst der RAF in Brampton. Dort arbeiteten Spezialisten zehn Stunden lang in den klimatisierten, fensterlosen Räumen, um sechs Bilder zu verbessern, die Rushton und Montgomery ihnen gebracht hatten.

»Die Sicherheitsvorkehrungen dort waren unglaublich«, erzählte Rusthon. »Wir mußten zuerst eine Serie von besonderen Passierscheinen und Plaketten haben. Die Kontrollen waren so scharf, daß wir, selbst wenn wir nur zur Toilette gehen wollten, begleitet wurden.«

Die Spezialisten digitalisierten die Bilder, schärften sie mit einem Filter und vergrößerten sie dreimal, bevor sie sie noch einmal schärften. Der Kontrast wurde dann abgestimmt und die Bilder ausgedruckt. Das Ergebnis war, daß die Gesichtszüge der Jungen deutlicher herauskamen, ohne sie in irgendeiner Weise zu verändern, wie es die meisten der anderen beteiligten Stellen bei ihren Versuchen getan hatten. Den Spezialisten gelang es auch, die Körpergröße der Jungen nach den Videobildern auf 139 bis 142 Zentimeter zu berechnen. »Sie waren sehr hilfsbereit und lieferten erstklassige Arbeit«, sagte Rushton. »Jeder dachte, die Jungen müßten größer sein als diese Berechnungen angaben, aber es stellte sich heraus, daß sie die Körpergröße richtig getroffen hatten.«

Inzwischen fand der Mordfall zunehmend auch internationale Aufmerksamkeit, und so wurde sogar vorgeschlagen, daß die Videobilder von der amerikanischen Raumfahrtsbehörde NASA weiter verstärkt werden sollten, doch erhielt Rushton von den Spezialisten des Verteidigungsministeriums die Auskunft, daß die Amerikaner auch nicht mehr tun könnten. »Die Leute, die uns halfen, gehen zweimal oder dreimal im Monat zur NASA, und es bestehen ständige Verbindungen und enge Beziehungen zwischen ihnen«, sagte er. »Sie versicherten mir, daß es auf dieser Erde keine Methode geben würde, bessere Bilder zu bekommen als die von ihnen gelieferten.«

Am Tatort nahmen Kriminalinspektor McDiarmid und seine Mannschaft ihre Untersuchungen früh am Montagmorgen wieder auf. Bei Tageslicht wurde der Bahnkörper nochmals in beiden Richtungen abgesucht. Die Kapuze von James' Anorak wurde von einem Baum geborgen, in den sie geworfen worden war; dies kennzeichnete die wahrscheinliche Stelle, wo man James den Bahndamm hinaufgeschleppt hatte.

Die blutbefleckten Ziegelsteine waren zur Untersuchung bereits zum kriminaltechnischen Laboratorium nach Chorley geschickt worden, zusammen mit Dutzenden von anderen potentiellen Beweisstücken vom Tatort und der Untersuchung des Leichnams. Ein Fleck in James' Gesicht, der ein sehr kompliziertes Muster hatte, verursachte den Ermittlern Kopfzerbrechen. »Es sah beinahe so aus, als ob er mit einem Stück geschnitzten Holzes geschlagen worden wäre«, berichtete McDiarmid. »Wir hielten Ausschau nach etwas dergleichen und überhaupt nach allem, was als Waffe gedient haben konnte. Die Suchmannschaft fand im weiteren Umkreis Eisenstangen, Schüreisen und sogar eine Anzahl Messer.

Einer der geborgenen Gegenstände war ein Spannbügel, der auf den Gleisen lag. Das war eine E-förmige Stahlklammer, die zur Befestigung des Schienenfußes auf den Stahlbetonschwellen diente. Der Spannbügel paßt in vorgebohrte Löcher in den Schwellen und wird mit einem Hammer festgeschlagen. Dieser Spannbügel sah aus, als hätte er zu der geheimnisvollen Gesichtsverletzung beitragen können. Die Eisenbahnverwaltung lieferte den Kriminalisten einen ähnlichen Spannbügel zum Vergleich, und die Untersuchung des am Tatort gefundenen Exemplars in Chorley ergab winzige anhaftende Spuren von blondem Haar und Blut.

Während die Kriminalbeamten, uniformierten Polizisten

und Spezialisten hinter der Absperrung arbeiteten, begann die Bevölkerung Blumen und Stofftiere an der grasbewachsenen Böschung des Bahndamms an der Ecke der Cherry Lane niederzulegen. Aus der kleinen Ansammlung letzter Grüße sollte in den kommenden Tagen ein wahrer Berg von Blumen werden, der täglich von Fotografen und Fernsehkameras aufgenommen wurde. Auch Robert Thompson konnte der Versuchung nicht widerstehen. Noch in derselben Woche legte er nahe dem Schauplatz der Tragödie, in welcher er und Jon Venables solch eine zentrale Rolle gespielt hatten, Blumen nieder.

Während die Polizei bei der massiven Anstrengung, die Mörder ihres Sohnes aufzuspüren, all ihre beträchtliche Hilfsmittel einsetzte, überließen sich Denise und Ralph in Eileen Matthews Haus in der Scoter Road ihrem Gram. Denise saß den ganzen Tag in dem Zimmer, das sie als Kind und junges Mädchen bewohnt hatte, die meiste Zeit allein mit ihren Gedanken.

»Einige Male ging ich ans Fenster, aber unten auf der Straße waren Leute, die zu mir heraufschauten«, erinnerte sie sich. »Danach konnte ich nicht mehr zum Fenster gehen. Ich saß die ganze Zeit einfach auf dem Bett. Ich wollte niemanden sehen. Ich wollte nur allein sein.«

Ralph sagte: »Ich schlich diese Woche nur trübselig herum. Wir blieben im Haus. Ich war körperlich und geistig ein Wrack. Wir verhielten uns still und sprachen nicht viel. Ich war voll Zorn und Kummer.«

Am Montagmorgen kam Helen Bulger, um Denise ihr Beileid auszusprechen. Sie konnte das Zittern, das sie am Abend zuvor befallen hatte, immer noch nicht beherrschen, was ihr einige Verlegenheit bereitete.

Kriminalpolizeimeister Jim Green, der am Freitagabend nach James' Verschwinden Denises erste Aussage aufgenommen hatte, wurde zusammen mit Mandy Waller als Verbindungsmann zwischen der Zentrale und der Familie eingesetzt. Eine seiner ersten Aufgaben an diesem Montag war es, der Familie mitzuteilen, daß James' Leichnam vom Güterzug durchtrennt worden war. Diese Information war den Medien bekannt, und mit ihrer baldigen Veröffentlichung mußte gerechnet werden. Er suchte Eileens Haus in Begleitung der Polizeipressesprecherin Wendy Johnson auf. Denise wurde überredet, in die Küche herunterzukommen, wo die beiden Beamten mit ihr und Ralph sprachen. Wendy Johnson gab ihnen allgemeine Ratschläge zum Umgang mit Presseleuten, denen sie früher oder später begegnen würden, und Jim Green erklärte so schonend er konnte, was mit James geschehen war.

»Denise ließ den Kopf hängen, und es war nicht zu erkennen, ob sie überhaupt hörte, was man sagte«, berichtete Jim Green. »Ralph starrte finster vor sich hin. Ich hätte ihnen alles erzählen können. Denise hob nicht ein einziges Mal den Kopf.«

Auch Mandy Waller besuchte die Familie an diesem Tag. »Es ging darum, uns mit den Familienmitgliedern bekannt zu machen, damit sie wüßten, wer wir waren«, berichtete sie. »Das erste Mal war schwierig. Wir wollten nicht dort sein, und sie wollten uns wahrscheinlich nicht dort haben. Denise hatte sich von Anfang an mehr oder weniger ganz in ihr Zimmer im Obergeschoß zurückgezogen. Bei meinen Besuchen ging ich meist hinauf und sprach mit Denise, während Jim unten mit Ralph redete. Wir hatten im Zusammenhang mit den Ermittlungen verschiedene Fragen zu klären, was sich am besten im Gespräch mit den beiden machen ließ.

Denise sprach ziemlich viel über James, nicht in der Gegenwartsform, als ob er noch am Leben wäre, was manche Leute in einem solchen Fall tun, sondern immer in der Vergangenheitsform. Sie war sehr offen. Ich war überrascht, wieviel sie von ihm redete, als ob es eine Erleichterung für sie wäre. Sie fragte auch, wie die Ermittlungen vorankämen, und ob wir schon Tatverdächtige hätten.«

Im Laufe dieser Woche begann sich die erste Welle einer Flut von Beileidspost und Liebesgaben wie Teddybären und Stofftieren, adressiert an Denise und Ralph, über das Polizeirevier Marsh Lane zu ergießen. Tausende von Persönlichkeiten des öffentlichen Lebens drückten ihnen ihr Beileid aus und boten Unterstützung an. Premierminister John Major sandte ihnen einen persönlichen Brief. Briefe kamen auch von Kirchenführern wie dem anglikanischen Bischof und dem römisch-katholischen Erzbischof von Liverpool, sowie vom Erzbischof von Westminster, Basil Hume. Die Mutter des verstorbenen Rockstars Freddy Mercury schrieb ihnen ebenso wie Lokalpolitiker aller Parteien und die Bürgermeister von Sefton und Knowsley. Die Beamten in der Marsh Lane sahen alle eingehende Post durch. »Wir fragten die Familie, ob sie Beileidsbriefe lesen wolle«, erinnerte sich Jim Green. »Wir bekamen ganze Postsäcke voll davon. Sie waren alle gut gemeint, aber manche wirkten auch schrecklich deprimierend.«

Jim Green sortierte die geeigneteren Beileidsbotschaften aus und brachte sie in den folgenden Tagen Denise und Ralph. Sie erwiesen sich als eine Quelle des Trostes. »Daran sieht man, daß es viel mehr gute als schlechte Menschen gibt«, sagte Ralph.

»Ich habe ziemlich viele Briefe gelesen. Damals bedeuteten sie mir nicht viel, heute aber um so mehr«, meinte Denise.

Besonders ein Brief charakterisierte treffend die Art von moralischer Unterstützung, die den Bulgers aus allen Schichten der britischen Gesellschaft zuteil wurde. Die säuberlich mit der Hand geschriebene Botschaft lautete:

> Lieber Ralph, liebe Denise,
> ich weiß, daß Sie mit Beileidsbotschaften und Blumen überschüttet werden, aber ich konnte James' Reise zu einem besseren Ort nicht geschehen lassen, ohne Ihnen mein tiefstes, tiefstes Mitgefühl auszudrücken. Ich bin so erschreckt und aufgeregt, daß dies geschehen konnte, und kann doch kaum die Tiefe des Leidens ermessen, durch das Sie gehen müssen.
> Als ich gestern abend nach meinen kleinen Kindern in ihren Betten sah, dachte ich an James und den Schmerz, den ich empfinden würde, wenn ich in dieses Schlafzimmer käme und meine Mädchen nicht in ihren Betten finden

könnte – und fühlte das Leid, das aus dem Wissen erwächst, daß sie nie mehr zurückkommen würden. Ich mußte weinen, und sie waren doch da. Es war ein kleines Nachempfinden der Qual in Ihren Herzen. Wie oft müssen Sie in Ihren Gedanken durchleben, was geschehen ist...
Aber James ist an einem besseren Ort. Diese Welt, in der wir leben, war nicht für ihn bestimmt, und er war wohl ein so besonderes Kind, daß Gott seine Seele brauchte. Ich weiß, daß nichts Ihr Leiden jemals lindern kann, Sie haben beide soviel durchgemacht. Wenn es etwas gibt, was ich tun kann, Ihnen zu helfen, so lassen Sie es mich bitte wissen. Ich gebe Ihnen all meine Unterstützung und Kraft, was immer davon nützlich sein kann.
Mit herzlichen Grüßen, Sarah.

Der Brief kam aus dem Buckinghampalast.

Der Dienstag begann nach dem gleichen Schema wie der Montag. Kriminalkommissar Albert Kirby konferierte mit seinen Vorgesetzten und hielt eine Besprechung mit den ermittelnden Kriminalbeamten ab. Später wurde in der Marsh Lane eine weitere Pressekonferenz anberaumt, um die ungeduldigen Medien über die inzwischen gewonnenen wissenschaftlichen und kriminalistischen Kenntnisse zu unterrichten. James' Onkel James Bulger war nach der Identifizierung seines toten Neffen noch immer sehr mitgenommen, fand aber die Kraftreserven, um bei dieser Pressekonferenz zu erscheinen. Jim Green holte ihn zu Hause ab und brachte ihn zur Marsh Lane, wo man die Pressekonferenz in die Kantine verlegt hatte, da die Zahl der Journalisten und Fernsehberichterstatter ständig wuchs. Mittlerweile hatte die Aufmerksamkeit der Medien einen vorläufigen Höhepunkt erreicht. Fernsehgesellschaften hatten ihre Aufnahmewagen ständig vor dem Polizeirevier geparkt. Das Aufgebot der Kameras, Mikrofone und Journalisten wurde beängstigend. Mr. Kirby berichtete: »Wir waren einem enormen Druck ausgesetzt, aber die Presse verhielt sich im allgemeinen sehr verantwortungsbewußt. Die ganze Zeit herrschte der Eindruck vor, daß sie mit uns zusammenarbeiten wollten. Jeder Appell, den wir an die Öffentlichkeit richteten, wurde gesendet und gedruckt. Niemals gab es das Gefühl, daß wir gegen die Presse anzukämpfen hätten. Wenn wir in diese Pressekonferenz gingen, versuchten sie uns in der Weise zu helfen, die ihnen möglich war.«

James Bulger zitterte erkennbar vor Erregung, als er die Bevölkerung zur Unterstützung der Fahndung nach den Mördern seines Neffen aufrief. Er sagte vor den versammelten Medien: »Er war nur ein Kleinkind, und er wurde am hellichten Tag fortgeschleppt. Ich fürchte, daß sie dies wieder tun werden. Wenn irgend jemand etwas weiß, so geringfügig es auch sein mag, sollte er es der Polizei melden.«

Kriminalkommissar Kirby gab bekannt, daß eine neue Videoaufzeichnung aufgetaucht war, die James zeigte, wie er fast eine halbe Meile vom Strand entfernt unterwegs nach Walton die Straße entlanggezerrt wurde. Das neue Filmmaterial stammte von einer Überwachungskamera vor dem Geschäftsgebäude der Bauunternehmung AMEC Ltd. an der Ecke Hawthorn Road und Oxford Road. Mr. Kirby sagte: »Das Kind scheint erschöpft oder ängstlich zu sein. Die beiden haben ihn in der Mitte, und es sieht aus, als würde er entweder an beiden Händen fortgezerrt oder hin und her geschwungen.«

Mr. Kirby redete auch zum erstenmal von der Dose mit blauer Farbe und den Batterien, die am Tatort gefunden worden waren. Er sagte, daß beides aus Geschäften im Einkaufszentrum gestohlen worden sei, und bestätigte, daß sowohl die Farbdose als auch die Batterien »in Kontakt« mit James' Körper gewesen wären.

Dann machte er eine erschreckende Enthüllung: »Zeugen, die James und die Täter unterwegs nach Walton sahen, haben ausgesagt, daß James zu dieser Zeit Kopfverletzungen hatte. Er wurde mit blauen Flecken und Schürfwunden an der Stirn gesehen, die ihm zugefügt wurden, nachdem er seine Mutter verlassen hatte, aber bevor er den Bahndamm erreichte.«

Dies sagte er beinahe beiläufig am Ende einer Reihe von Fragen und Antworten, als die Pressekonferenz ihrem Ende entgegenging. Mr. Kirby wurde gefragt, wie er sich zu der Tatsache stelle, daß trotz dieser Verletzungen niemand eingegriffen hatte. Seine Stimme sank fast zu einem Flüstern herab, als er antwortete: »Auch ich bin entsetzt.« Die Pressekonferenz wurde dann eilig zum Abschluß gebracht.

6

An diesem Dienstag gegen 16 Uhr ging im Lageraum der Polizei ein wichtiger Anruf ein. Ein Mann, der seinen Namen nicht nennen wollte, sagte aus, er habe an dem Tag, als James entführt wurde, seinen Sohn im Einkaufszentrum gesehen. Er nahm Bezug auf die Batterien, erklärte aber, er sei wegen des großen Presseaufgebots draußen nicht bereit, seinen Sohn zum Polizeirevier Marsh Lane zu bringen.

Nicht viel später rief der Mann wieder an, gab weitere Informationen und sagte, er würde sich überlegen, ob er seinen Sohn zum Revier bringen solle. Schließlich folgte ein dritter Anruf. Diesmal gab der Anrufer an, sein Sohn habe geleugnet, im Strand-Einkaufszentrum gewesen zu sein. Er sagte, die Mutter sei sich der Umstände bewußt und habe zusammen mit der Großmutter den Mantel des Jungen gewaschen. Seine Großmutter habe den Mantel noch immer bei sich. Er betonte, daß die Polizei seinen Angehörigen nicht sagen dürfe, daß er der Informant sei, wenn sie käme, den Jungen festzunehmen. Auf Drängen der Polizei rückte er endlich mit seinem Namen heraus und identifizierte sich als Paul Green, Snowdrop Street 8, Kirkdale, Liverpool. Er sagte, der Name seines Sohnes sei Jonathan.

Kriminalinspektor Jim Fitzsimmons versuchte die Information einzuschätzen. Ein Hinweis von einem so nahen Angehörigen wie dem Vater eines verdächtigen Jungen war sehr ungewöhnlich. Die Andeutung, daß der Mantel des Jungen bereits gewaschen worden sei, war beunruhigend.

Weitere wichtige Beweismittel mochten in Gefahr sein, beseitigt zu werden.

»Wir erkannten die Notwendigkeit sofortigen Handelns«, sagte Fitzsimmons. »Würden wir einen Verdächtigen festnehmen, war das mit einer systematischen Hausdurchsuchung durch Spezialisten der Einsatzunterstützungsabteilung verbunden. Wir hatten zu diesem Zeitpunkt keine Leute frei, darum nahm ich eine kleine Gruppe von Ermittlungsbeamten mit, die im Haus warten konnten, bis eine Spurensicherungsmannschaft frei würde.«

Es war kurz vor 18 Uhr, als Jim Fitzsimmons und seine Beamten in drei ungekennzeichneten Polizeifahrzeugen unweit vom Reihenhaus der Greens in der Snowdrop Street hielten. Sie befanden sich in einem Wohngebiet, einer von mehreren Seitenstraßen mit Reihenhäusern, die von der Stanley Road zum Hafengebiet von Liverpool hinabführten. Es war bereits dunkel, die Straße lag fast verlassen. Keiner der Beamten war in Uniform.

Sie klopften an die Tür des Hauses, die von Jonathans Mutter, Mrs. Margaret Green, geöffnet wurde. Die Beamten wiesen sich als Kriminalbeamte aus, gingen ins Haus und nahmen Jonathan als Tatverdächtigen fest. Der Junge, zwölf Jahre alt, hatte große Ähnlichkeit mit einem der Jungen auf den unscharfen Videobildern. Als ihm der Grund seiner Festnahme gesagt wurde, brach er in Tränen aus.

Um ihn zu trösten, legte Jim Fitzsimmons dem Jungen einen Arm um die Schultern, und sie verließen das Haus und gingen die verlassene Straße hinauf zu einem der ungefähr zwanzig Schritte entfernt parkenden Wagen. Mrs. Green ging mit den Beamten. Sie fuhren ohne Aufhebens davon und verließen die Gegend so ruhig und unauffällig, wie sie gekommen waren.

Die Kriminalbeamten George Scott und Mark Dale gehörten zu der Gruppe, die auf das Eintreffen der Durchsuchungsspezialisten wartete. Außer ihnen waren zwei weitere Kinder, ein männlicher Untermieter und ein Freund der Familie Green im Haus.

Bald darauf wurde an die Tür geklopft. »Ich dachte, es sei

die Durchsuchungsgruppe«, erinnerte sich George Scott. »Ich öffnete die Tür und sah mich einer blonden Reporterin, einem Kameramann und einem Mikrofonträger gegenüber. Sie nannte ihren Namen und sagte, sie sei vom Sender GMTV und wolle, daß ich eine Erklärung abgebe. Natürlich war ich erschrocken, daß sie da waren. Unsere Leute waren erst vor ein paar Minuten mit dem Jungen weggefahren, und ich konnte nicht verstehen, wie sie zu dieser Adresse gekommen waren.«

Er sagte der Reporterin, daß er keine Erklärung abgeben könne, und schloß die Tür. Dann beobachtete er hinter den Vorhängen des Hauses die Situation auf der Straße.

Das Fernsehteam, dessen starke Lampen Straße und Haus in helles Licht tauchten, zog rasch eine Schar Neugieriger an. George Scott ging hinaus, um mit der Reporterin zu sprechen. »Sie forderte mich beharrlich auf, eine Erklärung abzugeben, ob Leute festgenommen worden seien, doch ich verweigerte jede Stellungnahme«, sagte George Scott, »und forderte sie dann energisch auf, sich vom Haus zu entfernen. Ich sagte zu ihr, dies sei zwar ein freies Land, aber ich müsse sie im Interesse der öffentlichen Ordnung auffordern, sich vom Haus zu entfernen. Darauf fuhren sie zum unteren Ende der Snowdrop Street, ungefähr 75 Schritte entfernt.

»Die Emotionen schlugen bereits hohe Wellen. Leute kamen aus ihren Häusern, um zu sehen, was vorging. Situationen wie diese laden zu vorschnellen Schlußfolgerungen ein, und die Leute dachten sofort, die Polizei hätte den Täter gefaßt, und es sei Jonathan Green. Bald hatten sich annähernd 150 Menschen vor dem Haus versammelt, und wir mußten Unterstützung anfordern. Zu keiner Zeit hatte ich das Gefühl, daß von den Menschen draußen eine Bedrohung ausging; es gab keinen irgendwie gearteten Groll gegen die Kriminalbeamten. Aber ich fürchtete um die anderen Leute, die im Haus lebten und mit der Ermittlung nichts zu tun hatten.«

Als die Mannschaft der Einsatzunterstützungsabteilung in ihren geschlossenen Polizeifahrzeugen eintraf, versperrte eine Menschenmenge die Straße. Andere Journalisten und

Fotografen hatten von der Sache erfahren und stießen zu dem Fernsehteam, das den ganzen Auflauf zu verantworten hatte. Die Menge der Neugierigen und in einigen Fällen aggressiven Zuschauer wuchs weiter an. Die Spezialisten veranstalteten währenddessen eine systematische Hausdurchsuchung. Sie nahmen einige Kleidungsstücke und andere Gegenstände zur Überprüfung mit, und angesichts der möglichen Gefahr, die von der Menge ausging, wurden auch die anderen Bewohner des Hauses mit den Polizeifahrzeugen fortgebracht.

Jonathan und seine Mutter hatten keine Kenntnis von diesen Unruhen. Sie wurden zunächst zum Polizeirevier Stanley Road gefahren und dann in die Zentrale, wo Jonathan bis zur Vernehmung festgehalten werden sollte.

Unterdessen wurden Beamte losgeschickt, um Mr. Green von einer Adresse im Liverpooler Stadtteil Netherton abzuholen und in die Zentrale zu bringen, wo er eine Aussage zu Protokoll geben sollte. In dieser Erklärung wiederholte er die Behauptung, die er bei seinen Anrufen gemacht hatte. Er sagte, er sei am Freitag zu einem Freund gegangen und habe Jonathan im Bus gesehen. Sein Sohn, der eine Jacke wie einer der Jungen auf den Videobildern trage, sei am Strand ausgestiegen. Als er am Abend heimgekommen sei, habe Jonathan die Jacke im Badezimmer gewaschen. Mr. Green habe seinen Sohn nach dessen Aufenthalt im Einkaufszentrum gefragt, und der Junge habe es geleugnet.

Mr. Green wurde aufgefordert, anwesend zu sein, während ein Polizeiarzt von Jonathan nahm, was als »persönliche Proben« bezeichnet wird. Dazu gehörten nicht nur Fingerabdrücke, sondern auch Proben von Blut und Speichel, die für gerichtsmedizinische Untersuchungen gebraucht wurden, um festzustellen, ob er an der Mordtat beteiligt gewesen sein könnte. Als Mr. Green seinen Sohn sah, schrie er ihn an und befahl ihm, den Beamten »die Wahrheit zu sagen«, nämlich daß er James Bulger getötet habe.

Darauf verwarnte ihn Jim Fitzsimmons und wies ihn darauf hin, daß er unter keinen Umständen noch einmal zu seinem Sohn über den Mord sprechen solle. Weiterer Kontakt mit Jonathan wurde ihm nicht gestattet, weil die Beamten nicht wünschten, daß er den Jungen in seinen Aussagen beeinflußte.

Kriminalpolizeimeister Phil Roberts erhielt den Auftrag, Jonathan zu vernehmen. Der Junge wurde in Anwesenheit seines Rechtsanwalts befragt und zeigte sich nicht sehr kooperativ. Er leugnete, irgend etwas mit James' Tod zu tun zu haben, und der Kriminalbeamte erkannte schon nach kurzer Zeit, daß Jonathans Beteiligung an dem Verbrechen sehr unwahrscheinlich sei. »Ich wußte, daß er es nicht war, aber es ging darum, seine Unschuld dem Vater zu beweisen und ihn als Tatverdächtigen auszuklammern.«

Später am Abend erhielt ich zu Hause einen Anruf von Oberinspektor Paul Donnelly von der Presseabteilung der Polizei. Seine Botschaft war kurz und ohne Umschweife. »Im Zusammenhang mit der Entführung und Ermordung von James Bulger ist eine Person festgenommen worden.«

Sofort gab ich eine Kurzmeldung an die Press Association durch und hörte sie schon in den 21-Uhr-Nachrichten der BBC, als ich das Haus verließ, um nach Liverpool zu fahren und weitere Informationen einzuholen. Vor dem Polizeirevier Marsh Lane herrschten Chaos und Verwirrung. Eine aufgebrachte Menge von Männern, Frauen und Jugendlichen, viele von ihnen offensichtlich vom Alkohol beeinflußt, schob sich durcheinander. Es war eine potentiell explosive Atmosphäre. Die Polizei war klug genug, nicht zu sagen, in welches Polizeirevier der Junge gebracht worden war, und viele Leute hatten voreilig den falschen Schluß gezogen, daß man ihn zur Zentrale der zuständigen Mordkommission bringen würde.

Andere Journalisten, die größtenteils von unserer Kurzmeldung aufmerksam gemacht worden waren, erschienen gleichfalls am Schauplatz des Geschehens. So etwas ist eine sehr schwierige Situation für einen Reporter. Er muß zur Stelle sein, um herauszubringen, was vorgeht. Das ist sein Job. Unglücklicherweise führt seine bloße Anwesenheit in einer Situation wie dieser aber oft genug zu Menschenansammlungen und dann besteht immer eine gewisse Gefahr,

Ein Spezialfilter zur Bildverarbeitung wird eingesetzt. Er rundet die eckigen Ränder der Pixel ab – der winzigen Vierecke, aus denen das Bild zusammengesetzt ist und die sich bei der Vergrößerung störend bemerkbar machen würden.

James und Antonia mit Sheila Matthews' Freund.

James mit Nicola Bailey.

daß es zu Übergriffen kommt. Als Reporter kann man wenigstens versuchen, relativ unauffällig zu bleiben, aber für Fotografen und die Rundfunk- und Fernsehteams ist das praktisch unmöglich.

Ein dienstälterer Kriminalbeamter, den ich seit vielen Jahren kannte, sah mich an diesem Abend vor dem Polizeirevier und sagte zu mir: »Sie sollten doch bei so etwas nicht mitmachen.« Bis zum heutigen Tag weiß ich allerdings nicht, wie ich oder meine Kollegen an diesem Abend anders hätten reagieren können. Der Fall hatte sich inzwischen zu einem Ereignis von internationalen Proportionen entwickelt. Durch die Publizität, die er gefunden hatte, war es der bei weitem größte Mordfall, mit dem ich jemals zu tun hatte. Auf Grund der Information, daß im Zusammenhang mit dem Mord eine Festnahme erfolgt war, konnte schwerlich von uns erwartet werden, daß wir still zu Haus sitzen bleiben und auf die Pressekonferenz des nächsten Tages warten würden. Wer sich so verhalten hätte, wäre wahrscheinlich schon bald auf der Suche nach einer neuen Stellung gewesen.

Inzwischen wurden uniformierte Polizisten in großer Zahl herangeholt und begannen die Menge zurückzudrängen. Einige Rabauken, die sich offen widersetzten, mußten von der Polizei vorübergehend festgenommen werden. In der Snowdrop Street gab es anscheinend ähnliche Probleme.

Kommissar Paul Burrell, der Chef der uniformierten Unterabteilung in der Marsh Lane, kam auf die Straße und gab den versammelten Reportern eine kurze, improvisierte Darstellung des Geschehens. »Im Laufe des heutigen Tages haben wir eine Anzahl von Leuten, die als Zeugen in Frage kommen, um uns bei unseren Nachforschungen zu helfen, zur Einvernahme vorgeladen«, sagte er. »Diejenigen, die nicht freiwillig kommen wollten, haben wir zwangsweise vorgeführt – bisher ungefähr drei. Wir haben keine Anhaltspunkte, daß irgendeiner von ihnen den Mord begangen hat und überprüfen lediglich routinemäßig ihr Tun und Lassen am Tage des Geschehens. Ich kann Ihnen versichern, daß wir nicht in der Lage sind, irgendwen unter Mordanklage zu stellen. In dem Fall, mit dem wir es hier zu tun haben, handelt es sich um einen jungen Burschen, der zur Tatzeit im Bereich des Strand-Einkaufszentrums gewesen sein soll. In diesem Stadium brauchen wir von ihm als Zeugen Informationen. Er ähnelt den Jungen auf den Videobildern nicht. Die Fahndung nach ihnen läuft noch. Wir haben zu diesem Zeitpunkt keinen der Mörder in Polizeihaft, und alle weiteren Schlußfolgerungen sind voreilig.«

Ich gab diese Information pflichtschuldig an die Press Association weiter und sprach anschließend mit Kriminalkommissar Roger Corker. Seine Version von den jüngsten Ereignissen war nicht ganz so eindeutig. »Die im Zusammenhang mit dem Mord an James Bulger festgenommene Person ist eine von einer Anzahl, die im Verlauf dieser Fahndung bisher einvernommen wurden. Die Polizei von Merseyside wird eine Erklärung abgeben, wenn gegen jemanden Anklage erhoben wird. Spekulationen um die Täterschaft dienen dieser Fahndung nicht.«

Die Bulgers waren nicht immun gegen die Ereignisse dieses Abends in der Snowdrop Street. Sie erhielten eine Anzahl Anrufe von Freunden und Verwandten, die ihnen von der Meldung in den Fernsehnachrichten berichteten. Ray Matthews rief daraufhin Kriminaloberinspektor Geoff MacDonald an, um zu erfahren, was wirklich geschah. MacDonald versicherte ihm, daß der festgenommene Junge nichts anderes sei als eine Möglichkeit, der man im Interesse der Aufklärung habe nachgehen müssen. Er sagte weiter, daß Journalisten von dieser Festnahme Wind bekommen und so die ganze Aufregung verursacht hätten, hob aber hervor: »Wir nehmen jeden fest, auf den die Täterbeschreibung in etwa zutrifft, wenn er nicht freiwillig kommt, um uns zu helfen.«

Nachdem sie die Fernsehmeldungen gehört hatten, blieben die Familienmitglieder skeptisch, waren aber erst, als die Regionalnachrichten später am Abend die letzten Stellungnahmen der Polizei brachten, überzeugt davon, daß die Polizei die Täter nicht gefaßt hatte.

Kriminalpolizeimeister Jim Green fuhr in die Scoter Road, um die Familie zu beruhigen. Er erinnerte sich: »Der Vorfall hatte viel Aufregung verursacht und Hoffnungen geweckt. Sie interpretierten mehr in die Sache hinein als dran war.«

Andere Journalisten, die in der Snowdrop Street gewesen waren, kamen mittlerweile in der Marsh Lane an und brachten anschauliche Erzählungen über die Umstände der Festnahme mit, die sie von Nachbarn gehört hatten. Danach waren der Junge und seine Angehörigen angeblich mit über die Köpfe geworfenen Decken in die Polizeifahrzeuge verfrachtet worden, und Menschentrauben waren auf den Trittbrettern der Fahrzeuge mit Polizisten ins Handgemenge geraten, als der Konvoi sich in Bewegung gesetzt hatte. Tatsächlich war das eine übertriebene Schilderung der Szene, als die Mannschaft der Einsatzunterstützungsabteilung den Rest der Familie zu ihrer eigenen Sicherheit aus dem Haus gebracht hatte, aber das konnte zu dem Zeitpunkt beim besten Willen keiner von uns wissen, zumal keine Möglichkeit bestand, den Bericht über die tatsächlichen Geschehnisse in der Snowdrop Street mit der Polizei abzustimmen. Nachbarn kommentierten auch ziemlich anschaulich den Lebensstil der Familie Green, die erst vor kurzem in die Snowdrop Street gezogen war und offensichtlich nicht den besten Eindruck auf einige länger Ortsansässige gemacht hatte.

Es war für uns alle eine lange und schwierige Nacht. Endlich gelang es der Polizei, in der Snowdrop Street und in der Marsh Lane Ruhe und Ordnung wiederherzustellen, nachdem eine Handvoll Provokateure aus der Menge geholt und festgenommen worden war. Schließlich fuhr ich nach Haus, nicht mit dem Gefühl, daß ich ein vollständiges Bild gewonnen hatte, aber in der resignierten Erkenntnis, daß ich in dieser Nacht – inzwischen ging es auf halb drei – kein klares Bild mehr würde erhalten können. Kriminalinspektor Jim Fitzsimmons stand noch eine Stunde Arbeit bevor, ehe er nach drei Uhr endlich die Heimfahrt antreten konnte. »Nach den Einvernahmen trauten wir der Information, die Paul Green uns gegeben hatte, noch weniger als zuerst, aber es gab gewisse Punkte, die der Klärung bedurften, bevor Jonathan als Tatverdächtiger ausscheiden konnte«, sagte er.

Als er fünf Stunden später an seinen Schreibtisch zurückkehrte, wurden überall im Land die Morgenzeitungen ausgegeben. Ihre Schlagzeilen berichteten von einem offenbar bedeutenden Durchbruch im Mordfall James Bulger. Der *Daily Mirror* schlagzeilte: »Mordfall Jamie: Zwölfjähriger in Polizeihaft.« Die *Daily Mail* kam mit »James' Tragödie: Jugendlicher festgenommen« heraus, mit der Unterzeile: »Nach Razzia der Mordkommission: Aufgebrachte Menge vor Polizeiwache«. Liverpools Morgenzeitung, die *Daily Post*, der ihr späterer Redaktionsschluß zustatten kam, konnte vorsichtigere Töne anschlagen. Ihre Schlagzeilen lauteten: »Drei Festnahmen im Fall James«, doch die Unterzeile sagte einschränkend: »Polizei schlägt zu, aber Mörder noch auf freiem Fuß.«

Am Mittwochmorgen um acht erklärte Jim Fitzsimmons in der Chefbesprechung, daß sie jetzt daran arbeiteten, Jonathan aus dem Kreis der Tatverdächtigen zu eliminieren, statt Beweise für seine Täterschaft zu suchen. Zu diesem Zweck habe eine Mannschaft von sechs Kriminalbeamten den Auftrag erhalten, seine im Gegensatz zu denen seines Vaters stehenden Aussagen bei Freunden, Nachbarn und Schulpersonal zu überprüfen, die wegen der Ferien zu Hause aufgesucht werden müßten.

»Wir konnten klarstellen, daß alles, was nach Paul Greens Aussage am Freitag geschehen war, tatsächlich am Donnerstag geschah«, sagte Kriminalinspektor Fitzsimmons. »Es gelang uns, Paul Green davon zu überzeugen, daß der Hinweis, den er uns gegeben hatte, falsch gewesen war. Daraufhin gab er eine weitere Erklärung ab, in der er die Möglichkeit einräumte, daß er sich geirrt habe.«

Die Ergebnisse der kriminaltechnischen Überprüfung bestätigten, daß es nichts gab, was Jonathan mit dem Verbrechen in Verbindung brachte; der Junge wurde später am Mittwoch aus dem Polizeigewahrsam entlassen. Kriminalkommissar Kirby und Kriminalinspektor Fitzsimmons überlegten, ob sie Mr. Green wegen Irreführung der Polizei belangen sollten. »Aber wir glaubten, wie auch mein Bericht ausführt, daß es die Handlung eines Mannes war, der wirklich hatte helfen wollen«, erzählte Jim Fitzsimmons.

Die Ereignisse des vergangenen Abends und die Medienberichterstattung darüber führten innerhalb der Polizei zu einer kritischen Betrachtung ihrer eigenen Informationspolitik. Ein Teil des Problems war darauf zurückzuführen, daß nicht klargemacht worden war, daß Jonathan Greens Festnahme zwar einer der bedeutsameren unter den möglichen Anhaltspunkten gewesen war, aber doch nur eine unter vielen Festnahmen. Jetzt wurde beschlossen, daß Inspektor Ray Simpson und seine zivile Kollegin Diane Halliwell von der Presseabteilung von nun an ganz in der Marsh Lane stationiert werden sollten, wo sie in enger Verbindung mit den Ermittlungen stehen und die Medien auf dem laufenden halten konnten.

»Nach der Dienstagnacht wurde entschieden, daß wir eine bessere Informationspolitik brauchten«, berichtete Ray Simpson. »Wir mußten den Redaktionsschluß der Zeitungen in unsere Überlegungen mit einbeziehen. Das tun Kriminalbeamte nicht gern, aber angesichts der Publizität dieses Falles mußten wir es tun. Wir beschlossen, jeden Tag um elf Uhr vormittags eine Pressekonferenz zu halten und um 17 Uhr eine schriftliche Presseerklärung mit weiteren Tatsacheninformationen herauszugeben. Schon am Mittwochmorgen machten wir in Bootle ein Pressebüro auf. Zuerst hatten wir nur ein Telefon, dann wurden im Laufe des Tages zwei zusätzliche Leitungen eingerichtet. Ich glaube nicht, daß jemand die Menge von Anrufen hätte voraussehen können, die wir bekamen. Sobald die Medien wußten, daß wir da waren, eruptierten die Telefone förmlich. Der öffentliche Fernsprecher im Vorraum des Reviers Marsh Lane nahm mehr Geld ein als je zuvor, nur weil Journalisten unten versuchten, bei uns im Obergeschoß durchzukommen.«

Ray Matthews und ein weiterer Onkel des kleinen James, Denis Mather, wurden eingeladen, an der Pressekonferenz dieses Vormittags teilzunehmen. Man zeigte ihnen den Lageraum und erklärte ausführlich die Art und Weise, wie die Ermittlungen geführt wurden, um sie davon zu überzeugen, daß alles Menschenmögliche getan wurde, um James' Mördern auf die Spur zu kommen.

Die Pressekonferenz wurde an diesem Tag von Hauptkommissar Dave Thompson eröffnet, dem Chef der B-Einheit der Polizei von Merseyside, der einen direkten Appell an die Öffentlichkeit richtete. »Vorrangiges Ziel dieser Fahndung ist es, diejenigen aufzuspüren, die den kleinen James entführten und ermordeten. Alle unsere Anstrengungen dienen diesem Ziel«, sagte er. »Ich möchte an die Bevölkerung appellieren, Ruhe zu bewahren, und sie bitten, uns bei der Suche nach den Urhebern dieser schrecklichen Tat zu unterstützen.« Er brachte die Festnahme in der Snowdrop Street in den größeren Zusammenhang laufender Ermittlungen, indem er erläuterte, daß zwanzig Jugendliche zwischen zehn und sechzehn in Polizeirevieren der Merseyside vernommen und als Tatverdächtige eliminiert worden seien. »Wir betrachten den gestrigen Vorfall nicht als einen bedeutsamen Durchbruch in der Fahndung«, hob er hervor. »Er ist lediglich Bestandteil der laufenden Ermittlungen.«

Darauf ging er auf die im Zusammenhang mit den Unruhen erfolgten Festnahmen ein und sagte: »Die gestrigen Ereignisse und die Verunsicherung, die sie in die Öffentlichkeit und die Familie des Opfers getragen haben, werden Konsequenzen für die Fahndungsarbeit haben. Heute befinden sich zwei Onkel des kleinen James bei uns. Sie sind enttäuscht und wünschen mehr Information, deswegen haben Beamte der Mordkommission ihnen heute gezeigt, wie wir die Ermittlungen führen.

Gestern abend mußten wir Polizeibeamte von der Haus-zu-Haus-Befragung abziehen, um Polizeiwachen und die Häuser von Bürgern zu schützen, die uns unterstützen. Das hat die Fahndungsarbeit um mindestens vierundzwanzig Stunden zurückgeworfen. Wir haben nicht mehr Polizeibeamte, die wir einsetzen können, und Ereignisse, wie wir sie gestern abend erlebt haben, lenken unsere Aufmerksamkeit nur von wichtigeren Dingen ab.«

Er bezeichnete die Unterstützung seitens der Öffentlichkeit und den Informationsfluß als »großartig« und fügte hinzu: »Wir brauchen die Unterstützung der Öffentlichkeit, um die Mörder zu fangen. Sicherlich gibt es in der Öffentlichkeit eine Menge Frustration, und wir haben dafür Verständnis, aber wir tun alles, was in unseren Kräften steht, um unser wichtigstes Ziel zu erreichen.«

Anschließend unterrichtete uns Albert Kirby über neue Erkenntnisse und Entwicklungen bei der Fahndung. Als er geendet hatte, wurde Denis Mather aufgefordert, seine Stellungnahme abzugeben. »Ich kann nur die Aufforderung an die Bevölkerung von Bootle und Umgebung unterstreichen, Ruhe zu bewahren«, sagte er. »Wir sind genauso erregt und erbittert wie sie, wollen aber nicht, daß die falschen Leute festgenommen und dieser Untat beschuldigt werden. Letzte Nacht bekamen wir falsche Informationen von den Medien. Im Namen der Bewohner von Bootle und Umgebung möchte ich Sie bitten, auf vorschnelle Sensationsmeldungen zu verzichten, die Unruhe auslösen könnten, und den Fall ruhig zu behandeln, bis die Täter gefaßt sind.«

Er sagte, die Familie sei nicht überzeugt davon gewesen, daß von der Polizei genug getan würde, fügte aber ergänzend hinzu: »Man hat uns herumgeführt und Einblick in den Fahndungsmechanismus gewährt, und wir wissen jetzt, daß genug getan wird. Die Menge der eingehenden Informationen ist phänomenal.«

Um die Mittagszeit stand Inspektor Ray Simpson mit Pauline Clare, der stellvertretenden Polizeipräsidentin, Hauptkommissar Thompson und Kriminalkommissar Kirby in einem Büro in der Marsh Lane; sie verfolgten die 12-Uhr-Nachrichten im Fernsehen. »Die Berichterstattung war gut und genau«, erzählte Simpson. »Die Information, die wir wollten, wurde ausgesendet. Mr. Thompsons Appell an die Bevölkerung, Ruhe und Ordnung zu bewahren, kam gut heraus, desgleichen Mr. Kirbys Bitte um sachdienliche Informationen. Dies war, was wir wollten. Ich dachte, wenn wir die Information der Öffentlichkeit auf diesem Niveau halten könnten, würden wir nicht allzu schlecht fahren. Dies war der Standard, den wir bewahren mußten.«

Damit hätte es sein Bewenden haben sollen, soweit es den Fall Jonathan Green betraf. In den folgenden Tagen sollte er jedoch zum Brennpunkt einer Kritik gemacht werden, welche sich schlecht auf die Moral der Polizeibeamten auswirkte, die jede wache Stunde der Fahndung nach James' Mördern gewidmet hatten.

Der prominente Liverpooler Rechtsanwalt Rex Makin feuerte die ersten Schüsse ab. Er gab an diesem Tag Interviews vor dem Polizeirevier Marsh Lane, in denen er sich kritisch über die Polizeieinsätze der vergangenen Nacht äußerte. »Es herrscht eine Atmosphäre der Hysterie, und das sollte meiner Ansicht nach nicht sein«, sagte er. »Die Polizei hat eine Aufgabe zu lösen, aber ob sie es in einer Weise tut, die darauf ausgerichtet ist, Ruhe und Frieden in der Öffentlichkeit wiederherzustellen, erscheint mir sehr zweifelhaft. Sie geht in einer schwerfälligen und plumpen Weise an die Sache heran.« Dann kritisierte er die Form, in der Jonathan angeblich festgenommen worden war. Freilich konnte er zu diesem Zeitpunkt ebenso wenig wie wir wissen, daß die tatsächlichen Umstände der Festnahme nicht so gewesen waren, wie die Nachbarn sie geschildert hatten.

Im weiteren Verlauf übernahm Mr. Makin die Interessenvertretung der Familie Green, die wegen der noch vorhandenen Abneigung der Nachbarschaft gegen sie nicht in ihr Heim in der Snowdrop Street zurückkehren konnte und vom Liverpooler Stadtrat mehrere Wochen in verschiedenen Hotels untergebracht werden mußte, bevor sie schließlich umquartiert werden konnte.

Am Freitag erhob Mr. Makin die Forderung, daß die Polizei sich bei Jonathan entschuldigen sollte. »Das Leben dieses Jungen ist durch die überstürzte Polizeiaktion ruiniert worden. Er ist bis dahin niemals in Schwierigkeiten irgendwelcher Art geraten«, sagte er. »Der Junge hatte niemals psychologische Probleme, aber jetzt macht er das Bett naß und wacht mit Alpträumen auf. Die Familie hat kein Heim und weiß nicht, was sie tun und was aus ihr werden soll. Ihr Los ist furchtbar.«

Jonathan und seine Familie wurden daraufhin von Zeitungsreportern interviewt. Der Junge gab an, er sei von allem, was mit ihm geschehen war, so verwirrt gewesen, daß er zur Zeit seiner Entlassung aus der Polizeihaft selbst geglaubt habe, er hätte den Mord begangen.

Seine Mutter Margaret wurde mit den Worten zitiert: »Wir sind das, was man eine klassische Problemfamilie nennt. Aber das bedeutet nicht, daß wir schlechte Leute sind.«

Die Polizei war von der Kritik, der sie sich von seiten Mr. Makins und der Familie in der Öffentlichkeit ausgesetzt sah, so verletzt, daß sie mit der bis dahin zurückgehaltenen Erklärung aufwartete, Jonathan sei von seinem eigenen Vater angezeigt worden. Danach schwand das Interesse der Medien an der Geschichte rapide.

Nach ihrer Umquartierung verlor Mr. Makin den Kontakt zur Familie Green, ist aber nach wie vor der Überzeugung, daß sie ungerecht behandelt wurde. »Sie waren ziemlich klägliche Leute«, erinnerte er sich. »Eine Problemfamilie. Mr. Green hatte in der Vergangenheit seine Probleme und hat sie noch. Jonathan war ein Problemkind und kein Engel.«

Aber er sagte, daß die Bedingungen, unter denen Jonathan über Nacht in Polizeihaft gehalten wurde, den Jungen in »Angst und Schrecken« versetzt hätten, obwohl er andererseits die Vernehmungsmethoden der Polizei nicht kritisierte. Er warf die Polizei Widersprüchlichkeit vor, weil sie Jonathan gegen Bürgschaft auf freien Fuß gesetzt hatte statt ihn bedingungslos freizulassen, sobald seine Unschuld festgestellt war. »Erst als ich Krach machte, hoben sie die Bürgschaftsbedingung auf«, sagte Mr. Makin. »Niemand entschuldigte sich hinterher bei Jonathan Green oder der Familie, was das mindeste gewesen wäre, was nach dem ihnen zugefügten Unrecht hätte geschehen müssen.«

Kriminalkommissar Kirby reagierte zutiefst verärgert auf die Kritik, mit der Mr. Makin seine Abteilung überhäuft hatte. »Meine Leute arbeiteten sehr angestrengt, um Jonathans Unschuld zu beweisen, nachdem er von seinem eigenen Vater des Mordes beschuldigt worden war«, sagte er. »Es lenkte uns von unserer eigentlichen Arbeit ab. Übrigens gab es auch überzeugende Beweise von Verständnis, besonders seitens der Großmutter des Jungen, für die Art und Weise, wie sie behandelt wurden.«

Der größte Teil der Medienberichterstattung über den Fall James Bulger war vom Anfang bis zum Ende positiv und unterstützend. Was an Kritik laut wurde, vor allem in einem Bericht der Zeitung *Sun*, der sich mit der »Stümperei« der Polizei der Merseyside befaßte, bezog sich auf die Ereignisse um Jonathan Greens Festnahme und Inhaftierung.

Ich hielt diese Kritik damals nicht für berechtigt, und die umfangreichen Recherchen, die ich für dieses Buch durchführte, haben an dieser Ansicht nichts geändert. Die Polizei hätte ihre Pflicht vernachlässigt, wenn sie angesichts einer allem Anschein nach so wichtigen Information nicht prompt gehandelt hätte. Erst als ein Fernsehteam von der Festnahme Wind bekam, gewannen die Ereignisse jenes Abends eine Eigengesetzlichkeit, die angesichts des enormen Interesses der Medien an den Ermittlungen schwierig aufzuhalten gewesen wäre. Im nachhinein läßt sich sagen, daß wir vielleicht besser imstande gewesen wären, die Festnahme in ihrem größeren Zusammenhang zu sehen, wenn wir vorher über die regelrechte Serie von Festnahmen unterrichtet worden wären, die zur gleichen Zeit ablief. Es war jedoch für uns alle eine neue Situation. Die Medien versuchten, nicht nachtragend zu sein, und die Polizei versuchte, nicht hinderlich zu sein. Jeder von uns tat seine Arbeit, so gut er es verstand. Es war eine unglückselige Nacht, aus der aber auf allen Seiten nützliche Lehren gezogen wurden.

Kriminalinspektor Fitzsimmons sagte: »Ich wurde wegen meines ›plumpen‹ Vorgehens kritisiert, aber ich wußte, daß wir uns untadelig verhalten hatten. In Anbetracht unserer vielen Überstunden und des aufopfernden Einsatzes unserer Leute empfand ich die Kritik als sehr frustrierend für mich selbst und alle beteiligten Beamten. Wir waren an diesem Mittwoch entmutigt. Drei Tage waren jetzt vergangen, seit wir James' Leichnam gefunden hatten, und seit fünf Tagen liefen die Nachforschungen in einem Fall, wo wir Fotos der Tatverdächtigen hatten. Wir waren wirklich niedergeschlagen. Dann aber kam der Durchbruch...«

7

Es war am Mittwochabend um halb elf, fünf volle Tage nach James' Entführung. In der Kriminalabteilung des Polizeireviers Marsh Lane ging es jetzt ruhiger zu, doch noch immer lief der Dienstbetrieb in vermindertem Umfang weiter. Kriminalinspektor Jim Fitzsimmons saß in seinem Büro und überprüfte die im Laufe des Tages eingegangenen Hinweise. Seine Stimmung war gedrückt, während er sich durch die Meldungen und Niederschriften arbeitete. Die Jonathan Green-Episode war eine Art von Ablenkung, auf die er und seine Beamten gern verzichtet hätten. Und es waren bereits erste kritische Stimmen laut geworden, deren Zahl und Vernehmlichkeit in den nächsten Tagen noch ansteigen würden.

Es wurde an die Tür geklopft, und zwei uniformierte Beamte kamen herein, einer vom Empfangsschalter des Reviers, der andere von der Einsatzunterstützungsabteilung. Der Schalterbeamte meldete, daß eine Frau vorgesprochen und Informationen gegeben habe. Sie habe sich geweigert, eine förmliche Erklärung protokollieren zu lassen, aber der Beamte hatte sich ihre Aussage notiert. Sie sei mit der Familie eines zehnjährigen Jungen namens Jon Venables befreundet, die in Norris Green, Liverpool wohnte. Der Junge habe an dem Freitag, an dem James entführt worden war, mit einem zehnjährigen Freund namens Robert Thompson die Schule geschwänzt. Am Abend sei Jon mit blauer Farbe an seiner Jacke nach Hause gekommen. Die Frau glaubte auch, sie könne Jon an seiner Haltung auf einem der Videobilder, das ihn in Rückansicht zeigte, erkennen.

Fitzsimmons las die Niederschrift des Beamten, stellte ihm ein paar Fragen und dankte ihm. Er besprach die Entwicklung mit zwei anderen Kriminalinspektoren, Ray Murray und Phil Jones, die zur Auswertungsgruppe am Holmes-Computer gehörten. Sie waren mit ihm der Meinung, daß die Angabe bezüglich der blauen Farbe vielversprechend klang, und Fitzsimmons schickte zwei Kriminalbeamte, die noch im Dienst waren, zu der Frau, um eine vollständige Aussage zu erhalten, die bestätigte, was sie im Revier angegeben hatte. Unterdessen wurden andere Beamte beauftragt, erste Nachforschungen über die Familien Venables und Thompson anzustellen und Hintergrundinformationen zu beschaffen. Kurz nach Mitternacht lagen sie vor. Alles schien übereinzustimmen, allerdings waren die Jungen jünger, als man erwartet hatte. Sie mußten als Verdächtige eingestuft werden. Die Überprüfung hatte ergeben, daß keiner der beiden Jungen polizeibekannt war, die Familie Thompson dagegen schon. Jim Fitzsimmons schloß die Augen und murmelte ein Stoßgebet, daß sie nicht wieder eine falsche Fährte verfolgten; dann setzte er die Räder in Bewegung.

Kriminalpolizeimeister Phil Roberts entspannte sich mit einem Glas Bier in der Kantine. Er hatte Jonathan Greens Vernehmung geleitet und war erleichtert, daß er es hinter sich hatte. Jonathan war der zweite Verdächtige gewesen, den er befragt und von der Fahndungsliste eliminiert hatte. Eine ermüdende Arbeit, die angespannte Konzentration über längere Zeiträume verlangte; jetzt genoß er die Atempause. Dann wurde er zu Jim Fitzsimmons gerufen und begriff, daß seine Ruhepause beendet war.

Um 0 Uhr 30 versammelten sich die Teilnehmer der Einsatzbesprechung in der verlassenen Kantine des Polizeireviers. Jim unterrichtete sie von den Informationen, die sie erhalten hatten, und beauftragte Phil Roberts mit der Festnahme der beiden Jungen früh am nächsten Morgen. Phil Roberts sollte mit seiner Gruppe Robert Thompson festnehmen, Kriminalpolizeimeister Mark Dale mit der zweiten Gruppe Jon Venables.

Mark Dale und sein Partner George Scott hatten selbst eine vielversprechende Fährte gefunden, nachdem die Kinder einer Familie, mit denen sie am Abend gesprochen hatten, plötzlich mit der Information herausgerückt waren, daß sie die Jungen auf den Videobildern wiederzuerkennen glaubten; es seien zwei hartnäckige Schulschwänzer, die in der Gegend von Walton wohnten. Die Erwähnung von blauer Farbe ließ die Thompson-Venables-Fährte aussichtsreicher erscheinen, also kam man überein, daß diese Aktion zunächst Vorrang erhalten sollte.

Der für den Nachtdienst eingeteilte Beamte, Dick Wright, läutete die Schulleiterin der beiden Jungen aus dem Bett und brachte sie dazu, in die Schule zu fahren und die richtigen Anschriften der beiden Jungen herauszusuchen. In Jons Fall waren es zwei verschiedene Adressen, die seines Vaters in Walton und die seiner Mutter in Norris Green. Dann rief er einen Friedensrichter an, der Dienstbereitschaft hatte, und ließ sich Hausdurchsuchungsbefehle für alle drei Anschriften ausfertigen.

Als Phil Roberts am Donnerstagmorgen um 6 Uhr 45 im Polizeirevier Walton Lane eintraf, erwartete ihn Dick Wright mit den bestätigten Anschriften und Durchsuchungsbefehlen. Er besprach sich mit den Beamten der Einsatzunterstützungsabteilung, welche die Hausdurchsuchungen durchführen sollten, und instruierte sie, daß sie nicht zum Zeitpunkt der erwarteten Festnahmen kommen, sondern auf seinen Einsatzbefehl warten sollten. Mark Dale, George Scott und die anderen Kriminalbeamten, die an der Aktion teilnehmen würden, waren gleichfalls zur Stelle, und Phil Roberts erklärte ihnen allen, wer die Tatverdächtigen waren; dann erläuterte er ihnen die Einzelheiten, wer zu welcher Gruppe gehörte und in welche Polizeiwache sie die Festgenommenen bringen sollten. Es war eine kurze Besprechung. Ein paar Minuten später waren die beiden Gruppen der Mordkommission unterwegs.

Die Fahrt von der Walton Lane zu Robert Thompsons Wohnung dauerte nicht lange. Um 7 Uhr 30 früh hielten drei neutrale Polizeifahrzeuge in der kleinen Straße. Selbst um diese Zeit standen viele geparkte Wagen auf beiden Straßenseiten, und die Kriminalbeamten mußten ihre Fahrzeuge in einiger Entfernung vom Ziel abstellen.

Die Beamten Larry Dalton und John Kent gingen durch eine Zufahrt, um die Rückseite des Hauses zu überwachen, während Phil Roberts und Bob Jacobs, Dick Wright und John Forrest die Eingangsstufen zur Tür emporstiegen. Roberts klopfte, und Ann Thompson öffnete ihnen.

»Ich bin Polizeimeister Phil Roberts von der Mordkommission. Dürfen wir hereinkommen und mit Ihnen sprechen?«

»Worüber?« fragte sie. Ihre Haltung war dem Anschein nach sehr selbstbewußt.

Phil Roberts erklärte ihr, daß sie gekommen seien, Ermittlungen im Mordfall James Bulger durchzuführen. »Da geriet sie in Panik«, erinnerte sich Phil. Sie ging voraus durch die Diele und bog nach rechts ins Wohnzimmer. Robert war nicht dort, doch sein kleiner Bruder Simon saß in einem Sessel. Er trug eine Brille und machte einen intelligenten und etwas ängstlichen Eindruck. Offensichtlich spürte er sofort, daß etwas faul war. Anns Säugling lag in seinem Kinderwagen.

Ann ging hinaus und brachte gleich darauf Robert ins Zimmer, einen für sein Alter kleinen Jungen mit kurzgeschorenem Haar, der sich aufs Sofa setzte und auf die Armlehne stützte. Er trug Hosen und Socken, aber keine Schuhe. Phil Roberts ging vor dem Jungen in die Hocke, so daß sie einander von Angesicht zu Angesicht gegenüber waren. Der Kinderwagen stand unmittelbar hinter dem Rücken des stämmigen Beamten, dem es einige Mühe bereitete, in dem Zwischenraum niederzukauern.

Ein Gedanke ging ihm sofort durch den Kopf: Um Himmels willen, könnte ein kleiner Junge wie dieser es getan haben?

Phil machte den Jungen auf seine Rechte aufmerksam, wie es die Vorschrift verlangte, vereinfachte aber die bei Erwachsenen gebrauchten förmlichen Wendungen, damit er verstehen konnte, was zu ihm gesagt wurde: »Robert, ich habe Grund zu der Annahme, daß du für den Tod von James Bulger verantwortlich bist oder irgendwie daran beteiligt warst. Du brauchst mir jetzt nichts zu sagen. Wenn du etwas sagst, könnte es sein, daß ich es als Beweis gegen dich verwenden muß.«

Robert reagierte sofort. »Ich habe ihn nicht getötet.« Er fing an zu weinen, aber es war kein normales Weinen. Phil Roberts konnte keine richtigen Tränen sehen. Seine Panik wirkte zwar echt, aber das Weinen sah nach Verstellung aus.

Auch seine Mutter Ann begann zu weinen. Es dauerte

nicht lange, und sie war am Rand der Hysterie. Die Beamten versuchten, sie zu beruhigen. »Ich sage zu diesem Zeitpunkt nicht, daß er den Mord verübt hat. Ich sage nur, daß wir ihn verdächtigen«, erklärte ihr Phil Roberts in freundlichem Ton.

Sie fanden eine Nachbarin, die mit der Familie bekannt war und sich bereit erklärte, hereinzukommen und sich um Simon und den Säugling zu kümmern. Dann brachten Bob Jacobs und John Forrest den Jungen und seine Mutter hinaus zu einem der Polizeiwagen und fuhren sie zurück zur Polizeiwache Walton Lane.

Im Haus setzte Phil Roberts inzwischen die anderen Beamten auf eine vorläufige Hausdurchsuchung an, um nach auffälligen Dingen wie Schuhen und Kleidern Ausschau zu halten, während sie auf die Durchsuchungsspezialisten der Einsatzunterstützungsabteilung warteten. Simon wurde jetzt ängstlich, und Phil Roberts versicherte dem Kind, daß ihm nichts geschehen werde. »Das war seine Sorge«, erinnerte er sich. »Er war ein sehr scharfsinniger Junge. Ich dachte bei mir, er ist jung und intelligent, aber das wird ihm nichts nützen. Er wird enden wie viele der Kinder in dieser Gegend.«

Als er sich vergewissert hatte, daß im Haus alles unter Kontrolle war, beschloß Phil Roberts, zu Fuß zum Polizeirevier zurückzugehen. Kurz nach seiner Ankunft erhielt er einen Anruf von dem besorgten Jim Fitzsimmons. Er wollte Roberts' auf ersten Eindrücken beruhende Meinung erfahren und wissen, ob sie auf einer heißen Fährte seien.

»Das kann ich noch nicht sagen. Ich werde Sie anrufen, nachdem wir angefangen haben, ihn zu vernehmen.«

Phil erinnerte sich: »Ich lege mich nie fest, nicht einmal in meinen eigenen Gedanken, bis ich mit den Tatverdächtigen gesprochen habe. So mache ich es heute. Früher pflegte ich ohne viele Umstände meinem Instinkt zu folgen und dachte ›schuldig‹ oder ›unschuldig‹. Das tue ich nicht mehr. Ich war zehn Jahre lang uniformierter Polizist im Streifendienst, und nun bin ich seit vierzehn Jahren in der Kriminalabteilung. Es ist eine Sache der Erfahrung.«

Mark Dales Gruppe suchte zuerst das Haus von Jon Venables' Vater in Walton auf. Die Gruppe bestand aus Mark Dales Partner George Scott, dem Kriminalpolizeimeister Mike Gunney und den Beamten Dave Tanner, Ray Gorbert und Carl Shelton. Wie die andere Gruppe legten sie die kurze Strecke in drei neutralen Polizeiwagen zurück. Die Mannschaft der Einsatzunterstützungsabteilung, die im weiteren Verlauf alle drei Wohnungen durchsuchen sollte, folgte ihnen ins Einsatzgebiet, hielt sich aber zunächst weisungsgemäß im Hintergrund.

Es war 7 Uhr 50, als Mark Dale an Neil Venables' Tür klopfte. Der Mann öffnete, und die Beamten erklärten ihm den Grund ihres Kommens. Ihr Besuch erschreckte ihn, was nicht überraschend war. Die Kriminalbeamten betonten ihm gegenüber, daß sie gekommen seien, um festzustellen, ob Jon an der Tat beteiligt gewesen wäre, und daß sie keineswegs behaupteten, daß sie ihn bereits der Tat verdächtigten. »Es hatte keinen Sinn, den Mann zu ängstigen«, berichtete George Scott. »Wir konnten uns denken, welch eine entsetzliche Erfahrung es für die Eltern sein mußte.«

Es waren Ferien in der Mitte des Trimesters, und Jons dreizehnjähriger Bruder und seine neunjährige Schwester waren noch in ihren Betten. Neil erklärte den Beamten, daß Jon im Haus seiner Mutter wohne. Mike Gunney und Carl Shelton blieben bei ihm, während die Mannschaft zur Hausdurchsuchung eintraf. Die Ereignisse in der Snowdrop Street waren noch frisch in jedermanns Erinnerung, und die Beamten waren angewiesen worden, so still und unauffällig wie möglich zu verfahren. Zur Durchsuchung trugen sie blaue Monteuranzüge.

Mark Dale und George Scott fuhren zu Susan Venables' Haus in Norris Green, Dave Tanner und Ray Gorbert folgten ihnen in einem zweiten Wagen. Sie trafen um 8 Uhr 10 ein. Dave Tanner klopfte an die Haustür, und Mrs. Venables öffnete ihnen. Die Beamten stellten sich vor und sagten, sie seien gekommen, um Jon wegen des Mordfalls James Bulger zu sprechen. Sie führte die Beamten in die Diele und rief Jon, der nach ein paar Sekunden erschien und in seinem grünen

Pyjama die Treppe herunterkam. Alle begaben sich ins Wohnzimmer des Hauses.

Mark Dale sagte zu Mrs. Venables: »Wir haben Informationen bekommen, daß Jon in der Gegend von Walton gesehen wurde, und möchten mit Jon sprechen und erfahren, wie sich die Sache verhält.«

Susan erwiderte: »Ich wußte, daß Sie kommen würden. Ich sagte ihm schon, daß Sie ihn sprechen wollten, weil er am Freitag die Schule geschwänzt hat.«

Ihr Verhalten verblüffte die Beamten. Es hatte beinahe den Anschein, als ob es für sie ein Scherz wäre, daß sie Jon vernehmen wollten. Sofort war klar, daß sie nicht im entferntesten daran dachte, er könne tatsächlich an der Tat beteiligt gewesen sein.

Mark Dale vergewisserte sich bei ihr, daß sie mit ihrer Bemerkung Jon gemeint habe, und sie wandte sich zu ihrem Sohn und sagte: »Da hast du es. Die Schule schwänzen! Ich sagte dir, daß sie kommen würden.« Dann erzählte sie den Beamten: »Er kam am Freitag nach Haus und hatte die Jacke voll Farbe.« Darauf blickte sie wieder ihren Sohn an und sagte: »Farbe, Schule schwänzen! Ich sagte dir, daß sie kommen würden.«

George Scott bat sie um die fragliche Jacke, und sie und Jon gingen zu einer Reihe von Kleiderhaken an einem Brett unter der Treppe und begannen in einer Menge von Mänteln und Jacken zu suchen. Jon fand sie schließlich und warf sie in die Türöffnung zum Wohnzimmer. George Scott hob sie auf. Sie war senffarben und hatte blaue Farbe am Ärmel. Der Farbfleck befand sich, wie später festgestellt wurde, an der Stelle, wo eine Kinderhand sich am Ärmel festgehalten hatte.

Mark Dale machte Jon auf seine Rechte aufmerksam und sagte ihm, er sei wegen des Verdachts, an der Entführung und Ermordung James Bulgers teilgenommen zu haben, vorläufig festgenommen. Jon brach sofort in Tränen aus. »Ich will nicht ins Gefängnis, Mama. Ich habe den Kleinen nicht getötet«, schluchzte er. Mrs. Venables, noch immer jenseits aller Zweifel überzeugt davon, daß ihr Sohn nicht wirklich an dem Verbrechen beteiligt gewesen sei, sagte: »Sei nicht albern, Jon. Sie werden dich nicht ins Gefängnis schicken. Sie tun bloß ihre Arbeit.«

»Es ist nur dieser Robert Thompson«, schluchzte Jon. »Er bringt mich immer in Schwierigkeiten.«

Etwas später fragte Jon: »Werden Sie auch mit Robert Thompson sprechen?«

»Meinst du, daß wir es tun sollten?« fragte Mark Dale.

»Ja«, sagte Jon.

Dave Tanner erinnerte sich: »Jon war verängstigt. Ich bin ziemlich groß, und ich blickte auf einen verängstigten kleinen zehnjährigen Jungen hinunter, der aussah, als könnte er keiner Fliege etwas zuleide tun. Ich habe selbst Kinder, und man verspürt Mitleid, wenn man ein Kind so sieht.«

Sie forderten Jon auf, sich anzuziehen, und Dave Tanner und Ray Gorbert führten ihn hinaus zu ihrem Wagen und ließen die beiden jüngeren Beamten bei Mrs. Venables im Haus, um dort auf die Ankunft des Spurensicherungstrupps zu warten.

Die neutralen Fahrzeuge der Mordkommission sind routinemäßig mit Gerät für Suchaktionen einschließlich Polyäthylenbeuteln und Etiketten zum Sammeln von Beweisstücken ausgestattet. Die Jacke und ein paar andere Gegenstände wurden von den beiden Beamten in Beutel gesteckt und mit Etiketten versehen, während sie auf den Einsatzwagen mit der Durchsuchungsmannschaft warteten. Mrs. Venables machte den Beamten Kaffee und zeigte ihnen die übrige Kleidung, die Jon getragen hatte. Sie sagte, seine grauen Schulhosen habe sie bereits gewaschen, weil auch daran Farbe gewesen sei. Jon sei sehr schmutzig gewesen, als sie ihn am Freitagabend ins Haus gebracht habe. Mark Dale barg die Hose aus einem Stapel von Kleidungsstücken und Wäsche, die noch gebügelt werden mußten.

»Ich saß auf dem Sofa, und wir plauderten mit ihr«, sagte George Scott. »Es war ein sauberes, vorzeigbares Haus, und nicht unordentlich, wenn man in Betracht zog, daß dort drei Kinder lebten.«

Unterdessen weinte Jon noch immer, als er allein auf dem Rücksitz des Polizeiwagens saß und zum Polizeirevier Lower Lane gefahren wurde. Dave Tanner wandte sich vom Beifahrersitz um und verwickelte ihn in ein kleines Gespräch, um ihm die Angst zu nehmen. Er fragte ihn, was er gern zum Frühstück essen würde.

»Geröstete Reisflocken«, antwortete Jon.

Als der Wagen vor einer Verkehrsampel halten mußte, wollte Jon wissen: »Ist jetzt jemand bei Robert Thompson? Zu welchem Polizeirevier wird er gebracht?«

Als sie am Ziel anlangten, weinte Jon nicht mehr. Dave Tanner und Ray Gorbert führten ihn ins Gebäude und übergaben ihn dem Haftbeamten. Sie wurden bereits erwartet. Das Polizeirevier wurde für die Dauer von Jons Aufenthalt als Gewahrsamszentrum für alle anderen Gefangenen gesperrt. Dave Tanner rief Jim Fitzsimmons an, um ihm zu sagen, daß sie Jon abgeliefert hätten. Der Kriminalinspektor stellte ihm die gleiche Frage, die er Phil Roberts gestellt hatte: »Was meinen Sie?«

Dave Tanners Antwort war womöglich noch weniger ermutigend als die Phil Roberts'. »Aus dem Bauch heraus gesagt... ich kann es nicht glauben.«

»Normalerweise komme ich nicht so leicht zu einer Entscheidung«, berichtete Dave Tanner, »aber vor mir stand das Bild eines kleinen zehnjährigen Jungen im Schlafanzug, der mich mit großen Augen ansah. Sogar jetzt scheint es mir unglaublich.«

Im Polizeirevier gab es keine gerösteten Reisflocken. Dave Tanner brachte dem Jungen eine Tasse Tee und etwas Toast, und Jon nippte und knabberte nervös an seinem Frühstück, während er auf die Ankunft seiner Eltern wartete.

Es war 10 Uhr 15, als Mark Dale und George Scott mit Susan Venables eintrafen. Sie sahen Jon mit den beiden anderen Kriminalbeamten und dem Polizeimeister der Haftabteilung im Zellentrakt sitzen. Jons Personalien wurden aufgenommen, und er wurde aufgefordert, seine Taschen zu leeren, und gefragt, ob er über seine Rechte informiert worden sei. Sie wurden ihm noch einmal vorgelesen, und seine Mutter wurde gefragt, ob sonst jemand verständigt werden sollte, ob sie einen Rechtsanwalt wolle und ob sie ein Merkblatt mit den Vorschriften für Festnahmen und Polizeigewahrsam zu sehen wünsche. Rechtsanwalt Laurence Lee wurde verständigt, um sie zu vertreten.

Im Anschluß an diese Formalitäten führte Dave Tanner ein ausführliches Gespräch mit Mrs. Venables, um Informationen über den Hintergrund der Familie zu erhalten, und nahm eine Erklärung von ihr zu Protokoll. Das ganze nahm mehrere Stunden in Anspruch, in deren Verlauf der Beamte eine harmonische Beziehung zu ihr aufbaute, was sich im weiteren Verlauf der Ermittlungen als bedeutsam erweisen sollte.

Mark Dale und George Scott fuhren zurück nach Bootle, um Albert Kirby und anderen höheren Beamten über die Ereignisse des Morgens Bericht zu erstatten. George Scott war in zuversichtlicher Stimmung. Er erklärte Hauptkommissar Dave Thompson: »Sie sind es. Venables ganz bestimmt. Die Farbe ist ein Beweis. Es sieht gut aus.«

Die Familien beider Jungen erklärten sich einverstanden, daß erkennungsdienstlich verfahren würde. Eine Polizeiärztin nahm die Proben, zuerst von Jon und später von Robert.

Während sie mit Jon beschäftigt war, fragte er sie: »Kann man Fingerabdrücke von Haut abnehmen? Kann man Haut unter die Nägel bekommen, wenn man jemanden wegschleppt?« Eine anwesende Polizistin notierte die Bemerkungen, die dann in die Marsh Lane übermittelt wurden, wo sie die Beamten in der wachsenden Überzeugung bestärkten, daß sie diesmal auf der richtigen Fährte waren.

Als die Ärztin später Proben von Robert nahm, fand sie es besonders schwierig, Abschnitte von Fingernägeln zu gewinnen, da seine Nägel bis zum Fleisch abgekauft waren. Er fürchtete sich vor der Spritze, mit der die Blutprobe entnommen wurde, und behauptete, es habe seinem Arm weh getan. Wenn er später vernommen wurde, wies er mehrmals auf die angeblichen Schmerzen in seinem Arm hin, um Aufmerksamkeit abzulenken, wenn die Fragen unangenehm wurden.

Die Entwicklung sah vielversprechend aus, aber es lag noch immer ein weiter Weg vor den Ermittlern, bevor sie mit Zuversicht erklären konnten, daß sie die wahren Schuldigen gefaßt hatten. Dies stellte besonders Kriminalkommissar Kirby vor ein Dilemma. Er war eingeladen worden, an diesem Abend nach London zu fliegen und im BBC-Programm *Crimewatch UK* aufzutreten. Früher schon hatte er mit *Crimewatch* zusammengearbeitet und wußte, welch ein nützliches Mittel es sein konnte, um Informationen aus der Bevölkerung zu gewinnen. Die für diesen Tag vorgesehene Sendung war für das Programm absolut ungewöhnlich. Noch nie war darin ein so frisches Verbrechen behandelt worden. Die Sendung wurde einmal im Monat ausgestrahlt, und wenn die Thompson-Venables-Fährte sich als Irrweg erwies, würden vier Wochen vergehen, bevor die Polizei wieder von ihr Gebrauch machen konnte, wenn sie die Mörder bis dahin nicht gefaßt hatte.

Der Polizeipräsident von Merseyside, Jim Sharples, der mit seiner Stellvertreterin Pauline Clare während der Ermittlungen regelmäßig die Mordkommission aufgesucht und nach Kräften unterstützt hatte, war auch an diesem Tag wieder in der Marsh Lane, und Albert Kirby bat ihn um seinen Rat.

Mr. Sharples fragte ihn: »Sind Sie überzeugt davon, daß diese Jungen es getan haben?«

»Nein.«

Der Polizeipräsident riet ihm, die Sendung wie geplant als eine Möglichkeit zu nutzen, weitere Hinweise zu sammeln.

Am gleichen Tag stieß Hauptwachtmeister Billy Lightfoot, der seine Augen noch immer vor den endlos flimmernden Bildern der Videoaufzeichnungen strapazierte, auf eine Profilaufnahme der beiden Jungen, die schärfer als alle anderen aussah, die er bisher überprüft hatte. Sie wurde Ian Clague in der fototechnischen Abteilung des Hauptquartiers zugestellt, wo man sich kurz vor Mittag an die Arbeit machte. Um 13 Uhr 18 hatten die Spezialisten ein erstaunlich klares Bild produziert. Es zeigte etwas, was wie ein blauer Flicken am Ellbogen der dunklen Jacke aussah, die der kurzhaarige Junge trug. Kriminalpolizeimeister Andy Rushton, der die Arbeit in der fototechnischen Abteilung verfolgt hatte, rief sofort Jim Fitzsimmons an, der mittlerweile bestätigen konnte, daß sie in Robert Thompsons Haus eine dunkle Jacke mit einem blauen Flicken am Ellbogen konfisziert hatten. Hurrageschrei erhob sich im Raum.

»Es war ein befriedigendes Gefühl, daß all die Arbeit, die auf diese Bilder verwendet worden war, sich endlich ausgezahlt hatte«, erzählte Jim Fitzsimmons. »Zu wissen, daß wir damit ein Stück in der Beweiskette zur Erhebung der Anklage hatten, war wirklich befriedigend.«

Andy Rushton brachte das Foto in die Marsh Lane. Zusammen mit der vom Verteidigungsministerium verbesserten Gesichtsaufnahme sollte es von Albert Kirby und ihm in London in der *Crimewatch*-Sendung vorgeführt werden.

Nachdem ein Streifenwagen der Polizei ihn in rasender Fahrt über die Autobahn zum Flughafen nach Manchester gebracht hatte, wo er mit knapper Not noch die Maschine erreichte, flog Albert Kirby am späten Nachmittag nach London. Helen Phelps, früher selbst im Polizeidienst und nun beim Fernsehen, holte Albert Kirby und Andy Rushton mit dem Wagen in Heathrow ab und fuhr sie ins BBC-Fernsehzentrum. Die Moderatoren Sue Cook und Nick Ross sowie der Produzent des Programms trafen im Studio mit ihnen zusammen und erklärten, wie sie sich die Sendung gedacht hatten.

»Wir sollten als erster Fall präsentiert werden«, sagte Mr. Kirby. »Sie hatten noch nie einen Fall so kurz nach dem eigentlichen Geschehen in ihr Programm genommen. Die Art und Weise, wie sie alle Register zogen, um uns unterzubringen und zu helfen, macht ihnen alle Ehre. Die Hitze im Studio war kaum zu ertragen, und ich fühlte mich erschöpft und sagte: ›Ich muß mich erfrischen und unter die Dusche.‹«

Das war eine Entscheidung, die den Aufnahmeleiter an den Rand eines Schlaganfalls brachte, da sie nur noch zehn Minuten bis zum Sendebeginn des live gesendeten Programms hatten. Seine Sorge war aber unbegründet. Mr. Kirby erschien erfrischt und entspannt gerade noch rechtzeitig zum Ablauf des Vorspanns.

Inzwischen hatten wir in Liverpool von der Polizei die neuen Vergrößerungen erhalten, allerdings mit der Maßgabe, daß sie nicht vor der *Crimewatch*-Sendung in anderen

Fernsehnachrichtenprogrammen erscheinen durften. Am Abend fuhr ich zum Hauptquartier der Merseyside-Polizei am Canning Place, um die Vorgänge in den zwei Räumen zu beobachten, wo eine ganze Mannschaft von Polizeibeamten an Reihen von Telefonapparaten saß, um Anrufe aus der Bevölkerung entgegenzunehmen. Ich hatte kein Fernsehgerät im Blickfeld, um das Programm zu verfolgen, blieb aber nicht im unklaren über den Augenblick, als die Telefonnummer des »heißen Drahtes« gesendet wurde. Alle Telefone begannen gleichzeitig zu läuten. Es war ein bemerkenswerter Augenblick.

Als Ergebnis dieser Anrufe gingen zahlreiche nützliche Zeugeninformationen ein. »Wichtige Zeugen meldeten sich, die wir ohne die Wirkung dieser Sendung vielleicht nicht erreicht hätten«, sagte Albert Kirby.

Der Widerhall in der Öffentlichkeit unterstrich aber auch, wie schwierig es war, die Jungen nach den Videobildern zu identifizieren. Nur sechsunddreißig von mehreren hundert Anrufern nannten mögliche Namen für sie. Von diesen gab nur einer den Namen Robert Thompson an, und dieser Anrufer war seiner Sache nicht sicher. Der Name Jon Venables blieb ganz unerwähnt.

Nach der Sendung telefonierte Albert Kirby mit der Mordkommission und wurde über Fortschritte bei den Vernehmungen der zwei Jungen unterrichtet. Die Verdachtsmomente verstärkten sich immer mehr.

»Ich wollte nicht länger fern vom Schauplatz des Geschehens sein und dachte mir, wenn ich zwei Nächte ohne Schlaf auskommen müsse, so ließe sich das eben nicht vermeiden«, erzählte er. Die stellvertretende Polizeipräsidentin Clare erteilte ihre Zustimmung, daß der Polizeihubschrauber nach London geschickt würde, um Mr. Kirby abzuholen. Er fuhr vom BBC-Fernsehzentrum zu einem Hubschrauberlandeplatz außerhalb Londons, wo er abgeholt wurde.

Der erste Teil des Heimflugs verlief ohne besondere Vorkommnisse, und der Hubschrauber machte auf dem Flughafen von Birmingham eine Zwischenlandung zum Auftanken, eine Mücke inmitten einer Armee riesiger Jumbo-Jets.

Es folgte ein groteskes Zwischenspiel, als der Tankwagenfahrer, der zum Auftanken der Maschine gekommen war, die Gültigkeit der Kreditkarte in Zweifel zog, die der Pilot des Polizeihubschraubers ihm gab, und den Hubschrauber nicht auftanken wollte. Schließlich war die Streitfrage geklärt, und ein zweiter Tankwagen versorgte den Hubschrauber, der gegen einen zunehmend böigen Nordwestwind startete. »Ich kam mir vor wie in einem Karussell, als wir versuchten, das Sturmtief zu durchfliegen«, erinnerte sich Kirby mit einem matten Lächeln. »Ich war sehr müde, wir wurden vom Wetter herumgestoßen und gebeutelt, und ich dachte, wenn ich schon sterben müsse, würde ich wenigstens nicht viel davon merken! Es war ungefähr vier Uhr früh, als wir endlich den Luftwaffenstützpunkt Woodvale in der Nähe von Southport erreichten. Die Landung war eine große Erleichterung.«

Mandy Waller saß in Eileen Matthews Haus in der Scoter Road und sah zusammen mit der Familie die Sendung *Crimewatch*. Nach dem Programm kam auch ihr Kollege Jim Green. »Es gab Sorge und Unzufriedenheit in der Familie«, berichtete Jim. »Keiner konnte begreifen, daß niemand wußte, wer die Jungen auf dem Videofoto waren. Alle fühlten sich sehr frustriert.«

Ralph erinnerte sich, daß Jim Green nicht lange nach seiner Ankunft im Haus einen Anruf entgegennahm. Dann teilte er ihnen mit, daß zwei weitere Jungen zur Einvernahme festgenommen worden seien.

»Ich wollte zum Polizeirevier fahren, aber Jim Green wollte uns nicht gehen lassen«, erinnerte sich Ralph. »Ich war sehr zornig. Mir war danach, hinzugehen und sie windelweich zu prügeln, wirklich. Jim Green sagte, es würde einen zu großen Aufruhr verursachen, wenn wir zum Revier gingen, also schlug ich in der Küche gegen die Wände. Ich war stocksauer. Wir blieben die ganze Nacht auf, und Mandy und Jim Green harrten bis in die frühen Morgenstunden bei uns aus.«

»Ich erinnerte sie an die Geschichte mit der Snowdrop

Street und sagte ihnen, sie sollten von diesen Festnahmen nicht zu viel erwarten«, erzählte Jim Green. »Allerdings waren die Ermittler inzwischen zuversichtlicher geworden. Als die Zeit verging und der Freitag kam, wurde auch der Familie allmählich klar, daß die beiden Jungen ziemlich lange in Gewahrsam gehalten wurden. Ständig fragten sie: ›Sind sie es?‹ und ich sagte ihnen immer wieder: ›Warten wir's ab. Es sieht nicht schlecht aus.‹«

Albert Kirby kam an diesem Freitagmorgen um 4 Uhr 30 zu Hause an, legte sich ins Bett und brauchte mehr als eine Stunde, um einzuschlafen. Er war völlig erschöpft, doch ließ sein Verstand ihn nicht zur Ruhe kommen. Wieder und wieder gingen ihm die Ereignisse der letzten vierundzwanzig Stunden durch den Kopf. Kaum war er endlich eingeschlafen, da rüttelte ihn seine Frau Sue wach und stellte ihm eine Tasse Tee auf den Nachttisch. Jim Fitzsimmons war gekommen. Als der Kriminalkommissar sich den Schlaf aus den Augen gerieben hatte, sah er Jim Fitzsimmons, der ihn über die Ereignisse während seiner Abwesenheit unterrichten wollte, am Fußende seines Bettes sitzen.

Nach seiner Ankunft im Büro hielt Albert Kirby eine Besprechung mit den Kriminalbeamten, die mit den Vernehmungen der beiden Jungen beauftragt waren. Phil Roberts hatte oft mit ihm gearbeitet und hielt sehr viel von ihm. »Soweit es mich betrifft, hätte kein anderer Chef diesen Fall besser handhaben können«, erklärte er. »Er war der richtige Mann für den Job. Was er sagt, läuft, man respektiert es, und meistens hat er recht.« Aber Roberts war erschrocken, als er seinen Vorgesetzten an diesem Morgen sah. »Er wirkte so klein und er sah so müde aus. Es war das erste Mal, daß ich ihn so erlebte, und ich dachte bei mir: ›Er reibt sich hier auf.‹«

So erschöpft er war, mußte sich Albert Kirby an diesem Vormittag dem bis dahin größten Kreuzfeuer der Medien stellen. Die Handhabung der Pressekonferenzen war inzwischen Routine geworden; Pressesprecher Inspektor Ray Simpson erörterte jeden Morgen mit Albert Kirby, welche Informationen freigegeben werden sollten, und bereitete dann die Verlautbarung für den Spätnachmittag vor. Seit Donnerstag hatte Ray Simpson die Pressekonferenzen vom Polizeirevier Marsh Lane, wo die Journalistenschwärme zusätzlichen Druck auf die Mordkommission ausübten, in eine von der Heilsarmee zur Verfügung gestellte Versammlungshalle verlegt, die nur zwei Gehminuten vom Polizeirevier entfernt war. Jim Green nahm an jeder Pressekonferenz teil und verständigte anschließend telefonisch die Familie, um sie über die freigegebenen Nachrichten zu informieren, so daß sie nicht auf Radio und Fernsehen angewiesen waren.

An diesem Vormittag nahmen mindestens hundert Medienvertreter an der Pressekonferenz teil. Die neuen Aufnahmen und Kirbys Appell in der Fernsehsendung *Crimewatch* hatten Erwartungen geweckt. Die Atmosphäre war gespannt, als wir auf den Beginn der Pressekonferenz warteten und Gerüchte durchsickerten, daß es tatsächlich eine wichtige Entwicklung gegeben habe. Vor ihrem Auftritt hatten Albert Kirby und Ray Simpson ihre Strategie sorgfältig geplant. Simpson war sich darüber im klaren, daß die Pressekonferenz sich augenblicklich in Chaos auflösen und alles zu den Telefonen stürzen würde, um die Neuigkeit durchzugeben, wenn sie mit der Bekanntgabe der Festnahmen anfingen. Es waren aber noch weitere Appelle im Hinblick auf Informationen an die Öffentlichkeit zu richten; außerdem wollte man, anknüpfend an die letzten Meldungen vom Vortag, die aktuelle Entwicklung erläutern.

Es verlief genauso, wie sie gehofft hatten. Kirby richtete seinen Appell an die Öffentlichkeit und gab einen Überblick über die Reaktionen auf seine Sendung, um anschließend einige Fragen von Pressevertretern zu beantworten. Dann verlas er eine Erklärung: »Im Anschluß an die Entführung James Bulger aus dem Strand-Einkaufszentrum in Bootle am 12. Februar 1993 und die Auffindung seines Leichnams auf den Eisenbahngeleisen in Walton am 14. Februar 1993 sind zwei Jungen im Alter von zehn Jahren aus der Gegend von Walton festgenommen worden. Sie werden gegenwärtig in Polizeirevieren der Merseyside vernommen.

Es wird ausdrücklich betont, daß die Jungen im Zusammenhang mit allen anstehenden Fragen vernommen werden. Zum gegenwärtigen Zeitpunkt ist nicht bekannt, ob den Ergebnissen dieser Vernehmungen und anderen Ermittlungen eine Anklageerhebung folgen wird.«

Er hatte kaum geendet, als die ersten mobilen Telefone zu piepsen begannen und Reporter zur Tür stürzten. Die letzte Pressekonferenz der Polizei im Mordfall James Bulger löste sich in einem Tumult auf.

Die Festnahmen von Robert Thompson und Jon Venables hatten für Kriminalinspektor Andy McDiarmid und seine Beamten am Tatort neue Arbeit gebracht. Die Eisenbahnstrecke, wo James gefunden worden war, wurde inzwischen wieder von Zügen befahren, doch wurden die Arbeiten in der Umgebung fortgesetzt. Ein Psychologe und Fachmann für die Erstellung von Persönlichkeitsprofilen von Straftätern hatte die verschiedenen Örtlichkeiten in Augenschein genommen, die in dem Verbrechen eine Rolle gespielt hatten, und der Polizei, wie sich zeigte, sehr genaue Einsichten in die Eigenart der gesuchten Jungen vermittelt. Nun mußte man die in den Elternhäusern der beiden Jungen beschlagnahmten Kleidungsstücke nach den Kriterien der Spurensicherung untersuchen. Die Einsatzunterstützungsabteilung hatte Jons Schulschuhe nicht im Haus seiner Mutter gefunden, war dann aber am späten Donnerstagnachmittag ins Haus seines Vaters zurückgekehrt und hatte sie dort entdeckt. Es waren feste schwarze Halbschuhe, die Flecken von Blut und Farbe aufwiesen.

Kopfzerbrechen bereitete den Beamten, daß die Farbe, die sie an James' Körper gefunden hatten, von einer anderen Beschaffenheit zu sein schien als die an den Schuhen. Eine wissenschaftliche Laboruntersuchung führte zu einer einfachen Antwort. Es stellte sich heraus, daß die Farbe aus einem Pigment und einer Trägerflüssigkeit bestand. Jeder Schuljunge weiß, wie es in diesen kleinen Farbdosen aussieht. Das Farbpigment sinkt auf den Boden der Dose ab und muß mit der Trägerflüssigkeit verrührt werden, bevor die Farbe aufgetragen werden kann. Bei ihren Vernehmungen gaben die Jungen an, sie hätten James mit der Farbe bespritzt. Als sie den Deckel von der Farbdose genommen und den Inhalt auf ihn geschüttet hatten, war er hauptsächlich von der Trägerflüssigkeit getroffen worden, deren Beschaffenheit sich vom Farbpigment unterschied.

Zu Andy McDiarmids Aufgaben gehörte ferner der Vergleich der in den Vernehmungen gemachten Aussagen mit den am Schauplatz des Verbrechens getroffenen Feststellungen. Sobald sie wußten, daß die Farbe aus der Dose geschleudert worden war, versuchten seine Beamten anhand der Farbspritzer den Standort der Täter zu ermitteln. »Graublaue Farbspritzer an den Schottersteinen des Bahnkörpers zu finden, schien unmöglich«, sagte McDiarmid, »und Allan Carver und ich waren drauf und dran, die Gleise endgültig zu verlassen, als wir vor unseren Füßen ein paar kleine Tropfen dunkelgrau aussehender Farbe auf dem Schotter sahen. Das war am Beginn der Eisenbahnbrücke über die Cherry Lane. Auch an den Seitenwänden der Brücke waren ein paar kleine Farbspritzer zu sehen. Wir konnten zeigen, wo die Farbdose geöffnet und wo der Inhalt auf James gespritzt worden war. Das meiste hatte ihn getroffen, aber einige größere Kleckse fanden wir auch auf dem alten Bahnsteig und auf dem Bahnkörper. Es waren nützliche Hinweise, die uns zeigten, daß die Aussagen der Wahrheit entsprachen.«

In den folgenden Wochen und Monaten erbrachten die wissenschaftlichen Laboruntersuchungen, die Andy McDiarmid veranlaßt hatte, noch viel bestätigendes Beweismaterial. Vergleichende Blutuntersuchungen und DNS-Testmethoden halfen bei der detaillierten Rekonstruktion dessen, was auf den Geleisen dieser einsamen Bahnstrecke geschehen war.

Die bedeutenden personellen und technischen Hilfsmittel der Polizei und des kriminaltechnischen Laboratoriums konnten viel zur Vervollständigung des Bildes beitragen, aber die einzigen, die alle Antworten wußten, waren Robert Thompson und Jon Venables, und sie gaben wenig preis. Technologie hat ihre Grenzen. Am Ende lief, wie so oft in Mordfällen, alles doch auf die Menschen hinaus, die in einem Zimmer saßen und Fragen stellten.

8

Der kleine Junge sah ängstlich aus. Neben dem stämmigen Phil Roberts, der mit ihm am Tisch des Vernehmungszimmers im Polizeirevier Walton Lane saß, wirkte er winzig. Roberts Mutter Ann saß zu seiner Linken, eine korpulente, ungepflegte Frau, die beinahe so ängstlich schien wie ihr Sohn. Rechtsanwalt Jason Lee hatte sich am einen Ende des Tisches plaziert, Phil Roberts' Kollege Bob Jacobs am anderen. Vor ihnen stand ein Tonbandgerät auf dem Tisch, das jedes in diesem Raum gesprochene Wort aufnahm. Es war ein kleines Zimmer, grau und nüchtern, dessen einziges natürliches Licht durch ein hoch angebrachtes Fenster über dem Kopf des Anwalts einfiel. Die Lehne des Stuhls, auf dem Robert Thompson saß, berührte die Wand hinter ihm. Die Tür wäre gegen Phil Roberts' Stuhl gestoßen, wenn jemand mutig oder töricht genug gewesen wäre, sie mitten in der wichtigsten Abfolge von Vernehmungen zu öffnen, die er in seiner Laufbahn durchgeführt hatte.

Es war drei Minuten vor sechs am Abend des Donnerstags, dem 18. Februar, als Phil Roberts mit dem Verhör begann, indem er die genaue Zeit auf das Tonband sprach und für das Protokoll die Anwesenden aufzählte. Robert war bereits unterrichtet worden, daß er wegen des dringenden Verdachts, James Bulger ermordet zu haben, unter Arrest stand. Um sicherzugehen, daß die gesetzlichen Vorschriften beachtet wurden, mußte Phil Roberts den Jungen davon unterrichten, daß er außerdem wegen Entführung in Haft war.

»Ich verhafte dich auch wegen der Entführung James Bulger, verstehst du?«

»Was heißt Entführung...?«

»Entführung heißt, ihn jemand wegzunehmen«, sagte Phil Roberts.

Darauf schaute der Junge noch ängstlicher drein. »Aber ich habe ihn niemand weggenommen«, beharrte er kläglich. An dieser Aussage hielt er während der ersten kurzen Vernehmung hartnäckig fest.

Die Beamten wußten, daß es zunächst darauf ankam, Robert aussagebereit zu machen. Das war nicht einfach, aber wenn jemand es zuwege bringen konnte, dann war es Phil Roberts. Er hatte an einem Spezialkurs teilgenommen, um Techniken zur Vernehmung verängstigter Kinder zu erlernen, die Opfer von Mißhandlungen oder sexuellem Mißbrauch gewesen waren, und hatte in einer Anzahl solcher Fälle erfolgreich ermittelt. Aber damit war es nicht getan. Der zweiundvierzigjährige Waliser, der früher Rugby gespielt hatte, war außerdem der geborene Detektiv, der die Instinkte und die Erfahrung besaß, die man in einem Kurs nicht lernen kann.

Zuerst galt es Blickkontakt herzustellen. Dazu mußte Phil Roberts sich auf seinem Stuhl vorwärtsbeugen, um den Kopf auf einer Ebene mit dem des Jungen zu bringen. Eine unbequeme Haltung für einen großen Mann, aber er hielt sie während der gesamten Vernehmungen durch, um zu erreichen, daß Robert sich sicher fühlte. Es war warm in dem Raum, und Phil Roberts war in Hemdsärmeln, was der Vernehmung noch mehr den Charakter eines zwanglosen Gesprächs gab. Er sprach leise und langsam, machte kurze Sätze und stellte einfache Fragen.

Er versuchte zunächst festzustellen, ob Robert den Unterschied zwischen Wahrheit und Lüge kannte. Dabei blieb er ruhig und ungezwungen und versuchte, das Zutrauen des Jungen zu gewinnen. Einmal gelang es ihm sogar, Robert zum Lachen zu bringen.

»Für welche Fußballmannschaft bist du?« fragte er ihn.

»Für Everton.«

»So, Everton. Nun, wenn ich sagte, Everton hätte am letzten Samstag zehn zu null gewonnen, was, würdest du sagen, wäre das?«

»Eine Lüge.«

»In Ordnung, und wenn ich sagte, in diesem Zimmer seien fünf Leute, was, würdest du sagen, wäre das?«

»Wahr.«

Nach zehn Minuten spürte der Beamte, daß Robert sich entspannte. Die Zeit war gekommen, um auf die Tatsachen des Falles überzugehen.

Nun begann Robert unruhig mit den Beinen zu baumeln.

Es war dies ein kleiner Hinweis der Körpersprache, den der Beamte immer dann ausmachte, wenn er glaubte, daß Robert nicht die Wahrheit sagte. Der Junge gab bereitwillig zu, daß er an jenem Freitag die Schule geschwänzt habe und mit Jon Venables zum Strand-Einkaufszentrum gegangen wäre. Er gab sogar an, er habe den »kleinen James« dort an der Hand seiner Mutter gesehen und bestätigte auch, daß er von dem Fall James Bulger gehört habe. Außerdem sagte er, daß er am Mittwoch Blumen zum Bahndamm an der Cherry Lane gebracht habe.

Der Junge bekräftigte, daß er den Unterschied zwischen Recht und Unrecht kenne, und wurde dann gefragt: »Du sagtest, du hättest am letzten Freitag James gesehen, nicht wahr, und du weißt, daß James ermordet wurde, richtig?«

»Nicht an dem Tag, da wußte ich nichts.«

Darauf fragte der Beamte: »Nun sag mir, ist es recht oder ist es unrecht, daß James umgebracht wurde?«

»Unrecht.«

»Es ist unrecht, nicht wahr?«

»Ja.«

Phil spürte genau, daß Robert mit seiner Schilderung der Ereignisse log. Er behauptete, er und Jon hätten eine halbe Stunde in der Leihbücherei verbracht. Er konnte James und Denise beschreiben, die er nur für ein paar Sekunden gesehen hatte, doch konnte er von der Bibliothekarin nur sagen, daß sie dunkles Haar gehabt habe. Danach gefragt, kam Roberts natürliche Schlauheit zum Vorschein, als er antwortete: »Da ist ein Brett, daß man die Dame nicht sehen kann.«

Dreiundvierzig Minuten waren vergangen, und die erste der 45-Minuten-Kassetten war beinahe voll. Phil Roberts war die Notwendigkeit einer kurzen Vernehmungsdauer nur zu bewußt. Schließlich hatte er es mit einem zehnjährigen Jungen zu tun. Er beschloß, eine Pause zu machen.

Genau fünf Minuten nach dem Beginn von Robert Thompsons erster Vernehmung begannen Kriminalbeamte im Polizeirevier Lower Lane mit dem Verhör Jon Venables'. Mark Dale, der schon die Festnahme des Jungen geleitet hatte, führte das Gespräch, unterstützt von seinem Kollegen George Scott. Das Vernehmungszimmer im Erdgeschoß des Arrestzellenflügels war geräumiger als sein Gegenstück in der Walton Lane. Jon saß an einem Tisch unter dem einzigen Milchglasfenster des Raumes. Das an der Wand befestigte Mikrofon war nahe vor seinem Gesicht. Man hatte ihn so gesetzt, weil man befürchtete, daß die Stimme eines Kindes andernfalls nicht deutlich genug aufgezeichnet würde. Jon fröstelte bisweilen, und so wurde hinter ihm ein Heizlüfter aufgestellt und eingeschaltet, wenn er darum bat. Die Beheizung von Vernehmungsräumen ist ein immerwährendes Problem für Kriminalbeamte. Meist scheint es entweder zu warm oder zu kalt zu sein.

Mark Dale saß Jon am Tisch gegenüber und hatte Notizblock und Schreibzeug vor sich neben dem Aufnahmegerät liegen. Die übrigen Anwesenden hatten genug Raum, um in einem lockeren Halbkreis zu beiden Seiten des Tisches zu sitzen. Jons Mutter saß neben ihm, ihr Rechtsanwalt Laurence Lee auf ihrer anderen Seite, und George Scott zwischen ihm und Mark Dale.

Den Beamten war bekannt, daß Jon noch nie in einem Polizeirevier gewesen war und ängstlich reagieren würde, gleichgültig ob er an James' Tod beteiligt gewesen war oder nicht. So befleißigten sie sich einer leisen, ruhigen und geduldigen Sprache. »Es konnte nicht in unserem Interesse liegen, dieses Kind einzuschüchtern und vollends zu verängstigen«, sagte George Scott.

Mark Dale fing damit an, daß er Jon erklärte, was das Tonbandgerät war und wie es funktionierte. Er forderte den Jungen auf, ihm zu sagen, wenn es ihm zu warm oder zu kalt wäre, und Mr. Lee wurde eingeladen, genau zu überwachen, was vorging.

Die folgende erste Vernehmung war nicht viel mehr als ein allgemeines Gespräch. Jon wurde aufgefordert, über sich selbst zu sprechen. Sie redeten über Fußball, seine Vorlieben und Abneigungen, bis Jon, wie Robert, seine Schüchternheit zu verlieren begann. Er bestätigte, daß Robert Thompson sein »Kumpel« sei.

»In der Schule gehe ich ihm manchmal aus dem Weg, weil er dort Ärger macht«, sagte er. Wenn er draußen mit Robert spielte, kam er meistens zu spät nach Haus. »Er will einfach, daß ich lange ausbleibe, und sagt, wir könnten tolle Sachen machen, und ich sage zu ihm, was gibt es schon im Dunkeln zu tun?«

»Und was dann?« fragte Mark Dale.

»Er sagt manchmal, komm doch mit zum Bahndamm... Sie wissen schon, bei dem Polizeirevier.« Jon behauptete, daß Robert auf dem Bahngelände bei der Brücke schlafe und Feuer anzünde, beharrte aber darauf, daß er selbst niemals Robert auf den Bahndamm gefolgt sei. Er sagte, Robert sei kein guter Freund, weil er ihn in Schwierigkeiten bringe, und fügte hinzu: »Er hat viel von einem Mädchen. Er saugt Schnuller – und lutscht Daumen.«

Dann gab er einige von den Streichen zum besten, die sie ausheckten, wenn sie die Schule schwänzten. Sie stiegen über Zäune in fremde Gärten und brachten die Leute dazu, daß sie ihnen nachjagten. »Wir klauen Gummibälle und werfen sie gegen die Fenster, und eines Tages kam dieser fette Mann mit seiner Spülbürste herausgerannt und warf sie uns nach.«

»Da habt ihr was zu lachen, nicht?«

»Ja.«

Er sagte, an dem Freitag, als James starb, habe Robert ihn überreden wollen, mit ihm »krallen« zu gehen. »Er klaut einfach. Er sagt einfach: ›Ich will das und das‹, und steckt es einfach in die Tasche.« Draußen gab Robert ihm dann etwas von seiner Beute ab.

Jon behauptete, daß er, wenn er die Schule schwänze, es immer mit Robert täte. »Wir verdrücken uns in der Pause, machen einfach das Tor ein bißchen auf, und dann ein bißchen mehr, und wenn es weit genug offen ist, verstecken wir uns hinter der Wand, und wenn niemand hinschaut, laufen wir weg.«

Die Beamten stellten keine weiteren Fragen von Bedeutung, und Jon verhielt sich passiv. In diesem Spiel vorsichtiger Annäherung kam es darauf an, eine Beziehung aufzubauen und Jon die Befangenheit zu nehmen. Nach fünfundvierzig Minuten war das erste Verhör beendet.

Pünktlich um 19 Uhr begannen Mark Dale und George Scott mit der zweiten Vernehmung des Jungen. Scott hatte ihm eine Dose Cola und einen Marsriegel aus einem Automaten in der Polizeikantine mitgebracht. Während der Vernehmung schlürfte Jon aus der Coladose.

George Scott erinnerte sich: »Wir fragten Jon, wo er an dem Freitag gewesen sei, als James Bulger getötet wurde. Er führte uns an der Nase herum und erzählte eine lange Geschichte, wo er überall gewesen sei, in ganz Walton und sogar bis zur Scotland Road, aber im Strand-Einkaufszentrum habe er sich nicht aufgehalten.«

Nach der Farbe an seiner Jacke gefragt, behauptete er, Robert habe ihn damit bespritzt.

Er gab an, er habe an diesem Tag zur Schule gehen wollen, weil seine Mutter ihm einen Brief mit der schriftlichen Erlaubnis mitgegeben habe, Rennmäuse aus der Schule über die Ferien nach Haus mitzubringen. Er sagte, Robert hätte ihn zum Schuleschwänzen gezwungen und gesagt: ›Entweder du kommst mit, oder ich sage meinen Freunden, daß sie dir eine Abreibung geben.‹«

Jon sagte, es sei »ein bißchen« aufregend, mit Robert unterwegs zu sein, und Mark Dale fragte ihn: »Stellst du mit ihm Sachen an, die du mit deinen anderen Freunden normalerweise nicht tun würdest?«

»Ja«, sagte Jon. »Mit meinen anderen Freunden würde ich nichts Schlimmes tun.«

»Warum nicht?«

»Weil sie netter sind.«

Jon stimmte zu, daß Robert ihn »ein kleines bißchen« vom rechten Weg abgebracht habe. »Und dann kommst du selbst auf den Geschmack und bist voll dabei?« fragte Dale.

»Ja.«

Die Vernehmung wurde um 19 Uhr 43 beendet. Auch diesmal hatten sie Jim Fitzsimmons, der die Verhöre beider Jungen koordinierte und auswertete, nichts Besonderes zu berichten. Sobald die Vernehmung beendet war, schlang Jon den Marsriegel hungrig mit ein paar schnellen Bissen hinunter. Da er offensichtlich noch nicht satt und die Kantine geschlossen war, fragten sie ihn, was er aus dem »Fisch und Chips«-Laden haben wolle. Jon wählte mit einem strahlenden Lächeln seine Lieblingsleckerei, chinesischen gerösteten Reis. Die beiden Beamten gingen mit seiner Mutter zu einem chinesischen Imbiß in der nahen Longmoor Lane, um dort diese Mahlzeit zu holen.

Robert Thompsons Vernehmungspause dauerte bis 20 Uhr 12, dann setzten Phil Roberts und Bob Jacobs ihr Verhör in der Walton Lane fort. Obwohl die Sitzungen kurz waren, schätzten die Erwachsenen die Unterbrechungen genauso wie das Kind.

»Die Konzentration, die man aufbringen muß, ist unglaublich, obwohl es keine sehr langen Vernehmungen sind«, erläuterte Phil Roberts. »Ich überlege mir, wie ich dies oder das sagen und wie ich es vorbringen soll. Dann beobachte ich Roberts Reaktionen und frage mich, ob ich es richtig mache. Man muß sehr selbstkritisch sein. Bob Jacobs und ich hatten nie zusammen Vernehmungen durchgeführt, aber er schaltete sich immer genau zur rechten Zeit ein. Es klappte sehr gut zwischen uns. Wenn ich das Gefühl hatte, nicht mehr weiterzuwissen, sprang er mit einer Frage ein. Ein echt gutes Zusammenspiel.«

Phil Roberts hatte erst vor knapp drei Wochen das Rauchen aufgegeben und trug Nikotinpflaster unter dem Hemd, um mit den Entzugserscheinungen besser fertig zu werden. Aber jetzt brauchte er dringend eine Zigarette.

»Ich war total auf ihn eingestellt, während ich ihn verhörte. Der Gedanke, was mit James Bulger geschehen war, kam mir überhaupt nicht in den Sinn. Ich war da, um meine Arbeit zu tun. Man kann jemanden vernehmen, und die grauenhafte Seite wird einem nicht bewußt, weil man zu einem bestimmten Zweck da ist – herauszufinden, was vorgegangen ist.«

Robert erzählte den Beamten, sein Hobby sei Schuleschwänzen. Sie hielten ihm vor, daß Jungen, die ähnliche

Kleider wie er und Jon getragen hätten, von den Überwachungskameras mit James aufgenommen worden seien, und Robert sagte darauf: »Ich habe ihn nie angerührt.«

Die Beamten ließen wegen der Videoaufzeichnungen nicht locker, und Robert antwortete: »Ja, aber das müssen nicht ich und Jon gewesen sein, die ihn umbrachten. Ich weiß nämlich, daß ich ihn nicht getötet habe, und auch Jon nicht.«

Er gab zu, aus Geschäften im Einkaufszentrum gestohlen zu haben, beharrte aber wieder darauf: »Ich habe den Kleinen nicht mitgenommen.«

Auf die Frage, was wirklich geschehen sei, wiederholte Robert: »Nein, ich habe ihn nie angerührt.«

»Nun, wir werden auch so herausbringen, was passiert ist.«

Robert fing an zu weinen und wiederholte, daß er ihn nie angerührt habe.

Nach weiteren Fragen gab Robert zu, daß James allein im Einkaufszentrum herumgelaufen sei, und fügte hinzu: »Er (Jon) nahm den Kleinen bei der Hand und ging mit ihm herum und ließ ihn dann wieder los. Als wir bei der Kirche waren, ließ er ihn gehen.«

Phil Roberts war noch immer nicht überzeugt davon, daß die beiden ihn ermordet hatten, aber das Eingeständnis, daß sie ihn aus dem Einkaufszentrum geführt hatten, war ein großer Schritt. Robert schob jetzt alles auf Jon und sagte weiter aus, daß James nach seiner Mutter gefragt habe; er ahmte sogar die Stimme des Kleinen nach, als er nach seiner Mama rief.

Später erklärte Robert: »Ich sagte Jon, daß er ihn zurückbringen solle.« Er fing wieder zu weinen an und fügte hinzu: »Mir gibt man die ganze Schuld.«

Die Beamten sagten ihm, er solle sich beruhigen, und Robert bekräftigte: »Ja, mir gibt man die ganze Schuld an dem Mord, aber wir ließen ihn bei der Kirche laufen.«

»Wirklich? Wir wollen nur die Wahrheit von dir, Junge, nichts anderes.«

»Wirklich, wir ließen ihn bei der Kirche laufen.«

Roberts Weinen konnte die Beamten nicht ablenken.

»Wenn er etwas zugab, weinte er gleichzeitig, aber es waren keine echten Tränen«, erzählte Phil Roberts. »Es war Teil seiner Schauspielerei. Ich gewann immer mehr den Eindruck, daß er wirklich schlecht war, ein Straßenjunge, altklug in seiner primitiven Weise. Er war scharfsinnig und wußte genau, wo es lang geht. Er war nicht im pädagogischen Sinne intelligent, aber er war schlau.«

Später sprach Robert wieder davon, wie James im Einkaufszentrum »herumgelaufen« sei. »Jon sagte: ›Komm her‹, und dann nahm er ihn bei der Hand und ging hinaus, ich glaube es war... es war beim Laden von Marks and Spencer.«

Am Ende der Vernehmung fragte Robert: »Werde ich heute abend nach Haus gehen können?«

»Das wissen wir noch nicht, das läßt sich noch nicht sagen. Okay?« war die freundliche Antwort.

Phil Roberts beendete die Vernehmung um 20 Uhr 55 und ging gleich zum Telefon. Jim Fitzsimmons erwartete seinen Anruf bereits, und Roberts meinte: »Es sieht gut aus.«

Nach dem Telefongespräch zog er sich die Nikotinpflaster von der Haut und ging zum Zigarettenautomaten. Wieder umsonst Geld ausgegeben, dachte er mit einem grimmigen Lächeln.

Im Polizeirevier Lower Lane verzehrte Jon Venables mit Begeisterung seinen chinesischen gerösteten Reis. Als er mit der Mahlzeit fertig war, führten Mark Dale und George Scott ein drittes kurzes Gespräch mit ihm. Es wurde spät, also machten sie es kurz. Die Vernehmung begann um 21 Uhr 40.

Wieder wurde Jon nach seinem Aufenthalt im Einkaufszentrum gefragt. Diesmal gab er ihn schließlich zu, leugnete jedoch, irgendwelche Kinder mitgenommen zu haben. Er gestand auch ein paar Bagatelldiebstähle aus Geschäften und allerlei Unfug und dumme Streiche.

»Als er uns von diesen Eskapaden erzählte, schien er mit sich zufrieden zu sein«, erinnerte sich George Scott. »Man sah Schadenfreude in seinem Gesicht. Er schien vergnügt darüber.«

Die Beamten vermieden es sorgfältig, darüber, was er ihnen anvertraute, Mißbilligung zu zeigen. Hätten sie ablehnend darauf reagiert, so wären die Chancen, daß er etwas Ernsteres zugeben würde, sehr zurückgegangen. Seine Mutter Susan aber tadelte ihren Sohn wegen seines Benehmens mit scharfen Worten. Von da an war Jon vorsichtig, um sie nicht aufzubringen.

Die Vernehmung endete um 22 Uhr 01; Jon sollte im unverschlossenen Haftraum für Jugendliche schlafen. Seine Mutter blieb bei ihm auf den eigens hergerichteten Matratzenlagern. Da das Polizeirevier als Aufnahmezentrum für andere Gefangene geschlossen worden war und die Zellen für erwachsene Arrestanten leer standen, sollte nichts als ihre eigenen Gedanken und Ängste ihren Nachtschlaf stören.

In der Walton Lane wurde auch Robert Thompson von 21 Uhr 35 bis 21 Uhr 59 einer letzten Vernehmung unterzogen. Dabei gab Robert zu, daß sie das Einkaufszentrum zusammen verlassen hatten, beharrte aber darauf, daß es Jon gewesen sei, der James tatsächlich mitgenommen habe. »Sie werden sein Gesicht auf den Videobildern erkennen«, ergänzte er.

Vorher hatte Robert geleugnet, daß es Jon und er gewesen seien, die von einer Zeugin beim eingezäunten Reservoir von Breeze Hill gesehen worden waren. Er sagte sogar: »Nun, wissen Sie, sie könnte ja lügen, nicht wahr?« Am Ende dieser Vernehmung hatte Robert dann aber zugegeben, daß sie es doch gewesen wären. Er sagte, sie hätten James zum Breeze Hill gebracht und dort zurückgelassen, nachdem sie mit ihm gespielt hätten.

Er sagte, James habe nicht geweint, als sie ihn auf der Anhöhe zurückließen. »Zuerst weinte er... und dann war er still, weil wir sagten, daß wir bald seine Mutter holen würden.«

Einmal sagte Ann Thompson zu ihrem Sohn: »Willst du das alles heute abend klären?«

»Ja«, antwortete Robert.

»Sag die Wahrheit«, sagte seine Mutter.

»Das tue ich«, erwiderte er.

Nach der Vernehmung wurde Robert zu Bett gebracht. Phil Roberts und Bob Jacobs fuhren in die Marsh Lane. Alle Kriminalbeamten der beiden Vernehmungsgruppen trafen hier zu einer allgemeinen Erörterung der Tagesereignisse zusammen.

Die Besprechung fand in Kriminaloberinspektor Geoff MacDonalds Büro statt. »Ich habe noch nie im Leben so viele Chefs gesehen, wie in diesem Büro versammelt waren«, erzählte Phil Roberts. »Meine Erschöpfung war groß. Ich versuchte zu wiederholen, was Robert gesagt hatte, und die Chefs stellten ständig neue Fragen. Sie waren aufgeregt. Natürlich wollten wir alle Klarheit haben, aber mit Kindern muß man langsam vorgehen. Die Vernehmung eines Mannes, der es gewohnt ist, daß Fragen auf ihn abgeschossen werden, ist eine andere Sache. Mit einem Kind muß man sich viel mehr Zeit lassen und ihm viele Dinge erklären. Ich sagte: ›Es ist wie ein Puzzlespiel, Robert. Ich habe hier oben ein Stück, wo James verloren geht, und eins hier unten, wo James tot gefunden wird. Und muß herausbringen, was dazwischen geschehen ist.‹«

Jim Fitzsimmons, der mit der Oberleitung der Vernehmungen betraut war, konnte immerhin aufatmen. Die Fortschritte waren zwar langsam, was zu erwarten gewesen war, aber sie bewegten sich in die richtige Richtung. Spezialisten des kriminaltechnischen Labors untersuchten und analysierten Roberts und Jons Kleidungsstücke und Schuhe. Farbspuren an einer der Jacken stimmten mit der Farbe überein, die am Tatort gefunden worden war, und an Schuhen fand man Blutspritzer. Die neue verstärkte Videoaufnahme hatte einen blauen Flicken an Roberts Ärmel bestätigt. Und Kriminalkommissar Kirbys Auftritt in der Sendung *Crimewatch* hatte weitere Zeugenaussagen erbracht. »Wir waren ein gutes Stück vorangekommen. Sicherlich mußten noch ein paar wichtige Fragenkomplexe aufgeklärt werden, aber das Gesamtbild begann sehr viel deutlicher auszusehen«, sagte Fitzsimmons. Das Puzzlespiel fügte sich zusammen.

Am Freitagmorgen wurden Jon und Susan Venables um 8 Uhr 15 geweckt, als ihr Anwalt, Mr. Lee, im Polizeirevier eintraf. Fünf Minuten später überprüfte der Revierleiter Jons Polizeiarrest und genehmigte seine Fortdauer in Susan Venables' und Mr. Lees Anwesenheit. Um neun wurde auch Jons Vater Neil zum Polizeirevier gebracht.

Mrs. Venables und der Anwalt wurden davon unterrichtet, daß in einem Nebenraum ein Lautsprecher zum Mithören der Vernehmung installiert worden war, und erhoben keine Einwände. Im Nebenzimmer hielten sich die Kriminalbeamten Michelle Bennett und Dave Tanner bereit, der Vernehmung am Lautsprecher zu folgen.

»Das Mithören ist eine sehr nützliche Sache«, sagte Dave Tanner, »denn der Vernehmungsbeamte kann leicht abgelenkt werden und den Faden verlieren. Sein Partner nimmt ihn dann zwar auf, so daß es weitergehen kann, aber wenn man in einem abgesonderten Raum sitzt und entspannt, aber aufmerksam mithört, kann man viel mehr heraushören als derjenige, der selbst als Vernehmungsbeamter teilnimmt.«

Mark Dale und George Scott begannen Jons Vernehmung mit einem Rückblick auf die Ereignisse des vergangenen Abends und sein Eingeständnis, im Einkaufszentrum gewesen zu sein und Ladendiebstähle verübt zu haben. »Es war ein neuer Tag, und wir versuchten ihn an den Punkt seiner Aussagen zu manövrieren, wo er aufgehört hatte«, sagte George Scott.

Jon erzählte, wie er mit Robert in verschiedene Geschäfte gegangen war. Darunter befand sich auch Tandy, wo, wie die Polizei wußte, die am Tatort gefundenen Batterien gestohlen worden waren, und Toymaster, wo sie die Farbe entwendet hatten. Er erzählte, wie sie eine alte Frau geärgert hatten, und behauptete, sie hätten anschließend das Einkaufszentrum verlassen und seien zu zweit in die County Road nach Walton gegangen. Robert, so behauptete er, habe ihn mit der Farbe bespritzt. Die Vernehmung war um 11 Uhr 50 beendet.

Phil Roberts und Bob Jacobs begannen Robert Thompsons vierte Vernehmung an diesem Freitagvormittag um 11 Uhr 35. Sie hatten das Gefühl, daß Robert bereit sei, ihnen mehr zu verraten, und brachten die Sprache auf die Farbe, die an James gefunden worden war. Darauf gab Robert zum ersten Mal zu, im Besitz einer kleinen Dose Emailfarbe gewesen zu sein. Er sagte, Jon habe James mitgenommen, und sie hätten ihn den Bahndamm hinauf zu den Geleisen gebracht. Er wurde nach dem Blut an seinen Kleidern gefragt und sagte, es sei sein eigenes Blut, das an seine Kleidung gekommen sei, als Jons Mutter ihn geschlagen habe. Er behauptete, Jon habe James Farbe ins Gesicht gespritzt und auch die Kapuze seines Anoraks weggeworfen.

»Er spritzte ihm die Farbe ins Auge«, sagte Robert.

»Warum tat er das?«

»Ich weiß nicht – und dann rannte ich weg von ihm, von Jon.«

»Was tat der kleine James?«

»Er saß am Boden.«

»Weinte er?«

»Ja. Ich weinte auch.«

»Warum?«

»Weil er ihm die Farbe ins Gesicht spritzte. Er hätte ihn blenden können.«

Er sagte, nachdem sie James die Farbe ins Gesicht gespritzt hätten, seien sie davongerannt, aber vielleicht habe Jon ihn noch heimlich geschlagen. Weinend beharrte Robert: »Wir haben ihn nicht umgebracht.« Er sagte, James habe geweint, weil er zu seiner Mama wollte, und fügte hinzu, Jon habe die Farbe bei Toymaster gestohlen.

Diese Aussagen kamen im Laufe zweier Sitzungen zustande. Die erste dauerte bis 12 Uhr 15, aber Phil Roberts wollte die Gunst des Augenblicks nutzen und setzte die Vernehmung nach einer Pause von nur sechs Minuten um 12 Uhr 21 fort, um sie sieben Minuten später zu beenden, mehr als zufrieden mit dem Fortschritt. »Es war wichtig, daß die Vernehmung langsam voranschritt, so daß jeder verstand, was gesagt wurde«, erklärte er. Sie verließen den Vernehmungsraum, der Junge, um sein Mittagessen zu bekommen, und Phil Roberts, um sich eine weitere Zigarette anzuzünden. Er konnte während der Vernehmungen nicht rauchen, aber in den Pausen fiel er wieder in seine alten Gewohnheiten als Kettenraucher mit einem Verbrauch von vierzig Zigaretten am Tag zurück.

Jon Venables leugnete noch immer so gut wie alles. Mark Dale und George Scott begannen mit ihrer fünften Vernehmung um 12 Uhr 23, indem sie den Druck ihrer Fragen langsam verstärkten. Jon gab zu, im Einkaufszentrum gewesen zu sein, weigerte sich aber, einzugestehen, daß er jemals auf die andere Seite der Stanley Road gegangen sei. Mark Dale machte ihn darauf aufmerksam, daß sein Fingerabdruck am Fenster eines Gebäudes auf der anderen Straßenseite gefunden worden sei, neben einem McDonalds-Schnellrestaurant.

Sie stellten ihm weitere Fragen und hielten ihm einige der Eingeständnisse vor, die Robert gemacht hatte. Als er hörte, Robert habe gesagt, er, Jon, habe James bei der Hand genommen und weggeführt, bekam Jon einen Wutanfall. Er sah sehr aufgeregt aus und bestand darauf, daß Robert gelogen habe. »Ich habe ihn nicht umgebracht. Wir nahmen ihn mit und ließen ihn beim Kanal zurück, das ist alles«, sagte er schluchzend.

Seine Mutter tröstete ihn. »Ich glaube dir, Jon, ich glaube dir.«

Draußen im Nebenzimmer tauschten Michelle Bennett und Dave Tanner einen bedeutungsvollen Blick und bestätigten damit einen Eindruck, der sich im Laufe des Morgens immer mehr verfestigt hatte.

»Für uns als passive Zuhörer war es offensichtlich. Ob es ein Gespür ist, das man nach sechsundzwanzig Jahren entwickelt, oder ob jeder es gemerkt hätte, weiß ich nicht«, erläuterte Dave Tanner. »Jon wollte eigentlich reden und wurde deshalb immer aufgeregter. Es war, als hätte er Schreckliches zu sagen, was ihm viel Sorge bereitete. Aber dann kam immer wieder die stabilisierende Wirkung seiner Mutter, die ihm beibrachte: ›Das alles hat nichts zu bedeuten. Ich weiß, du würdest so etwas nicht tun.‹ Mark und George machten ihre Sache unter sehr schwierigen Umständen ausgezeichnet, doch empfanden wir deutlich, daß Jon niemals ein Geständnis ablegen würde, solange seine Mutter an dieser inneren Einstellung festhielt. Michelle und ich kamen gleichzeitig zu dieser Schlußfolgerung. Susan Venables war das Hindernis auf dem Weg zu einem Geständnis. Sein Vater Neil ahnte inzwischen, daß sein Sohn an dem Mord beteiligt gewesen war, aber seine Frau war noch immer genauso, wie sie am Donnerstagmorgen gewesen war, ohne einen blassen Schimmer. Vielleicht wehrte sie auf einer unbewußten Ebene jeden Verdacht ab.«

Auch den Vernehmungsbeamten war das Problem nicht entgangen. »Jon erzählte uns eine Geschichte, und wenn wir ihn in die Enge trieben, brach er weinend zusammen und suchte Zuflucht bei seiner Mama«, berichtete George Scott. »Wenn die Fragen zu hart wurden oder wenn wir ihn fragten, ob er denn die Wahrheit sage, oder wenn er Fragen nicht beantworten mochte, wandte er sich seiner Mutter zu. Sie merkte es nicht, und sicherlich tat sie es nicht absichtlich, aber sie gab ihrem Sohn ständig Unterstützung und Ermutigung.«

Die Vernehmung wurde um 12 Uhr 56 unterbrochen, und während Jon in seinen Arrestraum zurückging, gingen Dave Tanner und Michelle Bennett mit Susan Venables essen. »Während der Vernehmung aß und trank sie mit gutem Appetit, während Neil nichts anrühren wollte«, erinnerte sich Dave Tanner. »Wenn ich sage, daß er außer sich war, kommt das seinem Zustand am nächsten. Wir gingen mit Susan Venables in ein Büro im Obergeschoß, holten ihr etwas zu essen und sagten ihr, was wir dachten. Wir erklärten ihr, daß ihre ständigen Ermutigungen die Vernehmungen behinderten. Sie tue eben das, was jede Mutter tun würde, indem sie ihn tröstete, wenn er aufgeregt und betrübt sei und weine. Ich fragte sie, ob sie und ihr Mann mit Jon sprechen und ihm sagen würden, daß, was immer er zu sagen hätte und was immer es sein möge, sie ihn trotzdem noch liebhaben würden.

Susan Venables und ich – und auch ihr Mann – kamen sehr gut miteinander aus. Ich bin ziemlich sicher, daß ihr während dieses Gesprächs plötzlich die Wahrheit dämmerte. Sie erklärte sich bereit, mit uns zusammenzuarbeiten. Neil zögerte zuerst, aber sie machte ihm Mut. Es kam darauf an, sie dazu zu überreden, daß sie Jon zwar weiterhin eine Stütze sein sollten, andererseits aber ihre natürlichen Instinkte unterdrücken und ihn reden lassen mußten.«

Den Jugendarrestraum, wo Jon sein Mittagessen bekam, hatte man völlig verändert. Der kahle Raum mit einer Bank, wie ihn die meisten Gefangenen vorfanden, war größtenteils bedeckt mit dicken Matratzen und Bettzeug. Jons Lieblingsspielsachen und Comichefte lagen überall verstreut. Dave Tanner ging mit Susan und Neil Venables hinunter, blieb dann aber draußen, um sie allein hineingehen zu lassen.

Mrs. Venables hielt inne, wandte sich zu ihm um und fragte: »Können Sie nicht mitkommen?«

Jon Venables saß auf der Bank, als seine Eltern und der große, stets freundliche Beamte hereinkamen. Die Mutter setzte sich neben ihren Sohn, und Neil nahm auf seiner anderen Seite Platz. Sie hielt ihren Sohn fest umarmt, während Neil ihm etwas zögernd eine Hand auf die Schulter legte.

»Ich hab' dich lieb, Jon«, sagte sie. »Und jetzt möchte ich, daß du die Wahrheit sagst, was auch passiert sein mag.«

Jon begann zu weinen und stieß schluchzend hervor: »Ich hab' ihn umgebracht.«

Dave Tanner hatte ihn vorher schon weinend und aufgeregt erlebt, war aber von seiner Aufrichtigkeit nicht überzeugt gewesen. Diesmal schluchzte das Kind hemmungslos.

Nach einer Weile blickte der Junge zu Dave Tanner auf und fragte: »Können Sie seiner Mama sagen, daß es mir leid tut?« Susan Venables fuhr fort, den Jungen an sich zu drükken und ihm zu sagen, daß sie ihn liebe. Ganz gleich, was er getan habe, sie wolle, daß er die Wahrheit sage. Sie weinte nicht. Jons Vater sagte kaum etwas. Er war aschfahl, ein Ausdruck unbeschreiblicher Qual lag auf seinen Zügen.

Dave Tanner gestattete sich einen stillen Seufzer. Der Ausgang entsprach ungefähr dem, was er erwartet hatte. »Im Laufe der Vernehmungen hatte sich mein Eindruck verstärkt, daß Jon reden wollte. Sobald seine Mutter die Sperre entfernt hatte, die sie mit ihrem Verhalten geschaffen hatte, und sobald sie ihm mit ihrer Umarmung das Gefühl von Sicherheit und Geborgenheit gab, brach alles in einem Schwall aus ihm hervor. Es war beinahe so, als ob er dächte: Wenn ich es schnell sage, merken sie vielleicht nicht, daß ich es gesagt habe. Wenn Täter erst einmal die Hemmungen überwunden und ein Geständnis abgelegt haben, ist es immer so, als wäre ihnen eine ungeheure Last von den Schultern genommen.«

Als Dave Tanner den Raum verlassen wollte, kam Mark Dale herein. Jon sagte zu den beiden Beamten: »Kann ich Ihnen davon erzählen, wie Robert versuchte, einen anderen Jungen mitzunehmen?« Er bezog sich auf die zweite versuchte Entführung.

Alle verließen den Arrestraum und gingen zum aufsichtführenden Beamten der Haftabteilung, der Dave Tanner die Haftakte des Jungen gab. Der Beamte signierte sie und schrieb alles hinein, was geschehen war, einschließlich der Aussagen, die Jon gemacht hatte. Susan, Neil und Jon Venables lasen sie und unterzeichneten. Als Rechtsanwalt Laurence Lee von seiner Mittagspause zurückkehrte, las und unterzeichnete auch er das Dokument.

Während dies vor sich ging, nahm Neil Venables seinen Sohn beiseite und führte ein halblautes Gespräch mit ihm. Danach ging er zu Dave Tanner und sagte: »Wissen Sie, was er wirklich alles getan hat? Gerade hat er es mir gestanden.« Er sah völlig gebrochen aus.

Dave Tanner wußte, daß die Einzelheiten der Mordtat überaus unerfreulich sein würden. Obwohl er sah, in welchem Zustand Jons Vater war, mußte er ihm diesen schlimmsten Teil zumuten. »Es ist Zeit, Farbe zu bekennen. Wenn er jetzt in der Vernehmung wahrheitsgemäß den Hergang der Tat beschreibt, gibt es Dinge, die seine Mutter nicht hören sollte.«

Widerwillig erklärte Neil Venables sich bereit, den Platz seiner Frau im Vernehmungszimmer einzunehmen. Susan Venables wollte nicht wieder hineingehen. Dave Tanner und Michelle Bennett nahmen sie mit zu einer Ausfahrt in einem neutralen Mietwagen, um frische Luft zu schnappen und etwas Ablenkung zu bekommen. Die Beamten saßen auf den Vordersitzen, Susan Venables im Fond. Einmal blickte Michelle Bennett, die am Steuer saß, in den Rückspiegel und traute ihren Augen nicht. Susan Venables, die gerade erfahren hatte, daß ihr Sohn den kleinen James Bulger ermordet hatte, war damit beschäftigt, ihr Make-up zurechtzumachen.

Robert Thompson wurde an diesem Nachmittag noch zweimal vernommen, und die Pause zwischen den Sitzungen dauerte nur so lange wie das Auswechseln des Tonträgers im Aufnahmegerät, so daß es auf eine lange Vernehmung hinauslief, die von 14 Uhr 14 bis 15 Uhr 11 dauerte.

Roberts Verhalten wurde immer unangenehmer, widersprüchlicher und sarkastischer. Er war ein gerissener Straßenjunge und schien auf alles, was die Beamten zu ihm sagten, eine Antwort zu haben. Und in der Mehrzahl der Fälle war die Antwort frech.

Er leugnete entschieden, James ermordet zu haben. Einmal fragte er: »Warum sollte ich Blumen zum Bahndamm bringen, wenn ich ihn umgebracht hätte?« Zuerst behauptete er, er habe nicht gesehen, was Jon mit dem kleinen Jungen gemacht habe. Seine Mutter sagte zu ihm: »Es wird alles in ein paar Minuten vorbei sein, wenn du ihnen einfach die Wahrheit sagst.« Darauf rückte Robert mit der Aussage heraus: »Jon warf ihm einen Ziegelstein ins Gesicht.« Dann sagte er, Jon habe noch einen Ziegelstein geworfen, ihn am Magen getroffen und ihn dann mit einem Eisenstück geschlagen, einer schmalen, etwa fußlangen Eisenplatte mit Löchern, die zum Aneinanderschrauben der Eisenbahnschienen verwendet werden. Dieser Schlag, behauptete Robert, habe James bewußtlos umkippen lassen. Er habe auf der Eisenbahnschiene gelegen. Seine Augen seien offen gewesen, aber er habe nicht geatmet. Robert sagte, er habe das Ohr auf James' Brust gelegt, und er habe nicht geatmet. Sie hätten den Tatort verlassen und seither nicht mehr miteinander darüber geredet.

Ann Thompson lauschte der Schilderung starr vor Entsetzen, die zweite Mutter, die an diesem Tag mit dem Undenkbaren zurechtkommen mußte.

Während Robert eifrig alles auf Jon schob, saß sein Freund ein paar Meilen entfernt in einem anderen Polizeirevier und schob alles auf Robert.

Jons einzige Vernehmung an diesem Nachmittag begann um 15 Uhr 57 und dauerte bis 16 Uhr 30. Sein Vater Neil war anwesend, doch war dies schon beinahe alles, was über seinen Beitrag gesagt werden konnte. Er saß mit geschlossenen Augen vornübergebeugt auf seinem Stuhl und hielt sich die Ohren zu. George Scott befürchtete, daß er während der Vernehmung einen Nervenzusammenbruch erleiden würde. Noch am Abend wurden beide Eltern von einem Polizeiarzt untersucht.

Während seines Berichts blickte Jon immer wieder ängstlich und wie hilfesuchend zu seinem Vater, begriff aber bald, daß dieser geradesogut hätte abwesend sein können. »Ich kann verstehen, warum er es alles abwehrte, aber er tat seinem Sohn damit keinen Gefallen«, erinnerte sich George Scott. In bestimmten Augenblicken extremer Gemütsbewegung stand Jon sogar auf und legte die Arme hilfesuchend nicht um seinen Vater, sondern um Mark Dale.

In einem anderen außerordentlichen Augenblick stand Jon auf und ballte die Fäuste in einer verblüffenden Zurschaustellung schierer Frustration und Wut, so daß die Beamten einen Moment lang überzeugt waren, er werde seinen Vater schlagen.

Von da an wurden Jons Vernehmungen zu einem zunehmend düsteren Abstieg in die Abgründe des Schreckens. Er bestätigte für das Protokoll: »Ich tötete James.« An diesem Nachmittag sprach er von ihrem Versuch, auch Diane Powers kleinen Sohn zu entführen. Er sagte, es sei Robert Thompsons Idee gewesen, und sie hätten es so geplant, daß er auf die Straße laufen und überfahren werden sollte. Jon sagte aus, er habe zu Robert gesagt: »Das ist aber sehr schlimm, so etwas zu tun, nicht wahr?«

Er berichtete, sie hätten James vor dem Fleischstand getroffen und es sei seine eigene Idee gewesen, ihn mitzunehmen. Dagegen sei es Roberts Idee gewesen, ihn umzubringen. Sie brachten ihn zum Kanal, wo Robert ihn ins Wasser werfen wollte. James aber habe sich geweigert niederzuknien, um sein Spiegelbild im Wasser zu sehen, wie sie es wünschten, also habe Robert ihn hochgehoben und zu Boden geworfen. So sei James zu der Abschürfung an der Stirn gekommen. Er gab an, James habe bloß immer wieder gesagt: »Ich will zu meiner Mama.«

Jon gab zu, daß sie zum Reservoir und später zum Eisenbahndamm gegangen seien und beschrieb, wie er James' Anorakkapuze abgenommen und auf einen Baum geworfen habe.

»Ich kann Ihnen sonst nichts erzählen«, sagte er dann. Mark Dale fragte ihn nach dem Grund, und Jon sagte: »Weil das andere zu schlimm ist.«

»Ich weiß, daß es der schlimmste Teil ist, aber du weißt, was du getan hast, und wenn du dir Mühe gibst, wirst du es uns sagen können. Vielleicht brauchst du eine kleine Ruhepause, in der du darüber nachdenken kannst. Und dann erzählst du uns einfach, was geschah.«

»Wir führten ihn auf die Geleise und fingen an, mit Ziegelsteinen auf ihn zu werfen«, sagte Jon mit gedämpfter Stimme.

Er behauptete, Robert habe Ziegelsteine auf James geworfen und ihn mit einem Eisen geschlagen. Jon selbst habe mit kleinen Steinen geworfen, aber Robert habe Mauersteine geworfen, sagte er.

Mark Dale fragte Jon, was er jetzt von dem halte, was sie James angetan hatten.

Jon brach in Tränen aus und sagte: »Es war furchtbar. Ich muß die ganze Zeit daran denken.«

Später an diesem Freitagabend kamen Robert und Jon zum ersten Mal seit ihrer Festnahme kurz zusammen. Kriminalbeamte der beiden Vernehmungsgruppen fuhren die Jungen in neutralen Fahrzeugen zum Amt des Friedensrichters in Bootle, wo vor einem dreiköpfigen Schiedsgericht beantragt wurde, die Polizeihaft der beiden Jungen um sechsunddreißig Stunden zu verlängern. Robert wurde in Phil Roberts' neutralem Rover 416-Dienstwagen zum Gericht gefahren, und Jon in einem ebenso neutralen aber leistungsstarken VW Golf GTI der Polizei. Die schnellen Wagen waren gewählt worden, um versuchten Verfolgungen durch Medienreporter oder Personen aus der Bevölkerung zu entgehen, doch stellte sich heraus, daß alles ruhig war, als sie kurz vor 19 Uhr in Bootle ankamen.

Albert Kirby legte dem Gremium die während der Vernehmungen erzielten Fortschritte dar, und nach einer kurzen Anhörung der Rechtsanwälte, die keine Einwendungen erhoben, wurde dem Antrag stattgegeben. Die Jungen waren im Gerichtsgebäude voneinander getrennt gehalten worden. Jon hatte ausdrücklich gesagt, daß er Robert nicht wieder begegnen wolle. Man hatte ihm geantwortet, sie würden zusammen in einem Raum sein, aber nicht miteinander sprechen müssen.

Anschließend wurde Jon in die Tiefgarage geführt und saß auf dem Rücksitz des Golf zwischen seinem Vater und Mark Dale, als Robert ebenfalls hinuntergebracht wurde und an dem Wagen vorbei zu dem dahinter geparkten Rover ging. George Scott, der am Steuer saß, sah Roberts Gesicht. »Thompson warf ihm ein breites, strahlendes Lächeln zu«, berichtete er.

Phil Roberts, der neben Robert ging, konnte in den Wagen sehen und beobachtete Jon Venables' Gesichtsausdruck. »Venables lächelte in einer gespielt schüchternen Weise und zuckte die Schultern, als er Roberts Blick begegnete. Man sah ihnen an, daß sie beide noch Geheimnisse hatten.«

An diesem Abend brach Ann Thompson schließlich zusammen. »Sie wollte mit Robert nichts mehr zu tun haben«, erzählte Phil Roberts. »Wann immer wir Robert eine sachbezogene Frage stellten, weinte sie unweigerlich. Ich mußte ihr hinterher sagen, wie sehr das die Dinge erschwerte. Wahrscheinlich wußte sie bereits, daß er es getan hatte, bevor ich selbst davon überzeugt war. Am Samstag brach sie dann völlig zusammen. Sie hatte Angst, auf der Straße angegriffen zu werden. Danach kam sie nicht mehr zu den Vernehmungen.«

Am Samstagmorgen traf Albert Kirby wieder mit seinen Vernehmungsgruppen zusammen und teilte ihnen weitere Erkenntnisse über James' Todesumstände mit, die von den Beamten der Spurensicherung und den Spezialisten des kriminaltechnischen Labors gewonnen worden waren. Dann fuhren die Beamten zurück zu den Revieren Walton Lane und Lower Lane, und ein weiterer Tag mit Vernehmungen begann.

Phil Roberts und Bob Jacobs brachten den Ball in einer Sitzung mit Robert ins Rollen, die von 11 Uhr 46 bis 12 Uhr 38 dauerte. Eine Sozialarbeiterin hatte jetzt Ann Thompsons Rolle in den Vernehmungen übernommen.

Robert behauptete nach wie vor, er habe mit dem Angriff auf James nichts zu tun gehabt. Der Junge war schlau genug, um zu verstehen, daß es kriminaltechnische Beweise gegen ihn geben würde, und um diese zu entkräften, erklärte er während der Vernehmung: »Ich habe James nie angerührt. Ich hob ihn nur hoch und legte ihn zurück, weil ich nicht voll Blut werden wollte.«

Er leugnete, James teilweise entkleidet zu haben und sagte, Jon habe dem Kind Farbe ins Gesicht geschüttet, »...weil ihm danach war«. Weiter sagte er, Jon habe ihm Ziegelsteine ins Gesicht und in den Magen geworfen, habe ihn mit einem Eisenstück geschlagen und hinterher gegrinst. Er weinte, als man ihn daran erinnerte, daß Jon eine andere Geschichte erzählt habe, und sagte: »Nun, Sie können hingehen und unsere Lehrerin fragen, wer der Schlimmste von uns beiden ist. Sie wird es Ihnen sagen – Jon.«

Um 12 Uhr 33 begann Jon Venables siebte Vernehmung. Wieder fingen Mark Dale und George Scott mit einer Zusammenfassung der Eingeständnisse an, die er am Tag zuvor gemacht hatte.

Im Anschluß daran gab Jon eine ebenso anschauliche wie schreckliche Schilderung dessen, was sie getan hatten. Er berichtete, daß James geschrien habe und hingefallen, aber wieder aufgestanden sei. Er behauptete, Robert hätte zu dem hilflosen Kind gesagt: »Bleib liegen, du dummer Teufel.«

Auf die Frage, warum Robert dies gesagt habe, antwortete Jon: »Er wollte ihn umbringen, wahrscheinlich.«

»Warum?«

»Ich weiß nicht. Ich wollte es nicht, eigentlich. Robert tat es wahrscheinlich zum Vergnügen, weil er wie verrückt lachte.«

Robert Thompson wurde um 13 Uhr 55 wieder vernommen. Während dieser Vernehmung wurde er wegen der versuchten Entführung von Diane Powers Sohn formell verhaftet.

Nach Robert war alles noch immer Jons Werk.

Phil Roberts setzte die Vernehmung fort, bis das Band um 14 Uhr 35 annähernd voll war, dann unterbrach er für eine kurze Pause, wechselte das Band und setzte die Vernehmung vier Minuten später fort. Er ließ nicht locker, aber Robert war noch immer nicht bereit, irgendeine Beteiligung an den Mißhandlungen des kleinen James zu gestehen. »Er sagte mir nie wirklich die Wahrheit, weit davon entfernt«, erinnerte sich Phil Roberts. »Im Laufe der Vernehmungen sagte er zwar einiges, das aber niemals den Anschein der Wahrheit hatte. Von Anfang an tischte er Lügen auf und blieb dabei.«

Um 15 Uhr 09 beendete er die Vernehmung. Es sollte seine letzte förmliche Sitzung mit dem Jungen sein.

Phil Roberts und die Mitglieder seiner Vernehmungsgruppe versorgten sich mit Brathähnchen, dann bezogen sie ein leerstehendes Büro im Polizeirevier, wo sie Hühnerkeulen abnagten und Rückschau auf ihre dreitägige Arbeit hielten.

Jon Venables' achte und letzte Vernehmung in der Lower Lane begann um 14 Uhr 23 und dauerte nur neunundzwanzig Minuten. Das Ziel war, weitere Einzelheiten über den genauen Tathergang zu erhalten. Jon sagte aus, er sei bei James niedergekniet, der ihn am Ärmel gefaßt und gesagt habe: »Nicht wehtun.« Jon habe erwidert: »In Ordnung.« Weiter berichtete er, James habe sich vor Robert gefürchtet, und fügte hinzu: »Vor mir fürchtete er sich nicht, weil ich ihn nicht soviel gehauen hatte.«

Er sagte, es sei Roberts Idee gewesen, James mit Ziegelsteinen zu bedecken, damit niemand ihn finden könne. Robert habe James getreten. Jon gab zu, ebenfalls auf ihm herumgetrampelt zu sein, aber Robert habe ihn »viele Male« ins Gesicht getreten.

Die Beamten hatten genug gehört. Nach beendeter Vernehmung nahmen sie Jon mit hinaus und bestiegen einen neutralen Fiat, der mit Mikrofon und Aufnahmegerät ausgestattet war. Sie verließen das Polizeirevier um 15 Uhr 35. Im Laufe der nun folgenden »mobilen Vernehmung« wurde Jon zum Strand-Einkaufszentrum gefahren und beschrieb vom Rücksitz des Wagens jeden Schritt des Weges, klärte Lücken in den bisher gemachten Aussagen auf und gab die genaue Route an, auf der sie James zu der Stelle geführt hatten, wo sie ihn dann töteten.

»Er freute sich über die Fahrt in einem Polizeiwagen mit mir und Mark, die er als seine Freunde betrachtete«, sagte George Scott. »Es war das Kind in ihm, das wieder ans Tageslicht kam. Irgendwo unterwegs sah er ein Suchplakat mit zwei verschiedenen Aufnahmen aus der Videoaufzeichnung. Er fragte, warum Roberts Foto in Farbe sei und seines nur schwarzweiß.«

Um 16 Uhr 36 waren sie wieder im Revier. Jon wurde in den Arrestraum gebracht, wo er sich mit Computerspielen beschäftigte, die seine Eltern ihm gebracht hatten. Er erzählte George Scott, wie man den Igel Sonic »bescheißen« müsse, um zur letzten Ebene zu gelangen. Dann saß er bei seinen Eltern und fing an, einfache Bilder auf Papier zu zeichnen, das eine Polizistin ihm gegeben hatte. George Scott sagte zu ihm, seiner Meinung nach sei Diane Powers Sohn an dem Tag, als James getötet wurde, der glücklichste Junge auf der Welt gewesen.

Jon blickte zu ihm auf und meinte: »Ja.« Ein breites, strahlendes Lächeln lag auf seinem Gesicht. Es war ein Moment, der George Scott und Michelle Bennett, die gleichfalls zusah, noch lange verfolgen wird.

Phil Roberts' Rover war ebenfalls mit Aufnahmegeräten ausgerüstet, und Robert wurde von den Beamten mitgenommen und aufgefordert, ihren Weg mit James anzugeben, wie Jon es getan hatte. Sie fuhren um 17 Uhr 53 los. Phil Roberts saß am Steuer, Bob Jacobs und eine Sozialarbeiterin mit Robert auf den Rücksitzen. Dominic Lloyd, ein Rechtsanwalt, der jetzt Roberts Interessenvertretung übernommen hatte, saß auf dem Beifahrersitz.

»Sogar jetzt log Robert«, berichtete Phil Roberts. »Einen Teil der Route gab er wahrheitsgemäß an, aber insgesamt fehlte die Übereinstimmung mit dem, was Jon sagte. Robert war schlau. Er versuchte sich daran zu erinnern, was er uns im Laufe der Vernehmungen gesagt hatte und es mit dem in Übereinstimmung zu bringen, was wir jetzt sahen.«

An diesem Nachmittag fand ein Heimspiel des FC Liverpool statt, und der Wagen geriet in einen Stau. »Wir saßen wie auf glühenden Kohlen und fragten uns, ob die Leute zwei und zwei zusammenzählen und erkennen würden, wer im Wagen war, aber niemand beachtete uns«, erinnerte sich Phil Roberts. »Wir verhielten uns die ganze Zeit still.«

Später fuhren sie weiter zur Cherry Lane, wo zahlreiche Menschen bei den niedergelegten Blumen standen und sie betrachteten. Für einen Augenblick war Panik in Roberts Stimme erkennbar, als er fragte: »Wollen Sie mich da hinauf bringen?«

»Nein, das wollen wir nicht«, erwiderte Phil Roberts.

Er war innerlich angespannt und hielt sich bereit für einen Schnellstart, falls jemand in der Menge ihren kleinen Passagier identifizieren sollte. Wenn sie wüßten, wen wir hier im Wagen haben, dachte er im Bewußtsein möglicher Ausbrüche des Volkszorns. Aber für die Besucher der improvisierten Gedenkstätte war es bloß ein weiterer Wagen, und niemand bemerkte Ungewöhnliches. Sie hielten sich nicht länger an Ort und Stelle auf und fuhren zurück zum Revier. »Wir brauchten nicht sehr lange«, erinnerte sich Phil Roberts. »Ich hatte das Gefühl, daß er log, also wollte ich die Sache hinter mich bringen. Inzwischen war mir klar, daß wir nicht aus ihm herausbringen würden, was wir wollten.« Um 18 Uhr 15 waren sie wieder in der Walton Lane.

Nach jedem Verhör hatten die Vernehmungsgruppen ihre Ergebnisse telefonisch dem Leiter der Vernehmungen, Kriminalinspektor Jim Fitzsimmons, gemeldet. Mittlerweile lag ein ziemlich umfassendes Geständnis von Jon Venables vor, obgleich er noch immer versuchte, den größten Teil der Schuld auf Robert Thompson abzuwälzen. Dieser hatte zwar zugegeben, mit Venables am Tatort gewesen zu sein, leugnete aber nach wie vor seine Beteiligung an den Mißhandlungen und der Ermordung ihres Opfers.

Fitzsimmons verfolgte nicht nur die Ergebnisse der Vernehmungen, sondern auch die noch immer aus der Bevölkerung eingehenden Informationen. »Das Gesetz verlangt, daß wir den Fall der Staatsanwaltschaft zur Anklageerhebung übergeben müssen, wenn hinreichende Beweise für eine Mordanklage vorliegen«, erläuterte er. »Kriminalkommissar Kirby als Leiter der Ermittlungen entschied in diesem Stadium, daß wir hinreichende Beweise für eine Mordanklage hätten.« Auf diese Entscheidung hin rief Fitzsimmons die beiden Polizeireviere an und verständigte die Vernehmungsgruppen, daß er unterwegs zu ihnen sei.

Als erstes fuhr er mit seinem eigenen Wagen zum Revier Lower Lane, wo er Jon Venables um 18 Uhr 15 davon unterrichtete, daß offiziell Anklage wegen der Entführung und Ermordung James Bulgers und der versuchten Entführung eines anderen Jungen gegen ihn erhoben würde. Susan und Neil Venables hielten einander umarmt und weinten, und auch Jon begann zu weinen. Sein Anwalt Laurence Lee hörte schweigend zu, als der Kriminalinspektor dem Jungen die Anklage in vereinfachter Form erläuterte.

Im Anschluß daran fuhr er in die Walton Lane, wo er Robert Thompson um 18 Uhr 40 die gleiche Eröffnung machte.

Phil Roberts hatte im Laufe seiner Dienstzeit viele Täter erlebt, die wegen schwerer Verbrechen angeklagt worden waren, aber dieser Fall lag gleichwohl weit außerhalb seiner Erfahrung. »Es war ein gutes Gefühl, daß wir die beiden hatten. Ich war überzeugt, daß dadurch viele andere Tragödien verhütet wurden. Meiner Ansicht nach hatten die Jungen noch viel Böses im Sinn. Daß sie James auf die Eisenbahnschienen gelegt hatten, sollte einen Unfall vortäuschen. Vielleicht wäre James Bulger noch am Leben, wenn es ihnen gelungen wäre, das erste Kind auf die Straße zu locken, um es überfahren zu lassen. Vielleicht hätten sie sich damit zufrieden gegeben.« Er schüttelte den Kopf. »Unglaublich, aber das war ihr Kitzel. Sie wollten jemand umbringen und wollten dem Mord den Anschein eines Unfalls geben. Sicherlich dachten sie, daß man James' Tod als einen Unfall ansehen würde. Mit zehn Jahren hatten sie wahrscheinlich noch nicht die Intelligenz, um die möglichen Weiterungen zu erkennen.«

Robert Thompson nahm die Nachricht von der Anklageerhebung anscheinend völlig unbekümmert auf. Er erwiderte einfach: »Es war Jon, der das getan hat.«

»Er hatte kein Problem mit der Anklageerhebung«, erinnerte sich Phil Roberts. »Ich glaube, er wußte, daß er im Fall einer Verurteilung ein besseres Leben haben würde als er es draußen hatte. Ich mußte daran denken, wieviel Leid und Elend dieser Junge verursacht hatte, und wenn ich auch nicht nach Hörnern auf seinem Kopf Ausschau hielt, so dachte ich in diesem Moment doch, daß er ein Teufel sei.«

Denise und Ralph Bulger wußten seit Donnerstagabend, daß zwei Jungen festgenommen worden waren. Jim Green von der Kriminalabteilung hatte sie über die Entwicklung in großen Zügen auf dem laufenden gehalten. Als sie am Freitagabend fragten, ob die Jungen noch immer in Haft seien, bejahte er und sagte zu ihnen: »Warten Sie ab, es sieht gut aus.«

James' Onkel Ray Matthews warf ihm vor, er wisse etwas, was er ihnen nicht verrate.

»Ray Matthews hatte aus dem langen Polizeigewahrsam der beiden Jungen seine eigenen Schlüsse gezogen«, erzählte Jim Green. »Den Samstag verbrachte ich zum größten Teil im Revier und wartete auf die Genehmigung, der Familie die bevorstehende Anklageerhebung zu melden. Als ich hörte, daß im *Liverpool Echo* schon ein Artikel darüber erschienen sei, sagte ich Ray Matthews alles. Er war erleichtert. Später am Nachmittag, als die endgültige Entscheidung gefallen war, fuhr Kriminalkommissar Albert Kirby mit Kriminaloberinspektor Geoff MacDonald und Jim Green zu Denise und Ralph Bulger. »Wir hielten es für angemessen, daß der Leiter der Ermittlungen ihnen die Nachricht selbst überbringen sollte. Ich bin sicher, daß sie es zu würdigen wußten«, sagte Jim Green, »obwohl sie nicht viel Gemütsbewegung zeigten, als es ihnen mitgeteilt wurde. Sie machten eine schwere Zeit durch, und es war noch eine Menge Haß zu spüren.«

Sofort nachdem Robert Thompson eröffnet worden war, daß Anklage gegen ihn erhoben würde, unterrichtete man den Pressesprecher der Polizei, Inspektor Ray Simpson. Sein Telefon war nicht zur Ruhe gekommen, seit das *Liverpooler Echo* mit der Schlagzeile herausgekommen war, daß gegen die Jungen Anklage erhoben worden sei. Als man sich in der Redaktion zu dieser Meldung entschlossen hatte, war eine definitive Entscheidung noch nicht gefallen, obwohl inzwischen allen von uns, die den Fall verfolgten, offensichtlich war, daß bald etwas geschehen mußte, da die sechsunddreißigstündige Fristverlängerung der Polizeihaft früh am Sonntagmorgen auslief. Als Abendzeitung hätte das *Liverpooler Echo* die Meldung erst in der Montagabendausgabe bringen können, wenn die Redaktion nicht das Risiko eingegangen wäre; und glücklicherweise ging die Rechnung für sie auf. Vielleicht gab es in der Redaktionsetage einige verschwitzte Handflächen, als Stunde um Stunde ohne die ersehnte Bestätigung durch die Polizei verging, aber das war Berufsrisiko.

Ray Simpson rief mich wie verabredet an und bestätigte, daß die Jungen unter Anklage gestellt würden. Ich verständigte das Londoner Büro der Press Association, das die Meldung innerhalb von drei Minuten in alle Welt hinausgehen ließ.

Eine Batterie von Fernsehteams aus mehreren Ländern hatte das Polizeirevier Marsh Lane seit dem frühen Nachmittag belagert. Jedesmal, wenn Pressesprecher Ray Simpson in Sicht kam, wurden sämtliche Scheinwerfer eingeschaltet, bis er zur Schonung ihrer Batterien die Jacke auszog und versprach, sie könnten sicher sein, daß er ihnen nichts mitzuteilen habe, solange sie ihn in Hemdsärmeln sehen würden.

Nach seinem Anruf bei mir zog Ray Simpson sein Jackett an und ging hinaus auf die Eingangsstufen in den blendenden Schein der Kameralampen. Dort auf den Stufen verlas er die offizielle Bestätigung, daß die Jungen unter Anklage gestellt worden seien. »Albert Kirby hatte die Erklärung zuvor gelesen und gebilligt, und ich hatte ihm gesagt, daß er als Leiter der Ermittlungen hinausgehen und sie verlesen sollte. Er sagte, ihm wäre es lieber, wenn ich es täte. Es heißt ja, daß jeder seine fünfzehn Minuten Ruhm im Leben hat, und ich nehme an, das waren meine eineinhalb Minuten.«

Sean Sexton, der Anwalt der Familie Bulger, wartete hinter dem Polizeipressesprecher, um eine Erklärung zu verlesen, die er im Auftrag von Denise und Ralph Bulger vorbereitet hatte.

Seine Erklärung lautete: »Die Familie ist natürlich erleichtert über die erzielten Fortschritte, versucht aber noch immer, sich mit der Situation abzufinden und mit sich selbst ins reine zu kommen. Sie dankt der Polizei und der Öffentlichkeit für ihre Unterstützung, wünscht jedoch nicht, zu diesem Zeitpunkt weitere Erklärungen abzugeben und bittet die Medien, ihre Zurückhaltung zu respektieren.«

Im weiteren Verlauf dieses Abends gelang es Phil Roberts, Ann Thompson zu überreden, daß sie ihren Sohn im Arrestraum aufsuchen solle, um mit ihm zu sprechen. Wie Jon fand auch Robert, daß sein Arrestraum alle Bequemlichkeiten bot, die er von daheim gewohnt war. Er spielte mit seinen Karten und las in seinen Comicheften. Sein Verhalten schien sorglos und unbekümmert, als ob die Mordanklage kein Problem wäre. Es bedurfte einiger Überredung, bis Ann Thompson zu ihm hineinging. Sie wollte mit dem Jungen nichts mehr zu tun haben, und selbst als sie bei ihm war, konnte sie kaum ein Wort für ihn finden.

Phil Roberts, ein Witwer mit zwei halbwüchsigen Töchtern, nahm den Dank der Vorgesetzten für seine Bemühungen ohne jedes Gefühl von Euphorie entgegen. Wenn in einem Mordfall Anklage gegen den oder die Tatverdächtigen erhoben wurde und der Fall für die Mordkommission als abgeschlossen gelten konnte, wollte es die Tradition, daß der Fahndungserfolg gefeiert wurde. Diesmal war niemandem zum Feiern zumute. Die Stimmung unter den Kriminalbeamten war an diesem Wochenende wie die Stimmung überall an der Merseyside, düster und gedankenvoll. Am Abend wurden in der Kantinenbar des Reviers Marsh Lane jedoch ein paar Gläser spendiert, und Oberinspektor Ray Walker sorgte dafür, daß Phil Roberts nach Haus gefahren wurde.

Er weiß noch, daß er daheim vor dem Fernseher saß, als seine Tochter Shan einen Anruf von seiner Mutter entgegennahm. »Er starrt bloß den Fernseher an«, sagte sie. »Ich glaube nicht, daß er dabei etwas sieht.«

»Shan war sehr aufmerksam, mehr als gewöhnlich, weil ich so still war«, erinnerte sich Phil Roberts. »Die Mädchen möchten immer alles wissen, aber ich konnte es ihnen nicht sagen. Ungefähr einen Monat lang mußte ich immer daran denken, wenn ich zu Bett ging oder allein war. In Gedanken ging ich die Vernehmungen durch und fragte mich, ob ich es richtig angefangen hatte, ob ich daran gedacht hatte, dies zu sagen oder das zu fragen.«

Wenn die Arbeit es zuließ, fuhr Phil Roberts die meisten Wochenenden in sein Heimatdorf Penybontfawr nicht weit vom Vyrnwy-See in der Grafschaft Montgomeryshire. Dort wohnte er in der Familienfarm, die der Bruder von seinem Vater übernommen hatte, oder bei seiner Mutter in einem Nachbardorf. Es war ein winziger ländlicher Ort mit einem walisischen Namen, der »Ende der großen Brücke« bedeutet. Phil Roberts fühlte sich dort zu Hause und hatte die Absicht, nach seinem Ausscheiden aus dem Polizeidienst den Ruhestand in dieser Gegend zu verbringen. Er spielte Rugby in der zweiten Mannschaft für Welshpool. Dort nannten sie ihn »den alten Mann« oder »Opa«, aber mit zweiundvierzig war er in seiner Mannschaft immer noch Spieler des Jahres. Dies war sein Ventil und sein Ausgleich für die psychischen Belastungen seines Berufes. Eine Woche nach der Anklageerhebung gegen Robert und Jon war er wieder unten in Wales und nahm an einem Auswärtsspiel der zweiten Mannschaft von Welshpool teil. Auf der Heimfahrt machte die Mannschaft unterwegs halt, um den ersten Durst zu löschen, und nach der Ankunft im Vereinslokal ging er mit seinen Mannschaftskameraden aus und ließ sich ernstlich vollaufen.

Dave Tanner erinnerte sich lebhaft daran, wie Michelle Bennett an dem Freitagabend der letzten Vernehmungen während der Rückfahrt zum Polizeirevier Marsh Lane unter dem emotionalen Streß zusammenbrach und weinte. Es war ihr Geburtstag. In einem Versuch, ihre Stimmung zu heben, kaufte er ihr eine Flasche Wein, aber sie wollte nur nach Haus zu ihren Kindern.

Dave Tanner hatte eine neunzehnjährige Tochter, die an der Universität Liverpool studierte, und siebzehnjährige Zwillinge, die noch in die Schule gingen. Als er an diesem Abend nach Haus kam, saß seine Frau Diane im Wohnzimmer, und eine seiner siebzehnjährigen Töchter war am Telefon. Er ging auf sie zu, legte die Arme um sie und drückte sie an sich, daß es ihr die Luft aus der Lunge preßte.

»Wenn man als Kriminalbeamter eine Menge Dienstjahre auf dem Buckel hat, versucht man zu verbergen, was einen bedrückt, und das taten wir alle, aber hier wurde es trotzdem offensichtlich«, sagte Dave Tanner. »In diesem Fall gab es keine Hochstimmung, kein Gefühl von ›Wir haben sie!‹ Die Atmosphäre war wie abgestorben. Meine Frau und meine Kinder sind die einzigen, die mich so sehen, wie ich wirklich bin. Bei der Arbeit zeige ich meine Gefühle nicht, aber daheim tue ich es. Ich konnte mit Diane reden, aber in einem Fall wie diesem würde ich nicht im Traum daran denken, ihr von den schrecklichen Mißhandlungen zu erzählen, die diesem Kind zugefügt wurden. Man verschließt es in sich. Am Sonntag rief ich meinen Partner von der Kriminalpolizei St. Helens an, und er und seine Frau kamen zu uns. Wir sind eng befreundet. Er und ich unternahmen einen Spaziergang und landeten in einer Wirtschaft, und ich erzählte ihm alles. Er hatte eine Tochter in James' Alter, und er hörte mir zu. Er war mein Ventil. Man muß sich so etwas von der Seele reden können, aber diesmal war es schwierig.«

George Scotts Frau Elizabeth, eine Lehrerin, die damals ihr erstes Kind erwartete, gab ihm die Unterstützung, die er nötig hatte. Auch seine Schwägerin, ebenfalls bei der Kriminalpolizei, war ihm eine große Hilfe. »Es hat jeden einzelnen von uns betroffen gemacht. Es ist etwas, was ich nie vergessen werde, und es bringt mich immer wieder aus der Fassung«, sagte George Scott. »Ich habe das Bild von diesem Kind auf dem Bahndamm vor Augen, und es wird mich für den Rest meines Lebens verfolgen. Daran gibt es keinen Zweifel. Ich bin überzeugt, daß sie ihn beide töteten. Wer ihm tatsächlich den tödlichen Schlag oder Tritt versetzte, wird wohl nie geklärt werden können, aber sie schlugen und traten ihn beide, bis er tot war. Was ich nicht verstehen kann, ist, was in aller Welt zwei Zehnjährige dazu verleiten konnte, diese Tat zu begehen. Es wäre gut, es zu wissen, der Sache auf den Grund zu kommen, so daß eine Wiederholung verhütet werden kann. Wie können zwei Jungen in so kindlichem Alter ein Stadium so tiefer sittlicher Verwahrlosung und asozialer Enthemmung erreicht haben, daß sie zu dieser Tat fähig waren?«

9

Die Fragen, die George Scott keine Ruhe lassen, beunruhigen uns alle. Wir wissen – zu unserem kollektiven Entsetzen und unserer andauernden Fassungslosigkeit – wer James Bulger tötete, und wie es geschah. Zu verstehen, warum, ist sehr viel schwieriger.

Anwälte und Psychiater verbrachten die Monate zwischen der Verhaftung und dem Gerichtsverfahren gegen Robert Thompson und Jon Venables mit Bemühungen, die Hintergründe zu verstehen. Vieles von dem, was dabei vorging, werden wir in der Außenwelt niemals erfahren. Ihr Umgang mit den Jungen bleibt verborgen hinter den schützenden Vorhängen von Berufsethos und gesetzlicher Schweigepflicht. Robert und Jon sind unzweifelhaft ausführlich untersucht und analysiert worden. Man wird ausführliche und vertrauliche Gutachten verfaßt haben. Doch selbst der Zugang, den diese Spezialisten zu den beiden Jungen sicherlich gefunden haben, wird nicht unbedingt die Fragen, die zu dem Fall auftauchen, zur Zufriedenheit beantworten können. Fachleute, mit denen ich gesprochen habe, sagten mir, es könne Monate und sogar Jahre dauern, bis die Schichten von Geheimhaltung und Gestörtheit hinreichend abgetragen wären, um zum Kern ihrer Motivation zu gelangen. Es ist also mehr als wahrscheinlich, daß wir niemals wirklich Klarheit erlangen können.

Bei dem Versuch, die Ursachen dieses furchtbaren Verbrechens zu ergründen, befand sich George Scott gegenüber den meisten von uns im Vorteil. Er verbrachte drei Tage in einem Vernehmungsraum mit einem dieser zehnjährigen Mörder und war an seiner sorgfältigen und gewissenhaften Befragung beteiligt. Aber selbst er, ein geübter und erfahrener Verhörspezialist, blieb frustriert und unbefriedigt.

Wir, die Öffentlichkeit im weitesten Sinne, haben keine Gelegenheit, mit diesen Jungen zu sprechen. Sollte es Ihnen oder mir gelingen, die schützenden Mauern des Staates zu durchdringen und in einem Zimmer mit ihnen zu sitzen, so würden wir nach allen Fragen und Antworten wahrscheinlich auch nicht viel klüger sein als zuvor. Diese furchterregenden kleinen Kinder bergen Geheimnisse in ihrem Inneren, die sie vielleicht nicht einmal sich selbst eingestehen wollen.

Wir können versuchen, die Tatsachen jenes schrecklichen Tages zu analysieren und die Anleitung von Fachleuten zu suchen, um wenigstens zu einigen intelligenten Vermutungen zu gelangen. Es ist äußerst ungewöhnlich, daß Kinder in diesem zarten Alter imstande sind, einen anderen Menschen zu töten. Aber vieles in ihrem Verhalten stimmt überein mit Verhaltensmustern, die jenen vertraut sind, welche solche Verbrechen bei Jugendlichen und Erwachsenen studiert haben.

Der 12. Februar war der letzte Tag vor den Schulferien in der Mitte des Trimesters. Der letzte Schultag vor den Ferien ist unter Kindern, die dazu neigen, sich dem Unterricht zu entziehen, der beliebteste Tag, um die Schule zu schwänzen. Kinder haben vielfach eine kurze Aufmerksamkeitsspanne für die Folgen ihres Handelns. Wenn man die Schule schwänzt und braucht eine ganze Woche nicht wieder hinzugehen, scheint das Risiko der unvermeidlichen Schelte so gering, daß man es eingehen kann. Vielleicht, so die Logik des Kindes, wird es bis dahin sowieso vergessen sein.

An diesem Freitagmorgen sah ein kleines Mädchen, das dieselbe Schulklasse besuchte, Robert und Jon in der Nähe eines Wein- und Spirituosengeschäfts, als sie auf dem Schulweg war. Die Jungen rannten in eine Einfahrt, die von der Richtung der Schule wegführte. Sie meldete der Klassenlehrerin, was sie gesehen hatte, und dann der Schulleiterin, die ihrerseits die Jugendabteilung des Sozialamtes verständigte und Mrs. Venables anrief, aber keine Verbindung bekam.

Mr. Venables berichtete: »Jon war an diesem Morgen ganz fröhlich zur Schule gegangen, weil er für die Dauer der Ferien Rennmäuse mit nach Haus nehmen durfte. Ich ging zur Schule, sah ein kleines Mädchen mit den Rennmäusen herauskommen und fragte sie: ›Wo ist Jon?‹ Eine Serviererin der Schulspeisung kam dazu und sagte: ›Er ist nicht hier. Er wird seit heute morgen vermißt.‹«

Am Nachmittag um 15 Uhr 15 sollte Mr. Venables zur Schule kommen und seinen Sohn am Tor abholen.

Wie die Jungen den Vormittag verbrachten, ist unklar, aber die Überwachungskameras des Strand-Einkaufszentrums registrierten ihre Anwesenheit zum erstenmal um 12 Uhr 23. Ungefähr um diese Zeit trafen sie auf Mrs. Diane Power, eine siebenundzwanzigjährige Mutter, die mit ihrem lebhaften kleinen Sohn und ihrer Tochter einkaufen war. Mrs. Power hatte in einem Sportartikelgeschäft eine Trainingshose als Geschenk zum Valentinstag für ihren Mann gekauft. Nachdem sie ein paar andere Geschäfte aufgesucht und haltgemacht hatte, um die Kinder auf einem Giraffen-Spielgerät vor einem Zeitschriftenladen reiten zu lassen, gingen die drei weiter ins Kaufhaus T.J.Hughes. Robert und Jon waren bereits dort, als die Familie eintraf.

Diane Power stand an einem Verkaufsständer mit Sweatshirts und sah, wie es ihre beiden Kinder zu den zwei Jungen hinzog. Einer von ihnen kniete nieder, und als sie näherkam, hörte sie ihn seinem Freund zurufen: »Sollen wir eins von diesen nehmen?« Zu dem Zeitpunkt argwöhnte sie, daß die Jungen darauf aus waren, eine Geldbörse zu stehlen. Im nachhinein fragte sie sich, ob sie tatsächlich eines von ihren Kindern gemeint hatten.

Als Mrs. Power sich ihnen näherte, erstarrten Robert und Jon und wurden still. »Meine Zwei schauten den Jungen an, der bei den Geldbörsen stand«, erinnerte sich Mrs. Power. »Als er merkte, daß ich da war, ließ er die Arme sinken und vermied es, mich anzusehen. Ich hatte sie für gewöhnliche Jungen gehalten, aber sehr nett fand ich sie nicht.«

Diane Power nahm ihre Kinder mit, um sich vor der Kasse anzustellen, aber ihr Sohn war fasziniert von den Jungen und lief wieder zu ihnen hinüber. »Dreimal verließ ich die Schlange, um ihn zurückzuholen«, erzählte sie. »Ich konnte ihn nicht die ganze Zeit an der Hand halten und mußte jedesmal Leute bitten, mir den Platz in der Schlange freizuhalten.

Als ich dann zahlte, verschwand er. Ich fragte meine kleine Tochter, wo er sei, und sie sagte: ›Er ist mit den Jungen hinausgegangen.‹ Ich ging zum Verkaufstisch, wo die Geldbörsen waren, und blickte in die Gassen zwischen den Verkaufstischen, konnte ihn aber nicht sehen. Nun geriet ich in Panik. Wo kann er nur sein? dachte ich immer wieder. Dann lief ich zur Tür und aus dem Geschäft. Meine Tochter hatte ich fest an der Hand, aber der Junge war nicht zu sehen.

Dann bekam ich ihn ganz zufällig einen Augenblick zu Gesicht, wie er um ein paar Bänke herumlief. Er rannte sehr schnell. Wenn ich nicht in genau diesem Augenblick in seine Richtung geschaut hätte, würde ich ihn nicht entdeckt haben. Als ich näherkam, sah ich einen der Jungen ein Stück laufen und stehenbleiben, dann wieder laufen und wieder stehenbleiben. Er verleitete meinen Jungen dazu, ihm zu folgen. Dann sprang er hinter einen dicken Mast und umarmte ihn. Eine Hand hatte er ausgestreckt und winkte meinem Jungen zu. Ich fragte mich, was das zu bedeuten habe und rief meinem Sohn zu, er solle kommen. Ich rief und rief, aber er folgte nicht und schien wie in Trance; die Jungen interessierten ihn mehr als ich. Für ihn war es ein Spaß. Sie rannten und blieben stehen, und er holte auf. Nichts als ein großes Spiel.

Dann, als ich gelaufen kam und rief, hörte der Junge auf, ihm zu winken und sagte: ›Geh zurück zu deiner Mama.‹ Das brachte mich aus der Fassung. Ich wußte nicht, wie ich mich verhalten sollte. Der Junge war überrascht gewesen, mich auftauchen zu sehen. Er war ein nett aussehender Bursche und lächelte die ganze Zeit.

Mein Sohn kam zurück zu mir, und ich schimpfte ihn aus, schüttelte ihn und sagte: ›Was fällt dir ein, einfach davonzulaufen?‹«

Die Jungen verschwanden bereits und machten sich durch einen anderen Laden davon. Verwirrt und erleichtert wußte Diane Power nicht, was sie von dem Vorfall halten sollte. »Ich dachte, sie wollten sich einen Spaß mit ihm machen, daß er sich in der Passage verlaufen würde«, sagte sie. Sie überlegte, ob sie den Vorfall melden oder den Jungen nachgehen sollte, dachte aber, daß sie wahrscheinlich mit ihren Eltern im Einkaufszentrum wären und daß die ganze Geschichte mit einem Streit enden würde. Ihr kleiner Junge war noch immer sehr unruhig, und Mrs. Power steckte der Schreck noch in den Gliedern; so beschloß sie schließlich, ihre Kinder nach Haus zu bringen.

Wie so viele andere, die den Jungen an diesem Tag begegneten, haben die schrecklichen Worte »wenn nur« Diane Power seither gequält. Wenn sie nur die Polizei oder die Sicherheitskräfte des Einkaufszentrums benachrichtigt hätte! Aber sie konnte zu dem Zeitpunkt nicht ahnen, was diese Jungen Schreckliches vorhatten. »Ich dachte, die Jungen wären nach Haus gegangen und wußte nicht, daß sie sich den ganzen Tag dort herumtrieben«, sagte sie. »Ich tat wirklich mein Bestes. Hätte der Junge nicht gesagt: ›Geh zurück zu deiner Mama‹, ich glaube, ich hätte mehr unternommen, aber er sagte das ganz deutlich. Die beiden liefen nicht einmal weg.«

Das Eingeständnis der Jungen, daß sie vorgehabt hatten,

den Kleinen auf die Straße hinauszulocken, um ihn von einem Wagen überfahren zu lassen, ist schlimm genug. Aber es mag noch mehr schreckliche Bosheit in ihren Plänen gewesen sein.

»Sie hatten es auf meinen Jungen abgesehen«, erinnerte sich Diane Power schaudernd. »Ich weiß nicht, ob sie mir nachgegangen waren. An diesem Tag stand ich unter ziemlichem Druck, denn ich hatte den Kinderwagen nicht bei mir und mußte bei meinen Einkäufen ständig auf die beiden achtgeben. Ich weiß genau, wie Denise an diesem Tag zumute war, als sie James suchte. Als ich später das Videobild von James mit den beiden sah, war mir, als müßte ich ihn aufheben und an mein Herz drücken und sagen: ›Geh nicht.‹ Ich wünschte, ich hätte mehr tun können. Es waren wirklich schlaue kleine Burschen, richtig gerissen. Sie wußten genau, was sie taten. Ich kann es noch immer nicht glauben. Mein Sohn spielt gern mit älteren Jungen. Ich dachte, er spiele bloß mit ihnen, aber ich hätte mein Kind fast in eine Todesfalle geraten lassen.

Danach schliefen die Kinder die ersten drei Wochen jede Nacht bei mir. Ich mußte sie bei mir haben. Mein Mann und ich verloren sehr schnell die Beherrschung mit ihnen, wenn sie versuchten, sich zu entfernen. Die beiden Kinder sind unzertrennlich. Es war meine Tochter, die mich auf das Verschwinden ihres Bruders aufmerksam machte. Ihr Papa nahm sie hinterher auf den Arm und sagte: ›Weißt du, was du getan hast? Du hast deinem Bruder das Leben gerettet.‹ Ich glaube, sie werden jetzt für den Rest ihres Lebens aufeinander achtgeben.

Wer könnte ein so kleines Kind mißhandeln und töten? Es fällt schwer zu glauben, daß die Täter selbst noch Kinder sind. Ich danke Gott, daß mein Sohn überlebte. Ich will nicht sagen, daß ich Glück hatte, denn ich weiß nicht, ob es Glück oder ein Wunder oder was sonst war. Ich wünschte nur, sie wären nie an James herangekommen und es wäre nie geschehen. Ich kann sehr tief empfinden, was seine Eltern durchgemacht haben. Es ist bloß einem gütigen Geschick zu verdanken, daß es nicht unser Junge war.«

Schon dieser Zwischenfall ist ein klarer Beweis für vorsätzliches und geplantes Handeln. Aber das ist noch lange nicht alles. Nach James' Entführung und Ermordung meldete sich ein Büroangestellter bei der Polizei, der jeden Tag im Strand sein Mittagessen einnahm und eines Tages gegen Ende Januar zwei Jungen beobachtete, die ins Schaufenster des Kaufhauses T.J.Hughes blickten. Er beschrieb sie als aufgeregt und sehr lebhaft und sah, wie einer von ihnen an die Glasscheibe klopfte, um ein Kleinkind im Inneren des Geschäfts aufmerksam zu machen. Er winkte das Kind zu sich, das auch ein paar Schritte zur Tür ging, aber dann zu seiner Mutter zurückkehrte, worauf die beiden Jungen davonliefen. Der Mann beschrieb sie als Robert und Jon sehr ähnlich, und etwas später identifizierte er bei einer Gegenüberstellung mit einer Anzahl festgenommener Jugendlicher erfolgreich Jon.

Vergessen wir nicht den Vorfall, als Robert und ein anderer Junge Roberts jüngeren Bruder zum Strand brachten und das ängstliche Kind am Kanal aussetzten. Konnte hinter diesem Vorfall mehr gesteckt haben?

Ein weiterer Faktor ist Jons erregtes, seltsames Benehmen in der Klasse am letzten Schultag, einen Tag vor dem Mord, das schlimmste, undisziplinierteste Benehmen, an das seine Lehrerin sich von ihm erinnern kann. War dies ein Hinweis auf seine innere Spannung bei der Aussicht, einen bösen Plan auszuführen?

David Glasgow ist Dozent für gerichtsmedizinische Psychologie an der Universität Liverpool und praktiziert auch im Ashworth-Sonderkrankenhaus in Maghull bei Liverpool. Ashworth ist eines von vier Sonderkrankenhäusern im Land, in denen die gefährlichsten Mörder und Psychopathen unter Hochsicherheitsbedingungen untergebracht und behandelt werden. Der Moors-Mörder Ian Brady ist Ashworths berüchtigtster Insasse. Mr. Glasgows Spezialgebiet sind jugendliche Straftäter, insbesondere jugendliche Sexualverbrecher. Wir sprachen vor dem Gerichtsverfahren im Juni miteinander.

Er ist überzeugt, daß die erwähnten Faktoren darauf hindeuten, was er in solch einem Fall zu finden erwarten würde, nämlich eine Ereignisfolge, die zur Verübung ihres letzten furchtbaren Verbrechens hinführte. »Eigentlich gibt es nicht das, was man als ein motivloses Verbrechen bezeichnen würde. Das Verhalten ist fast immer geplant«, sagte er.

»Was an dem Fall interessant ist, ist die Tatsache, daß sie gemeinsam handelten, was nach meiner Erfahrung die Abnormität der beteiligten Individuen reduziert. Wenn eine Person allein eine Tat wie diese verübt, muß sie sehr bizarr sein. Die Verhaltensweisen einiger der schlimmsten dokumentierten Mörder sind gekennzeichnet von einer Isolation und einem Gefühl von Absonderung, die bis weit in ihre Kindheit zurückreichen.

Wenn Kinder zusammen handeln, insbesondere vor und während der Pubertät, begehen sie oft sehr schlimme Verbrechen, die Ermordung von Menschen nicht ausgenommen. Oft sind alte Menschen die Opfer dieser Kinder.

Es hört sich für mich so an, als hätte es wahrscheinlich wenn nicht einen Plan, so doch einen ersten Probeablauf gegeben. Wenn Sie mit einer Person sprechen, die etwas Schreckliches getan hat und als Psychologe fragen: ›Wann wußten Sie zuerst, daß es geschehen wird, und wann dachten Sie, daß es geschehen könnte?‹ dann sind das Fragen, die im Gerichtsverfahren nie gestellt werden, die aber die interessantesten sind.

Es wird eine Art Probeablauf gegeben haben. Sie mögen andere Taten verübt haben; Tierquälerei würde wahrscheinlich sein, sie ist oft die Vorstufe zu den sadistischsten Morden. Es kommt relativ häufig vor, daß Kinder, die im weiteren Verlauf jemanden töten, oft entsetzlich grausam zu Tieren sind.«

So scheint es möglich, daß Robert Thompson und Jon Venables ihr Verbrechen über Tage, Wochen oder sogar Monate hinweg zusammen diskutierten und planten. Wir wissen jetzt von Zeugen und den Aufzeichnungen der Videokameras, daß die Jungen mehrere Stunden jenes Freitagnachmittags damit verbrachten, daß sie am Strand herumlungerten und vermutlich auf die nächste Gelegenheit zum Zuschlagen warteten. Sie stahlen Farbdosen aus dem Toymaster-Geschäft und eine Packung Batterien bei Tandy. War ihr Gebrauch – in welcher Form auch immer – bei der Mißhandlung ihres Opfers Teil des ursprünglichen Planes? Vielleicht werden wir es nie erfahren, aber es ist wahrscheinlich.

Das Filmmaterial der Überwachungskameras zeigt Robert, wie er um 15 Uhr 16 auf eine dreiundachtzigjährige Frau zulief und ihr auf die Schulter klopfte. Sie erinnerte sich, daß sie beide Jungen gescholten hatte, weil sie an einem Informationsstand, wo Flugblätter über Beruhigungsmittel verteilt worden waren, herumspielten und Unfug trieben. Weil sie von ihrem Tun nicht abließen, schalt die alte Frau sie und sagte, sie gehörten in die Schule. Sie jagte sie vom Stand fort, und einer von ihnen rief ihr etwas zu, aber sie war schwerhörig und verstand nicht, was er sagte.

Eunice Gray, dreiundsechzig, stand um 15 Uhr 30 neben der Metzgerei vor einem Schaufenster des Kaufhauses T.J.Hughes, als sie einen metallischen Schlag hörte. Sie sah, daß zwei Jungen, die vor einem anderen Schaufenster standen, eine kleine Farbdose hatten fallen lassen. Etwas Farbe war herausgespritzt. Mrs. Gray war drauf und dran, stehenzubleiben und mit ihnen zu sprechen, weil sie sich sorgte, daß jemand in die Farbe treten könnte, aber dann ging sie in die Metzgerei und sah die beiden nicht wieder.

Auch eine andere Käuferin, Janet Meyer, fünfunddreißig, sah, wie die Jungen die Farbdose fallen ließen und ging dann in die Metzgerei. Sie stellte sich bei den Wurstwaren hinter Nicola Bailay an und sah Denise hereinkommen, die sagte: »Ich kann ihn draußen nicht finden.«

Die Aufnahmen der Videoüberwachung verraten uns die genaue Abfolge der Ereignisse. Es war 15 Uhr 39, als James gefilmt wurde, wie er die Metzgerei verließ und zu den Jungen hinüberblickte. Um 15 Uhr 40 ist Denise vor dem Eingang der Metzgerei zu sehen und beginnt ihre hektische Suche. Um 15 Uhr 41 befindet sich James im Obergeschoß des Einkaufszentrums und überquert mit den beiden Jungen den Mons Square im Passagenbereich. Inzwischen ist Denise unterwegs zum Büro des Sicherheitsbeauftragten, um ihn als vermißt zu melden. Um 15 Uhr 42, drei Minuten nach dem Verlassen der Metzgerei, passieren James und die Jungen das Mothercare-Geschäft und biegen nach links zum Ausgang der Passage ab. Um 15 Uhr 43 verlassen Robert Thompson und Jon Venables das Einkaufszentrum durch die Tür bei Marks and Spencer. Vier Minuten und zehn Sekunden waren alles, was sie brauchten, um ihn fortzulocken, das Einkaufszentrum zu durchqueren und auf die Stanley Road zu gelangen. Zeugen bestätigen den Eindruck, den die Videoaufzeichnungen vermitteln, daß James, ein vertrauensvolles Kind, das gern in Gesellschaft seiner älteren Vettern war, an der Hand der Jungen herumhopste. In dieser Zeit hatte Denise ihre erste hastige Suche unternommen und im Büro des Sicherheitsbeauftragten sein Verschwinden gemeldet. Was hätte sie mehr tun können? Robert und Jon hatten gut geplant.

James brauchte nicht lange, um zu merken, daß etwas nicht stimmte. Er war nicht gern länger von seiner Mutter getrennt. Sein Onkel Ray Matthews erinnerte sich, daß er Denise, Ralph und James einmal in eine Zahnklinik nach Liverpool gefahren hatte. Er ging zurück zum Wagen, um Zigaretten zu holen, und nahm James mit sich. »Auf halbem Weg zum Wagen fing er an, nach Mama und Papa zu fragen. Plötzlich wurde er regelrecht hysterisch, dabei kannte er mich sehr gut. Was mag ihm durch den Kopf gegangen sein, als er weggebracht wurde?«

Eine Frau sah in der Stanley Road, unweit von Marks and Spencer, zwei Jungen, die ein Kind zwischen sich führten. Das Kind weinte und ließ den Kopf hängen. Sie konnte sein Gesicht nicht sehen, hörte aber einen der Jungen zu ihm sagen: »Fehlt dir was?« Die Frau war im Begriff, das Postamt zu betreten, als sie die Jungen am Eisengeländer sah, das zum Kanal führte. Sie hörte einen der Jungen sagen: »Willst du hier entlang?«

Eine andere Frau, die über die Kanalbrücke auf der Stanley Road kam, sah ein äußerst unglückliches kleines Kind am Ufer des Kanals. Drei oder vier andere Kinder standen in seiner Nähe, und sie nahm an, daß alle zusammengehörten und schaltete sich nicht ein. Wir wissen von den polizeilichen Vernehmungen der Jungen, daß anscheinend ein Versuch gemacht wurde, James in den Kanal zu werfen, doch weil er sich nicht über das Wasser beugen wollte, wurde er zu Boden gestoßen und trug eine Abschürfung an der Stirn davon.

Nachdem sie vom Kanal wieder zum Gehsteig hinaufgestiegen waren, führten die Jungen James über die verkehrsreiche Stanley Road und die Park Street hinauf, von der sie nach rechts in die Litherland Road und dann nach links in die Langdale Street abbogen. Sie überquerten einen Parkplatz, überstiegen eine Mauer vor dem Gelände der Merton Towers und eine weitere Mauer vor der Merton Road. Ihr Weg führte sie dann in die Oxford Road, wo sie von einer Überwachungskamera aufgenommen wurden.

Mark Pimlett, fünfundzwanzig, fuhr die Merton Road entlang und mußte vor der Einfahrt in den Verkehrskanal vor der Oxford Road in einer Autoschlange warten. Sein Blick fiel auf drei junge Mädchen in kurzen Röcken, die zum Verkehrskreisel gingen. Als sein Wagen die Einfahrt in den Verkehrskreisel erreichte, blickte er nach links und sah Jon und Robert mit James. »Sie standen zu beiden Seiten von ihm, und die älteren Jungen hielten den jüngeren bei den Armen«, sagte er der Polizei. »Sie hielten ihn an den Armen fest und zerrten ihn mit sich. Das Kind wiederum lehnte sich zurück, als ob es nicht mit ihnen gehen wollte. Ich würde sagen, daß ich sie den Jungen mit sich ziehen sah, bis ich weiterfahren mußte. Ich konnte sehen, daß der kleine Kerl weinte, weil sein Gesicht rot und geschwollen aussah. Ich dachte, einer müsse ein älterer Bruder sein, der ihn mit einem Freund nach Haus brauchte; so sah es wenigstens aus, als ich wegfuhr. Dann kam ich in den Verkehrskreisel und blickte in den inneren Rückspiegel, um den Verkehr hinter mir zu beobachten, dabei sah ich im Spiegel, wie der Bursche in der schwarzen Kleidung den kleinen Jungen unter dem rechten Arm in die Rippen stieß. Er stieß ihn mit dem linken Fuß. Es war kein richtiger, kräftiger Fußtritt, sondern mehr als Aufforderung gedacht. Beide

Burschen hielten den kleinen Jungen bei den Armen, der sich weiter sträubte und nicht in die Richtung wollte, in welche die älteren Jungen gingen. Das hatte auf mich die unmittelbare Wirkung, daß ich zu mir sagte: ›Der wird noch mal ein richtiger Nichtsnutz.‹«

Sie trugen oder zogen James die Oxford Street hinauf, wo sie nach rechts in die Southport Road bogen und einen Fußgängerüberweg zur anderen Seite nahmen. Dann gingen sie in Richtung Liverpool, überquerten die Straße und bogen dann nach links. Eine Frau, die mit ihrer elfjährigen Tochter im Bus fuhr, sah das Trio in Breeze Hill. »Jeder von den beiden hatte den Kleinen an einer Hand, und sie schwangen ihn durch die Luft vor und zurück«, sagte sie der Polizei. »Obwohl die beiden Jungen ungefähr neun Jahre alt waren, schwangen sie den Kleinen ziemlich hoch. Wegen des Verkehrs konnte ich nicht sehen, ob der Kleine hinfiel, aber als ich das nächste Mal schaute, schwangen sie ihn wieder hoch. Ich dachte, die beiden Jungen seien Brüder, die mit dem Kleinen spielten. Ich hatte nicht das Gefühl, daß sie grob mit ihm umsprangen, weil ich zu meiner Tochter sagte: ›Was für Eltern muß der haben, daß sie ihn mit den Großen draußen spielen lassen? Sie werden ihm noch weh tun. Wenn sie nach Haus kommen, wird es Ärger geben.‹«

Robert und Jon erreichten dann mit James das Reservoir in Breeze Hill. Es wird geschätzt, daß es inzwischen 16 Uhr 20 war, die Zeit, als das Sicherheitspersonal im Einkaufszentrum die Polizei von James' Verschwinden benachrichtigte. Jetzt waren sie schon fast eine Meile vom Einkaufszentrum entfernt. Die Jungen führten James die Stufen hinauf und um das eingezäunte Gelände. Eine Frau in der benachbarten Stuart Road sah Jon Venables mit James aus dem Wohnzimmerfenster ihres Hauses. Er hielt ihn bei den Schultern, nahe am Hals, und die Frau sah, wie er James sehr kräftig schüttelte, möglicherweise, um ihn zur Ruhe zu bringen.

Eine ältere Frau, die mit ihrem Hund am Reservoir spazierenging, wie sie es regelmäßig zu tun pflegte, beobachtete James mit beiden Jungen. Das Kind schluchzte, und die Frau fragte die älteren Jungen, was vorgehe. Einer von ihnen sagte, sie hätten den Kleinen gerade unten an der Böschung gefunden. Die Frau konnte zwei Beulen mit Abschürfungen an James' Stirn sehen und sagte zu den Jungen, man solle diese Verletzungen behandeln. Sie versicherten ihr, daß sie ihn zu einem Polizeirevier bringen würden und führten James die Treppen vom Reservoir wieder hinunter nach Breeze Hill hinein, wo sie in die Stuart Road einbogen und ihr bis zur Einmündung in die County Road folgten.

Die County Road ist eine verkehrsreiche Ausfallstraße, die von Liverpool durch Walton führt und von Geschäften gesäumt ist. Erstaunlicherweise gingen Robert und Jon mit ihrem verwirrten kleinen Gefangenen in mindestens zwei Läden. Zuerst betraten sie kurz nach fünf ein Heimwerkergeschäft und fragten den Eigentümer, wo der nächste Süßigkeitenladen sei, weil sie für ihren Bruder welche kaufen wollten. Der Ladeninhaber bemerkte, daß James »etwas unglücklich« schien. Dann gingen sie in eine Zoohandlung, wo sie einen Schlammpeitzger-Wetterfisch betrachteten, der am Grund seines Aquariums lag.

Vielleicht war es der Sinn dieser Ablenkungen, James zu beruhigen, da die Straße von Passanten belebt war. Was immer die Absicht war, es scheint, daß Kummer und Erschöpfung James' Widerstand inzwischen gebrochen hatten. Die Jungen brachten ihn über die County Road und bogen in eine Seitenstraße, liefen an ihrem Ende nach links in die Dunbar Street und kurz darauf rechts in die Church Road. Als sie durch diese Nebenstraßen von Walton zogen, die besonders Robert vertraut waren, begegneten sie zwei älteren Jungen. Einer von ihnen, ein Zwölfjähriger, kannte Robert.

»Der kleine Junge sah traurig aus und schien geweint zu haben. Er hatte eine kleine Beule mit kleinen roten Pünktchen und Strichen darauf«, erinnerte sich der Zwölfjährige.

»Was ist ihm passiert?« fragte er Robert.

»Er ist hingefallen«, antwortete Robert.

»Wo?«

»Oben.« Der Junge dachte, Robert müsse gemeint haben, oben bei der County Road. Dann sagte Robert: »Unter dem Haar hat er auch was.«

Der Junge schaute hin und konnte unter James' Haar mehr »rote Punkte und Striche« sehen. »Wer ist das?« fragte er.

»Sein Bruder«, erwiderte Robert mit einer Kopfbewegung zu Jon.

»Wohin bringt ihr ihn?«

»Nach Haus.«

Der Junge überlegte, wie er sich verhalten sollte. Schließlich warnte er Robert: »Wenn ihr ihn jetzt nicht nach Haus bringt, hau ich dich durch.«

Robert und Jon trabten weiter, James noch immer im Schlepptau. Als nächstes bogen sie in die City Road, überquerten sie am anderen Ende bei der Eisenbahnbrücke und gingen wieder links in eine Durchfahrt, die parallel zur Bahnlinie verlief und sie zur Walton Lane brachte. An der Ecke City Road nahmen sie die Kapuze von James' Anorak und warfen sie auf einen Baum.

In der Durchfahrt begegneten sie einem zweiundvierzigjährigen Einheimischen, der die Familie Thompson kannte. Er ging mit Einkäufen aus einem nahegelegenen Supermarkt zur Walton Lane, als er auf die Jungen traf. Einer von ihnen lehnte sich an die Wand. James stand bei dem anderen Jungen und weinte. »Er schrie nicht, es war mehr ein Stöhnen oder Schluchzen«, erinnerte sich der Zeuge.

Der Junge, der neben dem Kleinen stand, blickte dem Mann direkt ins Gesicht und sagte: »Ich hab's satt, auf meinen kleinen Bruder aufzupassen. Es ist immer das gleiche mit ihm.« Als der Mann weiterging, blickte dieser Junge zu dem anderen an der Wand und sagte: »Ich nehme ihn nicht mehr mit.«

Ein vierzehnjähriges Mädchen ging mit seinem Vater nahe der Eisenbahnbrücke die Walton Lane entlang, eine sehr belebte Hauptstraße; der Ort dieser Begegnung war nur ein kurzes Stück von Polizeirevier Walton Lane entfernt. Das Mädchen beobachtete Robert und Jon, die James auf die Straße hinausstießen. Ihr kam es so vor, als ob James lachte. Ob das tatsächlich die Reaktion war, die er zeigte, ist eine Sache der Spekulation. Als einer der Jungen sie mit ihrem Vater kommen sah, hörten sie auf und kletterten mit James die Böschung des Bahndammes hinauf. Oben zwängten sie sich durch eine Zaunlücke und gelangten auf das Bahngelände.

Das Mädchen sah die drei Jungen als letzte Zeugin. Von diesem Augenblick an hatten Robert und Jon die Ungestörtheit der ruhigen, selten befahrenen Bahnstrecke, um ihr Verbrechen auszuführen.

Es ist schwierig, sich die Gemütsverfassung zu vergegenwärtigen, in der James sich zu diesem Zeitpunkt befand. Die schiere Anstrengung eines erzwungenen zwei Meilen langen Marsches durch ein Labyrinth von Nebenstraßen muß für seine kleinen Beine eine Tortur gewesen sein. Dazu kamen Schrecken und Kummer über die Trennung von seiner Mutter sowie die beängstigende Erfahrung, zum erstenmal in seinem Leben mit zwei älteren Kindern zusammenzutreffen, die alles andere als freundlich und beschützend waren. Wie sehr muß er sich nach einem vertrauten Gesicht gesehnt haben, nach irgend jemandem, der seinem Alptraum ein Ende machen und ihn in die Wärme und Geborgenheit seiner Familie zurückbringen würde!

Robert Thompson und Jon Venables war seine Not durchaus bewußt. In ihrer schlauen Niedertracht scheinen sie sie vorausgesehen zu haben, denn sie hielten für die Erwachsenen und die älteren Kinder, denen sie unterwegs begegneten, Erklärungen und Entschuldigungen bereit. Einen Plan auszuhecken war eine Sache; eine andere war es, ihn angesichts der Realität eines unschuldigen Kindes, das vor Kummer und Hilflosigkeit nicht ein noch aus wußte, gnadenlos auszuführen.

Jonathan Hill, Professor für Kinder- und Jugendpsychiatrie an der Universität Liverpool, findet, daß dieser Bereich des Verhaltens der beiden Jungen besonders schwierig zu akzeptieren sei. Ich machte ihn mit dem familiären Hintergrund der Jungen bekannt, und er fand vieles, besonders in Roberts Fall, was ziemlich schwere Verhaltensprobleme erklärte. Roberts »schlaue und manipulative« Wesensart ist eine verbreitete Erscheinung bei Kindern, die versuchen, angesichts eines häuslichen Lebens, wo Stimmungen und Verhalten der Eltern unabhängig vom Benehmen des Kindes schwierig vorauszusagen sind, eine gewisse Kontrolle über ihre Lebensumstände zu bekommen.

»Ein Kind mag manchmal aggressiv sein und manchmal durch Mittel, die wir manipulativ nennen können, Kontrolle über sein Leben erreichen. Nun tritt aber der Fall ein, daß seine aggressiven Impulse nicht kontrollierbar sind und niemand da ist, der für ihn die Kontrolle übernimmt«, sagte Professor Hill. »Das ist alles ziemlich verbreitet, aber hier besteht noch immer eine Lücke in unserem Verständnis. Was bewegt ein zehnjähriges Kind, sich über längere Zeit hin anhaltend und systematisch auf die Ausführung eines Verbrechens zu orientieren? Was mag es sein, das einen Zehnjährigen dazu verleitet, den Plan zur Tötung eines anderen Kindes tagelang, vielleicht sogar wochenlang in sich zu nähren und ihn dann angesichts der Not des Opfers auszuführen? Wenn wir den Fall aufgliedern in Absicht, Einleitung der Tat und Unfähigkeit, angesichts der Qual und sadistischer oder sexueller Komponenten aufzuhören, bleibt es trotzdem schwer zu verstehen, wie die Absicht in die Tat umgesetzt werden konnte. Es ist möglich, daß die ursprüngliche Absicht eine andere war. Man muß überlegen, ob die Gemütsverfassung der Jungen und ihre Handlungen Teil von etwas waren, was man hätte beeinflussen können, wenn man eine Woche vorher mit ihnen gesprochen hätte. War etwas Regelmäßiges oder Gewohnheitsmäßiges an der Art und Weise, wie sie fühlten und handelten und die Welt sahen, oder ereignete sich etwas Besonderes an diesem oder den vorausgegangenen paar Tagen, das einen Unterschied machte? Bei älteren Menschen würde man an eine Episode psychiatrischer Krankheit denken, aber das ist bei Zehnjährigen sehr unwahrscheinlich.«

Es mag durchaus Geheimnisse in Roberts und Jons Vergangenheit geben, Leid, mit dem sie fertig werden mußten oder das sie auf unbewußter Stufe erlebten und wovon wir nichts wissen. Aber wie Professor Hill hervorhob, machen viele tausend Kinder heutzutage die traumatische Erfahrung zerbrechender Familien, schlechter Eltern und sogar regelrechten Mißbrauchs, ohne deswegen zu bedenkenlosen Mördern zu werden. Viele Kinder haben aggressive und destruktive Fantasien, und obgleich es wahrscheinlich ist, daß diese Fantasien in Roberts und Jons Fällen sadistischer sein mögen als in den meisten anderen, bleibt es schwierig zu begreifen, wie sie all diese Schritte unternehmen konnten, die erforderlich waren, um ihre Fantasien in furchtbare Wirklichkeit umzusetzen. Professor Hill führte aus: »Ich würde sagen, und viele meiner Kollegen werden mir darin zustimmen, daß in den meisten Menschen ein sehr destruktives, grausames und sadistisches Element steckt. Gewöhnlich wird es von anderen Regungen und Interessen in Schach gehalten, bleibt auf der Ebene von Gedanken und Fantasien und wird bewältigt, ohne zur Tat zu führen.

Ich vermute, daß das, was in ihren Köpfen an Fantasien vorgegangen ist, nicht substantiell verschieden von dem ist, was in den Köpfen vieler anderer Kinder vorgeht. Daß es aber mit der Tat verbunden und ausgeführt wurde, ohne daß zu irgendeinem Zeitpunkt etwas durchdrang, was die Sequenz unterbrach – das ist es, was sehr schwierig zu verstehen ist.

Die meisten Menschen können die Distanz zwischen dem vernunftmäßigen Denken und den seltsamen Regungen ihres Geistes erkennen und danach handeln. Ich könnte mir vorstellen, daß die Tat etwas weniger rätselhaft sein würde, wenn einer von ihnen zum Beispiel das Opfer extremer Grausamkeit gewesen wäre, sei sie physisch oder sexuell oder eine Kombination von beidem. Aber selbst diese Art von Überlegung führt doch wieder zu der Erkenntnis, daß es zwar noch immer eine bedeutsame Minderheit von Kindern gibt, die sehr schlimme Grausamkeit erfahren, sich aber als Zehnjährige nicht in dieser Weise verhalten. Wenn ich mit einem dieser Jungen zusammenkäme, würde ich versuchen herauszubekommen, ob ihre normale Geistesverfassung irgendwie gestört oder in ihrer Kontrollfunktion beeinträchtigt wurde, oder ob in den Gedanken und Handlungen von mindestens einem der beiden gewohnheitsmäßig sadistische oder grausame Züge auftreten.«

Die Wissenschaft kann also nur wenig zur Aufhellung der

Hintergründe beitragen, die zu dieser Tat führten. Die gerichtsmedizinische Untersuchung lieferte keinen Hinweis auf ein sexuelles Vergehen, aber die Entblößung der unteren Körperhälfte des Tatopfers mag durchaus einen Hinweis auf den geheimen Kern dieses Verbrechens geben. Von den Jungen wurde im Polizeiverhör allerdings nichts geäußert, was darauf hindeuten würde.

Der Experte David Glasgow meinte, eine sexuelle Motivation könne den Fall erklärbarer machen. Das außerordentliche Ergebnis eines Forschungsprojekts in seinem Fachbereich der Universität Liverpool über den sexuellen Mißbrauch von Kindern war, daß Jugendliche im Alter zwischen zwölf und siebzehn Jahren mehr sexuellen Mißbrauch an Kindern begingen als jede andere Fünf-Jahres-Altersgruppe. Die zweitgrößte Gruppe waren Kinder von sieben bis elf Jahren. Diese beiden Gruppen zusammen waren für 30 Prozent aller derartigen Sexualdelikte an Kindern verantwortlich.

Der Professor fügte hinzu: »Wenn es in diesem Fall keine sexuelle Motivation gab, würden Sie mit einer sehr viel komplizierteren Alternative aufwarten müssen, in der Fragen von Macht, Herrschaft und Sadismus eine Rolle spielten. Im Sonderkrankenhaus Ashworth sind 25 Prozent der Straffälligen Triebtäter. Ihnen stehen freilich 75 Prozent anders gelagerte Fälle gegenüber, so daß man sich vor voreiligen Schlußfolgerungen hüten muß.

Wenn wir zur Erprobungsphase zurückkehren, die es nach meiner Überzeugung gegeben haben muß und die sich wahrscheinlich seit einiger Zeit entwickelte, so glaube ich, daß hier die Hinweise auf Ursachen zu finden sind. Ihre fantasierte oder spielerische Version würde widerspiegeln, was für einen Lustgewinn sie daraus ziehen wollten. Ich würde eine sexuelle Motivation nicht ausschließen. Gewiß, ihre Motivationen und kognitiven Erprobungen mögen nicht identisch sein, aber ihr zusammenwirkender Teil ist es um so mehr. Durch Kommunikation und Verhalten reißen sie einander mit. Es ist recht häufig der Fall, daß zwei gemeinsame Täter wechselseitig verstärkend aufeinander wirken.

Alles deutet darauf hin, daß diese beiden Jungen ernste Probleme gehabt haben würden, auch wenn sie nicht zusammengekommen wären. Ich würde gern wissen, welche Bedeutung die Erprobungsphase in diesem Verbrechen für sie hatte, wie ausschließlich sie war und welche anderen gemeinsamen Taten die Jungen verübten.«

Professor Glasgow sagte auch, daß der letztendliche Tod des Opfers vielfach nicht das primäre Ziel des Mörders sei. Der Prozeß der Mißhandlung, Erniedrigung oder des sexuellen Mißbrauchs mag aus verschiedenen Gründen das sein, was sie wünschen. Die Schwierigkeit liegt aber darin, daß sie in eine Eskalation geraten, aus der sie nicht mehr herausfinden. Zum Teil lassen sie sich hinreißen. Wenn sie getan haben, was sie wollten, werden ihre Optionen immer begrenzter. Ist das Opfer erst zerschlagen und blutüberströmt und schreit nach seiner Mutter, mögen sie denken: ›Was machen wir jetzt?‹ Ihre Handlungen mögen sie vor eine Entscheidung gestellt haben: ›Gehen wir weg und lassen ihn liegen, oder machen wir, daß es wie ein Unfall aussieht?‹

Die Alternative ist die Erprobung. ›Laß uns einen Hund nehmen und auf die Eisenbahnschienen legen und sehen, was geschieht.‹ Vielleicht taten sie so etwas. Das Ganze lief wie eingeübt ab, und es ging ihnen dabei nur um eines – zu töten und es wie einen Unfall aussehen zu lassen.«

Professor Anne Burgess, die an der Universität von Pennsylvanien in Philadelphia lehrt, ist eine der herausragenden psychiatrischen Fachleute auf dem Gebiet von Kindern, die zu Mördern werden. Auch sie meinte, daß ein sexuelles Motiv in einem Fall wie diesem eine Rolle gespielt haben könnte. »Der Umstand, daß die Kleidung vom Unterkörper des Opfers entfernt wurde, könnte darauf hindeuten«, sagte sie. »Andererseits sind diese Täter sehr jung. Ein Zehnjähriger, der ein sexuell motiviertes Verbrechen begeht, ist sehr ungewöhnlich. Was man in ihrem Lebenshintergrund suchen würde, wäre vielmehr eine Vorgeschichte voller Aggressivität, Tierquälerei oder Brandstiftung, und ob es in ihrem Leben die Erfahrung von Mißhandlungen gegeben hat. Sehr häufig wiederholen Kinder Handlungen, die entweder an ihnen begangen wurden oder die sie gesehen oder zu denen sie Zugang hatten. In der Untersuchung, die ich über jugendliche Täter durchgeführt habe, ist es in der Mehrzahl der Fälle so, daß der eine den anderen anstachelte. Man findet diese Dynamik sehr häufig.«

Ich trug ihr die Theorie vor, die von einigen der Kriminalbeamten vertreten wurde, daß die Jungen einfach »Tragödien« schaffen wollten, für die man sie nicht verantwortlich machen konnte. Professor Burgess hielt das für weniger wahrscheinlich. »Meine Vermutung ist, daß es ein anderes Motiv gibt, das sie geheimhalten und über das sie nicht sprechen werden. Im Justizbereich ist es sehr schwierig, sie zur Enthüllung dieser Geheimnisse zu bewegen. Ich bezweifle, daß das möglich sein wird, solange das Gerichtsverfahren nicht abgeschlossen ist. Die einzige Möglichkeit, sie zum Sprechen zu bringen, ist die, sie in Therapie zu nehmen und eine Beziehung aufzubauen, in der sie sich sicher genug fühlen, um über solche Dinge zu reden.

Einer dieser Jungen ist sicherlich der Urheber des Planes. Kindern und Jugendlichen fällt es nicht schwer, jemand zu finden, der mitmacht und Komplize wird. Also ist einer dieser Jungen wahrscheinlich die treibende Kraft gewesen. Obwohl sie noch sehr jung sind, paßt es zu dem Muster der jugendlichen Straftäter, die ich in meinen Fallstudien untersucht habe. Sie zeigen immer die Tendenz, zu zweit zu operieren statt allein. Und weil sie in diesem Fall so jung sind, ist es wahrscheinlich etwas, was sie allein nicht tun könnten.«

Nachdem James tot war und sie seinen zerschlagenen kleinen Körper mit Ziegelsteinen bedeckt und auf die Schienen gelegt hatten, damit er von einem Zug überfahren würde, gingen Robert Thompson und Jon Venables zu einem Videogeschäft nicht weit von Roberts Haus. Die Jungen erledigten einen Botengang für das Personal und erhielten ein Pfund für das Kassieren einer Verlängerungsgebühr von drei Pfund für eine überfällige Videokassette.

Dort fand Susan Venables die beiden Jungen später am Abend.

»Ich ging um ungefähr halb sechs los«, erinnerte sich Mrs. Venables, »suchte wieder die ganze Gegend ab und beschloß dann, hinunterzugehen, wo Robert Thompson wohnte, und dort weiterzusuchen. Ich ging auch zur Polizeiwache, um zu melden, daß er wieder mit diesem selben Jungen verschwunden war und sagte dort, daß ich weitersuchen würde. Ich ging sogar hinauf zur Eisenbahnstrecke, weil ich wußte, daß Robert da oben eine ›Höhle‹ hatte und sich sehr häufig auf dem Bahngelände aufhielt. Allerdings war ich nicht auf den Gleisen, weil dort ein Zaun ist, aber ich stieg den Bahndamm hinauf. Es war sehr dunkel, und ich rief seinen Namen. Das ist etwas, was mich noch heute aus der Fassung bringt, denn wo ich stand, konnte es nicht weit zu dem armen kleinen James gewesen sein.« Sie schluchzte bei der Erinnerung an den Augenblick, und die Tränen rannen ihr über die Wangen und lösten das Make-up auf.

»Dann schaute ich mich um und sah sie in den Videoladen gehen«, fuhr sie fort. »Ich und mein anderer Sohn hielten uns einen Augenblick zurück, für den Fall, daß sie uns sehen würden, und dann marschierte ich in den Videoladen und schnappte mir die beiden. Ihre Kleider waren absolut schmutzig, und Jons Jacke mit Farbe bespritzt.« Sie packte Jon, und Robert behauptete später, sie habe auch ihn geschlagen, was Mrs. Venables leugnet. Die zornige Mutter schleppte Jon zurück zur Polizeiwache und ersuchte den Beamten hinter dem Schalter, ihm ordentlich die Meinung zu sagen.

Als Robert nach Hause kam, erzählte er seiner Mutter Anne, Jons Mutter habe ihn geschlagen. Sie ging mit Robert zum Polizeirevier Walton Lane und beklagte sich, daß Mrs. Venables ihren Sohn tätlich angegriffen habe.

Welch seltsame Ironie dieses schrecklichen Falles. Die beiden Jungen, die im Laufe der nächsten Tage die meistgesuchten Personen in Großbritannien werden sollten, wurden beide innerhalb von Stunden, nachdem sie kaum hundert Schritte entfernt ihr Verbrechen verübt hatten, von ihren Müttern in dasselbe Polizeirevier geschleppt.

In den nächsten paar Tagen wahrten sie ihr Geheimnis.

Kriminal-
kommissar
Albert Kirby.

Kriminalinspek-
tor Jim Fitzsim-
mons.

Sie vernahmen Robert Thompson: Kriminalbeamter Bob Jacobs *(links)* und Kriminalpolizeimeister Phil Roberts.

Kriminalpolizeimeister Jim Green.

Jon las begierig die Zeitungsmeldungen, und Robert ging sogar zum Bahndamm, um dem Hügel dort niedergelegter Blumen seine eigenen hinzuzufügen. Manches von ihrem Geheimnis mag für immer ungeklärt bleiben und schließlich verloren gehen, vielleicht sogar ihrem eigenen Bewußtsein, wenn sie heranwachsen.

Professor Hill sagte: »Wir bemühen uns zu Recht um ein Verständnis dessen, wie Menschen sich in Beziehung zu ihren Erfahrungen verhalten, aber immer bleibt das Element dieser Ungewißheit, daß jeder sich in Bezug auf die Umstände in einer Art und Weise unterscheidet, die wir nicht verstehen können. Neugeborene unterscheiden sich enorm voneinander, und das bedeutet mit an Sicherheit grenzender Wahrscheinlichkeit einen Unterschied der Wesensart oder der Konstitution. Bisweilen müssen wir an dem Punkt innehalten, wo wir sagen, wir können in unserem Bemühen um Verständnis bis hierher gehen, aber damit hat es sich.«

10

Es war 6 Uhr 45 an einem trüben Montagmorgen Ende Februar, als der erste der zwei blauen Gefangenentransportwagen in der Einfahrt vor den doppelten Sicherheitstoren des Bezirksgerichts South Sefton hielt, einem modernen, monolithisch wirkenden Gebäude aus Ziegeln und Glas auf einem großen Grundstück Ecke Stanley Road und Merton Road in Bootle, nur einige hundert Schritte vom Strand-Einkaufszentrum entfernt. Die beiden Flügel des äußeren Tores glitten mit einem leisen metallischen Schnurren zurück, und der erste Transportwagen fuhr hinein. Das äußere Tor schloß sich wieder, und dann erst konnte das innere Tor geöffnet werden, die in den meisten britischen Gefängnissen und geschlossenen Anstalten verwendet werden, konstruiert, um Fluchtversuche selbst der hartgesottensten und entschlossensten Verbrecher zu verhindern. An diesem Tag, als die Sicherheitseinrichtungen ihre ernsteste Probe seit der Einweihung des Gebäudekomplexes vor zwei Jahren zu bestehen hatte, ging es allerdings nicht darum, die Tatverdächtigen am Ausbrechen zu hindern, sondern die Öffentlichkeit am Eindringen.

Robert Thompson und Jon Venables hatten an ihrem letzten Morgen im Gewahrsam der Polizei der Merseyside früh aufstehen müssen. Seit ihnen am Samstagabend die Anklageerhebung bekanntgegeben worden war, hatte man sie in ihren bequem eingerichteten Räumen in der Walton Lane und der Lower Lane mit ihren Spielsachen und Comicheften allein gelassen. Das Gesetz erlaubte keine weiteren Vernehmungen.

Sie waren noch verschlafen und gähnten, als sie an diesem Montagmorgen durch den leichten Verkehr des frühen Morgens nach Bootle gefahren wurden. Als sie dort eintrafen, waren die einzigen Zuschauer ein paar diskret placierte uniformierte Polizeibeamte, die auf mögliche Zusammenrottungen zu achten hatten.

Man brauchte nicht nur die Massen von Blumen zu betrachten, die sich mittlerweile in der Cherry Lane in Walton und am Strand angesammelt hatten, um zu spüren, in welchem Maße die Stimmung in der Stadt sich zugespitzt hatte. Es herrschte eine Atmosphäre von Niedergeschlagenheit und ungläubigem Entsetzen in der Stadt, besonders aber in den betroffenen Gemeinden Bootle, Walton und Kirkby.

Der Polizei war sich der Wahrscheinlichkeit bewußt, daß sich eine gewalttätigere Seite dieser Gefühle manifestieren würde, wenn die Jungen dem Haftrichter vorgeführt wurden. Erinnerungen an die Unruhen in der Snowdrop Street und vor dem Polizeirevier Marsh Lane waren noch in frischer Erinnerung. Am Sonntag hatte Polizeikommissar Paul Burrell aus Bootle an die Bevölkerung appelliert, Ruhe zu bewahren. »Die letzten zehn Tage sind für die ganze Merseyside anstrengend gewesen, insbesondere für die Familie von James Bulger, für die Polizei, die das Verbrechen aufklären mußte, und für die Gemeinden Kirkby, Walton und Bootle«, erklärte er. »Da wir nun einem Gerichtstermin entgegensehen, bitte ich die Gemeinde, die Behörden und den

Klerus, mit denen wir so eng zusammengearbeitet haben, auch weiterhin das Maß an Mitleid und Würde zu bewahren, das der Situation angemessen ist. Wir bitten die ganze Bevölkerung der Merseyside, sich ruhig zu verhalten.«

Sean Sexton sprach mit Denise und Ralph Bulger und gab eine Erklärung ab, die Mr. Burrells Appell unterstützte. »Ralph und Denise Bulger unterstützen voll und ganz den Appell der Polizei. Öffentliche Unruhen gleich welcher Art wären das letzte, was sich die Familie wünschen würde.«

Die Sicherheitsmaßnahmen waren verständlicherweise äußerst streng. Von Gerichtsverfahren gegen Jugendliche ist die Öffentlichkeit ausgeschlossen, was für die Polizei eine Erleichterung bedeutet. Andererseits haben Berichterstatter der Medien das Recht, an Verfahren vor Jugendgerichten teilzunehmen und darüber zu informieren. Ich gehörte zu der kleinen Gruppe von Journalisten, die stellvertretend für alle anderen Kollegen, die Kopien der Berichte erhielten, an der kurzen Anhörung vor dem Haftrichter teilnahmen. Inspektor Ray Simpson hatte diese Regelung nach Konsultationen mit Gerichtsbeamten getroffen.

»Polizeikommissar Burrell ging mit mir die Schritte durch, die notwendig waren, um die Jungen zum Gerichtsgebäude und wieder heraus zu bringen«, erinnerte sich Ray Simpson. »Wir wußten, daß wir den Gerichtssaal mit Medienvertretern hätten füllen können, aber genau genommen war es keine Polizeiangelegenheit. Sobald wir die Jungen vor den Haftrichter brachten, war der Polizeigewahrsam aufgehoben und mit ihm unsere Verantwortlichkeit. Also gingen wir zum Gericht und erkundigten uns, wie man mit den Medienvertretern umzugehen gedachte und ob wir behilflich sein könnten. Sie sagten, sie wüßten nicht, wie sie diese Menge von Journalisten unterbringen sollten und baten um unsere Unterstützung. Wir entschieden, daß wir die Sache nicht dem Zufall überlassen dürften und vorher regeln müßten, wie viele Pressevertreter eingelassen werden sollten. Ich versicherte Paul Burrell, daß wir die ausgewählten Journalisten sicher hinein- und wieder hinausbringen würden.«

Die sechs von uns, die durch die Sicherheitsabsperrungen

in den Gerichtssaal eingelassen wurden, mußten an diesem Morgen ebenso früh aufstehen wie die beiden Jungen. Die fünf ausgewählten Presseorgane waren die *Bootle Times*, das *Liverpool Echo*, die *Daily Post*, die in Liverpool ansässige Presseagentur *Mercury* und die *Press Association*. Außerdem sollte ein Künstler an der Anhörung teilnehmen, um Zeichnungen von der Szene im Gerichtssaal anzufertigen, wieder mit der Maßgabe, daß sie allen Medien zugänglich gemacht werden mußten.

Als ich etwa um 7 Uhr 30 am Gerichtsgebäude vorbeifuhr, hatten sich bereits ein paar eifrige Fotografen und Kameraleute eingefunden, aber Zuschauer waren noch nicht zu sehen. Kurz vor acht trafen wir im Polizeirevier Marsh Lane mit den Pressesprechern der Polizei Ray Simpson und Diane Halliwell zusammen und tranken Kaffee in der Kantine, während wir darauf warteten, daß man uns ins Gerichtsgebäude einlassen würde.

Als wir kurz nach neun die Stanley Road hinuntergingen, begann sich die Medien, internationale ebenso wie lokale und nationale, zahlreich zu versammeln. Unter ihnen befand sich mein Kollege Stephen Guy, der die Ereignisse außerhalb des Gerichtsgebäudes im Auge behalten sollte, während ich über die Anhörung berichten würde. Inzwischen hatte sich auch eine Handvoll Neugieriger eingefunden. Zu diesem Zeitpunkt schien die Stimmung ruhig und friedlich.

Seit ihrer Einlieferung am frühen Morgen hatten die beiden Jungen mit ihren Vertretern in einem besonderen Arrestraum für Jugendliche unter dem Gerichtsgebäude gewartet. Nach Passieren der Sicherheitstore waren die Gefangenenwagen direkt in einen Tunnel unter dem Gebäude gefahren, wo die Jungen hinter verschlossenen Türen ausgestiegen waren, unerreichbar selbst für die stärksten Teleobjektive.

An diesem Tag fanden mehrere andere Verfahren statt, so daß es nicht möglich war, den ganzen Komplex des Gerichtsgebäudes vollständig gegen die Öffentlichkeit abzuschirmen. Die Anhörung fand jedoch in dem Teil des Gebäudes statt, wo auch sonst das Jugendgericht tagte und der gegen den Hauptkorridor im ersten Stock durch doppelte Türen und Milchglasscheiben abgetrennt war. Hinter diesen doppelten Türen waren überdies Dutzende von uniformierten Polizisten und Polizistinnen stationiert, um sicherzustellen, daß niemand mit Gewalt eindringen konnte. Verstärkungen, die in Reserve gehalten worden waren, trafen inzwischen draußen auf den Straßen ein, als die Schar der Zuschauer anwuchs. Zu der Zeit, da die Jungen vor Gericht erscheinen sollten, um zehn Uhr, standen mehr als dreihundert Menschen auf der Straße. Die Stimmung war ruhig, aber irgendwie grimmig.

Es war ungefähr sieben Minuten nach der festgesetzten Zeit, als unsere kleine Reportergruppe in den Gerichtssaal eingelassen wurde. Zu unserer Überraschung war das Gericht bereits versammelt. Drei Richter saßen zu der Anhörung hinter dem langen, erhöhten Richtertisch und blickten herab auf das Geschehen im Saal. Es war ein heller, luftiger Gerichtssaal mit Leuchtstoffröhren unter der Decke. Alles war soweit wie möglich darauf ausgerichtet, eine Einschüchterung der jugendlichen Angeklagten durch ihre Umgebung zu vermeiden. Wir wurden zu unseren Plätzen an der Rückwand des Saales geführt. Vor uns befanden sich zwei lange Tische, welche praktisch die ganze Breite des Raumes einnahmen. Am rückwärtigen Tisch saßen Kriminalkommissar Kirby, Kriminaloberinspektor MacDonald und Kriminalinspektor Fitzsimmons. Auch Sean Sexton hatte bei ihnen Platz genommen. »Ich bemühe mich einfach, die Familie über das Geschehen zu informieren«, erklärte er hinterher. »Sie bat mich nicht ausdrücklich darum, hier zu sein.«

In der vorderen Reihe saßen die Verteidiger Dominic Lloyd für Thompson und Laurence Lee für Venables. Ein Stück weiter saß eine Rechtsanwältin, die das Sozialamt der Stadt Liverpool vertrat, sowie Robert Watts als Vertreter der Staatsanwaltschaft.

Wir brauchten nicht lange auf das Erscheinen der beiden kleinen Jungen zu warten, die im Mittelpunkt all dieser Aufmerksamkeit standen. Eine Tür in der Seitenwand zu unserer Linken öffnete sich, und Robert und Jon wurden in den

Raum gebracht. Eine Sozialarbeiterin begleitete Robert, Jon kam in Begleitung seines Vaters.

Die beiden endlich zu sehen, war ebenso beunruhigend wie unglaublich. Zwei kleine Jungen kamen herein, an denen ich auf der Straße ohne einen zweiten Blick vorbeigegangen wäre. Sie sahen klein und sehr, sehr jung aus. Es war sofort klar, warum so viele Leute gezögert hatten, sich auf die Videobilder hin als Zeugen zu melden. Die Perspektive der Kameras ließ sie viel größer erscheinen, als sie tatsächlich waren. Es fiel mir schwer zu glauben, daß sie überhaupt zehn Jahre alt sein könnten.

Robert, dessen mausbraunes Haar kurzgeschoren war, trug einen dunkelblauen Trainingsanzug mit roten Strickmanschetten. Er war über den Tischen vor mir kaum zu sehen, als er zu seinem Platz geführt wurde. Jon war ein wenig größer; sein Haar berührte den Kragen des roten Polohemdes, das er unter einem weißen Pullover mit V-Ausschnitt trug. Eine graue Cordhose vervollständigte seinen Aufzug. Wenn sie nervös waren, ließen sie es sich nicht anmerken. Nichts in ihrem Benehmen verriet Besorgnis, als sie während der sechsminütigen Anhörung neben ihren Anwälten saßen. Auch von Trotz oder Gleichgültigkeit war nichts zu erkennen. Wenn ihnen überhaupt eine Gemütsbewegung anzusehen war, dann eine leichte Verwirrung angesichts dessen, was um sie her geschah.

Gerichtsdiener Peter Horan, der den Jungen auf seinem Platz hinter einem Tisch unterhalb des Richtertisches gegenübersaß, wandte sich nacheinander an die beiden. »Robert, bist du Robert Thompson?«

»Ja«, sagte Robert.

»Und wie alt bist du, Robert?«

»Zehn.«

Da war sie, die Bestätigung des Unglaublichen. Mr. Horan wandte sich an Jon, der ebenfalls seinen Namen bestätigte. Er nickte nur, als Mr. Horan ihn fragte, ob auch er zehn Jahre alt sei.

Dann nahm Mr. Watts das Wort. »Mein Antrag lautet, diese Jungen beide bis Mittwoch, den 3. März, in Untersuchungshaft der zuständigen Justizbehörde zu nehmen«, begann er. Zur Begründung gab er an, daß die Jungen zu ihrem eigenen Schutz in Gewahrsam bleiben sollten. Die Szenen, die sich außerhalb des Gerichtsgebäudes abspielen sollten, verliehen diesem Argument nachträglich Gewicht.

Er umriß mit knappen Worten die Tatsachen von James' Verschwinden und der Entdeckung seines Leichnams und erklärte dem Gericht: »Robert Thompson und Jon Venables wurden festgenommen und getrennt in verschiedenen Polizeirevieren vernommen. Die Staatsanwaltschaft sagt, daß beide Jungen zugegeben haben, an der Entführung von James Bulger beteiligt gewesen zu sein. Sie haben sich gegenseitig beschuldigt, dem Getöteten die überwiegende Zahl von Schlägen und Fußtritten zugefügt zu haben.«

Während Mr. Watts sprach, saß Robert mit aufgestützten Ellbogen am Tisch, das Kinn in der Hand. Jon reckte sich einmal und gähnte. Es sah weniger nach unverschämter Herausforderung als nach dem natürlichen Verhalten eines Kindes aus, das früher als gewöhnlich aufgestanden war und den Ernst seiner Lage nicht wirklich einzuschätzen wußte.

Die zwei Anwälte der Verteidigung standen nacheinander auf und erklärten, daß sie keine Einwände gegen den Antrag vorzubringen hätten. Mr. Lee fragte den Vertreter der Anklagebehörde, ob sie imstande sei, einen vorläufigen Termin für die Verhandlung vor dem Krongericht festzulegen. Während er sprach, warf Robert seinem Gefährten einen Blick zu, den Jon kurz erwiderte. Es war der einzige erkennbare Kontakt zwischen ihnen.

Der vorsitzende Haftrichter Jim Dixon ordnete nun an, daß die beiden Jungen von der örtlichen Justizbehörde bis zum 3. März in Untersuchungshaft genommen werden sollten. Er ordnete weiter an, daß die Namen der beiden Jungen und alle Hinweise, die zur Aufdeckung ihrer Identität führen könnten, nicht veröffentlicht werden dürften. Das war gewissermaßen eine doppelte und dreifache Sicherung, da das Gesetz über die Jugendgerichtsbarkeit in jedem Falle die Namensnennung in der Berichterstattung untersagt. Darauf wurden wir aufgefordert, das Gerichtsgebäude zu verlassen, während die Anwältin des Sozialamtes beim Haftrichter einen Antrag einbrachte.

Einer vom Stadtrat von Liverpool herausgegebenen Erklärung entnahmen wir später, daß die Leiterin des Amtes für Jugend und Gesundheit, Virginia Bottomley, ihre Zustimmung gegeben habe, daß Robert und Jon in eine geschlossene Einrichtung außerhalb von Liverpool gebracht würden. Die Erklärung schloß mit der Bemerkung: »Die Familien beider Jungen sind dem Sozialamt von Liverpool bekannt, wenn auch nicht im Zusammenhang mit Fürsorgemaßnahmen für die zwei Beschuldigten. Die Abteilungen Soziale Dienste und Erziehung arbeiten zusammen, um eine volle Berücksichtigung der Konsequenzen der Situation für die Familien und Gemeinden zu gewährleisten.« Die Familien Thompson und Venables wurden zu ihrem eigenen Schutz heimlich umquartiert und die anderen Kinder in Fürsorgeerziehung gegeben, wie sich später herausstellte.

Wir wurden von den Pressesprechern der Polizei in einen Raum des Gerichtsgebäudes geführt, wo wir unsere Berichte schreiben konnten, bevor wir hinausgingen, um den Rest der wartenden Journalisten zu informieren. Robert und Jon wurden unterdessen in den Gewahrsamsraum für jugendliche Häftlinge gebracht, um auf den Transport in die »geschlossene Institution« zu warten, die für die kommenden Monate ihr neues Zuhause werden sollte. Während der Anhörung waren die eigentlichen Anklagepunkte der versuchten Entführung, der eigentlichen Entführung und der Ermordung nicht formell verlesen worden.

Draußen im Regen standen Skinheads Schulter an Schulter mit Müttern, die Kinderwagen bei sich hatten. Die Menge wartete mit wachsender Ungeduld darauf, einen Blick auf die jugendlichen Killer zu werfen. Auch Kinder fanden sich in der Menge, die am Vormittag die Schule schwänzten, um am Schauplatz des Geschehens zu sein. Es herrschte eine aufgeladene Atmosphäre, die zu fiebernder Ungeduld anstieg, als zwei fensterlose blaue Gefangenentransportwagen die Merton Road heraufkamen und in die Einfahrt zum Gerichtsgebäude bogen. Auf dem Parkplatz des Gerichts versammelte sich eine Anzahl von Polizeimotorrädern und hielt sich bereit, die Transportwagen zu eskortieren.

Dann öffneten sich die Tore wieder, und die blauen Wagen rollten heraus. Die Menge brandete vorwärts, gegen die dünne Absperrkette uniformierter Polizisten. Rufe wie »Hängt die Bastarde!« wurden laut. Ein kahlköpfiger, bärtiger Mann durchbrach die Polizeiabsperrung und schlug mit dem Ruf: »Krepieren sollt ihr!« gegen die Seite eines der Gefangenentransporte. Ein Polizist packte ihn, ein zweiter nahm ihn in einen Polizeigriff, und er wurde abgeführt.

Ein halber Ziegelstein krachte gegen die Seite eines der Wagen, ein Ei zerplatzte am zweiten. Ein weiterer Mann versuchte den Konvoi anzugreifen und wurde von Polizisten fortgeschleppt, denen er zornig zurief: »Wir haben auch Kinder, versteht ihr?« Zwei Skinheads wurden festgenommen. Einige Minuten zuvor hatte einer von ihnen zu den Reportern gesagt: »Ich bin hier, weil Gerechtigkeit geübt werden muß!«

Die Menschenmenge drängte gegen die mühsam gehaltene Polizeiabsperrung, als die Transportwagen davonfuhren. Viele nahmen Partei für die sechs Personen, die im Lauf des kurzen Handgemenges festgenommen worden waren. Sprechchöre von »Laßt sie gehen!« waren zu hören. Andere harrten noch eine Weile aus, dann begann sich die Menge nach und nach zu verlaufen.

Die wackeren Kämpfer für Gerechtigkeit, die an diesem Morgen anscheinend versuchen wollten, zwei Zehnjährige zu töten, werden enttäuscht gewesen sein, als sie erfuhren, daß ihre Aktionen keinerlei Wirkung auf Robert Thompson oder Jon Venables hatten. Die beiden saßen noch immer unter Bewachung im Arrestraum, während die Polizei ihr Täuschungsmanöver durchführte und darauf wartete, daß die Menge sich zerstreute.

Dieser Tumult war ein beschämender Vorfall. Ein Verhalten, das zur öffentlichen Lynchjustiz an zwei zehnjährigen Jungen auffordert, mögen sie sich auch eines grauenhaftes Verbrechens schuldig gemacht haben, ist in jeder zivilisierten Gesellschaft unannehmbar. Tatsächlich nahm nur ein kleiner Teil der Menge an den Ausschreitungen teil, obwohl es vor den Kameras unglücklicherweise wie ein allgemeiner Aufruhr wirkte. Manche Zuschauer, die neugierig dabeistanden, verstärkten noch den Eindruck eines tobenden Mobs durch ihre Gegenwart im Hintergrund. Szenen wie diese sind bedauerlicherweise keine Ausnahmeerscheinung und nicht auf den Fall James Bulger beschränkt. Kindsmörder, Vergewaltiger und Serienmörder haben seitens ihrer Heimatgemeinden oft einen ähnlichen Empfang zu gewärtigen, wenn sie vor Gericht gebracht werden. Also ist dies kein für die Merseyside typisches Phänomen. Hätte sich der Fall im Londoner East End ereignet, in Birmingham oder in Glasgow, so würde es ähnliche Szenen gegeben haben. Wir alle empfinden Erbitterung und Frustration angesichts solcher Verbrechen, in diesem Fall vielleicht mehr als in den meisten anderen. Und es wird wohl immer Menschen unter uns geben, die ein zwanghaftes Bedürfnis verspüren, ihren Empfindungen durch solche öffentlichen Proteste Luft zu machen.

Das Verhalten der Menge war das Hauptthema in den Nachrichtensendungen des Fernsehens und der Presseschlagzeilen des nächsten Tages. Alle Berichte und Artikel, die ich sah, verurteilten die Krawalle, daraus entwickelte sich jedoch ein unbegründeter Angriff auf Liverpool als Ganzes. Eine überregionale Tageszeitung veröffentlichte einen besonders bösartigen Artikel, der zu verstehen gab, daß ganz Liverpool auf das Thema Stadt-in-Trauer »abfahre«. Es war einer von mehreren sehr unfreundlichen Artikeln, die nach James' tragischem Tod in der überregionalen Presse erschienen. Das *Liverpool Echo*, die Morgenzeitung *Daily Post*, Lokalpolitiker und Kleriker taten ihr möglichstes, um sich gegen die Welle der Kritik zur Wehr zu setzen. Wenn Zeitungsleute sich aufgrund ihrer Überzeugung aufgefordert fühlen, eine Sache zu vertreten und Argumente auszuführen, so würde ich ihr Recht darauf mit Klauen und Zähnen verteidigen; traurig ist nur, daß es in diesem Fall mit solch krasser, gefühlloser zeitlicher Abstimmung geschah. »Stadt des Selbstmitleids«, ein besonders beißender Artikel, erschien am Tag vor James' Begräbnis.

11

Sie begruben James Bulger am kältesten Tag des Winters. Es war ein Montag, der erste Morgen des März, und ein eisiger Nordwind pfiff unter düstergrauem Himmel durch die Straßen von Kirkby. Manch einer hatte erwartet, daß die Straße vor der Kirche von Trauergästen überfüllt sein würde, aber die Straßen lagen fast verlassen.

Denise und Ralph Bulger sahen sich an diesem Morgen einer doppelten Tortur unterworfen. Sie litten unter dem natürlichen Kummer aller Eltern, die ihr Kind verlieren, und ihr Schmerz wurde verschärft durch das Wissen, daß James ihnen nicht durch eine Kinderkrankheit oder einen Unfall genommen worden war, sondern durch eine vorsätzlich bedachte, schreckliche Tat. Damit nicht genug, hatte dieses verwirrte junge Paar eine zusätzliche Bürde zu tragen. Ihre Namen waren im ganzen Land und darüber hinaus bekannt geworden, und die Gedanken ungezählter Eltern waren an diesem Morgen bei ihnen. Aber ihre ungebetene Berühmtheit brachte Verantwortung mit sich. Hunderte von Journalisten und Fotografen würden sie beobachten. Die Life-Übertragung des Fernsehens bedeutete, daß Millionen am Trauergottesdienst und dem Begräbnis teilnehmen würden. Seit James' Tod hatte das junge Ehepaar sich in seiner Wohnung versteckt, umgeben von der moralischen Unterstützung und Liebe der Familie. Sie waren von der Welle allgemeiner Aufmerksamkeit und Anteilnahme isoliert gewesen, aber nun waren sie gezwungen, der Welt gegenüberzutreten. Irgendwie mußten sie die Haltung und Würde aufbringen, um diesen Tag im Scheinwerferlicht durchzustehen. Es war eine Mutprobe.

Nachdem der amtliche Leichenbeschauer James' Körper am 23. Februar zur Beerdigung freigegeben hatte, teilte Sean Sexton noch am gleichen Nachmittag der Presse mit, daß der

Trauergottesdienst am Montag, dem 1. März, in der Sacred Heart Church in Northwood, Kirkby, und die Beerdigung vier Meilen entfernt auf dem Friedhof Kirkdale in Liverpool stattfinden sollte. Die Bulgers ersuchten alle, die ihr Beileid durch Blumen oder sonstwie auszudrücken wünschten, ihre Spenden durch das Bestattungsunternehmen dem Kinderkrankenhaus Alder Hey in Liverpool zukommen zu lassen.

Der Bestattungsunternehmer Graham Clegg hatte schon James' Großvater beerdigt und war nicht überrascht, als er einen Anruf von der Familie erhielt und gebeten wurde, die nötigen Vorbereitungen zu übernehmen. Es sollte die größte Zeremonie werden, die seine Firma je arrangiert hatte, und Mr. Clegg entschied von Anfang an, daß es für seine Dienste keine Rechnung geben würde.

Er hatte Ralph und einige von James' Onkeln auf dem Friedhof Kirkdale getroffen und ihnen geholfen, eine geeignete Grabstelle im Schatten eines Baumes und direkt an der Hauptauffahrt auszuwählen. »Die Grabstelle lag gegenüber einer alten Kapelle. Ralph entschied, dies sei der Ort, den er wünsche. In Anbetracht der Umstände hielt er sich sehr gut.«

Der Sarg wurde von einer Firma in Mittelengland eigens für James handgefertigt. Das Unternehmen führte die Arbeit kostenlos aus. Es schien, daß jeder etwas Gutes tun wollte.

Als der Leichnam freigegeben wurde, fuhr Graham Clegg selbst zum Krankenhaus Broadgreen, um James zu seinem Aufbahrungsraum in Maghull in der Nähe von Liverpool zu bringen. »Seine Eltern und die Familie sollten ihn nicht sehen, und ich wollte auch nicht, daß sonst jemand in der Lage sein sollte, zu sagen, ›Ich habe ihn gesehen‹«, erinnerte sich Mr. Clegg. »Ich hielt auch mein Personal von der Sache fern, weil ich mir denken konnte, wie sie sich verhalten würden. Es war schlimmer als ich dachte. Ich muß gestehen, daß ich während der Fahrt vom Krankenhaus zum Aufbahrungsraum weinte. Ich zog ihm seine Lieblingskleider an, die ich von der Familie bekommen hatte, legte ihn in den Sarg und versiegelte ihn so, daß niemand den Deckel öffnen und ihn sehen konnte. Die Familie hatte mir auch eine kleine Taschenlampe, ein Spielzeugmotorrad und einen kleinen Teddybären gegeben, die zu ihm in den Sarg gelegt werden sollten. Ray Matthews übergab mir die Dinge mit den Worten: ›James ging ohne seine Taschenlampe nie zu Bett.‹«

Denise und Ralph hatten die Pläne für den Trauergottesdienst eingehend mit Pater Michael O'Connell durchgesprochen, dem ergrauenden, bebrillten Gemeindepfarrer, der sie in den dunklen Tagen nach James' Tod getröstet und ihnen geholfen hatte. Er wußte, wie wichtig es war, daß sie an der Gestaltung des Trauergottesdienstes beteiligt wurden.

»Wenn so etwas geschieht«, erläuterte Pater O'Connell, »wird den Hinterbliebenen oft alles aus der Hand genommen. Man sagt ihnen, was zu tun ist, und wie es getan wird. Aber es war ihr kleiner Junge, der beerdigt wurde, und ich fand es wichtig, sie an der Vorbereitung zu beteiligen. Es wurde ja alles für Denise und Ralph getan. Weil die Presse da war, mußten sie aus dem Rampenlicht herausgehalten werden. Die Polizei traf die nötigen Vorkehrungen zur Aufrechterhaltung der Ordnung, und Ray Matthews und andere Familienmitglieder übernahmen vieles für sie. Das Begräbnis war ein Ereignis, an das Denise und Ralph in späteren Jahren oft zurückdenken würden. Es war also wichtig, sie einzubeziehen, nicht zuletzt auch deshalb, damit sie sich der Realität stellten, daß dieser schlimme Traum, den sie durchmachten, kein Traum war.«

Der bevorstehende Trauergottesdienst zwang Denise und Ralph, zum erstenmal seit der Auffindung ihres Sohnes die Wohnung zu verlassen. Um nicht erkannt zu werden, fuhren sie nach Southport statt nach Liverpool, um Kleider für die Beerdigung zu kaufen. Das Seebad mit seinen eleganten, exklusiven Geschäften liegt mehrere Meilen nördlich der Stadtregion Merseyside. »Ich hätte nie geglaubt, daß ich für die Beerdigung meines eigenen Kindes Trauerkleidung würde aussuchen müssen«, sagte Denise. »Ich wollte nicht einkaufen gehen, aber ich wußte, daß es sein mußte. Ich hatte auch nicht vor, mich zurechtzumachen. Es war ein Mittwoch, weil ich dachte, mittwochs würden die Geschäfte leer sein. Vorher ließ ich mir die Haare schneiden, weil die Leute mich nicht erkennen sollten.«

Unglücklicherweise wurde sie trotzdem in einem Laden erkannt. »Ich sah, daß zwei Frauen mich beobachteten, und dachte mir zuerst nichts dabei«, sagte Denise. »Dann sprach eine von ihnen meine Schwester Sheila an und fragte sie, ob ich die Mutter von James sei. Darauf ging ich einfach aus dem Geschäft. Schließlich kauften wir nichts in Southport und gingen nach Skelmersdale.« Niemand hatte sie verletzen wollen, aber es war eben die Art einer Begegnung, die zu vermeiden sie gehofft hatte.

Denise wählte ein einfaches schwarzes Kostüm. Das wichtigste Zubehör war der Hut. Seine breite schwarze Krempe würde ihr in den schwersten Augenblicken einen gewissen Schutz vor den Kameras bieten. Wenn sie den Kopf ein wenig neigte, waren ihre Augen und der größte Teil des Gesichts gegen die öffentliche Neugierde abgeschirmt. »Ich wählte den größten Hut, den ich finden konnte, mit einer breiten Krempe, weil ich wußte, was auf mich zukäme, und weil ich keine Bilder wollte«, sagte Denise. »Als wir nach Hause kamen, zog ich mich gleich wieder ins Schlafzimmer zurück.«

Während die Kirche am Samstag von freiwilligen Helferinnen aus der Gemeinde mit Blumen geschmückt und hergerichtet wurde, fuhr Pater O'Connell mit der Familie zum Aufbahrungsraum in Maghull, wo sie den Sarg sehen konnten. »Es half ihnen, etwas von der Wirklichkeit vor sich zu haben. Wir sprachen einige Gebete, und sie betrachteten die Blumen und Kränze, die für die Begräbnisfeierlichkeiten bereitgestellt waren. Offensichtlich fanden sie viel Halt aneinander.«

Die Sacred Heart Church ist, von außen gesehen, ein großer, grauer, unansehnlicher Kirchenbau, wie ein großer Teil der Wohnbauten Kirkbys in einer Zeit des seelenlosen Modernismus errichtet. Funktion bedeutete damals alles, und die Architekten hatten völlig aus dem Blickfeld verloren, wie wichtig es war, in einer visuell ästhetischen Umgebung zu leben. 1963 errichtet, war die Kirche bereits wegen größerer struktureller Probleme, welche zum Abbröckeln des Verputzes von Decken und Wänden geführt hatten, für den Abriß vorgesehen. Wir trafen eine volle Stunde vor dem Beginn des Trauergottesdienstes ein. Viele Fotografen und Fernsehteams waren schon zur Stelle, aber von der einheimischen Bevölkerung war bislang kaum eine Handvoll erschienen.

Bei unserer Ankunft fanden wir den Weg von zwei sehr entschlossenen Ordnern versperrt, die nicht einmal die Pressesprecher der Polizei durchlassen wollten. Sie hatten ihre Anweisungen vom Gemeindepfarrer, daß nur die 350 eingeladenen Trauergäste mit ihren besonderen Passierscheinen, die er mit der Zustimmung der Familie ausgegeben hatte, eingelassen werden durften. Die Botschaft, daß auch einer begrenzten Zahl von Medienvertretern Zutritt zu gewähren sei, war nicht bis zu ihnen durchgedrungen. Ihre Gesichter spiegelten die Anspannung wider, die jeder empfand, und den Vorsatz, nichts zuzulassen, was die Bulgers an diesem Tag in ihrer Trauer stören könnte. Eine Botschaft wurde in die Kirche gebracht, und einige Minuten später konnte die Streitfrage freundschaftlich geregelt werden, und wir wurden eingelassen. Aber es war eine heilsame Erinnerung daran gewesen, wie sehr die zum Teil sensationslüsterne Berichterstattung über den Fall die Gemeinde Kirkby den Medien entfremdet hatte.

Das Innere der Kirche war in der Gestaltung sehr viel traditioneller und bot eine einladende Atmosphäre. Einfache Malereien von Kindern der angeschlossenen Konfessionsschule schmückten die Wände des langen, relativ schmalen Kirchenschiffes; ein Bild trug die Botschaft »Der Frühling ist gekommen«. Das in blauen und purpurnen Tönen gehaltene Glasfenster hinter dem Hochaltar zeigte das Wort »Friede« und die Darstellung einer weißen Taube.

Wir wurden eine Treppe hinauf zu Plätzen in der ersten Reihe der Empore über dem Eingang geführt. Hinter uns saß ein vierundzwanzigköpfiger Chor, bestehend aus Mitgliedern von Kirchenchören der verschiedenen Gemeinden der Stadt Kirkby.

Ein einfacher hölzerner Altartisch im Vordergrund des Altarraumes trug eine weiße Decke mit den Worten »Erneuert unseren Glauben«. Der Altar war geschmückt mit gelben

Narzissen, Nelken und anderen farbenfrohen Frühlingsblumen. Vor dem Altartisch stand, bedeckt mit rotem Stoff, ein Gestell zur Aufbewahrung, bereit, James' kleinen Sarg aufzunehmen.

Ungefähr fünfundvierzig Minuten vor Beginn des Gottesdienstes begannen Trauergäste mit ihren besonderen Passierscheinen einzutreffen und wurden von freiwilligen Helfern mit weißen Armbinden zu ihren Plätzen geführt. Ein Organist spielte leise aus Andrew Lloyd Webbers Requiem und noch andere traditionelle religiöse Themen.

Unterdessen begann sich draußen eine kleine Menschenansammlung zu bilden. Als der Trauergottesdienst anfing, war sie auf etwa 500 Menschen angewachsen, die im kalten, schneidenden Wind ausharrten, der bisweilen leichte Schneeschauer durch die Straßen fegte. Außenlautsprecher übertrugen den Gottesdienst, und die Fernsehkameras ließen Millionen in ihren Wohnungen daran teilnehmen.

Denise und Ralph warteten in Eileens Reihenhaus in der Scoter Road, weniger als vierhundert Schritte von der Kirche entfernt, auf den Trauerzug. Andere nahe Verwandte trafen mit Blumengestecken ein. Die Nachbarn hatten ihre Jalousien als traditionelles Zeichen des Respekts geschlossen.

Ungefähr zehn Minuten vor dem Beginn des Trauergottesdienstes hielt eine Flotte von vierzehn mitternachtsblauen Limousinen auf der Straße vor dem Haus. Für die Familienmitglieder hätten dreizehn Wagen gereicht, aber Graham Clegg war über diese Vorstellung nicht glücklich und hatte einen vierzehnten Wagen bereitgestellt, der den Klerus von der Kirche zum Friedhof befördern sollte. Um sicherzustellen, daß alle Wagen in der Prozession zusammenpaßten, hatte Mr. Clegg identische Fahrzeuge von verschiedenen Bestattungsunternehmen in Blackpool und Leigh ausgeliehen. Jedes Detail mußte an diesem Tag vollkommen sein.

Die drei ersten Fahrzeuge waren Leichenwagen, die bis oben mit Blumen aus allen Gegenden der Welt gefüllt waren. Ihnen folgte der eigentliche Leichenwagen, der den kleinen, weißlackierten Holzsarg mit den glänzenden Messinggriffen mit sich führte. Blumengebinde der unmittelbaren

Verwandtschaft umgaben ihn, und neben dem Sarg war ein Blumenarrangement zusammengestellt, das den Namen JAMES und einen Teddybären aus Nelken zeigte. Ein paar Nachbarn kamen aus ihren Häusern, um zuzusehen, zum Teil mit Tränen in den Augen, wie die Familie für die kurze Fahrt den Wagen bestieg. Denise und Ralph verließen mit raschen Schritten das Haus und bestiegen den fünften Wagen, unmittelbar hinter dem Leichenwagen ihres Sohnes. Der Rest dieser großen, aber engverbundenen Familie ging zu den anderen Wagen und nahm die vorbestimmten Plätze ein, und die Prozession fuhr im Schrittempo zum Kirchenportal.

Angestellte des Bestattungsunternehmens öffneten die Wagentüren und reihten die Familie für den Einzug in die Kirche auf. Vier Männer übernahmen es, die leichte Bürde des Sarges zu tragen. Ralph und Ray Matthews nahmen das vordere Ende des weißen Eichensargs auf die Schultern, Gary Matthews und Philip Bulger das hintere Ende. Ein zarter kleiner Fresienstrauß ruhte auf dem Sargdeckel. Pater O'Connell, seine Diakone und Meßdiener erwarteten sie unter dem Kirchenportal und schritten dann an der Spitze des Trauerzuges durch das Kirchenschiff. Denise ging mit leicht geneigtem Kopf unmittelbar hinter dem Sarg ihres Sohnes. Der Chor stimmte das Eingangslied an, in das die Gemeinde mit einfiel. So schritt die Prozession, angeführt von den Geistlichen, langsam zum Altar, vor dem Ralph und die anderen drei Träger behutsam den Sarg auf den rotverhüllten Unterbau setzten. Dann nahm Ralph seinen Platz in der ersten Reihe neben seiner Frau ein, und die übrigen Familienmitglieder besetzten ihre freigehaltenen Plätze.

Vor der Lesung ergänzte Pater O'Connell das Kirchengebet mit den Worten: »Gott allen Trostes, der Du unsere Herzen kennst, Du weißt von der Bürde des Kummers, die Ralph und Denise und wir alle seit dem Verlust dieses Kindes tragen. Tröste uns mit dem Wissen, daß das Kind, um das wir trauern, nun Deiner liebevollen Obhut anvertraut ist. Nimm ihn in Deine Arme und heiße ihn willkommen im Paradies, wo es keine Trauer mehr geben wird, keine Tränen noch Schmerzen, sondern nur die Fülle des Friedens und der Freude mit Deinem Sohn und dem Heiligen Geist jetzt und in alle Ewigkeit, Amen.«

Es folgte die Lesung, und Chor und Gemeinde sangen den 23. Psalm.

Pater Michael O'Connell sah älter als seine sechsunddreißig Jahre aus, als er vor die Gemeinde trat, nachdem ein Diakon das Evangelium verlesen hatte. Er hatte den betrübten Eltern und der Familie in den Tagen vor dem Begräbnis Beistand geleistet und war ihnen nahegekommen, hatte alles in seinen Kräften Stehende getan, um ihnen zu helfen, und trug an diesem Tag mit an der Hauptlast. In der vergangenen Nacht hatte er überhaupt nicht geschlafen. Spätabends hatte er sich eine Tasse Kaffee bereitet und sie in die Kirche getragen, wo er sich still vor das Allerheiligste setzte. »Das war meine Zeit, um zu Gott zu sprechen und zu fragen: ›Was wünschst Du, das ich tun soll?‹« sagte er. Er war dort geblieben, betend und in Gedanken versunken, bis ihn um 6 Uhr 30 an diesem Montagmorgen die Ankunft der ersten Fernsehtechniker störte.

Aus welcher Quelle sie auch kamen, die Worte fehlten ihm nicht, als der Augenblick da war. Die Predigt, die er mit seinem sanften irischen Akzent hielt, bewegte die Trauergemeinde sichtlich und tröstete jene, die ihre Mühe damit hatten, den grausamen und unerklärlichen Tod dieses unschuldigen kleinen Jungen zu verstehen. Pater O'Connell war sich dessen bewußt, daß Millionen Augenpaare auf ihn blickten, als er sprach, zeigte aber keinerlei Nervosität. Er richtete seine Ansprache direkt und einfach an die trauernde Familie und fand schlichte, zu Herzen gehende Worte des Mitleids und der Liebe.

»Wir alle verspüren großes Mitleid mit Ihnen«, sagte er. »Wir wünschen, wir könnten die Uhr zweieinhalb Wochen zurückstellen. Wir wünschen, wir könnten ungeschehen machen, was geschehen ist und Ihnen James zurückbringen, aber wir können es nicht. Wir können nichts tun als Ihnen unsere Unterstützung zu bieten, unseren Glauben mit Ihnen zu teilen, mit Ihnen den Verlust ermessen, den Sie empfinden, und das Geschenk, das Gott uns in James Patrick gab.

Vor beinahe drei Jahren wurde James geboren. In diesen drei Jahren teilte er so viel mit uns. Daß ich an diesem Morgen die Kraft finde, hier zu stehen, verdanke ich nur meinem Glauben an Jesus Christus. Gott Vater liebte uns so sehr, daß er Jesus Christus sandte, um uns zu zeigen, daß wir Not und Leiden überwinden können, daß wir alles durchstehen, daß wir überleben können. Was unsere Zeit wahrscheinlich am meisten fürchtet, ist der Tod. Wir können Ischias und Knochenbrüche ertragen, aber es schreckt uns, Worte wie Leukämie oder Krebs zu hören, weil sie vielleicht den Tod bedeuten. Und an den Tod zu denken, das können wir kaum ertragen.« Aber er fügte auch hinzu, daß Jesus Christus durch seinen Sieg über den Tod gezeigt habe, daß er nicht das Ende sei und nicht mehr gefürchtet werden müsse.

Er sagte, James habe beinahe drei Jahre und neun Monate Leben erfahren, einschließlich der Zeit, die er sicher und warm im Mutterleib gewesen sei. »Dann kam für ihn die Zeit der Geburt... Aber wie muß es für das Kind im Mutterleib gewesen sein, als es durch einen dunklen Gang hinabgestoßen wurde? Für dieses Kind mag es sich wie der Tod angefühlt haben, aber für uns auf der anderen Seite war es Leben – war es in diese Welt geboren werden. Wir leben hier und wachsen hier auf, und wir nennen es Leben und nennen es unsere Welt, und dann kommt wieder die Zeit für uns, zu sterben, wiedergeboren zu werden, und in das ewige Leben einzutreten. Dort ist James jetzt, übergegangen in dieses ewige Leben, wo es keine Schmerzen und kein Leiden mehr gibt.«

In einem ergreifenden Kontrapunkt zu Pater O'Connells Worten fing in den Reihen der Trauergemeinde ein kleines Kind zu weinen an, als er in seiner Ansprache fortfuhr und die Gemeindevorhaben und guten Dinge erwähnte, die als ein Ergebnis von James' Tod in Angriff genommen wurden. »Obwohl wir ihn nicht berühren können, beeinflußt er uns noch immer und hat Macht über uns. Sein Tod war nicht vergebens. Etwas in James Patrick hat die ganze Welt angerührt, und vielleicht wird sie jetzt für vieles empfänglicher sein. Er hat etwas aus unserem Innersten zutage gebracht. Der Tod eines unschuldigen Kindes muß uns Anlaß sein, etwas zu tun, was das Leben besser und menschlicher macht.

Drei Jahre lang hatten wir James bei uns, und in diesen drei Jahren entwickelte er nach allem, was ich erfahren konnte, eine eigene Persönlichkeit, die ihre Freude daran hatte, andere Menschen zu erheitern, die immer fröhlich war, eine kleine Persönlichkeit, die wir sehr vermissen werden. James Patrick vergeudete das Leben nicht; er lebte diese drei Jahre in vollen Zügen und legte all seine Energie hinein, blieb abends bis zur letzten Minute auf. Jesus Christus hat die Kinder nicht abgewiesen. James Patrick hat jetzt seinen eigenen kleinen Platz oben im Himmel. Seine Eltern aber werden ihn jeden Tag vermissen, weil sie ihn niemals vergessen und seinen Verlust niemals wirklich verwinden können. Die Zeit heilt nicht. Die Zeit hilft uns nur, ein wenig besser mit dem Verlust fertig zu werden. Laßt alles, wofür er stand, seine Unschuld, seine Liebe zum Leben, seine gute Laune und Fröhlichkeit seine Spontaneität – laßt all das jetzt in uns weiterleben. Laßt es uns in ganz Northwood, Kirkby und Merseyside verbreiten. Das Leben hat sich geändert, es hat nicht aufgehört. Laßt diese Veränderung zum Guten führen, laßt uns einander in Not und Leid beistehen und Hilfe und Ermutigung geben. Laßt uns unseren Glauben und unser Vertrauen in Gott und ineinander setzen. Laßt uns dies zu einem Anfang machen.«

Die Macht dieser Worte gab viel zu denken, während die Messe ihren Fortgang nahm. Der Chor sang zwei Kirchenlieder, und dann ging die Gemeinde zur Kommunion. Es folgten die Schlußgebete, und der Priester versammelte sich mit den Diakonen und Meßdienern um den Sarg, um ihn während des letzten Segens in Weihrauch einzuhüllen.

Die Trauerprozession formierte sich zum Verlassen der Kirche; Ralph und die anderen Träger nahmen den Sarg wieder auf die Schultern. Sein Gesicht war eine starre Maske unterdrückten Schmerzes, seine rotgeränderten Augen starrten unverwandt geradeaus. Denise folgte dem Sarg mit geneigtem Kopf, und die breite Hutkrempe bewirkte, was sie von ihr erwartet hatte. Als sie langsam durch den Mittelgang der Kirche hinauszogen, konnte ich das Maß an Würde und Selbstbeherrschung nur bewundern, die das Paar aufbrachte, um diese schwere Prüfung zu bewältigen.

Kurz darauf setzte sich die Kolonne der vierzehn Wagen des Trauerzuges in Bewegung und trat die langsame Fahrt zum Friedhof an, wo die viel verleumdeten Medien glücklicherweise ihren Teil der Vereinbarung einhielten und die Bulgers ungestört von ihrem Sohn Abschied nehmen ließen.

Pater Michael O'Connell begleitete James auf seiner letzten Fahrt im Leichenwagen. Zum ersten Mal erlaubte er sich dabei den Luxus von Tränen. »In der Kirche ist man nicht für sich selbst da, sondern für andere. Braucht man etwas für sich selbst, so hat man die Pflicht, es sich bei einer anderen Gelegenheit zu verschaffen. Beim Trauergottesdienst war es meine Aufgabe, der ganzen Gemeinde Trost und Hoffnung zu geben.

Als ich herauskam und in den Wagen stieg, sah ich all die Leute draußen stehen, und als wir ans Ende der Straße kamen und nach links bogen, sah ich auch dort überall Menschen an den Straßenrändern. Da weinte ich, bis wir zum Friedhof kamen. Das war meine Zeit, zu weinen. Ich war allein.

Ich dachte an alles, was gewisse Presseleute über Kirkby geschrieben hatten, und sagte mir: ›Wie konnten sie solche Dinge über so fabelhafte Leute erfinden?‹ Ich bin seit elf Jahren in Kirkby. Jeder kennt hier jeden, und die Menschen der Gemeinde unterstützen einander fantastisch in Notzeiten. Sie zeigen sich jeder Situation gewachsen, und teilen Freud und Leid.«

Die Strecke zum Friedhof Kirkdale war gesäumt von Menschen. Der Verkehr kam zum Stillstand, wo die Wagenkolonne gemessen ihren Weg nahm. Ein Mann vom Pannenhilfsdienst des Königlichen Automobilklubs hielt seinen Wagen an, stieg aus und neigte den Kopf, als der lange Trauerzug vorüberfuhr.

Am Friedhof angelangt, erhielt die Familie von Angestellten des Bestattungsunternehmens Beutel mit Blütenblättern von Rosen. Graham Clegg hatte Blumengeschäfte der Gegend, die Blumengebinde und Kränze für die Beerdigung lieferten, um Blütenblätter von Rosen gebeten, und die Reaktion war sehr positiv ausgefallen. Die anderen eingeladenen Trauergäste versammelten sich mit der Familie um das Grab. Sie waren mit einem Bus von der Kirche hergebracht worden und hatten den Friedhof schon vor der Familie erreicht.

Am Ende der Zeremonie am Grab legten Denise, Ralph und ihre nächsten Angehörigen rote Rosen auf James' Sarg, der dann ins Grab gesenkt wurde. Die anderen Trauergäste streuten Blütenblätter von Rosen ins Grab.

»Ich sehe nicht gern, wie Erde in ein Grab geworfen wird, und das galt besonders in diesem Fall«, sagte Mr. Clegg. »Ich fand, es war schon genug auf ihn geworfen worden. Sein Grab mußte so friedlich wie möglich sein. Der weiße Sarg mit einer Menge von farbenfrohen Blütenblättern ließ etwas Dunkles hell aussehen. Er lag jetzt in einem Bett von Rosen.

Denise und Ralph hielten sich genauso wie sie es in der Kirche getan hatten. Ich weiß nicht, woher sie ihre Stärke nahmen. Sie sind wirklich erstaunliche Leute. Alle wahrten Haltung. Ich glaube, niemand wollte die Eltern enttäuschen. Die meisten weinten, mein Personal und ich mit eingeschlossen, aber es war alles sehr würdig.«

Bis ich aus der überfüllten Kirche hinauskam, war die Wagenkolonne bereits außer Sicht. Der kalte Wind drang augenblicklich durch meinen Mantel. Die Temperatur war womöglich noch weiter gesunken, und mich fröstelte. Gleichwohl war es eine Erleichterung, wieder draußen in der frischen Luft zu sein, tief durchzuatmen und nach der gefühlsgeladenen Atmosphäre des eineinviertelstündigen Trauergottesdienstes einen klaren Kopf zu bekommen.

Sean Sexton wartete draußen, um den Dank der Familie für die »absolut großartige« Unterstützung der Öffentlichkeit auszusprechen. »Die Familie wünschte, daß die Gemeinde sich hier mit ihr in Trauer versammelte, und das ist geschehen«, sagte er. »Es ist erstaunlich, welche Haltung die Angehörigen gezeigt haben.«

Nun blieb mir nur noch übrig, meinen Bericht aufzusetzen

und in ein nahes Hotel zu gehen, um meine Notizen mit Peter Beal und Stephen Guy zu vergleichen, zwei Kollegen aus dem Büro der Press Association in Manchester, die das Geschehen vor der Kirche verfolgt hatten, um dann eine ausführlichere Darstellung für die Morgenzeitungen vorzubereiten. Es war ein Tag, den ich gefürchtet hatte, und nun empfand ich große Erleichterung, es hinter mir zu haben.

Für die Bulgers wird es natürlich niemals vorbei und abgetan sein. Nach der Beerdigung kehrten sie zurück nach Kirkby zu einem stillen, gedämpften Empfang für die engere Familie und Freunde im Gemeindehaus. Anschließend gingen sie nach Haus, allein mit ihren Erinnerungen und ein paar Fotografien, die sie an ihr armes kleines Kind erinnerten.

12

So war James Bulger endlich zur letzten Ruhe gebettet. Vor seinen Eltern und Angehörigen lag ein langer und schmerzlicher Trauerprozeß. Für Staatsanwaltschaft, Polizei und Anwälte dagegen waren die folgenden Monate eine Zeit sorgfältiger Vorbereitungen auf das, was nach aller Voraussicht ein historischer Mordprozeß sein würde. Für die Politiker, die Sozialwissenschaftler und Psychologen, aber auch für die allgemeine Öffentlichkeit war es eine Zeit allgemeiner Gewissenserforschung.

Was Robert Thompson und Jon Venables getan hatten, erschreckte das Land mehr als jedes andere Verbrechen seit langem. Hier war kein geistesgestörter erwachsener Serientäter oder eine Terroristengruppe am Werk gewesen, sondern zwei Kinder in einem Alter, das automatisch mit Unschuld gleichgesetzt wurde. Die Wirkung der Tat auf die nationale Psyche ist belegt durch eine Umfrage unter eintausend Eltern in ganz Großbritannien, die im Juli 1993 von der karitativen Organisation Kidscape durchgeführt wurde. Sie ergab, daß 98 Prozent der Eltern jetzt aussagten, ihre größte Sorge sei eine mögliche Entführung ihrer Kinder. Diese Sorge überschattete zu der Zeit alle anderen, von Straßensicherheit über Drogenmißbrauch bis zu Sex und Gewalt im Fernsehen.

Schon bald nach der Auffindung von James' Körper auf den Eisenbahngeleisen setzte eine umfassende politische Debatte ein. Der britischen Mittelschicht war seit langem mit Unbehagen das Problem der rasch anwachsenden Jugendkriminalität bewußt, die in zunehmendem Maße auch in ihre Lebensbereiche vordrang. Ob es Halbwüchsige waren, die in einschüchternden Gruppen an Straßenecken herumlungerten, die häßliche Aggression der »Rowdykultur«, die sogar einen Besuch in der örtlichen Kneipe alles andere als entspannend machen konnte, oder die Erfahrung einer persönlichen Begegnung mit der Art von beiläufiger Gewalttätigkeit, die anscheinend fast überall so erschreckend und unberechenbar eruptieren konnte – alle verspürten ein mehr oder weniger akutes Unbehagen angesichts einer unheilvollen Entwicklung, die nichts Gutes verhieß. Dieses jähe, erschreckende Verbrechen ließ dieses Unbehagen offen hervorbrechen und elektrisierte die öffentliche Meinung. Wenn wir jetzt in einer Gesellschaft lebten, wo Zehnjährige ein dreijähriges Kind nur so zum Spaß töten konnten, mußte etwas geschehen. Es war an der Zeit, der Entwicklung Einhalt zu gebieten.

Die Verbrechensstatistik des Innenministeriums zeigt, daß jeder dritte Mann (33 Prozent) und 8 Prozent der Frauen, die 1953 geboren wurden, straffällig geworden waren, wobei Verkehrsdelikte und Ordnungswidrigkeiten wie Trunkenheit unberücksichtigt blieben. Im Jahre 1970 wurden von der Polizei in England und Wales 1,6 Millionen Straftaten registriert, eine Zahl, die mit einer Rate von durchschnittlich 5 Prozent im Jahr stetig gewachsen ist, bis sie 1992 die Gesamtzahl von 5,6 Millionen Straftaten erreichte. Mehr als 80 Prozent der bekannten Straftäter waren männlich, 46 Prozent unter einundzwanzig und jeder fünfte unter siebzehn. Amtliche Zahlen zeigen einen Rückgang der Jugendkriminalität im Laufe der letzten zehn Jahre, aber dieses Bild trügt. Die Kombination der demographischen Abnahme des jugendlichen Bevölkerungsteils und einer geänderten Politik der Strafverfolgungsbehörden, die immer mehr dazu übergegangen sind, auf Straftaten Jugendlicher mit inoffiziellen Verwarnungen zu reagieren, statt Strafverfahren einzuleiten, verbirgt statistisch, was nach der Überzeugung von Sachverständigen in Wahrheit eine beträchtliche Zunahme der Straftaten bedeutet.

Jugendkriminalität und die offensichtliche Unfähigkeit des Rechtssystems, sie wirksam zu bekämpfen, wurde in den Wochen, die auf James Bulgers Tod folgten, zum heißesten Thema. Viele Zeitungen brachten schier endlose Aufzählungen von Fällen jugendlicher Delinquenten, die völlig außer Kontrolle geraten waren. Im März stand ein vierzehnjähriger Junge wegen Notzucht vor dem Krongericht Durhan und bekannte sich schuldig, eine fünfzehnjährige Schülerin auf einem Friedhof überfallen und festgehalten zu haben, während sie von einem anderen Jugendlichen vergewaltigt wurde. Der vorsitzende Richter räumte ein, daß er nicht in der Lage sei, ihn zu einer Haftstrafe zu verurteilen. Hartnäckige jugendliche Straftäter können mit fünfzehn in Jugendstrafanstalten geschickt werden, aber unter diesem Alter können die Gerichte sie nur zur Unterbringung in gesicherten Einrichtungen verurteilen, wenn sie schwere Verbrechen wie Mord begangen haben, auf die eine maximale Freiheitsstrafe von vierzehn oder mehr Jahren steht. Der Richter konnte nichts tun als den Jungen in die Erziehungsanstalt zurückzuschicken, aus der er gekommen war, und innerhalb eines Monats flüchtete der Junge zweimal aus dem offenen Heim – womit sich die Gesamtzahl seiner »Ausflüge« auf fünfundzwanzig in zwei Jahren erhöhte. Der bereits dreiundvierzigmal verurteilte Junge stand am 31. März vor dem Jugendgericht in Newcastle upon Tyne und gestand elf Straftaten, darunter Autodiebstahl, Einbruch und Tragen einer Angriffswaffe. Das Jugendgericht konnte nichts tun als ihn wieder unter die Aufsicht der lokalen Jugendbehörde zu stellen. Die Richterin Edna Maier sagte: »Wir sind genauso wie die Öffentlichkeit der Überzeugung, daß diese Straftaten eine Haftstrafe rechtfertigen. Uns sind jedoch die Hände gebunden.«

Das gleiche Gericht hatte den Fall eines dreizehnjährigen sogenannten »Rattenjungen« zu verhandeln, der in behelfsmäßigen Verstecken in einem Labyrinth von Entlüftungsschächten des Byker Wall-Komplexes – es handelte sich um Sozialwohnungen – in Byker, Newcastle, lebte. Der Junge, der mehr als dreißigmal von daheim fortgelaufen oder aus der Heimerziehung geflohen war, gestand vier Einbrüche, drei davon in Wohnungen älterer Frauen, und Widerstand gegen die Staatsgewalt – er hatte einem Polizisten einen Kopfstoß ins Gesicht versetzt. Sein »Urteil« lautete, daß er für ein weiteres Jahr unter die Aufsicht des Jugendamtes gestellt werden sollte.

Zwei zwölfjährige Mädchen wurde verwarnt, nachdem sie wegen öffentlicher Prostitution in Rotlichtbezirken von Walsall in Mittelengland festgenommen worden waren. Die eine war ihren Eltern durchgebrannt, die andere ihren Stiefeltern.

Am 8. März wurden zwei siebzehnjährige Mädchen, Maria Rossi und Tina Molloy, vom Krongericht in Cardiff zu einer Haftstrafe von unbestimmter Dauer verurteilt, weil sie im Juli 1992 die einundsiebzigjährige halbblinde Edna Phillips in ihrem Haus in Penywaun, Mid-Glamorgan, mit ihrer Hundeleine gewürgt, fünfunddreißigmal mit einem Teppichmesser geschnitten, geschlagen, erstochen und zu Tode getrampelt hatten.

Am 19. März starb die vierzehnjährige Sally Ann Catell am Steuer eines gestohlenen, PS-starken Austin Metro, als sich der Wagen während einer Verfolgungsjagd durch Birmingham mit 110 km/Std. überschlug.

Kein Tag vergeht, ohne daß ein weiteres Verbrechen oder eine weitere Tragödie, verursacht durch die offensichtlich ungebremste Explosion der Jugendkriminalität, in die Schlagzeilen kommt. Und es ist nicht nur ein Problem der »Unterschicht«.

Der Hierarchie der Richterschaft war die Notwendigkeit, bei der Zuerkennung eines Strafmaßes auf die öffentliche Meinung zu reagieren, nur zu bewußt. Der Oberrichter, Lord Taylor, erklärte auf der Jahreskonferenz der Juristenvereinigung von Schottland am 21. März, daß das Strafrechtsgesetz von 1991 die Richter in eine »schlechtsitzende Zwangsjacke« gesteckt habe, indem es die Strafen, zu denen sie verurteilen konnten, einschränkte. »Ich glaube, der fundamentale Irrtum des Gesetzes ist eine falsch verstandene Vorstellung, daß die Strafen programmiert sein müßten, um den Ermessungsspielraum des urteilenden Richters einzuschränken«, sagte er. »Es ist von vorrangiger Bedeutung, daß verhängte Strafen nicht so weit jenseits der Erwartungen gewöhnlicher, gesetzestreuer Bürger liegen sollten, daß sie Unzufriedenheit erzeugen.

Wie fortschrittlich die Pönologen, Kriminologen und Bürokraten in Ministerien auch immer denken mögen, es sollte nicht erlaubt sein, daß ihre Ansichten zur Vorherrschaft gelangen und eine Strafzumessungspraxis diktieren, die der rechtlich denkenden Bevölkerung im allgemeinen unverständlich oder inakzeptabel erscheinen muß. Wenn das geschieht, erwächst uns eine wirkliche Gefahr, daß Parteien, die sich ungerecht behandelt fühlen, das Gesetz in die eigenen Hände nehmen.«

Premierminister John Major sprach das Thema schon einmal in einem Interview an, das er am 21. Februar der *Mail on Sunday* gewährte: »Ich würde es begrüßen, wenn die veröffentlichte Meinung einen Kreuzzug gegen das Verbrechen führen und sich so ändern würde, daß sie ihr Augenmerk weniger auf die Vergebung des Verbrechens und mehr auf die Lage der Opfer richtet. Die Gesellschaft muß ein wenig mehr verurteilen und etwas weniger verständnisbereit sein.«

Am selben Tag sprach der damalige Innenminister Kenneth Clarke im vierten Radioprogramm der BBC von einem Verlust an Werten und Zielvorstellungen unter den jungen Leuten, und einem sich ausbreitenden Gefühl, daß man ihnen alles würde durchgehen lassen. »Ich bin der Überzeugung, daß die Gerichte die Macht haben sollten, beharrlich asoziale kleine Gesetzesbrecher in geschlossene Institutionen einzuweisen, wo man sich besser um sie kümmern kann und wo sie erzogen werden«, sagte er. Sich den Sozialarbeitern zuwendend, fügte er hinzu: »Sie müssen akzeptieren, daß Sie gegenwärtig keinen Erfolg mit Kindern haben. Es taugt nicht, politische Rhetorik darüber vorzutragen, warum die Kinder in Ihrer Obhut so kriminell sind. John Major und ich halten es für untragbar, daß manche Teile der Gesellschaft ständig Entschuldigungen für das Verhalten von Mitgliedern jener Bevölkerungsgruppe sucht, die im Grunde aus verkommenen Elementen besteht. Man muß in der Lage sein, sie zu verhaften, vor ordentliche Gerichte zu stellen und dann zu Gefängnisstrafen zu verurteilen, die so organisiert sind, daß Täter verbessert werden.«

Am 12. März kam Mr. Clarke auf das Thema zurück, als er in Weston-super-Mare vor einem Regionalkongreß der Konservativen Partei sprach. »Zur Eindämmung des Verbrechens möchte ich mehr Nachdruck auf die Furcht vor abschreckender Bestrafung legen«, sagte er und versprach ein hartes Durchgreifen gegen rückfällige, außer Kontrolle geratene jugendliche Straftäter. »Dies erfordert eine neue Methode und vor allem neue Machtbefugnisse für die Gerichte, Zwölf- bis Fünfzehnjährige mit Freiheitsentzug zu bestrafen, was ihnen gegenwärtig nicht möglich ist«, erklärte er.

Mr. Clarke kündigte an, daß für 75 Millionen Pfund fünf Sicherheitszentren mit jeweils vierzig bis fünfzig Plätzen eingerichtet werden sollten, wo Jungen zwischen zwölf und fünfzehn Jahren, die bereits in drei Fällen strafwürdiger Verbrechen schuldig gesprochen wurden, nach einer neuen Ergänzung des Strafrechts inhaftiert werden könnten. Im Gegensatz zur strengen Disziplin der alten Besserungsanstalten sollten diese Zentren den Jungen ein hohes Maß an Fürsorge angedeihen lassen, einschließlich disziplinierter Erziehung und Methoden zur Charakterformung. Die Aufenthaltsdauer würde im Durchschnitt sechs Monate bis ein Jahr betragen und von einer Bewährungsphase unter strenger Aufsicht gefolgt sein.

Der Staatssekretär im Sozialministerium, Peter Lilley, schrieb am 7. März in der Zeitschrift *News of the World*, daß der Zerfall der Familienstrukturen für die »seuchenartige« Ausbreitung der von Jugendlichen verübten schweren Verbrechen verantwortlich sei. Er sagte, daß die Zahl der Scheidungen in dreißig Jahren um das Sechsfache angestiegen wäre, während der Anteil an außerehelich geborenen Kindern um das Fünffache zugenommen habe. Mr. Lilley sagte, dies sei das Kernproblem hinter der ausufernden Jugendkriminalität.

Die Labour-Opposition im Unterhaus schaltete sich bald in die Diskussion ein, doch lag sie in ihrer Forderung nach unmittelbaren Konsequenzen überwiegend auf der Linie der Regierung. Der Abgeordnete Tony Blair, Innenminister im Schattenkabinett der Labour Party, sprach sich entschieden für energisches Handeln aus. In einem am 22. Februar im *Daily Mirror* veröffentlichten Artikel schrieb er: »Es gibt viel Ungesundes im Herzen unserer Gesellschaft. Ich glaube, es ist an der Zeit, unsere Nation neu aufzubauen als eine Gemeinschaft, in der es Achtung vor anderen, Anstand und allgemein verbindliche Wertvorstellungen gibt, in der wir uns als Teile eines Ganzen fühlen und es auch sind.«

Er kritisierte die Selbstgefälligkeit der Regierung und sagte, jugendliche Verbrecher von zehn oder elf Jahren kämen nicht von ungefähr. Zerbrochene Familien, schlechte Wohnverhältnisse, schlechte Schulbildung, fehlende Berufsausbildung, Arbeitslosigkeit und der Mangel an Hoffnung und Aufstiegsmöglichkeiten beeinflußten allesamt die Entwicklung eines Kindes, argumentierte er. Dennoch vertrat er einen harten Kurs im Umgang mit jungen Straftätern. »Diese Jugendlichen, die eine wirkliche Gefahr für die Gesellschaft wurden, weil sie außer Kontrolle geraten sind, müssen in sicheren Institutionen untergebracht werden. Das ist die Tragödie – aber es gibt keine andere realistische Option, wenn die Allgemeinheit den Schutz erhalten soll, der ihr zusteht.«

Unter Fachleuten verschiedener Gebiete, die unmittelbar oder mittelbar mit den Problemen der Jugendkriminalität befaßt waren, schien sich ein allgemeiner Konsens herauszubilden, zumindest was die Natur des Problems betraf, dem die Gesellschaft sich gegenübersah.

Masud Moghughi, der fünfundfünfzigjährige Direktor des Aycliffe-Zentrums für straffällige und gestörte Kinder in der Grafschaft Durham, einem der wenigen bestehenden Zentren mit gesicherter Unterbringung für jugendliche Schwerverbrecher, schrieb im Magazin der *Sunday Times*: »James Bulgers Ermordung war eine Wasserscheide für das Land: sie lenkte das Bewußtsein der Nation auf die Tatsache, daß junge Menschen an den Rändern unserer Gesellschaft außer Kontrolle geraten sind. Warum? Alles, was uns ein Selbstwertgefühl gibt, befindet sich in einem Prozeß fortschreitenden Verfalls. Wir schaffen eine Neidgesellschaft, wo der vorherrschende Wertmaßstab ist, wieviel Geld einer hat, nicht welchen Wert man ihm als Person zumißt.«

John Findlay von der Gewerkschaft NALGO, welche die Interessen von Beamten im öffentlichen Sozialwesen vertritt, behauptete im *Daily Mirror*, daß die Jugendkriminalität sich in fünf Jahren verdoppeln könnte, wenn nicht energisch gegen die schätzungsweise halbe Million Schulkinder vorgegangen würde, die jeden Tag die Schule schwänzen. Er sagte, 5 bis 10 Prozent aller Jugendlichen blieben alltäglich unentschuldigt der Schule fern, und das Land benötige zusätzliche 900 Erziehungsberater in den Sozialämtern, um den Deckel auf dem Topf zu halten. »Kinder, welche die Schule schwänzen, werden nicht notwendig zu Kriminellen. Aber sie treiben sich unbeaufsichtigt auf den Straßen herum und sind der Jugendkriminalität ausgesetzt und anfällig für sie. Viele werden hineingezogen«, sagte er. »Wenn es hier nicht zu einer Änderung kommt, wird mit einer massiven Explosion der Jugendkriminalität zu rechnen sein. Wir fürchten, daß Ladendiebstähle, Drogenmißbrauch, Autodiebstähle und Vandalismus von Jugendlichen sich in fünf Jahren verdoppeln könnten.«

Die der Merseyside benachbarte Grafschaft Cheshire verzeichnete von 1991 bis 1992 einen Anstieg der Kriminalität um 23 Prozent, und jedes fünfte aufgeklärte Verbrechen wurde von Kindern unter dreizehn Jahren verübt. In einem Jahresbericht sagte Polizeipräsident David Graham: »Dies wirft offensichtlich die Frage nach der elterlichen Verantwortung auf. Man fragt sich, ob die Werte und Prinzipien vergangener Generationen in einem derartigen Ausmaß ausgehöhlt und abgetragen worden sind, daß eine wachsende Zahl junger Menschen orientierungslos treibend sich selbst überlassen bleibt, um ihre eigenen Werte und Prinzipien in einer zunehmend materialistischen Gesellschaft zu bestimmen.«

Das Fehlen moralischer Anleitung und sittlicher Erziehung wurde zu einem wiederkehrenden Thema in der Debatte. Eltern, und insbesondere alleinerziehenden Eltern, fehle es oft an der Zeit oder der Geduld, in ihren Kindern das sichere Gefühl für Recht und Unrecht wachzurufen und ihnen den Wert von Tugenden wie Ehrlichkeit, Anstand, Zuverlässigkeit und Fleiß vorzuleben und nahezubringen. Auch versagten viele moderne Schulen vor der Aufgabe, ihren Schülern moralische Anleitung zu geben. Die vorherrschenden politischen Ideologien der »fortschrittlichen Linken« der späten 1960er Jahre, als die »Kleinfamilie« systematisch verhöhnt und entwertet, als die überkommenen Wertvorstellungen und Tugenden lächerlich gemacht und planmäßig zerfetzt wurden, hatten letzten Endes nur den Boden für den materiellen Egoismus in den Thatcher-Jahren der 1980er Jahre bereitet, der wenig Wert auf die Bedeutung eines stabilen moralischen Rahmens legte.

Anläßlich eines Besuches in der Merseyside sagte der Erzbischof von Canterbury am 24. März: »Für Kinder ist die Familie der weitaus wichtigste einflußnehmende Faktor im Guten oder im Bösen, wenn auch keineswegs der einzige. Ohne die Liebe, Unterstützung und Anleitung von Eltern ist es schwierig zu lernen, wie man sich gut verhält. Es kann die leichteste Sache auf der Welt sein, Vater oder Mutter zu werden, aber ein guter Vater oder eine gute Mutter zu sein ist schwierig und verlangt Opferbereitschaft und bedingungslose Liebe. In dem Maße, wie die Großfamilie zur Ausnahmeerscheinung wird, benötigen junge Eltern andere Hilfsquellen, um ihrer anspruchsvollen Aufgabe gerecht zu werden. Wenn wir unterbinden wollen, daß Kinder die Straßen durchstreifen und sich selbst und anderen Schaden zufügen, sind es vor allem die Eltern, die aufgerufen werden müssen und denen Hilfe zu leisten ist.«

Der Erzbischof wies darauf hin, daß eine auf gemeinsamer Verpflichtung zu einer moralischen Gesellschaft beruhende

Vision für alle Menschen im Land nötig sei. »Wenn die Moral weiterhin zu einer bloßen Frage der persönlichen Meinung ohne Allgemeinverbindlichkeit gemacht wird, dann wird unsere Gesellschaft weiterhin zerfallen. Ich spüre eine anwachsende Strömung in der öffentlichen Meinung, welche diese Individualisierung von Glauben und Moral für eine öffentliche Katastrophe von gigantischen Ausmaßen hält, die auf den Ebenen individuellen, familiären und kollektiven Verhaltens größtes Unheil anrichtet. Wenn Recht und Unrecht nur noch abhängig von jedermanns persönlichen Instinkten und Berechnungen werden, verliert die Gesellschaft ihren Zusammenhalt.«

Sieht man als gegeben an, daß die »Unterschicht« marginalisierter, entfremdeter Menschen, die aus welchen Gründen auch immer an die Ränder unserer Gesellschaft gedrängt worden sind, in den 1990er Jahren eine nicht zu übersehende Realität ist, so wird eine moralische Erneuerung in dem Umfang, der erforderlich ist, um die entgleiste Gesellschaft wieder auf die richtigen Schienen zu bringen, umfassendere Anstrengungen erfordern, als die extrem amoralischen Übeltäter nur in Institutionen einzusperren, die ihnen nur vielleicht wirklich helfen werden, so wichtig dies auch ist. Das Problem sieht so überwältigend aus, daß man daran zweifeln möchte. Aber irgendwo muß ein Anfang gemacht werden.

Ende Juni veröffentlichte das Studienzentrum für Familienpolitik einen Bericht mit dem Titel *Kriminalität und die Familie – Verbesserte Kindererziehung und die Verhütung von Straftaten.* Seine drei Autoren, David Utting, Jon Bright und Clem Henricson, beschäftigten sich eingehend mit kriminologischen Forschungen in Großbritannien und den USA über den Zusammenhang familiärer Umstände mit den Risiken der Jugendkriminalität. Was viele andere gefühlsmäßig über die Ursachen der Jugendkriminalität gefolgert hatten, untermauerte dieser Bericht mit hartem Beweismaterial. Er konnte darüber hinaus einige der bisher konstruktivsten Vorschläge zur Vermeidung von Jugendkriminalität machen.

Der Bericht führte aus, daß Vernachlässigung der elterlichen Aufsicht, übermäßig harte, nachlässige oder willkürliche Disziplin, elterliche Zwietracht und ein Elternteil mit krimineller Vergangenheit die wichtigsten Kindheitsfaktoren waren, die regelmäßig und signifikant mit späterer Straffälligkeit der Jugendlichen zusammenhingen. Weitere, jedoch weniger einflußreiche Faktoren waren niedriges Familieneinkommen, soziale Benachteiligung einschließlich der Herkunft aus einer großen Familie, geringe schulische Leistungen und aggressives und schwieriges Verhalten.

Mehrere dieser Faktoren waren offensichtlich in Robert Thompson und Jon Venables am Werk. Aggression bei vorpubertären Kindern, so fügt der Bericht hinzu, sei auf unzulängliche Beziehungen zu ihren Eltern zurückzuführen, als die Kinder zwölf bis achtzehn Monate alt waren. Mangelnde Zuwendung und unzureichende Fürsorge in der Kleinkindphase bis zum fünften Lebensjahr wurde gleichfalls mit späterer Straffälligkeit in Verbindung gebracht.

Autor David Utting, ein Forschungsstipendiat am Studienzentrum für Familienpolitik, sagte: »Es wäre lächerlich, die Schuld an der zunehmenden Kriminalität nur auf die Eltern zu schieben. Aber es gibt Grund zu der Annahme, daß die Kindererziehung für die heutigen Eltern, die meist in größerer Isolation stattfindet, eine schwierigere Aufgabe ist, als sie es früher im schützenden und unterstützenden Bereich der Großfamilie war. Ob wir von Kindern sprechen, die mit beiden Eltern leben, mit einem Elternteil oder in Pflegefamilien, es liegt auf der Hand, daß liebevolle Elternschaft und konsequente Disziplin helfen, den Jugendlichen vor dem Abgleiten in die Kriminalität zu schützen.«

Der Bericht schlägt die Gründung einer nationalen Initiative vor, um die Wurzeln jugendlicher Straffälligkeit durch die Verbesserung elterlicher Fähigkeiten und die Unterstützung gefährdeter Familien bei der Kindererziehung anzugehen. Zu diesem Zweck sollten alle Eltern Zugang zu Programmen der Elternerziehung, Schwangerschaftsberatung und postnatalen Fürsorge haben. Vor allem jungen Eltern müßten Rat und Hilfe in unterstützenden Netzwerken zur

Verfügung stehen. Parallel zu diesem Programm zur Verbesserung elterlicher Fähigkeiten verlangt der Bericht eine qualitativ gute, erschwingliche Kinderbetreuung für arbeitende Eltern, »Effektivitätsprogramme« in Grund- und Aufbauschulen, um ein Minimum an Grundkenntnissen im Lesen, Schreiben und Rechnen sicherzustellen und die Verbindung mit den Eltern aufrechtzuerhalten, sowie Familienplanung und »Vorbereitung auf das Familienleben« als Lehrinhalte in höheren Schulen. Die Schulen sollten eine wirksame Partnerschaft mit den Eltern eingehen, um Erziehungsmängel und spezielle Verhaltensprobleme anzugehen.

Der Bericht empfiehlt ferner, daß Familien in benachteiligten Wohngebieten mit hoher Verbrechensrate verstärkte Unterstützung erhalten sollten. Dies müßte über offene Familienzentren mit Dienstleistungen geschehen, die von Klubs für Eltern mit Kleinkindern bis zur Erziehungsberatung, Ausbildung in elterlichen Fähigkeiten und Familientherapie zu reichen hätten. Diese Zentren sollten der ganzen Gemeinde offenstehen, um die Stigmatisierung von Problemfamilien zu vermeiden. Zu weiteren vorgeschlagenen Maßnahmen gehören Jugendklubs zur sinnvollen Freizeitgestaltung und Ferienaktivitäten für Kinder und Jugendliche.

Gefährdete Familien, auf die bereits Sozialarbeiter oder Polizei aufmerksam geworden sind, sollten, schlägt der Bericht vor, freiwillige Familienhelfer bekommen, um Eltern und Kinder zu Hause zu unterstützen, sowie einen intensiven »Familienerhaltungsdienst«, damit das Auseinanderbrechen von Familien verhütet wird, wenn Kinder in unmittelbarer Gefahr sind, in Heimerziehung gegeben zu werden.

Dieses positive und einfallsreiche Programm verbesserter Dienstleistungen und Einrichtungen würde offensichtlich eine Menge Geld kosten, und das in einer Zeit, wo die öffentlichen Ausgaben noch mehr als sonst dem Zwang zu Einsparungen unterliegen. Um der Gefahr zu begegnen, daß diese Vorschläge kurzerhand aus finanziellen Gründen verworfen werden, weist der Bericht darauf hin, daß der Apparat der Strafjustiz allein in England und Wales mehr als 9 Milliarden Pfund verschlingt. David Utting sagte: »Wenn nur ein bescheidener Teil dieser Mittel umgeleitet werden könnte, um das soziale Krebsgeschwür des Verbrechens zu verhüten, würden nach unserer Überzeugung die Einsparungen durch Schadensverhütung, verbesserte öffentliche Gesundheit und Hebung des allgemeinen Bildungs- und Wohlstandsniveaus die ursprünglichen Kosten mehr als rechtfertigen.«

Ob Maßnahmen wie diese, wären sie den Familien Thompson oder Venables zugänglich gewesen, Robert und Jon hätten daran hindern können, sich so zu entwickeln, daß sie ihr Verbrechen begingen, kann niemand sagen. Wir müssen uns daran erinnern – und uns vielleicht damit ermutigen –, daß wir es hier mit ganz ungewöhnlichen Umständen zu tun haben. Das Verbrechen Robert Thompsons und Jon Venables ist weniger Teil eines allgemeinen Trends als vielmehr ein schreckliches Extrem, eine Verirrung.

Bis dahin war Englands berüchtigtste Kindsmörderin Mary Bell gewesen, die als Elfjährige in Newcastle Martin Brown und Brian Howe, drei Jahre alt, ermordet hatte. Sie wurde 1968 wegen Totschlags zu einer unbestimmten Freiheitsstrafe verurteilt. Während der Gerichtsverhandlung erwähnten gutachtende Psychiater ihre »Gefühllosigkeit«, und einer, Dr. David Westbury, schilderte sie als »manipulativ« und eine »psychopathische Persönlichkeit, die unter geistiger Abnormität leide, verursacht durch eine Kombination genetischer Faktoren und Umwelteinflüsse«. Mary Bell wurde im Januar 1980 entlassen, kurz vor ihrem dreiundzwanzigsten Geburtstag. Ihre Freilassung erfolgte auf Bewährung, und sie mußte mit der überwachenden Sozialbehörde in Verbindung bleiben.

In den 1950er Jahren wurde ein achtjähriger Junge angeklagt, seinen eineinhalbjährigen Bruder getötet zu haben. Er gab an, das Geschrei des Säuglings habe ihn bei den Hausaufgaben im Elternhaus auf der Insel Wight gestört, worauf er ihm mit einer Saugflasche auf den Kopf schlug. Die Staatsanwaltschaft verzichtete auf einen Strafantrag, weil bei dem kindlichen Täter keine Tötungsabsicht zu erkennen war. Das Verfahren wurde eingestellt, und der Junge kehrte zu seinen Eltern zurück. Das Mindestalter für strafrechtliche

Verantwortlichkeit war damals acht Jahre, wurde aber im Hinblick auf diesen Fall 1963 durch eine Gesetzesänderung auf zehn angehoben.

In einem Fall, der einige Parallelen zur Ermordung James Bulgers aufwies, wurde Ciaron Collins im Oktober 1988 vom Krongericht Chelmsford wegen der Entführung und Ermordung Sharona Josephs verurteilt. Collins war zwölf, als er die zweieinhalbjährige Sharona am 22. Februar von der Geburtstagsfeier ihrer neunjährigen Schwester Danielle in Borehamwood, Hertfordshire, fortlockte. Er brachte sie zu einem Bahndamm und drückte sie mit dem Gesicht auf den Boden, bis sie erstickt war. Der Richter verurteilte den Jungen zu einer Haftstrafe von unbestimmter Dauer und führte in seiner Urteilsbegründung an: »Du hast eine äußerst bösartige Tat an einem kleinen Mädchen verübt, das niemandem ein Leid zufügen konnte, und die Beweise zeigen, daß du selbst nach ihrem Tod den kleinen Körper geschändet hast.« Dem Gericht war bekannt, daß Collins' Eltern sich hatten scheiden lassen, nachdem sein Vater bald nach seiner Geburt wegen Drogenvergehen ins Gefängnis gekommen war. Zwei andere Verwandte, die ihm nahegestanden hatten, starben. Als die Scheidung ausgesprochen wurde und seine Mutter mit ihm nach Borehamwood zog, glitt er in die Jugendkriminalität ab. Seine Mutter lebte mit einem anderen Mann zusammen, der den Jungen zu disziplinieren versuchte, aber 1985 wegen Tätlichkeiten gegen ihn verurteilt wurde. Collins geriet wegen kleinerer Diebstähle und Brandstiftung mit dem Gesetz in Konflikt, lief wiederholt von daheim fort und wurde in ein Heim für schwererziehbare Kinder in Watford eingeliefert. Am Tag der Mordtat war er morgens um fünf aus dem Heim geflohen.

Ken Roberts, Professor der Soziologie an der Universität Liverpool, sagte dazu: »Es handelt sich hier um Einzelfälle. Sie bleiben aber im Gedächtnis haften, weil sie so ungewöhnlich sind, daß man sich noch nach Jahren der Namen erinnert – wie an Mary Bell oder die Moors-Mörder. Immer hat es diese Einzelfälle gräßlicher Verbrechen gegeben, die aber nicht Teil eines allgemeinen Trends sind.«

Professor Roberts widersprach Andeutungen in den Medien, daß das Verbrechen in irgendeiner Weise repräsentativ für die besonderen Probleme der Merseyside sei. »Liverpool und sein Image trugen zu der Art und Weise der Berichterstattung bei«, sagte er. »In der allgemeinen Wahrnehmung handelt es sich um eine Region mit rückläufiger Wirtschaftsentwicklung, vielen verrufenen Gegenden und einer Menge Verbrechen.

Es gibt große Gebiete, wo das Leben hart ist und die Jugendlichen außer Kontrolle geraten. Liverpool ist ein extremer Fall. Es weist den Weg, den Großbritannien als Ganzes geht. Liverpool versinnbildlicht, wohin die Reise führt. Die wirtschaftliche Basis Liverpools begann in der Zeit nach dem Ersten Weltkrieg zu verfallen, und der langsame Niedergang dauert seither an. In anderen Teilen des Landes, die von der Industrie abhängig sind, ist seit den 1960er Jahren der gleiche Prozeß in Gang gekommen.

Wirtschaftlicher Niedergang und Dauerarbeitslosigkeit wirken zusammen mit einer Schwächung des Familienlebens – aber das ist nicht nur ein Problem von Liverpool. In ärmeren Teilen des Landes hatte man in der Vergangenheit wenigstens die Familie und die Gemeinde, doch das trifft heute nicht mehr zu. Die arbeitende Bevölkerung auch der Unterschicht ist heutzutage viel zu sehr zersplittert und individualisiert.«

Er sagte, der wirtschaftliche Niedergang habe die starken historischen Bindungen der Bevölkerung an ihre Gemeinden aufgebrochen, und die dramatischen Sanierungsprogramme mit dem Ziel, die Bevölkerung aus den inneren Stadtteilen in Vororte und Trabantenstädte umzusiedeln, hätten diesen Prozeß stark beschleunigt. »Die Zahl der Kinder, die heute von alleinerziehenden Eltern aufgezogen werden und mit diesen von der staatlichen Sozialhilfe leben müssen, ist sehr hoch. Wenn Sie heute in Liverpooler Arbeiterviertel gehen, sind Kinder, die wie James Bulger in Familien aufwachsen, wo alles stabil ist und ein fester Zusammenhalt besteht, viel seltener geworden. Arbeitslosigkeit und die Tendenz zur Isolierung lösen die Familienbande auf, und so werden die

Kinder häufig von einem Elternteil aufgezogen oder leben bei Stiefeltern. Diese Trends sind in Liverpool besonders kraß ausgeprägt. Und weil der Mord in Liverpool mit seinen extremen Beispielen gesellschaftlicher und sozialer Mißstände besonders augenfällig ist, versuchen die Leute nun einen Zusammenhang herzustellen, der die allgemeine Bedrohung der öffentlichen Ordnung, wachsende Kriminalität, Krawalle und nun die Entführung und Ermordung von Kleinkindern im Visier hat.«

Demgegenüber vertritt Professor Roberts die Ansicht, daß das allgemeine Niveau der Gewalttätigkeit heute niedriger ist als in der Vergangenheit. Er führt das Argument vom längst verflossenen »goldenen Zeitalter« an und weist darauf hin, daß die Menschen zur Verklärung der Vergangenheit neigen und glauben, alle Verhältnisse verschlechterten sich. Seine Analyse der Natur von Gewalttätigkeit, wie wir ihr heute begegnen, ist faszinierend:

»Es gibt einen anhaltenden Anstieg bei Eigentumsdelikten, aber ich bezweifle, daß die Gesellschaft insgesamt gewalttätiger wird. Die Menschen sind wohl nur allgemein weniger tolerant gegen Gewalttätigkeit. Zu Beginn dieses Jahrhunderts war Gewalttätigkeit in Großbritannien gang und gäbe. Straßen waren Orte, wo Schlägereien stattfanden. Jedes Wochenende gab es vor den Kneipen Gewalttaten. Selbst als ich zur Schule ging, waren Keilereien eine akzeptierte Form von Freizeitbeschäftigung für Jungen. Es wurde erwartet, daß der einzelne für sich selbst einstand.

Heute ist die Gesellschaft diesen Erscheinungen gegenüber weniger tolerant. Rowdyhaftes Benehmen hat nicht zugenommen, aber es hat eine Veränderung darin gegeben, was die Gesellschaft zu tolerieren bereit ist. Jugendbanden, die sich auf Straßen oder Spielplätzen Schlägereien liefern, werden nicht mehr geduldet.

Das Ergebnis ist, daß Gewalttätigkeiten, wo sie vorkommen, weniger gesellschaftlich geregelt sind. Das mag sonderbar klingen, aber Kämpfe unter Jugendlichen und Erwachsenen werden nach Regeln ausgefochten, auch wenn es ungeschriebene Regeln sind. Normalerweise verlaufen sie so, daß niemand ernstlich verletzt wird. In der Vergangenheit, als es viel mehr Gewalttätigkeit gab, als Kämpfe eine normale Freizeitbeschäftigung für Kinder auf der Straße waren, wurden sie von Gruppen älterer Jungen überwacht, die in der Nähe standen und zusahen. Sie waren nicht nur Zuschauer und hatten teil an der Aufregung, sondern sie regulierten auch, was vorging, und niemand kam wirklich zu Schaden.

In dem Maße, wie die Gesellschaft unduldsamer gegen Gewalttätigkeit wurde, verschwanden die ungeschriebenen Regeln, die sie in Grenzen hielten. So wurden zwar auch in den frühen 1950er Jahren Jungen in Liverpool kriminell, aber nichts uferte aus. Zum Beispiel war es in Ordnung, bei Woolworth zu klauen, aber nicht beim Krämer an der Ecke. Was verloren ging, ist das moralische Gerüst, innerhalb dessen in manchen Gemeinschaften bestimmte Arten von Verbrechen stillschweigend gebilligt wurden, aber nur bis zu einem gewissen Limit. Das galt vor allem für Eigentumsdelikte, aber auch für Gewalttätigkeit und aggressives Verhalten gegenüber anderen. Die Gesellschaft als Ganzes verurteilt heute zunehmend alle Formen von Gewalttätigkeit. Wenn ein Lehrer jetzt zu Körperstrafen greift, um Schüler zu disziplinieren, macht er sich strafbar, und die öffentliche Mißbilligung richtet sich sogar gegen Eltern, die ihre Kinder mit Schlägen bestrafen. So verliert das moralische System, das in früherer Zeit Gewalttätigkeit kontrollierte, an Wirksamkeit. Was an Gewalttätigkeit noch vorkommt, gerät daher leichter außer Kontrolle.«

Daß niemand einschritt, als James von den Jungen weggeführt wurde, überraschte Professor Roberts nicht. »Öffentliche Straßen und Plätze sind heute weniger sicher, weil sie weniger von Leuten kontrolliert werden, die einander kennen. Wenn die Menschen draußen in der Öffentlichkeit sind, befinden sie sich unter Fremden. Der Fremde in der Gegend fällt nicht auf, weil alle einander fremd sind. Leute waren in der Nähe, als James entführt wurde, und sahen nichts Ungewöhnliches darin, daß größere Kinder ein kleineres bei sich hatten. Auch neigen die Menschen heutzutage mehr als früher dazu, sich um ihre eigenen Angelegenheiten zu kümmern. Das Leben ist mehr privatisiert, und die Leute achten vielfach nicht darauf, was um sie vorgeht.«

Prof. Roberts sah die Aussichten der Regierung, diese besorgniserregenden Trends in der Gesellschaft durch spezifische Aktionen umzukehren, nicht optimistisch. »Ich denke, daß alle Trends längerfristig zum Stillstand kommen und daß die Entwicklung dann dazu neigt, eine andere Richtung einzuschlagen. Es ist möglich, daß es irgendwann in der Zukunft eine moralische Erneuerung geben kann, aber gegenwärtig sehe ich sie nicht. Nach James Bulgers Ermordung sagten die Leute, der Schock dieser Tat könne die Gesellschaft dazu bewegen, sich zusammenzureißen.« Er schüttelte den Kopf und lächelte traurig. »Nein. Für die meisten Leute ist es bereits der Schnee vom letzten Jahr.«

Kriminalkommissar Albert Kirby sagte, die Lehre, die er aus diesem Fall gezogen habe, bestätige seine Ansichten über die Gesellschaft und die Bedeutung von Familie, moralischer Erziehung und religiösem Glauben. »In einer Familie lernen die Menschen von klein auf den Unterschied zwischen Recht und Unrecht. Lernen wie man andere Menschen liebt und respektiert und ihr Eigentum achtet. Nehmen wir all diese Faktoren zusammen, so haben wir die Grundlage normaler Anständigkeit.

Die Familien der beiden Jungen sind sicherlich nicht die schlechtesten Familien der Welt, aber es fehlten ihnen einige der Voraussetzungen für eine verantwortungsbewußte Erziehung der Kinder. Daß beide Jungen aus zerbrochenen Familien kamen, ist traurig, aber für sich genommen weniger bedeutsam als das Versagen der erziehenden Elternteile. Man muß hierbei allerdings berücksichtigen, daß es in dieser Situation sehr schwierig ist, die Entwicklung der Kinder zu lenken und unter Kontrolle zu halten. Alleinerziehende Mütter sind keine Übermenschen und kommen sicherlich öfter an den Punkt, daß sie zu müde sind, um ihren Kindern die liebevolle Zuwendung, Fürsorge und Unterstützung zu geben, die sie in einer intakten Familie bekommen könnten.«

Albert Kirbys Ansichten über die Bedeutung des Familienlebens beruhen auf viel mehr als seiner Perspektive als Kriminalkommissar, der sich mit der ansteigenden Flut der Jugendkriminalität konfrontiert sieht. Sein Vater, ein Hafenmeister, starb an Alberts viertem Geburtstag. Dann, als er neun war, erkrankte seine Mutter, starb und hinterließ ihn als Vollwaise. Eine ältere Tante nahm sich seiner Erziehung an, und später besuchte er ein Internat, wo er einer von 400 Jungen war, die alle wenigstens einen Elternteil verloren hatten. »Es war ein außerordentliches Glück für mich, eine Verwandte zu haben, die soviel für mich tat und sich für mich einsetzte«, sagte er. »Familienleben ist mir sehr wichtig, und meine eigene Kindheit liefert mir eine Grundlage für meine Ansichten. Ich sehe und habe im Laufe der Jahre immer gesehen, welche Stärke einem aus dem Zusammenhalt eines engen Familienlebens zuwächst.«

Er glaubt, daß die Öffentlichkeit vor Jugendkriminalität geschützt werden müsse und unterstützt die Bestrebungen, den Gerichten die Macht zurückzugeben, jugendliche Mehrfachstraftäter, die Gesetzeshütern und Richtern ins Gesicht lachen, einzusperren.

»Jugendliche haben heute den größten Anteil an den in England begangenen Verbrechen«, sagte Albert Kirby. »Das Gesetz, das diesen Kindern den Kopf tätschelte und sagte: ›Sei kein schlechter Junge‹, hat ausgedient. Jugendliche Straftäter müssen verhaftet, verurteilt und bestraft werden, oder es wird mehr Schwierigkeiten geben. Ich hoffe, dieser Fall wird ein Schlaglicht auf die Tatsache werfen, daß Kinder dieses Alters schwerer Verbrechen fähig sind. Diese beiden Jungen hatten es darauf abgesehen, einen Mord zu begehen.«

13

Der Mordprozeß gegen Robert Thompson und Jon Venables begann am 1. November 1993 vor dem Krongericht in Preston. Sie waren inzwischen elf Jahre alt, blieben jedoch die jüngsten Angeklagten, die in diesem Jahrhundert wegen Mordes vor einem britischen Gericht standen.

Beinahe neun Monate waren seit der Tat vergangen, keine besonders lange Zeit für die Vorbereitung eines Mordprozesses, aber eine Ewigkeit für Denise und Ralph Bulger und ihre Familie.

Die Wochen und Monate verstrichen in unerbittlicher Reihenfolge, bis die Woche der Prozeßeröffnung heranrückte, eine graue, kalte Herbstwoche. Nur eine Handvoll neugieriger Passanten blieb stehen und gesellte sich zu dem riesigen Medienaufgebot aus mehreren Ländern, das die Ankunft der Angeklagten in Preston erwartete. Die Jungen kamen ungefähr eine Stunde vor der angekündigten Eröffnung des Verfahrens in zwei Ford-Transit-Transportern der Polizei, deren Fenster vollständig mit Brettern verkleidet waren. Außen zeigten sie ihre natürliche Holzfärbung, im Inneren aber waren sie von einem freundlicheren Weiß. Die Polizei war nach wie vor bemüht, keine einschüchternde Atmosphäre zu schaffen, soweit dies unter den gegebenen Umständen möglich war. Ein Polizeimotorrad fuhr voraus, ein zweites folgte den beiden Transportern. Sie kamen vor dem hohen schwarzen Tor der rückwärtigen Einfahrt des Gerichtsgebäudes an und verschwanden ohne Aufenthalt im Inneren, während Dutzende von Reporterkameras klickten.

Der Gerichtssaal 1 in Preston ist einer jener altmodischen Gerichtssäle – erfüllt von der Atmosphäre ehrwürdiger Justizgeschichte – die immer seltener werden, seit überall im Land moderne funktionale Gerichtsgebäude entstehen. Der große, längliche Raum ist ringsum mit gesprenkelten grünen Kacheln geschmückt, eingefaßt von schnitzwerkverzierten dunklen Eichenvertäfelungen. Ölgemälde verblichener Koryphäen der Rechtsgeschichte starren streng aus ihren vergoldeten Rahmen, als wollten sie jeden, der es wagen könnte, den Ernst des Anlasses zu vergessen, daran erinnern. Die hohe Decke präsentiert ein Oberlicht aus farbigem Glas, das gedämpftes Tageslicht in den Saal dringen läßt und von prachtvollem weißem Stuck umgeben ist. Nur die für eine Audioverbindung installierten Mikrophone und die Fernsehmonitore zur Vorführung der Videobänder erinnerten daran, daß dies ein Strafprozeß war, der im letzten Jahrzehnt des 20. Jahrhunderts stattfand.

Der Press Association war einer der sechs für Pressevertreter vorgesehenen Plätze im Gerichtssaal zugewiesen worden, und dies sollte der Platz sein, auf dem ich in den nächsten Wochen dem Gerichtsverfahren folgen würde: auf einer Bank unmittelbar vor den Geschworenen und gegenüber vom Zeugenstand sitzend. Weitere achtundsiebzig Journalisten hatten Plätze an den Seiten und im rückwärtigen Teil des Gerichtssaales bekommen, und der Richter hatte gestattet, daß die Verhandlung durch eine Audioverbindung in einen Raum im achten Stockwerk eines benachbarten Bürogebäudes übertragen wurde, wo der Rest der Medienvertreter dem Gang des Verfahrens lauschen konnte. Am ersten Morgen wurden jedoch alle Medienvertreter, die über den Prozeß berichten wollten, aufgefordert, um zehn Uhr an einer zwanglosen Vorbesprechung teilzunehmen. Richter und Kronanwalt erschienen zu dieser Besprechung ohne ihre Perücken und Talare, und Richter Morlands Ton war freundlich, aber fest, als er die Medienvertreter begrüßte. »Die Geschichte, über die Sie zu berichten haben, wird sehr traurig anzuhören und anzusehen sein«, sagte er, um dann die Regeln darzulegen, nach denen sich die Berichterstattung über den Prozeß zu richten hatte. Er übergab uns eine gedruckte Liste der während einer Verhandlung erwünschten und unerwünschten Verhaltensweisen und forderte uns auf, durch unsere Unterschriften zu bestätigen, daß wir sie gelesen hatten. Für den Fall, daß jemand dies als freundlichen Rat statt als Anweisung betrachten sollte, gab es eine Fußnote, die uns daran erinnerte, daß jeder Verstoß gegen diese Anweisungen mit Gefängnis und einer Geldstrafe geahndet würde.

Der Richter zog sich zurück, die Journalisten ohne Plätze im Gerichtssaal wurden aufgefordert, ihn zu verlassen, und die letzten gespannten Augenblicke bis zur Eröffnung des Verfahrens verstrichen. Die Rechtsanwälte legten ihre Roben an und setzten die Perücken auf, während wir Presseleute nervös plaudernd beisammenstanden. Die Spannung, die in der Luft lag, das Gefühl, daß bald etwas Bedeutsames geschehen würde, war spürbar.

Um 10 Uhr 30 saßen wir alle auf unseren Plätzen, und der Gerichtssaal war voll besetzt. Die Gruppe von Leuten, aus denen die Geschworenen gewählt werden sollte, nahm einige der Plätze ein, die später von den Medien übernommen würden. Ein paar unternehmende Journalisten hatten sich unter die vierzig Vertreter des allgemeinen Publikums gemischt, die am rückwärtigen Ende des Gerichtssaales die Galerie bevölkerten. Eine Sitzreihe vor der Galerie blieb leer. Sie war für die Familie Bulger reserviert worden.

Der Richter betrat den Saal, in der Hand das kleine Stück schwarzen Stoffes, das heute nur noch zeremonielle Bedeutung hat, in vergangenen Tagen aber über die Perücke auf den Kopf gelegt wurde, wenn der Richter ein Todesurteil verkündete. In strengem Ton befahl er die Vorführung der Angeklagten.

In den nun folgenden Augenblicken wagte ich kaum zu atmen. Schließlich hörten wir Schritte, und die zwei Jungen stiegen die dreiundzwanzig Stufen vom Gewahrsamsbereich unter dem Gerichtssaal herauf zur Anklagebank. Ich hatte gehört, daß sie zugenommen hätten, seit ich sie zuletzt gesehen hatte, aber ihr Anblick war dennoch ein Schock. Jon, damals ein schmaler und schmächtiger Junge von achtunddreißig Kilo, war nun pummelig und rundgesichtig, nachdem er seit seiner Festnahme zwölf Kilo zugelegt hatte. Robert, der immer dazu geneigt hatte, übergewichtig auszusehen, war noch mehr auseinandergegangen. Sie waren beide fein angezogen. Jon trug ein blaßblaues Hemd unter einem schwarzen Blazer, dazu einen Schulschlips. Robert trug ein weißes Hemd, ebenfalls mit Schlips, und einen schwarzen Pullover mit V-Ausschnitt. Jon stand auf der rechten Seite der Anklagebank. Links neben ihm postierte sich ein stämmiger, freundlich blickender Sozialarbeiter. Neben diesem stand Robert, dessen kurzgeschorenes Haar inzwischen länger war, aber noch immer kürzer als das Jons. Links von Robert stand dieselbe große, dünne Sozialarbeiterin, die ihn schon zum Haftrichter begleitet hatte.

Sie durften sich auf vier grau gepolsterte hölzerne Sitze niederlassen, die auf einer eigens angebrachten erhöhten Plattform standen, um den Jungen die Möglichkeit zu geben, über das Messinggeländer zu blicken, das die Anklagebank umgab. Beide Jungen pusteten ängstlich den Atem durch ihre Pausbacken und zogen die Stirnen in Falten, während sie umherblickten.

Die Umgebung war ihnen nicht vertraut. Polizeibeamte hatten sie drei Wochen zuvor ins Gerichtsgebäude gebracht, um ihnen den Raum zu zeigen, wo sie vor Gericht gestellt würden. Ein unauffälliger Besuch war geplant gewesen, aber die Zeitung *Sun* hatte Wind davon bekommen, und die Jungen waren wieder in die Schlagzeilen geraten, diesmal sogar mit Reporterfotos, die, mit unkenntlich gemachten Gesichtern, auf der Titelseite erschienen waren.

Der Richter fragte: »Bist du Robert Thompson?« Robert hob statt einer Antwort zögernd den linken Zeigefinger. »Bist du Jon Venables?« Jon nickte bloß.

Die neun Männer und drei Frauen, die als Geschworene dienen sollten, wurden durch geheime Abstimmung aus der Gruppe der wartenden potentiellen Jurymitglieder gewählt und einzeln vereidigt, bevor sie ihre Plätze hinter mir einnahmen. Robert und Jon beobachteten den Vorgang in stiller Faszination, runzelten die Stirnen und holten tief Luft. Dann verlas der Gerichtsdiener den Geschworenen die drei Anklagen, die gegen beide Jungen erhoben wurden. Jon zerdrückte ein weißes Papiertaschentuch in den Händen. Seine Eltern saßen zu seiner Rechten und hinter ihm außerhalb der Anklagebank. Von Zeit zu Zeit sah er sich nach ihnen um, aber sie hielten die Köpfe gesenkt und erwiderten seinen Blick nicht. Mr. Venables sah blaß und abgespannt aus, seine Augen waren rotgerändert. Roberts Mutter war nicht erschienen.

Nachdem die Formalitäten beendet waren, sagte der Richter, zu den Geschworenen gewandt: »Dies ist ein Fall, der seitens der Medien beträchtliche Aufmerksamkeit gefunden hat. Sie müssen daran denken, diesen Fall allein aufgrund der Beweise zu entscheiden, die dem Gericht vorgelegt werden. Wenn Sie etwas am Radio gehört, im Fernsehen gesehen oder in den Zeitungen gelesen haben, und wenn Sie dies während der Dauer des Verfahrens tun, denken Sie daran, was ich Ihnen gesagt habe, und verbannen Sie die Informationen aus Ihrem Bewußtsein. Sie entscheiden diesen Fall nach den Beweisen, die Sie im Gerichtssaal sehen und hören werden.«

Das war alles, was die Geschworenen im Laufe der nächsten Stunden zu hören bekamen. Sie wurden aufgefordert, den Saal zu verlassen, während David Turner, Robert Thompsons Pflichtverteidiger, einen Antrag stellte. Dieser Antrag war nichts Geringeres als ein Versuch, den Richter zur Aussetzung des Verfahrens zu veranlassen. Dies hätte praktisch alle weiteren gerichtlichen Schritte gegen die beiden Jungen verhindert. Mr. Turners Begründung war, daß ein unvoreingenommenes Verfahren gegen die beiden Jungen wegen der massiven Publizität, die der Fall provoziert habe, nicht möglich sei.

Mr. Turners detaillierte Argumentation schloß Zitate aus Zeitungsausschnitten mit ein, die beinahe das gesamte Spektrum von der *Times* bis zur *Sun* abdeckten. Er beendete seinen Antrag mit den Worten: »Wir sind der Auffassung, daß es gegen solch ein Trommelfeuer von Publizität in landesweitem Maßstab unmöglich oder zumindestens äußerst unwahrscheinlich ist, daß diese Angeklagten ein faires Verfahren bekommen können. Auf dieser Grundlage stellen wir den Antrag, daß Sie eine Aussetzung des Verfahrens anordnen.«

Darauf erhob sich Mr. Brian Walsh, Jon Venables Pflichtverteidiger, und unterstützte den Antrag seines Kollegen.

Es war nicht das erste Mal, daß die Medien sich in einem größeren Kriminalfall unversehens auf der Anklagebank sahen. Der Journalist auf der Pressebank fühlt sich in solchen Augenblicken als Sündenbock für alle Kollegen und ihre mitunter angreifbaren Methoden.

Der Kronanwalt, Mr. Richard Henriques, erhob sich, um gegen den Antrag zu sprechen, machte aber von Anfang an klar, daß er die Medien nicht verteidigen wolle. »Wir wenden uns gegen den Antrag, aber wir billigen keinesfalls den Ton einiger dieser Zeitungsberichte«, sagte er. »Doch wenn dadurch jemand beeinflußt wurde, kann er sich diesem Einfluß auch wieder entziehen. Noch nie in der Geschichte der Strafjustiz ist irgendein Verfahren aufgrund nachteiliger Publizität, die einem fairen Verfahren abträglich wäre, ausgesetzt worden.« Er führte weiter aus, daß die entscheidenden Fragen in diesem Fall in keiner Weise durch die Publizität berührt würden. »Überdies führt ein Übermaß an Publizität dazu, daß das ständige Schreiben der Presse über den Gegenstand ihrer Aufmerksamkeit beinahe desinteressierend wirken kann. Wir sind überzeugt, daß zwölf rechtlich denkende Geschworene, die zwei Elfjährige auf der Anklagebank sehen, so über den Fall urteilen werden, wie Geschworene es immer tun – aufgrund der Beweise.«

Es wurde noch mehrere Minuten hin und her argumentiert, und nachdem er aufmerksam zugehört hatte, gab der Richter seine Entscheidung bekannt. Er faßte die juristischen Präzedenzfälle zusammen und sagte dann: »Nach meinem Dafürhalten kann als allgemeines Prinzip gelten, daß die Unmöglichkeit eines fairen Verfahrens wegen der ernsten Vorurteile, die ein Angeklagter wegen des Ausmaßes und der Natur abträglicher Publizität vor dem Verfahren erleidet, ein Grund sein kann, eine Aussetzung des Verfahrens zu gewähren.«

Es war ein unbehaglicher Augenblick. In jüngster Zeit war das Vertrauen in die Rechtsprechung durch eine Serie bemerkenswerter Revisionsentscheidungen und Aufhebungen erschüttert worden. Sollten wir nun erleben, wie der Fall gegen die des Mordes an James Bulger beschuldigten Jungen nicht zur Verhandlung kommen sollte?

Der Richter stimmte zu, daß es über den Fall eine Berichterstattung bis zur »Sättigung« gegeben habe und daß sie, während die Ermittlungen noch im Gang gewesen seien, ein gutes Stück über das hinausgegangen wäre, was vor der Anklageerhebung als normal angesehen werden könne. Er sagte, er habe »viel Überzeugungskraft« in Mr. Turners Argument gefunden, daß Redakteure durch Anspielungen und versteckte Andeutungen suggeriert hätten, daß die Angeklagten schuldig seien. Dann fuhr er jedoch fort: »Dies ist kein Fall, wo einer der Angeklagten zu seiner Verteidigung ein Alibi vorbringen kann. Wesentliche Faktoren bei der Erwägung des Antrags der Verteidigung scheinen mir zu sein, ob der Kronanwalt ein gemeinsames Vorhaben beweisen kann, ob einem oder beiden Jungen nachgewiesen werden kann, ob einer oder beide Angeklagten die Tat vorsätzlich begingen. Nachdem ich all diese Fragen in Erwägung gezogen habe, bin ich nicht überzeugt, daß ein faires Verfahren unmöglich sei. Die Geschworenen sind bereits ermahnt worden und werden, bevor sie sich zur Beratung zurückziehen werden, noch einmal unmißverständlich darauf hingewiesen, alles unberücksichtigt zu lassen, was sie außerhalb dieses Gerichtshofes über den Fall oder seinen Hintergrund gelesen oder gesehen oder gehört haben. Aus diesen Gründen wird der Antrag abgewiesen.«

Albert Kirby und Jim Fitzsimmons hatten während der Diskussion und der richterlichen Entscheidung mit gleichmütigen Mienen in der ersten Bankreihe im rückwärtigen Teil des Saales mir gegenüber gesessen. Auch jetzt verrieten ihre Gesichter keine Gefühlsregung, aber ich konnte mir ihre Erleichterung gut vorstellen.

Robert und Jon hatten gelegentlich etwas unruhig auf mich gewirkt; ihre Blicke schweiften noch immer rastlos durch den Raum. Der größte Teil der juristischen Argumentationen und ihre Bedeutung mußte ihnen entgangen sein. Während Jon nervös aussah, schien Robert mehr gelangweilt. Inzwischen war es für sie wie für uns Zeit zum Mittagessen. Erst am Nachmittag würde Mr. Henriques das Verfahren für die Krone eröffnen.

Aus dem Gebäude hinauszukommen, war einfach genug, aber zu jeder Sitzung wieder hineinzugelangen, war eine Geduldsprobe, denn wir sahen uns den strengsten Sicherheitsmaßnahmen gegenüber, die ich je in einem Gericht erlebt hatte. Presse und Publikum standen in langen Schlangen, um an einem Metalldetektor vorbeizugehen, wie sie auf Flughäfen üblich sind. Taschen und alle Metallgegenstände mußten an einem Tisch neben dem Detektor Sicherheitsbeamten zur Überprüfung ausgehändigt werden. Hatte man das Gerät hinter sich, gleichgültig, ob ein Warnsignal ertönt war oder nicht, wurde man von einem weiteren Sicherheitsbeamten mit einem in der Hand gehaltenen Metalldetektor elektronisch abgetastet. Der Umstand, daß folienbeschichtetes Bonbonpapier von Pfefferminzdrops die Signaltöne dieser Geräte auslösen konnte, bezeugte ihre Empfindlichkeit.

Als wir in den Gerichtssaal zurückkehrten, hatte Robert den Pullover ausgezogen und war in Hemdsärmeln. Der Saal hatte keine Klimaanlage, und die Anwesenheit so zahlreicher zusammengepferchter Menschen machte ihn trotz seiner Größe und Höhe stickig. Die Heizung war nicht angedreht, aber wenn man in diesem Gerichtssaal saß, fand man es schwierig zu glauben, daß draußen ein kalter Novembertag war.

An diesem Nachmittag bekam Ralph Bulger zum ersten Mal die beiden Jungen zu Gesicht. Mandy Waller und Jim Green hatten Ralph, seinen Bruder Jim, Ray Matthews und andere Mitglieder der Familie in einem Polizeifahrzeug zum Gerichtsgebäude gebracht, um ihnen Gelegenheit zu geben, den Beginn des Verfahrens mitzuerleben. Sie nahmen ihre reservierten Plätze in der ersten Reihe der Besuchergalerie ein und warteten auf die Eröffnung des Verfahrens. Alle hatten eine klare Vorstellung von dem, was kommen sollte. Albert Kirby war einige Wochen vorher mit Ralph zusammengekommen und hatte ihm schonend und geduldig die Einzelheiten dessen erläutert, was mit seinem Sohn geschehen war. Ralph fand es verständlicherweise schwierig, das Gehörte weiterzugeben, und so war später für andere Angehörige eine zweite Unterrichtung angesetzt worden.

Denise war nicht im Gericht erschienen. Der einzige wirkliche Hoffnungsschimmer für die Zukunft des jungen Ehepaares war in diesem Sommer die Nachricht gewesen, daß sie wieder ein Kind erwartete. Sie hatte mit Ralph im Gerichtssaal sein wollen, war mittlerweile aber hochschwanger, und Ralph wollte kein Risiko eingehen und hatte sie überredet, zu Hause zu bleiben.

Ray Matthews, der neben Ralph auf der Besuchergalerie saß, erinnerte sich seiner Reaktion, als er die Jungen, die soviel Schmerz und Leid über seine Familie gebracht hatten, zum ersten Mal sah. »Ein kalter Schauer lief mir über den Rücken«, sagte er. »Ich hatte sie mir größer und breiter vorgestellt. Ralphs Selbstbeherrschung war unglaublich. Ich rechnete es ihm hoch an, daß er nicht aufsprang und tobte. Er war nur drei oder vier Meter von ihnen entfernt, und nur eine meterhohe Barriere trennte sie voneinander.«

Erst nach der Verhandlung, als sie auf der Straße standen, faßte Ralph seine Gefühle in drei kurzen Worten zusammen: »Üble kleine Lumpen.«

Als die Verhandlung wieder aufgenommen wurde, gab es eine weitere kurze Diskussion, bevor man die Geschworenen zurückrief. Mr. Turner beantragte, daß einige der Fotografien, die vom Kronanwalt vorgelegt werden sollten und James' Kopf auf den Eisenbahngleisen zeigten, zurückgezogen werden sollten. »Selbst für diejenigen von uns, die regelmäßig an Gerichtsverhandlungen teilnehmen, sind diese Fotografien emotional kaum zu verkraften«, sagte er. Er akzeptierte, daß sie den Geschworenen schließlich gezeigt werden müßten, fügte aber hinzu: »Wir bitten zu bedenken, daß ein Geschworenengericht durch diese Fotografien emotional beeinflußt werden könnte und ersuchen deshalb das Gericht, daß sie entfernt werden.«

Mr. Henriques erwiderte: »Der Frage, welche Fotografien gezeigt werden sollten, wurden sehr eingehende Überlegungen gewidmet. Viele Aufnahmen waren sehr viel schrecklicher als diese. Der Tod wurde durch zahlreiche Schläge und Tritte an den Kopf herbeigeführt, und dies ist der Anblick, der sich dem Verursacher dieser Verletzungen zur Tatzeit geboten haben muß.«

Der Richter entschied: »Mr. Turner, in der Frage der Fotografien bin ich gegen Sie.«

Die Geschworenen wurden hereingerufen, und um 14 Uhr 30 erhob sich Mr. Henriques und hielt eine Anklagerede, deren Schockwellen durch das ganze Land gehen sollten. Seine Worte waren einfach und direkt. Seine Darstellung nüchtern. Es bestand kein Bedarf an Ausschmückungen oder erhabenen Adjektiven. Die Tatsachen sprachen für sich selbst.

»James Patrick Bulger war zwei Jahre und elf Monate alt, als er starb. Er war das einzige Kind von Ralph und Denise Bulger aus Kirkby. Sie nannten ihn James, und wir werden ihn während dieses Verfahrens ebenfalls James nennen. Er starb am Freitag, dem 12. Februar diesen Jahres. Diese zwei Angeklagten entführten James in einem Einkaufszentrum in Bootle aus der Obhut seiner Mutter. Sie gingen mit ihm zweieinhalb Meilen durch Liverpool nach Walton, ein sehr weiter und anstrengender Weg für einen noch nicht Dreijährigen. James wurde dann auf ein Eisenbahngelände gebracht und langdauernden brutalen Mißhandlungen ausgesetzt. Ziegelsteine, Schottersteine und ein Stück Metall scheinen auf diesen Bahngleisen auf James geworfen worden zu sein. Sein Gesicht und sein Kopf wurden mit Schlägen und Fußtritten bearbeitet. Er erlitt zahlreiche Schädelbrüche. Der Tod wurde herbeigeführt durch vielfache Kopfverletzungen mit stumpfen Gegenständen. Es gab mehrere Platzwunden. Zu irgendeinem Zeitpunkt wurde James' untere Körperhälfte entblößt. Sein Körper wurde dann über eine Schiene der Eisenbahnstrecke gelegt und einige Zeit später von einem Zug überfahren, dessen Räder ihn entzweischnitten. Der pathologische Befund stellte fest, daß der Tod bereits eingetreten war, als der Körper vom Zug überrollt wurde. Die Anklage behauptet, daß die beiden Beschuldigten gemeinsam handelten, als sie James aus dem Einkaufszentrum entführten, und daß sie gemeinsam für die Herbeiführung seines Todes verantwortlich sind.

Beide Beschuldigten sind jetzt elf Jahre alt. Am Freitag, dem 12. Februar, waren sie beide zehn Jahre und sechs Monate alt; beide wurden im August 1982 geboren. Ungeachtet ihres Alters wird behauptet, daß sie die Absicht hatten, James entweder zu töten oder ihm wenigstens schwere Verletzungen zuzufügen; sie wußten auch beide, daß ihr Verhalten schlecht und niederträchtig war. Nicht nur wird behauptet, daß sie beide James entführten und ermordeten, sondern daß sie außerdem vor James' Entführung versuchten, einen anderen zweijährigen Jungen zu entführen. Er war drei Stunden früher im gleichen Einkaufszentrum. Dieser Versuch scheiterte, weil die Mutter des Jungen sah, wie einer der Angeklagten ihm Zeichen gab, daß er ihm folgen solle. Sie rief ihren Jungen und verhinderte so die Entführung.«

Darauf begann Mr. Henriques die Ereignisse jenes Tages im einzelnen zu rekapitulieren. Er beschrieb, wie beide Jungen die Schule geschwänzt hatten, zum Einkaufszentrum gegangen waren und einen großen Teil des Tages in den Fußgängerpassagen und Geschäften Unfug trieben. Des weiteren erläuterte er Einzelheiten über die versuchte Entführung und kommentierte den von den Videokameras festgehaltenen Zeitablauf von James' Weg zum Tatort.

An diesem Punkt wurde es zuviel für Jon. Er begann zu schnupfen und weinte bald ungehemmt am Arm des Sozialarbeiters neben ihm, der ihn zu beruhigen versuchte. Seine Eltern saßen mit gesenkten Köpfen, die Blicke auf die Rücklehne der Bank vor ihnen gerichtet.

Auch Robert wurde zunehmend unruhig, ließ sich auf seinem Stuhl weiter und weiter zurücksacken, streckte und krümmte die Finger oder knetete sie im Schoß, während er zur hohen Stuckdecke hinaufstarrte oder im Raum umherblickte.

Von den anderen wandte kaum einer den Blick von Mr. Henriques, als er anhand der zahlreichen Aussagen von Zeugen, welche die Jungen auf dem langen Weg zum Bahndamm gesehen hatten, das weitere Geschehen rekonstruierte. »Es geschah zwischen 17 Uhr 30 und 18 Uhr 45, daß James gesteinigt und totgeschlagen wurde, bevor man ihn über eine Eisenbahnschiene legte«, sagte er. Er schilderte die Entdeckung des Leichnams und nannte Einzelheiten über den Tatort und den schrecklichen Katalog der Verletzungen, den der Pathologe zusammengestellt hatte.

Weiter führte er aus, daß Blutspuren, die an Jons Schuhen gefunden worden waren, dem DNS-Profil von James Bulgers Blut entsprachen und den wissenschaftlich gesicherten Schluß zuließen, daß das Blut von keiner anderen Person als James Bulger oder einem nahen Verwandten von ihm stammen könne. »Das ist in der Tat ein starker Indizienbeweis, der Jon Venables mit James Bulger in Zusammenhang bringt«, sagte Mr. Henriques.

Das Blut an Roberts Schuh stimmte auch mit James' Blutgruppe überein – und auch der Blutgruppe von 23 Prozent der Bevölkerung; diese Blutspuren reichten jedoch für einen DNS-Test nicht aus. Es gebe aber eine »enge Übereinstimmung« zwischen Abdrücken in James' Gesicht und den vorderen und seitlichen Teilen der Schuhe, die Robert getragen habe.

Mr. Henriques schloß seine Ausführungen für diesen Tag mit einem Hinweis auf die Farbspuren an James' Körper, seiner Kleidung und der linken Hand, den identischen Farbspuren an Jons Ärmel und der Farbdose, die am Tatort gefunden wurde. Er sagte, die beiden Jungen seien am Donnerstag, dem 18. Februar, festgenommen und von der Polizei verhört worden. Über die Vernehmungen werde er am nächsten Tag im Einzelnen berichten.

Das Gericht erhob sich, die Verhandlung wurde inmitten von hörbaren Seufzern der Erleichterung vertagt. Robert und Jon wurden von der Anklagebank geführt, und Jons Sozialarbeiter stützte ihn, als sie die Stufen hinunterstiegen. Draußen hatte sich eine mehrere hundert Köpfe starke Menschenmenge versammelt, angelockt von den Fernsehkameras. Viele von ihnen waren Besucher der Markthallen neben dem Gerichtsgebäude. Einige Neugierige hatten ein Denkmal gegenüber dem rückwärtigen Tor erstiegen, um besser sehen zu können. Die Polizeitransporter fuhren mit ihrer Motorradeskorte so unbehindert und schnell davon, wie sie gekommen waren. Dumpfes Gemurmel erhob sich aus der Menge, aber es kam zu keinerlei Störungen oder Unruhen. Als der Konvoi davonfuhr, gingen die Zuschauer rasch auseinander, viele ein wenig beschämt über ihre eigene Neugier.

Am nächsten Morgen trat das Gericht pünktlich um 10 Uhr 30 wieder zusammen, und Mr. Henriques setzte seine Verlesung des Anklagetextes fort. Beinahe sofort stellte sich wieder die gespannte, dichte Atmosphäre ein. Es war, als hätte es keine Unterbrechung gegeben.

Er begann mit der Verlesung von Auszügen der Vernehmungsprotokolle der beiden Jungen. Zuerst ging er auf Roberts verschiedene Versionen des Tathergangs ein, in denen er die Schuld Jon in die Schuhe geschoben hatte. Jons Gesicht sprach Bände. Sein Mund klappte auf, und er blickte in offensichtlicher Verblüffung zu Robert hinüber, doch konnte er den anderen Jungen wegen der großen Gestalt des Sozialarbeiters zwischen ihnen nicht gut sehen. Wahrscheinlich war es besser so. Gelegentlich flüsterte er dem Beamten eindringlich etwas zu. Robert blickte in jede andere Richtung, nur nicht zu Jon hin.

Mr. Henriques enthüllte, daß Robert in der dritten Vernehmung ausgesagt hatte: »Sie werden schließlich herausbringen, daß er es war, der das Baby mitnahm.« Schließlich habe er aber zugegeben, mit ihnen am Reservoir in Breeze Hill gewesen zu sein und gesagt, daß James »nach seiner Mama gerufen« habe.

In der vierten Vernehmung gab er dann zu, daß sie James zur Eisenbahnstrecke gebracht hatten und sagte aus, Jon habe dem Kleinen Farbe aus einer gestohlenen Dose ins Auge gespritzt, daß er geweint habe. In der fünften Vernehmung sagte er: »Jon hat ihn vielleicht heimlich geschlagen«, denn Jon sei »gerissen«. Er fügte hinzu: »Jon warf ihm einen Mauerstein ins Gesicht, und er fiel einfach auf den Boden.« Auf die Frage, warum er Jon nicht daran gehindert habe, sagte Robert: »Ich versuchte es, doch dann warf er ihn einfach. Als der Ziegelstein ihn ins Gesicht traf, fing er an zu bluten.«

Dann erklärte Robert, er habe das Kind »nie angerührt und hätte ihm nichts zuleide tun können«.

Hier unterbrach Mr. Henriques die Verlesung der Vernehmungsprotokolle und sagte, zu den Geschworenen gewandt: »Wenn Sie die Frage in Erwägung ziehen, ob ihm bewußt war, daß die Mißhandlung eines Kleinkindes falsch und böse ist, merken Sie sich bitte die Worte: ›Ich habe den Kleinen nie angerührt. Ich hätte ihm nichts zuleide tun können.‹« Darauf fuhr Mr. Henriques mit der Verlesung des Anklagetextes fort, wonach Robert in der Vernehmung ausgesagt hatte: »Dann schlug er ihn wieder. Er hob ein großes Eisending auf, das Löcher hatte, und schlug ihn damit. Dann schlug er ihn wieder mit einem Stock und warf den dann in die Brennesseln. Er schlug ihn mit einem Stock ins Gesicht.«

In der siebten Vernehmung sagte Robert: »James war bewußtlos und rührte sich nicht. Er lag auf dem Rücken über der Eisenbahnschiene. Ich wollte sehen, ob er noch lebte, und er rührte sich nicht. Ich legte mein Ohr an seinen Bauch, und er rührte sich nicht.«

In seiner achten Vernehmung hatte Robert ausgesagt: »Ich habe den Kleinen nicht angerührt. Ich versuchte ihn nur von den Schienen zu bekommen. Ich wollte ihn um den Bauch herum aufheben, dann legte ich ihn zurück, weil ich sonst voll Blut geworden wäre.«

Mr. Henriques hielt inne. »Zu diesem Zeitpunkt, werden Sie folgern, hatte er erkannt, daß das Blut ihn mit dem Verbrechen in Verbindung bringen würde. Er nimmt jetzt eine Version der Tatsachen an, die darauf abzielt, das Blut an ihm wegzuerklären.«

Robert hatte dann behauptet, James habe noch immer all seine Kleider angehabt, was Mr. Henriques offensichtlich als unwahr bezeichnete. Im weiteren Verlauf seiner Aussage hatte Robert erklärt: »Jon warf mit Mauersteinen auf ihn und schlug ihn mit einem Stock. Er bewarf ihn mit einer Batterie und traf ihn ins Gesicht.« Nach dem Grund gefragt, hatte er geantwortet: »Weil ihm danach war. Ich sagte ihm, daß ich gehen würde, weil er ihn immer weiter schlug.«

Robert blieb bei seiner Version, daß er James nur angerührt habe, um zu sehen, ob er atme. »Also brauche ich mir keine Sorgen zu machen«, hatte er gesagt und hinzugefügt: »Wenn ich ein Baby umbringen wollte, würde ich unser eigenes töten, nicht wahr?«

Mr. Henriques schloß seinen Bericht über Roberts Vernehmungen mit der an die Geschworenen gerichteten Bemerkung: »Es wird Ihnen nicht entgangen sein, wie er zuerst aussagte, er habe ihn am Reservoir verlassen, dann einräumte, er habe ihn zu den Bahngeleisen gebracht, aber nicht angerührt, und schließlich gestand, ihn berührt zu haben, dabei aber alle Schuld auf Jon Venables abwälzte.«

Er wandte sich dann Jons Aussagen im Laufe der Vernehmungen zu, die mit Leugnungen begannen. Einmal hatte er sich zu seiner Mutter gewandt und gesagt: »Wir haben nie ein Kind mitgenommen, Mama.« Weinend hatte er hinzugefügt: »Du glaubst, wir hätten es getan, wir waren es aber nicht.«

Am nächsten Tag, nachdem ihm vorgehalten worden war, daß Robert gestanden hatte, mit ihm im Strand-Einkaufszentrum gewesen zu sein, hatte Jon wieder darauf bestanden: »Wir waren es nicht. Wir waren es nicht.«

Dann hatte seine Mutter ihn gefragt: »Ist das Gottes heilige Wahrheit, Junge?« Jon hatte geantwortet: »Ich sage dir, wir waren es nicht.«

Schließlich gab er zu, Robert habe James mitgenommen und ihn auf der Straße zurückgelassen. »Ich habe den Kleinen nie angerührt, Mama, niemals«, hatte er beteuert.

Später sollte Jon behaupten: »Ich ließ Robert allein, bis er nach Walton zurückkehrte.«

Er wurde aufgefordert: »Sag mir jetzt bitte die Wahrheit, Jon.«

Seine Antwort lautete: »Ich habe ihn nie getötet, Mama. Wir nahmen ihn mit und ließen ihn beim Kanal. Das ist alles.«

Mr. Henriques schilderte dann, wie Jon bei ausgeschaltetem Tonbandgerät gestanden hatte, daß er James getötet habe, und dies später auf Tonband wiederholte. Er sagte, es sei Robert gewesen, der gesagt habe: »Laß uns dieses Kind mitnehmen und abhauen.«

Er sagte, sie seien durch T.J.Hughes' Kaufhaus gegangen, James hinter ihnen her. »Robert machte immer ›Komm schon, Kleiner‹, genauso«, fuhr er fort: »Der Junge folgte uns nach unten. Ich weiß, daß Robert sagte: ›Laß uns ihn mit rausnehmen, und dann hängen wir ihn ab, damit er überfahren wird, wenn er auf die Straße geht.‹ Ich sagte: ›Es ist eine sehr schlimme Sache, das zu tun, nicht wahr?‹«

Hier legte Mr. Henriques wieder eine bedeutsame Pause

ein und sagte: »Vielleicht werden Sie sich diese Worte vergegenwärtigen, wenn sie überlegen, ob er gewußt habe, daß sehr schlecht und falsch war, was er tat: ›Es ist eine sehr schlimme Sache, das zu tun, nicht wahr?‹«

Jon hatte der Polizei dann erzählt, daß Robert den kleinen James am Kanalufer aufgehoben und so auf den Boden geworfen habe, daß James an der Stirn eine Beule bekam. Er berichtete dann, wie sie auf das Bahngelände gekommen seien, wo Robert ihm die Farbe ins Gesicht geschüttet und dann einen Mauerstein aufgehoben und ihm ins Gesicht geworfen habe. Er behauptete, er selbst habe kleinere Steine geworfen, weil er keine Ziegelsteine habe werfen wollen, und habe James mit einigen Würfen verfehlt. James sei hingefallen, aber immer wieder aufgestanden, und Robert habe ihn dann mit einem Eisen geschlagen. Er sagte, er habe James die Schuhe weggenommen, aber Robert habe ihm ›am Ende, als er k.o. war‹, die Hosen ausgezogen. Robert habe sich die Unterhose ans Gesicht gehalten und sie dann weggeworfen, »wo alles voll Blut war«. In einer späteren Vernehmung sagte Jon, sie hätten ihm Ziegelsteine aufs Gesicht gelegt. »Ich dachte, er bewegte sich, weil die Ziegel wackelten«, fügte er hinzu. Er gestand, daß er James auf den Geleisen ins Gesicht getreten habe.

Jons Eltern weinten beide, als sie die Worte des Geständnisses hörten, das ihr Sohn der Polizei gemacht hatte. Jon sah sich immer wieder nach ihnen um, aber sie konnten seinem Blick nicht begegnen.

Mr. Henriques sagte den Geschworenen, sie müßten sich darüber im klaren sein, daß die Jungen trotz ihres Alters von der Schlechtigkeit ihres Tuns gewußt und es nicht nur für einen Spaß oder einen Streich gehalten hätten. Er sagte, »nicht nur einem Zehnjährigen würde solch eine Tat schlecht und unrecht vorkommen, sondern auch einem Kind, das halb so alt oder noch jünger wäre«. Ergänzend fügte er hinzu: »Es ist die Meinung der Kronanwaltschaft, daß jeder von ihnen wußte, daß es sehr bösartig und schlecht war, ein Kind so zarten Alters von seiner Mutter wegzulocken und mit extremer Grausamkeit zu mißhandeln.«

Den Geschworenen wurden dann Kopien von einem Stapel Fotografien übergeben, die Mr. Henriques anschließend im einzelnen behandelte. Die ersten Bilder waren relativ harmlos, aber im Gerichtssaal breitete sich eine Atmosphäre schwer erträglicher Spannung aus, als die Geschworenen Fotos verschiedener bedeutsamer Szenen aus dem Strand-Einkaufszentrum und auf dem Weg nach Walton sahen. Bevor er sie aufforderte, sich der Fotografie Nr. 45 zuzuwenden, wurde Mr. Henriques sehr ernst. »Meine Damen und Herren Geschworenen, die restlichen Fotografien sind unerfreulich anzusehen und ich muß Sie bitten, sich darauf gefaßt zu machen. Sie werden so wenige betrachten müssen, wie unumgänglich nötig und mit unserer Pflicht, diesen Fall darzulegen, vereinbar ist. Es wäre nicht richtig, Sie mit diesen Bildern zu überrumpeln, darum sollte ich Sie jetzt warnen, daß Sie Bilder vom Tatort sehen werden, nachdem James' Leichnam dort gefunden wurde.«

Robert und Jon hatten von ihrem erhöhten Aussichtspunkt auf der Anklagebank über die Schultern der Anwälte gespäht, um einige der früheren Fotografien zu erkennen. Jetzt flüsterte die Sozialarbeiterin, die Robert betreute, einem der Anwälte etwas zu, und dieser nickte und entzog die Fotografien, die er betrachtete, dem Blickfeld des jungen Angeklagten.

Die Geschworenen blieben äußerlich weitgehend leidenschaftslos, als sie Bilder studierten, die aus den finstersten Abgründen der menschlichen Einbildungskraft heraufzubeschwören schwierig sein würde. Eine Frau mittleren Alters schrak einen Moment zurück, als sie sich einer Nahaufnahme von James' Gesichtsverletzungen zuwandte. Sie gewann ihre Fassung rasch zurück, doch als die Vorführung der Fotografien beendet war, nahm sie ihre Brille ab und betupfte sich die Augen mit einem Taschentuch.

Als nächstes begann Mr. Henriques die ersten Zeugen aufzurufen, die Robert und Jon in den Stunden vor James Bulgers Entführung im Einkaufszentrum gesehen hatten. Diane Power erhielt Gelegenheit, ihre Geschichte von der versuchten Entführung ihres Sohnes zu erzählen. Elegant gekleidet in ein schwarz und grün kariertes Kostüm mit goldenen Knöpfen, gab Mrs. Power eine gute Zeugin ab. Deutlich nervös, sprach sie dennoch klar und entschieden, als sie berichtete, wie sie beinahe ihren Sohn verloren hätte. Jon Venables weinte auf der Anklagebank, als er ihr zuhörte. Robert Thompson lutschte am Daumen.

Als David Turner sie ins Kreuzverhör nahm, reagierte sie indigniert auf jede Andeutung, ihr Bericht könne von der späteren Publizität des Falles gefärbt sein. Es gab einen Augenblick dringend benötigter Erleichterung und Heiterkeit, als sie sich bemühte, seinen Fragen nach dem Grundriß des Einkaufszentrums zu folgen und der Richter seinen Platz verließ und sich zum Zeugenstand begab, um ihr den Plan zu erklären. Sie lächelte ihm dankbar zu und wandte sich dann in unverfälschtem Liverpooler Dialekt mit der Frage an Mr. Turner: »Also, was woll'n Sie wissen?«

Sie hielt sich tapfer, aber zuletzt wurde sie doch von der Situation überwältigt. Als Mr. Walsh sie fragte, ob es zutreffe, daß sie gedacht hatte, die Jungen hätten mit ihrem Sohn fangen gespielt, antwortete sie mit ja, dann aber versagte ihre Stimme, und sie begann zu weinen. Ein Gerichtsdiener gab ihr ein Papiertaschentuch aus einer Schachtel, und sie durfte sich setzen und die Fassung wiederfinden, bevor Mr. Walsh in freundlichem Ton seine letzten Fragen stellte. Als sie den Zeugenstand verließ, hatte man das Gefühl, daß sie mit ihrer freimütigen Aufrichtigkeit die Geschworenen für sich eingenommen hatte.

Am nächsten Tag, dem Mittwoch, hörten wir weitere Zeugenaussagen, die den Weg der Jungen bis zu James' Verschwinden begleiteten, und im Anschluß daran verlas der stellvertretende Kronanwalt Mr. Henry Globe eine Erklärung, die Denise selbst am Samstagmorgen nach der Entführung ihres Sohnes der Polizei gegeben hatte, als die Suche nach James noch in vollem Gang gewesen war. Sie erzählte darin, daß sie James zu dem Ausflug mit Nicola Bailey mitgenommen habe, weil er gern Auto gefahren sei. »James mag alles, was mit Zügen, Flugzeugen, Polizeiwagen und Taxis zu tun hat – alles, was sich bewegt«, sagte sie. Sie erzählte, wie James eine Strampelhose auf den Kopf gefallen sei, die einer Verkäuferin im Kleidergeschäft aus der Hand geglitten war, und wie er gelacht und anfangen hatte, mit Strampelhosen herumzuwerfen. In einem anderen Laden hatte James Smarties-Riegel gegessen und mit einem Karton Fußball gespielt.

Als die Sprache auf ihren schicksalsschweren Besuch in der Metzgerei kam, erzählte sie, wie sie bedient wurde, bezahlte und sich dann umwandte, um nach ihrem Sohn zu sehen. »Er war nicht im Laden. Ich hatte ihn an meiner Seite gehabt, als ich bedient wurde, doch als ich hinschaute, war er fort. Ich geriet in Panik und rannte aus dem Laden, blickte umher, konnte ihn aber nicht sehen. Ich lief in eine Drogerie und ein Papiergeschäft, konnte James aber nicht finden. Außer mir begann ich Leute zu fragen, ob sie ihn gesehen hätten. Niemand hatte. Dann ging ich zum Büro des Sicherheitsbeauftragten und meldete ihn als vermißt.«

Der erste Teil der Nachmittagssitzung verging in völliger Stille, als die Geschworenen aufmerksam die unscharfen Videobilder studierten, die James an der Hand seiner Entführer zeigten. Besondere Monitore waren im Gerichtssaal aufgestellt worden, um dem Richter, den Geschworenen, den Anwälten und Angeklagten die Betrachtung der Bilder zu ermöglichen. Man hatte weiße Pfeile in die Vergrößerungen einkopiert, um auf die relevanten Gestalten hinzuweisen. Die Geschworenen verlangten noch einmal den letzten Abschnitt der Videoaufzeichnungen von dem Augenblick an zu sehen, als James und Denise zur Metzgerei gingen.

Ray Matthews war während der ganzen Verhandlung anwesend und hörte jedes schreckliche Detail dessen, was seinem geliebten Neffen widerfahren war. Aber als dieses Videoband gezeigt wurde, mußte er den Saal verlassen. »Ich zwang mich, dazusitzen und zuzuhören«, erklärte er, »aber James fing von dem Augenblick an zu sterben, als die Kamera ihn im Strandzentrum filmte. Es waren zweieinhalb Stunden eines langsamen und tragischen Todes. Ich konnte nicht zusehen.«

Als die Videoaufzeichnung gezeigt worden war, verlas

Mr. Globe Nicola Baileys Aussage über James' Verschwinden, bevor er weitere Zeugen aufrief.

Fünf volle Tage lang hörten die Geschworenen die Aussagen einer Reihe von Zeugen, die an jenem unheilvollen Nachmittag zwei ältere Jungen und ein Kleinkind gesehen hatten. Einige Zeugen weinten oder zitterten vor nervöser Gemütsbewegung, und viele von ihnen quälte unzweifelhaft der Wunsch, sie wären entschlossen genug zu einer Handlung gewesen, die James das Leben gerettet hätte. Ein Fall wie dieser ist voll von Augenblicken, in denen jeder denkt: »Wenn nur...« Doch niemand von diesen Leuten war am fraglichen Tag mit der Gabe der Hellseherei gesegnet, und wer sie kritisieren möchte, sollte versuchen, sich in ihre Lage zu versetzen und sich zu fragen, ob er mit Bestimmtheit sagen könnte, daß er anders gehandelt haben würde.

Nachdem er am Mittwoch der Verhandlung ferngeblieben war, kehrte Ralph am Donnerstag in den Gerichtssaal zurück, doch schon am Nachmittag wurde es erneut zuviel für ihn. Sichtlich aufgeregt über die Berichte, die er am Vormittag gehört hatte, kam er nach der Mittagspause nicht mehr in den Gerichtssaal. Andere Familienmitglieder harrten dort aus, aber Ralph hatte genug; die Polizei stellte einen Wagen zur Verfügung, der ihn nach Haus brachte. Auch am nächsten Tag erschien er nicht, und am Samstagmorgen erhielt ich einen Anruf von Sean Sexton, der mich bat, in Ralph und Denise Bulgers Auftrag über die Press Association eine Erklärung herauszugeben, daß keiner von ihnen an weiteren Gerichtsverhandlungen teilnehmen würde. »Ralph will nichts mehr davon wissen. Er meinte, es sei seine Pflicht, dort zu erscheinen, aber er hält es nicht mehr aus«, erläuterte Sean Sexton. »Weder er noch Denise werden wieder zur Gerichtsverhandlung kommen, nicht einmal zur Urteilsverkündung.«

»Ralph fand es sehr schwierig«, sagte Ray Matthews. »Man konnte es seinem Gesicht und seinem Verhalten während der Pausen ansehen. Er versuchte, das Gerichtsverfahren bis zum Ende zu verfolgen, aber es war einfach zuviel für ihn.«

Das Schema der Kreuzverhöre von Belastungszeugen durch die Anwälte wurde zur vertrauten Routine. Mr. Turner und Mr. Walsh bemühten sich, Widersprüche zwischen ihren ursprünglichen Aussagen und den Darstellungen zu finden, die sie im Zeugenstand gaben. Waren sie durch etwas, was sie über den Fall gelesen und gehört hatten, beeinflußt worden? Konnte es sein, daß die vergangene Zeit ihr Gedächtnis getrübt hatte? Zeuge um Zeuge wies diese Andeutungen empört zurück. Es war eine undankbare Aufgabe für die Verteidiger. Am Ende blieb der überwältigende Eindruck, daß lauter ehrliche, von Gemeinsinn beseelte Leute ihr Bestes taten, die Wahrheit so zu vermitteln, wie sie sie gesehen hatten.

Eine der quälendsten Zeugenaussagen war der Bericht von Mrs. Elizabeth McCarrick, die mit ihrer siebenjährigen Tochter unterwegs gewesen war. In der Nähe eines U-Bahn-Eingangs in Walton hätte sie beinahe verhindert, daß James mit den Jungen fortging. Sie hatten ihr erzählt, sie hätten ihn beim Strand gefunden und wollten ihn zum Polizeirevier Walton Lane bringen. »Ich brachte den Pummeligen dazu, die Hand des Kleinen loszulassen. In diesem Stadium wollte ich ihn selbst mitnehmen«, sagte sie. »Der Kleine gab keinen Laut von sich. Ich dachte, er sei müde. Er ließ den Kopf hängen. Zu meiner kleinen Tochter sagte ich, sie solle ihn bei der Hand nehmen, aber der größere der beiden Jungen sagte: ›Es ist schon in Ordnung. Wir werden ihn zur Wache bringen.‹«

Weiter sagte sie aus, daß die beiden darauf bestanden hätten, ihn mitzunehmen. »Der Pummelige drehte sich um, als wollte er weglaufen. Der Größere rief ihn zurück, und der Pummelige nahm den Kleinen wieder bei der Hand.«

Mrs. McCarrick beschrieb den Jungen den nächsten Weg zur Polizeiwache und fragte James, ob ihm etwas fehle, weil er so müde aussehe. »Er blickte zu dem Pummeligen auf, als der ihn bei der Hand nahm, und antwortete nicht«, berichtete sie. Sie habe die drei Jungen dann die belebte County Road überqueren sehen, bevor sie sie aus den Augen verlor.

Die letzte Zeugin, die James lebendig sah, durfte auf Anweisung des Richters nur Miss H. genannt werden. Zur Zeit ihrer Aussage im Zeugenstand war sie fünfzehn. Sie schluchzte, als sie ihre flüchtige, vielleicht zehn Sekunden dauernde Beobachtung schilderte, wie James bei der Eisenbahnbrücke in der Walton Lane über die Straße gestoßen wurde, und wie einer der Jungen, nachdem er sie gesehen hatte, den Kleinen aufgehoben und horizontal vor sich »wie ein Baby« zur Böschung des Bahndamms getragen hatte.

Der Richter fragte sie: »Konntest du sehen, in welchem Zustand der kleine Junge war, als er getragen wurde?«

»Ich konnte nur Gelächter hören«, erwiderte sie.

Die Familie Bulger war sich der Reue und Schuldgefühle vieler dieser Zeugen, die sich noch immer Vorwürfe machen, daß sie nicht eingeschritten sind, nur zu bewußt. »Wir können diesen Leuten nichts vorwerfen«, sagte Ray Matthews. »Zur Zeit ihrer Beobachtungen erwarteten sie nicht, daß es solch einen Ausgang nehmen würde. Wenn man zwei Zehnjährige mit einem kleinen Jungen sieht, hält man sie für Brüder, die auf den Kleinen achtgeben müssen. Natürlich wird es immer ihr Gewissen belasten, aber wir haben nichts gegen diese Leute. Ich weiß, daß Denise und Ralph genauso denken.«

Als nächstes hörten wir vom Personal des Videoverleihs, wie Robert und Jon dort erschienen waren, nachdem sie James getötet hatten. Sie hatten einen Botengang für das Geschäft erledigt, bevor sie von Mrs. Venables gefunden und aus dem Laden gezerrt worden waren. Am nächsten Abend kamen Robert, sein Bruder und zwei Freunde wieder in den Videoladen und verbrachten dort ungefähr drei Stunden, sahen Zeichentrickfilme an und halfen dem jüngeren Bruder bei den Hausaufgaben. Roberts Verhalten wirkte auf die Zeugen völlig normal.

Nachdem eine Angestellte des Videoladens ihre Zeugenaussage gemacht hatte, setzte sie sich auf die Zuschauertribüne im rückwärtigen Teil des Saales. Etwas später wurde die Sitzung vertagt, und Robert stand auf, um den Gerichtssaal zu verlassen. Ray Matthews, der hinter der Anklagebank saß, sah deutlich, wie Robert lächelte und ihr zuwinkte. »Das verblüffte mich«, erzählte Ray. »Die Reaktion eines gewöhnlichen Zehnjährigen würde sein, daß er mit gesenktem Kopf möglichst schnell hinausgeht. Zehn sind sie eben nur dem Alter nach, aber fünfzehn oder sechzehn im Kopf. Sie sind so abgebrüht und raffiniert – mehr als ich es jemals bei Jungen dieses Alters gesehen habe. Kaltblütig und berechnend – so wirken sie. Wenn ich mir vorstelle, daß Thompson tatsächlich mit einem Blumenstrauß hinging und James' Foto unter den Blumen und Kränzen sah... daß er tatsächlich Blumen niederlegte – das ist nicht die Handlungsweise eines Zehnjährigen.«

Nun wurden den Geschworenen Beweisstücke vorgelegt. Man zeigte ihnen Kleidung, die James und die beiden Täter getragen hatten, und Plastikbeutel, die blutbefleckte Steine und Ziegel vom Tatort enthielten. Ein Beweisstück, die rostige Eisenlasche mit Schraubenlöchern, die bei den Mißhandlungen verwendet worden war, wurde den Geschworenen zur Inspektion übergeben. Sie war fünfundsiebzig Zentimeter lang und wog annähernd zehn Kilo, ein stumpfes Instrument, das offensichtlich imstande war, die fürchterlichsten Verletzungen hervorzurufen. Der Richter machte eine Bemerkung über sein Gewicht, bevor er es an die Geschworenen weitergab, und eine der Frauen erschrak darüber, wie schwer es war, als sie es hielt. Eine andere junge Geschworene schüttelte den Kopf und weigerte sich, das Eisen zu berühren, als es ihr hingehalten wurde.

Nachdem die Geschworenen die Tatwerkzeuge gesehen hatten, wurde erläutert, welcher Schaden damit angerichtet worden war. Der Gerichtspathologe Dr. Alan Williams verteilte Skizzen und Diagramme unter die Geschworenen und verbrachte einen Nachmittag im Zeugenstand mit der präzisen, detaillierten Beschreibung der Verletzungen, die James erlitten hatte. Bei der äußeren Untersuchung des Körpers waren insgesamt zweiundvierzig Verletzungen festgestellt worden, davon fünfzehn allein im Gesicht. Es gab umfangreiche Schädelbrüche.

»Meiner Meinung nach war die Todesursache das Resultat vielfacher Kopfverletzungen«, führte er aus. »Kopfhaut und Schädel weisen so viele Verletzungen auf, daß man nicht ei-

Polizistin Mandy Waller.

Ralph Bulger *(rechts)* und Ray Matthews *(links)* tragen James' Sarg aus der Kirche. Denise folgt mit geneigtem Kopf, die Augen hinter der breiten Hutkrempe verborgen. (The Press Association)

Ein Polizist wischt sich vor der Kirche, wo der Trauergottesdienst stattfand, die Tränen ab. (The Press Association)

Die Täter, Robert Thompson (links) und Jon Venables (rechts) (Mercury Press Agency)

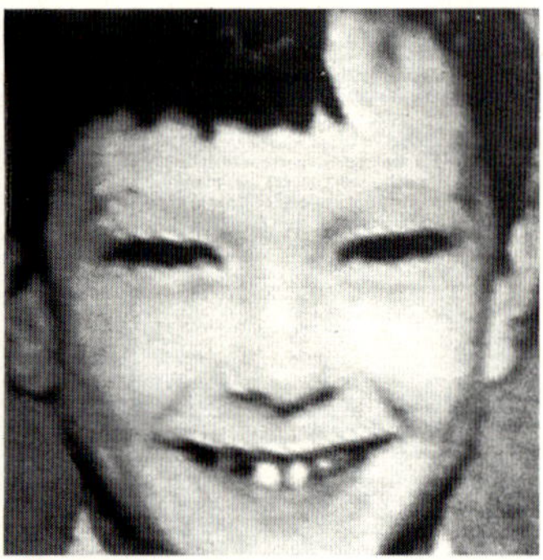

nen bestimmten Schlag auf den Kopf aussondern und sagen kann, das war derjenige, der den Tod herbeiführte. Ich würde schätzen, daß der Körper mindestens dreißig separate Schläge und Tritte erhielt. Die Mehrzahl der Verletzungen ist auf schwere, stumpfe Gegenstände zurückzuführen, und angesichts der Menge von Ziegelstaub am Tatort betrachte ich Ziegelsteine als ein wahrscheinliches Tatwerkzeug.«

Dr. Williams erklärte, die Gesichtsverletzungen seien allem Anschein nach durch Stampfen und Treten mit einem Schuh verursacht worden.

Mr. Henriques fragte ihn: »Konnten Sie bestimmen, ob das Kind starb, bevor oder nachdem es von dem Zug überfahren wurde?«

»Ich bin sicher, daß der Tod durch die Kopfverletzungen herbeigeführt wurde und nicht durch die vom Zug verursachte Durchtrennung. Daran habe ich keinen Zweifel«, sagte er.

Mr. Henriques fragte weiter, ob James nach den Mißhandlungen noch am Leben gewesen sein könne, und Dr. Williams erwiderte, das sei unwahrscheinlich, doch gebe es Hinweise, die zeigten, daß er nicht sofort starb. »Man kann annehmen, daß es nach den Schädelbrüchen eine kurze Überlebensperiode gegeben hat. Sie mag nur Minuten betragen haben«, sagte Dr. Williams.

Es war ein schwerer Nachmittag, vor allem für die Angehörigen. »Es war furchtbar, dasitzen zu müssen und alles im Detail zu hören«, sagte Ray Matthews. »Du meinst, du hast das Schlimmste hinter dir, wenn du die Anklagerede des Kronanwalts gehört hast. Du denkst, schlimmer kann es nicht kommen, weil niemand dich auf die plastischen Einzelheiten des Geschehens vorbereitet hat. Wenn du das hörst, wirft es dich total um.

Nicht viele müssen einen so schlimmen Tod erleiden wie James, doch in gewissem Sinne war es eine Erleichterung, den Pathologen zu hören. Es gab so viele Gerüchte, aber nun wissen wir genau, was vorging. Nichts war so schlimm wie die Gerüchte.«

Am achten Tag des Gerichtsverfahrens gaben die Fachleute des Kriminaltechnischen Labors in Chorley, Lancashire, ihre Untersuchungsergebnisse bekannt. Vieles davon war technische Information über die verschiedenen Blut- und Farbflecken, aus denen zwei besonders verräterische Hinweise gewonnen werden konnten, die Robert und Jon belasteten.

Der Wissenschaftler Graham Jackson gab eine ebenso detaillierte wie grauenhafte Übersicht über das am Tatort geborgene Beweismaterial und berichtete von Blutspuren, die an den Schuhen beider Jungen gefunden worden waren. Das Blut entsprach James' Blutgruppe, die jedoch bei einem Viertel der Bevölkerung anzutreffen ist. Immerhin war an Jons rechter Zehenkappe genug Blut, um das DNS-Profil erfolgreich zu untersuchen. Dieses stimmte genau mit James Bulgers Profil überein, und Mr. Jackson schätzte die Chance einer derartigen zufälligen Übereinstimmung auf eins zu tausend Millionen.

Sein Kollege Philip Rydeard berichtete, wie er eine auffällig strukturierte Verletzung an James' rechter Wange mit den Merkmalen von Roberts schwarzem Halbschuh verglichen hatte. Anhand von übereinanderkopierten Diapositivbildern konnte er zeigen, wie die aufgesetzten Nähte des Oberleders und sein Lochmuster mit den Merkmalen in James' Gesicht übereinstimmten. Weiter führte er den Geschworenen die Fotografie einer Kleiderpuppe vor, die den Winkel zeigte, aus dem Roberts rechter Schuh den Kopf getroffen hatte. »Meines Erachtens befindet sich die fragliche Gesichtsprellung in vollkommener Übereinstimmung mit dem Fußtritt eines Schuhes, der die bestimmten Oberflächenmerkmale aufweist, wie sie an Thompsons Schuhen zu finden sind«, sagte er.

Ein dritter Fachmann, Andrew Mulley, erläuterte sein Gutachten zu den Farbspuren auf den Steinen, an James und seiner Kleidung und an der Kleidung der Angeklagten. Er zeigte den Geschworenen Jons Jacke und machte sie auf eine Farbspur am Ärmel aufmerksam. Er sagte, James' Hand sei stark mit Farbe befleckt gewesen und fügte hinzu: »Ich bin zu der Auffassung gelangt, daß dieser Farbfleck sehr gut der

Abdruck einer kleinen Hand sein könnte, die mit blauer Farbe bedeckt war.«

Am neunten Tag kam Anne Thompson zum ersten Mal in den Gerichtssaal. Sie betupfte ihr Gesicht mit einem Taschentuch und war offensichtlich sehr aufgeregt, als sie hörte, wie die von der Verteidigung zur Untersuchung ihres Sohnes bestellte Psychiaterin als Zeugin der Anklage aufgerufen wurde.

»Robert war sehr fürsorglich gegenüber seiner Mutter«, behauptete eine ihm nahestehende Person. »Er betrachtete ihre Anwesenheit im Gerichtssaal mit gemischten Gefühlen, weil er nicht wollte, daß sie Dinge zu hören bekäme, von denen sie vielleicht nicht wußte.« Der Junge hatte seinen Vater nur einmal gesehen, nachdem letzterer die Familie verlassen hatte, und zwar anläßlich einer kurzen Zusammenkunft bei der Beerdigung seiner Großmutter 1992.

Die Fachärztin für Jugendpsychiatrie, Dr. Eileen Vizard, hatte Robert am 16. Oktober gesprochen, zwei Wochen vor dem Beginn des Verfahrens. Nun sagte sie vor dem Gericht aus, sie sei überzeugt davon, daß Robert den Unterschied zwischen Recht und Unrecht kenne und nach aller Wahrscheinlichkeit auch am 12. Februar gekannt habe. Sie sagte ferner aus, er müsse gewußt haben, daß es unrecht sei, ein Kind von der Mutter wegzunehmen, zu mißhandeln und zu töten.

Mr. Turner nahm Dr. Vizard zugunsten von Robert ins Kreuzverhör. Er bezog sich auf einen Hinweis in ihrem Gutachten, der von posttraumatischen Streßstörungen sprach, und bat sie, die Bedeutung dieser Störung zu erklären. Er fragte: »Könnten posttraumatische Streßsymptome aus direkter Beteiligung an den Ereignissen entstehen, die zum Tod James Bulgers führten, oder auch aus dem bloßen Mitansehen?«

»Ja«, erwiderte Dr. Vizard.

»Ob er also aktiv daran teilnahm oder nur Zeuge des Geschehens war, beides konnte zu posttraumatischen Streßerscheinungen führen?«

»Ja.«

»Sind Sie der Meinung, daß in Robert Thompsons Bewußtsein Symptome von posttraumatischem Streß gegenwärtig sind?«

»Meiner Meinung nach sind sie gegenwärtig.«

»Das würde mit einer ständigen inneren Beschäftigung mit den Ereignissen am Schauplatz des Verbrechens verbunden sein?«

»Ja.«

»Und die Symptome äußern sich als Schlaf- und Eßstörungen?«

»Ja.«

»Und sind sie ein Hinweis auf fehlende therapeutische Hilfe?«

»Das ist kein Symptom posttraumatischer Streßstörung, aber da er meiner Ansicht nach unter einem Mangel an erfahrener therapeutischer Begleitung leidet, mag ein Zusammenhang bestehen.«

»Wenn jemand an posttraumatischem Streß leidet, würde das Ihre Einschätzung seines Geisteszustandes zu einem früheren Zeitpunkt beeinflussen?«

»Es mag seine Beurteilung erschweren, schließt aber eine Meinung über das Verhältnis von Wahrscheinlichkeiten, wie ich sie gerade geäußert habe, nicht aus.«

In seiner erneuten Zeugenvernehmung fragte Mr. Henriques: »Fanden Sie, daß zum Zeitpunkt der behaupteten Tötung irgendeine geistige Anomalie bestand?«

Sie erwiderte: »Nach meiner Meinung gab es keinen Hinweis auf das Vorhandensein posttraumatischer Streßstörungen vor der Tat. In meinem Gutachten habe ich aber darauf hingewiesen, daß dieser Junge wahrscheinlich unter zwei Faktoren litt – Lernschwierigkeiten und Verhaltensstörungen.«

Dazu erklärte sie weiter, daß Lern- und Aufmerksamkeitsschwierigkeiten in der Schule zu einem Zurückbleiben im Unterricht führten und das Schuleschwänzen begünstigten. Verhaltensstörungen erläuterte sie als Verhaltensweisen, die bei einem Kind dieses Alters ungewöhnlich seien, zum Beispiel häufiges Lügen, häufiges Schuleschwänzen, das Tyrannisieren anderer Kinder oder das Provozieren von Raufereien.

»Keiner dieser beiden Faktoren deutet indes darauf hin, daß der Geisteszustand eines Kindes psychiatrisch in einem Maße gestört ist, daß es nicht zwischen Recht und Unrecht unterscheiden könnte. Kinder können unter diesen Störungen leiden und doch zwischen Recht und Unrecht unterscheiden.«

Mr. Henriques fragte noch einmal: »Gab es Ihrer Einschätzung nach irgendeinen Hinweis auf eine geistige Anomalie zur Zeit des Verbrechens?«

Diesmal antwortete sie mit einem einfachen: »Nein.«

Sie sagte, ihrer Ansicht nach sei Robert durchaus verhandlungsfähig, doch sorge sie sich wegen der posttraumatischen Streßsymptome, unter denen er leide, weil sie in einem gewissen Maße sein Verständnis des Verfahrens beeinträchtigen könnten.

Darauf stellte Mr. Turner eine weitere Frage. Er wollte wissen, ob der posttraumatische Streß Roberts Verständnis des Verfahrens tatsächlich beeinträchtigen könne.

»Meine Erkenntnisse waren, daß er mit Gedanken, Erinnerungen, Alpträumen und Rückblenden zum Tatgeschehen sehr stark beschäftigt ist«, sagte Dr. Vizard. »Dies alles ist Teil der posttraumatischen Streßsymptomologie. Tatsächlich ist es diese Beschäftigung mit dem, was geschehen ist, zusammen mit den daraus erwachsenden Schlaf- und Eßstörungen, die mir Anlaß zur Sorge gibt, daß sein Verständnis des Gerichtsverfahrens darunter leiden könnte.«

Mr. Turner fragte, ob Robert in der Lage sein würde, Aussagen zu machen, und Dr. Vizard antwortete: »Es würde nicht ganz unbedenklich sein, aber ich muß sagen, daß er, als wir ihn befragten, trotz dieser Symptome in der Lage war, Fragen sehr gut zu beantworten. Er war imstande, spontan zu reagieren.«

Darauf fragte der Richter: »Waren die Antworten den Fragen angemessen?«

»Sie waren den Fragen in der Tat so angemessen, daß er insgesamt den Eindruck eines Jungen von guter, mindestens durchschnittlicher Intelligenz machte.«

»Standen die Fragen in Beziehung zu dem, was am 12. Februar geschah?«

»Sie standen sowohl in Beziehung zu den Ereignissen vom 12. Februar als auch zu einer ganzen Anzahl anderer Dinge.«

Als nächstes wurde Dr. Susan Bailey aufgerufen, eine gerichtlich vereidigte Sachverständige für Jugendpsychiatrie, um über Jon Venables auszusagen. Mr. Henriques stellte ihr zunächst die gleichen Fragen, die er Dr. Vizard über Robert gestellt hatte, und sie bestätigte, daß auch Jon gewußt haben mußte, daß es unrecht sei, ein Kind von seiner Mutter wegzunehmen, zu mißhandeln und zu töten. Sie erklärte, sie habe in ihm einen in klinischer und in anderer Hinsicht durchschnittlich intelligenten Jungen gefunden.

Mr. Walsh, der sie für Jon ins Kreuzverhör nahm, fragte: »Sie haben Jon Venables bei mehreren Gelegenheiten gesehen und gesprochen. Ist es richtig, daß er bei jeder dieser Gelegenheit, wenn Sie ihn nach der Sache befragten, die hier verhandelt wird, in Tränen ausbrach und, um Ihre Worte zu gebrauchen, untröstlich weinte?«

»Er hat untröstlich geweint, das ist richtig«, antwortete Dr. Bailey.

»Sie haben das und eine Anzahl anderer Umstände angeführt, die seinen Zustand, seine Alpträume und Ängste berücksichtigen. Trifft es zu, daß Sie aufgrund dessen zu der Auffassung gelangt sind, daß er gegenwärtig nicht in der Lage ist, über den Gegenstand dieses Verfahrens in irgendeiner nutzbringenden Weise zu sprechen?«

»Das trifft zu«, sagte Dr. Bailey.

Die Nachmittagssitzung begann mit der Zeugenaussage der Schulleiterin beider Jungen, die unter anderem ausführte, daß Kinder, wenn sie mit vier oder fünf Jahren in die Vorschule aufgenommen werden, sehr wohl wüßten, daß es unrecht sei, ein anderes Kind mit einem Gegenstand zu schlagen. Sie bestätigte, daß beide Jungen eine klare Vorstellung von dem Unrecht gehabt haben mußten, ein Kind von seiner Mutter zu entführen und mit Ziegelsteinen und anderen Gegenständen zu mißhandeln.

Eine andere Lehrerin sagte dem Gericht, daß die Kinder in der Schule ausdrücklich über Recht und Unrecht belehrt würden. Dies gelte selbstverständlich auch für die beiden angeklagten Jungen.

Als nächstes betrat der Kriminalbeamte Phil Roberts den Zeugenstand. Er gab Auskunft über Robert Thompsons Festnahme, und dann legten der Richter, die Geschworenen und die Anwälte Kopfhörer an, um die kompletten Tonbandaufzeichnungen der Vernehmungen zu hören. Sie verbrachten mehrere Tage damit, alle elf Vernehmungen Robert Thompsons und anschließend alle neun Vernehmungen Jon Venables' abzuhören. Die gesamte Bandlaufzeit betrug 12 Stunden und 23 Minuten. Uns anderen wurden die Bandaufnahmen durch Lautsprecher überspielt, was eine unheimliche Wirkung hatte. Die hohen Stimmlagen der Jungen mit ihrem Liverpool-Akzent widerhallten im Gerichtssaal, während sie selbst schweigend auf der Anklagebank saßen.

Ray Matthews und die anderen waren über vieles von dem, was sie von ihren Sitzen auf der Zuschauergalerie aus hörten, sichtlich erschrocken. »Es war eine Kinderstimme, der wir zuhörten, aber sie sprach von Handlungen Erwachsener«, erinnerte sich Ray. »Man kann sich nicht vorstellen, daß ein Zehnjähriger so etwas tut. Was uns außerdem zusetzte, war die Menge der Lügen. Sie logen vom ersten Tag an. Sie logen bis zuletzt. Von den beiden ist Venables der Aufrichtigere, weil er schließlich doch zusammenbrach, aber Thompson hat alles geleugnet. Er zeigte keinerlei Gemütsbewegung. Wenn jemand ihm ins Auge sah, versuchte er so lange zurückzustarren, bis der andere den Blick abwandte.

Einmal sah Thompson sich um und fixierte mich mit diesem kalten Starren. Er sah aber nur ein paar Sekunden zu mir her, dann schaute er weg und sagte etwas zu seiner Sozialarbeiterin. Diese blickte zu ihrem Kollegen hinüber und flüsterte ihm etwas zu. Dann sah sich auch Venables nach mir um. Er mußte erkannt haben, daß wir die Familienangehörigen waren. Danach kam es öfter vor, daß Venables sich schnell umsah und den Kopf wieder abwandte.«

Am Freitag hatte das Abhören der Tonbänder ihrer Vernehmungen für beide Jungen den Reiz des Neuen eingebüßt.

Ein Reporter auf der Pressebank unweit von mir war sicher, daß er Robert die Worte: »Ich langweile mich« seiner Sozialarbeiterin zuflüstern hörte. Manchmal starrte Robert mich und meine Kollegen auf der Pressebank an, wenn er merkte, daß wir ihn beobachteten, als wollte er uns Trotz bieten.

Einmal knotete er die vier Ecken eines weißen Taschentuches zu Zipfeln und legte es wie ein Zelt auf seinen Handrücken. Jon blickte hinüber und kopierte Roberts Werk mit seinem eigenen grünen Taschentuch. Dann blickte er an den Sozialarbeitern vorbei, die zwischen ihnen saßen, und bekam Blickkontakt mit Robert. Ein Lächeln huschte über ihre Gesichter. Es war das erste Mal, daß es im Gerichtssaal zu einem solchen Kontakt gekommen war.

Jons anfängliche Tränen und Ängste hatten einer unbehaglichen Resignation Platz gemacht. Oft sah man seine Finger zucken, als ob er mit einem seiner Videospiele beschäftigt wäre. »Inzwischen war er wie ein Tier im Zirkus«, sagte Mr. Lee. »Er hatte sich eingewöhnt. Ich glaube, darum gab es keine Tränen. Er wurde der Sache sehr müde und überdrüssig und wollte nach Haus. Er wollte nichts als daß die ganze Sache ein Ende nehme.«

Zwischen den Sitzungen im Gerichtssaal verbrachte Jon seine Zeit im Aufenthaltsraum der Gefangenenwärterinnen unter dem Gerichtssaal, wo er sich die Zeit mit Spielsachen und Spielen vertrieb, die seine Eltern ihm von zu Hause mitgebracht hatten. Sein Teddybär ›Coach‹, ausgestattet mit einer Baseballmütze amerikanischer Art, kam jeden Tag mit ihm in den Gerichtssaal. Er hatte in seinem Raum auch ein Zielbrett für Pfeilwurfspiele. Oft spielten er, sein Sozialarbeiter und sein Anwalt mit den Wurfpfeilen.

In einem anderen Aufenthaltsraum für Gefangenenbewacher unterhielt sich Robert mit Sozialarbeitern und vertrieb sich die Zeit mit einem Computerspiel namens ›Jill aus dem Dschungel‹ auf dem Laptopgerät eines Anwalts.

Richter Morland hatte am Freitagnachmittag und am folgenden Montag andere gerichtliche Verpflichtungen, was allen Prozeßbeteiligten eine dringend benötigte Ruhepause und Abwechslung von der klaustrophobischen Atmosphäre des Gerichtssaales brachte. Am nächsten Dienstag, dem elften Tag des Verfahrens, erschien Robert mit einem neuen Haarschnitt; das Haar war jetzt kurzgeschoren wie im Februar. Es war eine erschreckende Verwandlung. Plötzlich sahen wir wieder den Jungen auf der Videoaufzeichnung.

Noch fast drei Tage waren Tonbänder abzuhören, darunter die grauenhaftesten Passagen von Jons Geständnis. Als sie am Donnerstagnachmittag endlich beendet waren, behandelte der Kronanwalt noch ein paar Einzelfragen, berief aber keine weiteren Zeugen. Nach 13 Tagen war die Beweisaufnahme abgeschlossen.

Die Zeugeneinvernahme zur Entlastung der Angeklagten dauerte weniger als dreizehn Stunden. Mr. Turner und Mr. Walsh verzichteten formal darauf, Zeugen zu benennen. Es bestätigte, was wir bereits vermutet hatten, nämlich daß keiner der Jungen aufgerufen werden sollte, zu seiner eigenen Verteidigung Beweise vorzubringen.

Alles kam jetzt auf die Schlußplädoyers an. Zuerst war am Freitagvormittag Mr. Henriques als Kronanwalt an der Reihe, der für die Anklagebehörde sprach. In sechsundzwanzig Jahren am Gericht war es die wahrscheinlich bedeutsamste Rede, die der fünfzigjährige Kronanwalt jemals zu machen hatte, auf alle Fälle aber die meistbeachtete, und er enttäuschte die Erwartungen nicht. Wie es der Brauch ist, wenn die Verteidigung keine Entlastungszeugen aufruft, hielt er sein Schlußplädoyer kurz und sachlich. Es war das Meisterwerk einer scharfsinnigen und präzisen zusammenfassenden Kommentierung, welche die Schlüsselelemente der Anklage herausarbeitete und die wahrscheinlichen Taktiken der Verteidigung vorwegnahm und überzeugend widerlegte.

Er sagte, eine Verurteilung wegen Totschlags sei in keinem Fall gerechtfertigt, weil sie die Schwere des Verbrechens unterbewerten würde. »Dies war nach den Regeln des Strafrechts ein Mordanschlag auf ein kleines Kind.« Er zählte die gemeinsamen Unternehmungen der Angeklagten auf, angefangen mit dem Schulschwänzen am Morgen bis zu ihrer Ergreifung durch Jons Mutter am späten Abend im Videoverleih.

Mr. Henriques sagte, die achtunddreißig Zeuginnen und Zeugen, welche die Jungen auf dem Weg vom Strand-Einkaufszentrum bis zum Bahndamm gesehen hätten, würden sich in der Zwischenzeit tausendmal gefragt haben, warum sie nicht eingeschritten seien. »Sie hatten den Mord nicht mit Zehnjährigen in Verbindung gebracht. Viele waren bis ins Innerste erschüttert, als sie erkannten, daß ihr Einschreiten James gerettet haben würde. Ich vertraue darauf, daß sie in dem Umstand Trost finden werden, daß die anderen Zeuginnen und Zeugen, wie sie selbst, von der vernünftigen Annahme ausgegangen waren, daß es sich um eine Familiengruppe handelte.«

Er fügte hinzu: »Wenn jemals ein Verbrechen gemeinschaftlich begangen wurde, dann war es dieses. Hätte ein Junge dieses Verbrechen wirklich verüben können, während der andere als unbeteiligter und unschuldiger Zeuge dabeistand?«

Er sagte, daß Kinder an Wochenenden nicht selten auf diesem Bahngelände spielten, aber an einem Schultag in der Abenddämmerung mit einem Kleinkind dorthin zu gehen »war kein Spiel. Häufte einer Ziegelsteine auf, um James von einem durchfahrenden Zug überrollen zu lassen, ohne die Beihilfe des anderen? Überschüttete einer das kleine Kind mit einem Hagel von dreißig oder mehr Schlägen und Tritten, während der andere ohne aktive Ermutigung zusah?«

Er erinnerte an Jons Worte in einer seiner Vernehmungen, als er gesagt hatte, es sei sehr schlecht gewesen, so etwas zu tun. »Es war sehr schlecht, so etwas zu tun. Diese Jungen taten es beide, und sie wußten ohne Zweifel beide von der Schlechtigkeit ihres Tuns. Wir behaupten, daß ihre Schuld in allen drei Anklagepunkten erwiesen ist.«

Das Verfahren wurde darauf bis zum Montag, dem 22. November, vertagt. Es war der fünfzehnte Tag der Verhandlung, und wir sollten die Schlußplädoyers der Verteidiger hören.

Mr. Turner erhob sich zuerst, um für Robert Thompson zu sprechen. Ein jugendlich aussehender Sechsundvierzigjähriger, hatte Mr. Turner erst 1991 als Strafverteidiger debütiert.

Er war verheiratet und hatte zwei Söhne und eine Tochter. Schon seine ersten Worte ließen kaum einen Zweifel an dem Eindruck, den der Fall auf ihn gemacht hatte.

»Die Trauer und der Schmerz von Denise Bulger und ihrem Mann beherrschen dieses Verfahren«, sagte er, zu den Geschworenen gewandt. »Alle unter uns, die selbst Kinder haben, werden die Tiefe ihres Kummers wenn nicht ermessen, so doch nachempfinden können. Als die Nachricht vom Tod und der Todesart des kleinen James Bulger am Valentinstag dieses Jahres bekannt wurde, stockte dem ganzen Land der Atem. Dieser Fall ist nicht die Tragödie einer Familie, sondern dreier Familien – einer Tragödie für die Familie Bulger, gewiß, aber auch eine für die Familien von Jon Venables und Robert Thompson.

In diesem Fall sind viele Tränen vergossen worden, öffentliche und private Tränen, Tränen im Zeugenstand, Tränen in der Zuschauergalerie, Tränen auf der Anklagebank – aber auch diejenigen, deren Augen in diesem Fall trocken geblieben sind, können Schmerz und Elend fühlen. Niemand, der an diesem Gerichtsverfahren beteiligt gewesen ist, wird jemals wieder derselbe sein. Niemand von uns wird jemals ein von seiner Mutter in einem Kaufhaus getrenntes Kind sehen, ohne sich an James Bulger zu erinnern.

Den Maßnahmen, die getroffen wurden, um die vermutlichen Täter in sicherem Gewahrsam zu halten, werden Sie entnommen haben, daß ihr Leben nie wieder dasselbe sein wird. Wie Ihr Urteil auch ausfallen mag, sie werden niemals eine normale Kindheit haben.

Und wie verhält es sich mit Ihnen? Wer von Ihnen Kinder hat, wird sich und seine Kinder und die eigenen Erfahrungen unausweichlich mit den Tatsachen identifiziert haben, die in diesem Fall bekannt geworden sind. Sie alle werden von dieser Gerichtsverhandlung schreckliche Erinnerungen und Befürchtungen mit nach Haus nehmen.

Er sagte, die Geschworenen hätten über den vielleicht sensationellsten Fall zu urteilen, der je in diesem alten Gerichtsgebäude verhandelt wurde, ausgesetzt dem vollen Rampenlicht der Medien des ganzen Landes. »Darum ist es für Sie wahrscheinlich keine Überraschung, daß keiner der beiden Jungen in diesem Fall aufgerufen wurde, in eigener Sache auszusagen.«

Mr. Turner widersprach der Beschuldigung der Anklagebehörde, daß die Jungen vorsätzlich geplant hätten, James zu entführen und ihm wirklich ernsthaften Schaden zuzufügen. »Daß Kinder, deren bis dahin einziges Fehlverhalten in Ladendiebstählen und gelegentlichem Schuleschwänzen bestand, einen solch teuflischen Plan ersinnen und ausführen sollten, ist nicht glaubhaft«, sagte er zu den Geschworenen.

Er malte das Bild von zwei Jungen, die nicht wußten, was sie mit James anfangen sollten, durch ihren eigenen dummen Streich mit einem Kleinkind belastet, das genauso übermüdet gewesen sein müßte wie sie selbst es waren, nachdem sie seit dem Morgen im Einkaufszentrum herumgelungert hatten. Er suggerierte, daß sie nicht in der Lage gewesen seien, ihn zu verlassen oder an einen Erwachsenen loszuwerden, und daß es ihnen an Mut gefehlt habe, ihn in ein Polizeirevier zu bringen, weil sie befürchten mußten, dort in Schwierigkeiten zu kommen – »ein weitaus wahrscheinlicheres Szenarium als die kaltblütig geplante Mordtat, wie der Kronanwalt sie uns glauben machen will«.

Sie gingen auf das Eisenbahngelände. »Was dort geschah, war furchtbar und schreckenerregend. Sie wissen, daß Roberts Argument ist und von Anfang an war, daß der Angriff auf den kleinen James von Jon Venables eingeleitet und ausgeführt wurde. Es ist kein erfreuliches Argument für uns, diese Anklage gegen einen anderen, jetzt elfjährigen Jungen, aber wir sagen, daß Jon Venables – aus welchem Grund auch immer, sei es verdrießliche Müdigkeit oder ein plötzlicher Stimmungsumschwung von der Art, wie er in seinen Vernehmungen offensichtlich wurde – in unglücklicher und tragischer Verstrickung einen jähen, aber ausdauernden Angriff auf den kleinen James ausführte.«

Mr. Walsh begann sein Plädoyer am späten Vormittag. Er machte aus seiner Einschätzung Robert Thompsons keinen Hehl. »Die Anklagebehörde bezeichnet ihn als einen Lügner, einen hartnäckigen und spitzfindigen Lügner, der vom Anfang bis zum Ende log. Ich bedaure, sagen zu müssen, daß wir ihr darin zustimmen. Er log, um die Schuld Jon Venables in die Schuhe zu schieben und von sich selbst abzuwälzen. Er empfand die Polizeivernehmungen als eine Debatte, ein Herausforderungsspiel, ein geistiges Kräftemessen. Er war zuversichtlich und rechthaberisch, einer, der nur etwas zugab, wenn man ihn auf frischer Tat ertappte oder ihm einen Film vorführen konnte, der zeigte, wie er es tat. Kein Wort der Reue war von ihm zu vernehmen, kein Ausdruck des Mitleids oder der Scham darüber, was in seinem Beisein und mit seiner Mitwirkung geschehen war.«

Nachdem er das Beweismaterial ausführlich und detailliert gewürdigt hatte, sagte Mr. Walsh, Robert habe »den Einfallsreichtum und die List, in der er Meister ist«, zu einer hartnäckigen Lügenkampagne benutzt. Er beschrieb ihn als »einen kaltblütigen, ruhigen, gelassenen und dreisten kleinen Gauner«.

Weiter sagte er, die Beweisaufnahme habe gezeigt, daß Jon beabsichtigt habe, James zum Polizeirevier Walton Lane zu bringen. Als es darüber zu einem Streit gekommen sei, wäre es Jon gewesen, der die Wahrheit gesagt habe. »Dies ist kein Junge, der sich vollständig reinzuwaschen versucht. Er sagt nicht: ›Ich bin weißer als weiß, so unschuldig wie der Tag lang ist.‹«

Er machte die Geschworenen darauf aufmerksam, daß Jon der Polizei erzählt hatte, er habe James mit Ziegelsteinen absichtlich verfehlt und nur kleinere Steine geworfen, weil er ihn nicht habe verletzen wollen. Damit habe er etwas gesagt, was für ein Kind eine gute Beschreibung des Unterschieds zwischen Totschlag und Mord sei.

»Wenn er eine Rolle in der Herbeiführung des Todes spielte, so darf nicht übersehen werden, daß er nur die Absicht hatte, ihn mit kleinen Dingen zu verletzen. Wenn das wahr ist, und darüber haben Sie zu befinden, dann ist er nicht des Mordes schuldig; des Totschlags vielleicht, aber des Mordes unzweifelhaft nicht.«

Der Richter begann seine Zusammenfassung am Morgen des sechzehnten Verhandlungstages. Der Ehrenwerte Sir Michael Morland war 1953 als Anwalt vor höheren Gerichten zugelassen worden, nachdem er seine Ausbildung in Stowe und Oxford erhalten und als Leutnant der Grenadiergarde in Malaya gedient hatte. Seit 1961 verheiratet und Vater eines Sohnes und einer Tochter, wurde Sir Michael 1989 als Richter in die Abteilung des Obersten Gerichts für Kriminalfälle berufen. Selten hatten die Worte dieses erfahrenen Richters im Mittelpunkt so weltweiter Aufmerksamkeit gestanden wie an diesem nebligen Novembermorgen in Preston.

»Die Umstände von James Bulgers Tod werden alle an diesem Prozeß Beteiligten betroffen gemacht haben, aber ich bin überzeugt, daß jeder von Ihnen das Beweismaterial beurteilen und leidenschaftslos und objektiv zu Schlußfolgerungen gelangen wird, ohne sein Urteil von Gefühlen trüben zu lassen.«

Er sagte, viele der Zeugen wären mit den üblichen Dingen des alltäglichen Lebens beschäftigt gewesen, als sie an jenem Freitagnachmittag unversehens mit den letzten tragischen Stunden von James Bulgers Dasein in Berührung gekommen seien. Viele von ihnen müßten sich gefragt haben: »Wenn ich die Jungen nur abgehalten oder gründlicher befragt und erkannt hätte, daß dies nicht drei Brüder waren, die zusammengehörten, sondern daß es sich um einen kleinen Jungen handelte, der von zwei älteren Jungen aus der Obhut seiner Mutter gelockt und entführt worden war!« Die Geschworenen müßten überlegen, ob diese natürlichen, in einigen Fällen sicherlich unvermeidlichen Empfindungen nicht ihre Erinnerungen gefärbt und die Genauigkeit dessen beeinträchtigt hätten, was sie jetzt über ihre Beobachtungen aussagten. »Sie werden wahrscheinlich zu der Folgerung gelangen, daß die Zeugen ihre Aussagen aufrichtig machten, mit dem besten Willen, die Wahrheit zu sagen. Aber für Sie bleibt die Frage – sind die Aussagen zuverlässig gewesen? Das ist die überaus wichtige Frage, die Sie bei der Bewertung jeder Zeugenaussage beantworten müssen.«

Darauf erklärte er den Geschworenen, daß ein Kind zwischen zehn und vierzehn Jahren von strafrechtlicher Verantwortlichkeit ausgenommen sei, wenn die Anklagebehörde nicht beweisen könne, daß das Kind zum Zeitpunkt der Tat gewußt habe, daß sie unrecht und schlecht ist.

Um beide Jungen zu verurteilen, müßten die Geschworenen ferner aufgrund der Beweiserhebung zu der Überzeugung gelangt sein, daß sie beide aktiv an den ihnen zur Last gelegten Straftaten beteiligt waren. »Es würde keine Rolle spielen, wer dem Opfer die tödlichen Verletzungen zufügte, wenn Sie zu der sicheren Überzeugung gelangen, daß sowohl Robert Thompson wie auch Jon Venables beschlossen hatten, James Bulger zu töten oder schwer zu mißhandeln. Wenn beide übereinstimmten und die gemeinsame Absicht hatten, James zu töten oder ihm wirklich schwere Verletzungen zuzufügen, würde es nicht darauf ankommen, wer von den beiden dem Kind die tödliche Verletzung zufügte. Sollten Sie noch im Zweifel darüber sein, in welchem Maße sie gemeinsam beteiligt waren, so könnten Sie nur einen bestimmten Angeklagten verurteilen, wenn die Schuld an der Tat nach Ihrer festen Überzeugung nur diesem zufällt.«

Zum Anklagepunkt der Entführung erläuterte der Richter den Geschworenen: »Sie mögen denken, daß die Beweise, daß James Bulger entführt wurde und beide Angeklagten unmittelbar beteiligt waren, ihn vom Strand-Einkaufszentrum zum Bahngelände zu bringen, überwältigend sind. Sie mögen auch denken, daß beide Angeklagten nach den Schlüssen, die sich aus ihren getrennten Vernehmungen ziehen lassen, die Entführung von James Bulger verabredet und zugegeben haben.«

Hierfür gelte aber das gleiche wie für den vorerwähnten Anklagepunkt. Welcher der beiden Angeklagten auch immer James Bulger an der Hand aus dem Einkaufszentrum führte oder ihm die tödlichen Schläge zufügte – entscheidend sei, ob beide am Tag der Tat beabsichtigten, daß James entweder getötet oder schwer mißhandelt werden sollte. Es sei ohne Belang, welche Rolle jeder von ihnen gespielt habe, wenn sie beide eine aktive Haltung bei der Ausführung des Verbrechens eingenommen hätten.

»Dabei ist die Frage, welche Absichten sie verfolgten, als sie James Bulger aus dem Einkaufszentrum entführten, oder was sie während des langen Weges von mehr als zwei Meilen zum Bahngelände vorhatten, von zweitrangiger Bedeutung. Vorrangige Bedeutung kommt der Frage zu, welches die Absichten jedes der beiden Angeklagten auf dem Bahngelände waren, wo dem Opfer die tödlichen Verletzungen zugefügt wurden.«

Zum Thema des Unrechtsbewußtseins der beiden Täter erklärte der Richter den Geschworenen, sie sollten die Zahl der Schläge, die verwendeten Tatwerkzeuge und die Fußtritte in Betracht ziehen. Wenn die Geschworenen nicht sicher seien, daß jeder der beiden Angeklagten beabsichtigte, James zu töten oder schwer zu mißhandeln, daß einer von ihnen nur eine weniger aktive Rolle gespielt habe, so würde dieser Angeklagte nur des weniger schweren Verbrechens des Totschlages schuldig sein.

Er erinnerte die Geschworenen an die Aussagen der Psychiater und Lehrer, daß die Jungen als geistig normal anzusprechen und von durchschnittlicher Intelligenz seien; daß sie außerdem eine konfessionelle Grundschule besucht hätten, wo sie eingehend über den Unterschied zwischen Recht und Unrecht belehrt worden seien.

»Hier ging es nicht um das Werfen eines einzelnen Steines und Ziegelbrockens, sondern um zahlreiche Schläge und Tritte gegen den Kopf eines knapp dreijährigen kleinen Jungen. Sie werden in Erwägung ziehen, warum man James Bulger seine Schuhe, Socken, Hosen und Unterhose auszog, als die Mißhandlungen stattfanden, und warum der Körper von einem Schienenstrang nahe der früheren Bahnsteigkante zu dem anderen, öfter befahrenen Geleise geschafft wurde. Geschah dies, um den Eindruck zu erwecken, das Kind sei auf die Geleise geirrt und von einem Zug überfahren worden? Geschah es, um die wahre Todesursache zu verbergen?«

Zu den Unwahrheiten, die die Jungen der Polizei gesagt hatten, fragte der Richter die Geschworenen: »Logen sie aus Furcht vor einer Mordanklage, oder weil sie ihre Schuld erkannten und wußten, daß sie eine wirklich schwere Missetat begangen hatten?«

Darauf wandte sich der Richter den Aussagen der einzelnen Zeugen und den Geständnissen der Jungen während der polizeilichen Vernehmungen zu und gab einen ausführlichen und sorgfältigen Überblick über die Beweiserhebung des Kronanwalts.

Am Mittwoch, dem 24. November – es war der 17. Verhandlungstag – kam Denise Bulger zum erstenmal nach Preston ins Gerichtsgebäude, um die Jungen zu sehen, die ihren Sohn getötet hatten. In einer langen weißen Strickjacke, die dazu beitrug, ihre fortgeschrittene Schwangerschaft zu verbergen, wurde sie zusammen mit Ralph, Ray Matthews und den anderen Onkeln ins Gerichtsgebäude geführt. Es sei immer ihre Absicht gewesen, äußerte sie dort, ein einziges Mal nach Preston zu kommen, um die Jungen mit eigenen Augen zu sehen. Während des Vormittags kam sie nicht in den Gerichtssaal, um den Schluß der zusammenfassenden Bemerkungen des Richters zu hören, sondern zog es vor, in einem für sie bereitgehaltenen, abseits gelegenen Raum des Gerichtsgebäudes auf die für den Nachmittag erwartete Urteilsverkündung zu warten.

Inzwischen hatten sich Hunderte von Journalisten aus allen Gegenden der Welt in Preston versammelt. Die Press Association entsandte vier Berichterstatter – Peter Beal und mich, die über alle Verhandlungstage berichtet hatten, sowie Stephen Guy aus Manchester und Teilo Colley aus unserer Londoner Zentrale. In unseren hochtechnisierten Tagen zählen Sekunden im Mediengeschäft mehr denn je, und die Press Association hält sich einiges darauf zugute, mit den Berichten, die wichtig sind, zuerst herauszukommen. Und kaum etwas war an diesem Tag wichtiger als der Urteilsspruch im Mordprozeß James Bulger.

Am späten Vormittag zogen sich die Geschworenen zurück, um über ihren Urteilsspruch zu beraten, versehen mit einer detaillierten Liste von zwanzig Fragen, die zu berücksichtigen waren. Wir alle richteten uns auf eine lange Wartezeit ein. Unter uns Pressevertretern herrschte die Auffassung vor, daß die Geschworenen angesichts so vieler Fragen, die zu bedenken waren, so vieler Beweismittel, die gewürdigt werden mußten, und der drei verschiedenen Anklagepunkte, in denen man zu entscheiden hatte, wenigstens eine Nacht in einem Hotel verbringen würden, bevor sie zur Urteilsfindung kämen.

Trotzdem kehrten wir im Laufe des Nachmittags in den Gerichtssaal zurück, während die Geschworenen noch berieten, um einen Antrag von Mr. Stuart Neale zu hören, einem Rechtsanwalt, der für Associated Newspapers handelte und die Aufhebung des gerichtlichen Verbots der Namensnennung beider Angeklagten im Falle eines Schuldspruches beantragte.

Im Laufe der daran anschließenden juristischen Diskussion sagte der Richter, er zweifle nicht daran, daß die Aufhebung des Verbots für die Eltern außerordentlich nachteilig sein könne. »Andererseits ist dies nicht bloß eine Frage morbiden Interesse am Makabren«, fügte er hinzu. »Wie immer das Urteil ausfallen mag, dies war ein abscheuliches Verbrechen, und es scheint unglaublich, daß es von einem oder zwei zehnjährigen Jungen verübt werden konnte. Es ließe sich argumentieren, daß es im öffentlichen Interesse liege, auf den Umstand hinzuweisen, daß die äußeren Bedingungen, nämlich die üblich gewordene Reizüberflutung von Kindern mit Filmen, Radio, Fernsehen, Videos und Zeitungen, Magazinen und so weiter ihren Teil dazu beigetragen haben mögen.«

Er sagte, ernstzunehmende Teile der Öffentlichkeit könnten an diesen Fragen interessiert sein, und fügte hinzu: »Die bizarren und schrecklichen Umstände der Mordtat verleihen diesem Fall, so könnte argumentiert werden, eine besondere Bedeutung.«

Die Verteidiger der beiden Jungen sprachen sich gegen die Aufhebung der Beschränkung aus, aber Mr. Henriques hielt dem entgegen, daß beide Angeklagten und ihre Familien in der Lage wären, ihre Namen zu ändern, was von der Familie Bulger schlechterdings nicht erwartet werden könne. »Publizität ist für sich genommen ein Abschreckungsmittel für jene, denen der Sinn danach steht, ernste Verbrechen zu begehen. Wenn Kinder von diesem Fall hören und sehen, daß diese Täter einfach als A und B bekannt sind, mögen sie sich fragen, ob sie nicht auch Verbrechen begehen können, wenn es ihnen im Schutz solcher Anonymität möglich ist.«

Der Richter sagte, er werde darüber erst entscheiden, wenn das Urteil feststehe, und er würde seine Entscheidung dann nicht näher begründen. Darauf vertagte sich das Gericht wieder.

Es war kurz nach 17 Uhr, und Preston lag in der Dunkelheit des frühen Spätherbstabends, als im öffentlichen Wartebereich bekanntgegeben wurde, daß die Geschworenen ins Gericht zurückkehrten. Es gab einen Ansturm auf die Türen des Gerichtssaals, wo es zu einem Stau kam, weil Sicherheitsbeamte jeden Journalisten auf ihrer Liste abhaken mußten, als wir in den Saal zu unseren reservierten Plätzen zurückkehrten. Unter den in der Schlange Wartenden herrschte Übereinstimmung, daß der Richter die Geschworenen nur habe zurückrufen lassen, um sie für die Nacht in ein Hotel zu schicken. Dann bemerkten wir, daß Denise Bulger zum ersten Mal in den Gerichtssaal gebracht worden war, und die Möglichkeit, daß etwas Bedeutsames bevorstand, begann uns zu dämmern.

Robert Thompson und Jon Venables wirkten ruhig, als sie auf ihren Plätzen saßen und die Rückkehr der Geschworenen erwarteten. Die erwartungsvolle Spannung von uns anderen löste sich spürbar und machte einer gewissen Enttäuschung Platz, als der Gerichtsdiener den Sprecher der Geschworenen fragte, ob sie zu einem Urteilsspruch über den ersten Anklagepunkt, der versuchten Entführung von Diane Powers Sohn, gekommen seien, und als darauf »Nein« geantwortet wurde.

Dann fragte der Gerichtsdiener: »Haben Sie im zweiten Anklagepunkt einen Urteilsspruch erreicht, in dem Sie alle übereinstimmen?«

»Ja«, kam die Antwort des grauhaarigen Sprechers. Mit einem Schlag wurde die Spannung im Gerichtssaal beinahe unerträglich.

Der Gerichtsdiener fragte in einem so ruhigen Ton, daß er in einem beinahe lächerlichen Gegensatz zur Hochspannung im Saal stand, ob die Geschworenen Robert Thompson der Entführung James Bulgers schuldig oder nicht schuldig gefunden hätten.

»Schuldig«, sagte der Sprecher mit rauher, resoluter Stimme.

Die gleiche Frage wurde hinsichtlich von Jon Venables gestellt. »Schuldig«, antwortete der Sprecher wieder.

»Und ist dieses das Urteil von Ihnen allen?«

»So ist es.«

Thompson blickte mit schiefgelegtem Kopf zum Sprecher, als sei ihm nicht ganz klar, ob er verstanden habe, was er gerade gehört hatte. Venables schaute verwirrt drein.

Der Gerichtsdiener ging unerbittlich zum dritten Anklagepunkt über, der Ermordung von James Bulger. Als der Sprecher sagte, die Geschworenen hätten ein Urteil, wagte niemand im Raum zu atmen.

Der Gerichtsdiener fragte in der festgelegten Form, ob sie Robert Thompson schuldig oder nicht schuldig gefunden hätten. »Schuldig«, erwiderte der Sprecher mit fester Stimme. Jon Venables? »Schuldig.«

Der zweite Urteilsspruch erbrachte ein kollektives Aufseufzen von der Besuchergalerie, und von der Seite, wo die Familie des Opfers saß, kam ein deutliches »Ja!«

Robert Thompson blickte besorgt um sich. Jon Venables' Miene verriet zuerst noch Unsicherheit, doch langsam begann er zu begreifen, was geschehen war. Er flüsterte eindringlich seinem Sozialarbeiter etwas zu, der ihm halblaut antwortete. Dann kamen Jon die Tränen, und er hielt sich eine Hand vor die Augen. Sein Vater blickte besorgt zu seinem Sohn hinüber, und als die Geschworenen hinausgingen, um über den Anklagepunkt der versuchten Entführung weiter zu beraten, brachen er und seine Frau zusammen und weinten so untröstlich wie ihr Sohn. Anne Thompson war zu diesem kritischsten Augenblick im jungen Leben ihres Sohnes nicht ins Gericht gekommen.

Denise Bulger saß da und lauschte ohne erkennbare Gemütsbewegung, obwohl der zweite Schuldspruch im Anklagepunkt des Mordes eine plötzliche Röte in ihre blassen

Wangen steigen ließ. Kriminalkommissar Kirby ging zur Barriere der Besuchergalerie, beugte sich hinüber und küßte Denise leicht auf die Wange, bevor er Ralph Bulger die Hand schüttelte. Seine Arbeit war getan.

Die Jungen wurden wieder hinuntergebracht, um dort auf weitere Nachrichten von den Geschworenen zu warten. Jon Venables wußte Bescheid über die juristische Bedeutung der Verurteilung zu einer Haftstrafe von unbestimmter Dauer und kannte den Anwaltsjargon dafür. »Habe ich HMP (Her Majesty's Pleasure) bekommen?« fragte er schluchzend. Als ihm erklärt wurde, daß er noch nicht verurteilt sei, gingen seine Gedanken zur Familie Bulger, und er sagte zu Mr. Walsh: »Würden Sie ihnen bitte sagen, daß es mir leid tut?«

Seine Mutter Susan weinte bittere Tränen in dem kleinen Aufenthaltsraum. Jon bat, sie solle aufhören zu weinen. Mr. Walsh sagte ihm dann, er werde in den vor ihm liegenden Jahren tapfer sein müssen und begann ihm zu erklären, was er für ihn getan hatte.

Um 17 Uhr 45, 5 Stunden und 56 Minuten nachdem die Geschworenen sich zum ersten Mal zur Beratung zurückgezogen hatten, holte der Richter sie in den Saal zurück. Sie hatten noch immer kein einstimmiges Urteil oder eine Mehrheit von 10 zu 2 Stimmen zum Anklagepunkt der versuchten Entführung erreicht, so daß der Richter sie der Verpflichtung zu einem Urteilsspruch entband. Nächster Punkt der Tagesordnung war die Entscheidung des Richters über die Aufrechterhaltung der Anonymität. Er hob seinen ursprünglichen Beschluß auf, der die Namensnennung der Angeklagten untersagte, und ersetzte ihn durch einen neuen Beschluß, der sich nur noch auf Informationen über ihren Aufenthalt seit dem 18. Februar 1993 oder Fotografien bezog, die seit diesem Tag gemacht worden waren. Die Entscheidung bedeutete, daß der Weltöffentlichkeit zum ersten Mal offiziell die Namen Robert Thompson und Jon Venables genannt werden konnten.

Als nächstes lud der Richter die Verteidiger ein, abschließende Bemerkungen zu machen, bevor er den Urteilsspruch bekanntgebe. Mr. Turner machte keinen Gebrauch von dem

Angebot. Mr. Walsh erhob sich kurz und erinnerte den Richter daran, was Jon während der Vernehmungen zum Kriminalbeamten Dave Tanner gesagt hatte: »Was ist mit seiner Mutter? Wollen Sie ihr sagen, daß es mir leid tut?« Mr. Walsh fügte hinzu: »Mögen diese Worte einem Erwachsenen auch erschreckend unzulänglich erscheinen, für ein Kind dieses Alters bedeuten sie viel. Und er bat mich, sie zu wiederholen, als ich vor ein paar Minuten mit ihm sprach.« Darauf setzte sich Mr. Walsh.

Richter Morland konzentrierte seine Aufmerksamkeit nun auf die beiden kleinen Jungen auf der Anklagebank. Jon weinte noch immer, und Robert verzog das Gesicht, als kämpfe er mit den Tränen. Der Richter sprach langsam und klar, damit seine Worte sich ihrem Bewußtsein einprägen konnten.

»Die Ermordung von James Bulger war eine Tat beispielloser Schlechtigkeit und Barbarei«, sagte er. »Dieses noch nicht dreijährige Kind wurde seiner Mutter weggenommen und mehr als zwei Meilen durch die Stadt auf ein Bahngelände geschleppt, wo man es erbarmungslos totschlug. Dann wurde sein Körper auf eine Schiene gelegt, so daß er von einem Zug überrollt werden mußte. Dies geschah in einem Versuch, die Mordtat zu verbergen. Nach meinem Urteil war euer Verhalten sowohl schlau als auch sehr bösartig.

Das Urteil, das ich über euch beide fälle, ist, daß ihr für unbestimmte Zeit an einem Ort und unter Bedingungen festgehalten werdet, über die der Innenminister entscheiden wird. Ihr werdet für sehr viele Jahre in sicherer Verwahrung bleiben, bis der Innenminister die Überzeugung gewonnen hat, daß ihr gereift und rehabilitiert und nicht länger eine Gefahr seid.«

Venables, in seiner dunklen Jacke und dem Schulschlips, fuhr fort zu schluchzen. Thompson, in einem offenen weißen Hemd, zeigte zum ersten Mal eine echte Gemütsbewegung. Er griff sich mit der linken Hand an die Brust und schnappte angestrengt nach Luft. Die erste Andeutung von Tränen zeigten sich um die Ränder dieser seltsamen kleinen Augen.

Die Jungen wurden dann aus der Anklagebank geführt

und stiegen die Treppe hinunter, gefolgt von ihren Sozialarbeitern. Ray Matthews war während der langen Verhandlungstage ein Vorbild an Selbstbeherrschung gewesen, aber jetzt konnte er nicht länger an sich halten. Als die Mörder seines Neffen im Vorbeigehen zu ihm aufblickten, brach es aus ihm heraus: »Wie fühlt ihr euch jetzt, ihr kleinen Scheißkerle?« sagte er.

Sobald die Verurteilten abgeführt waren, hielt der Richter eine kurze Schlußansprache an die im Gerichtssaal Versammelten. »Wie es dazu kam, daß zwei normale Jungen von durchschnittlicher Intelligenz dieses entsetzliche Verbrechen begingen, ist sehr schwer zu begreifen. Es ist nicht an mir, ein Urteil über ihre Erziehung abzugeben, aber ich vermute, daß unkontrollierter Zugang zu gewalttätigen Videofilmen zum Teil eine Erklärung sein mag. Zur Ehre von Mrs. Thompson und Mr. und Mrs. Venables sei gesagt, daß sie während der polizeilichen Vernehmungen alle Anstrengungen unternahmen, ihre Söhne zu bewegen, die Wahrheit zu sagen.

Die Bevölkerung von Bootle und Walton und alle anderen, die mit diesem tragischen Fall in Berührung gekommen sind, werden niemals die traurigen Umstände von James Bulgers Ermordung vergessen. Jeder hier im Gerichtssaal wird besonders Mrs. Bulger für die kommenden Monate das Beste wünschen und hoffen, daß das neue Baby ihr Frieden und Glück bringen möge. Ich selbst hoffe, daß alle an diesem Prozeß Beteiligten, seien sie Zeugen oder von Amts wegen hier, den Weihnachtsfrieden finden werden.«

Draußen vor dem Gerichtsgebäude höhnte und pfiff eine ungefähr vierhundertköpfige Menschenmenge, als die Jungen in ihren Polizeitransportern weggefahren wurden. Die Rufe »Mörder!« vermischten sich in der feuchtkalten Nachtluft mit den Weihnachtsliedern einer Krippendarstellung unter den Lichtern der Weihnachtsbeleuchtung auf einem benachbarten Platz. Vereinzelte Schneeflocken sanken aus dem dunklen Himmel auf das Krongericht von Preston herab.

14

Leichte Schritte wischten über den Schlafzimmerteppich, und eine kleine Gestalt kletterte die Seite des Doppelbetts hinauf und kroch unter die Decke. Das Kind wimmerte leise. Seine Mutter wachte sofort instinktiv auf. Dies war schon öfter geschehen. Seit dieser ganzen Publizität um *Jurassic Park* hatten Dinosaurier die Träume ihres sechsjährigen Sohnes beherrscht und unruhig gemacht.

»Was hast du, mein Schatz?« fragte sie, als das Kind sich an sie schmiegte.

»Ich hatte einen schlimmen Traum«, flüsterte es.

»Was hast du geträumt?«

»Ich träumte, daß zwei böse Jungen mich mitgenommen haben und daß ich dich und Papa nie wiedersehen würde.«

Die Mutter, eine Verkäuferin in einem örtlichen Geschäft, erzählte diese Geschichte meiner Frau, als der Fall James Bulger während des Strafprozesses vor dem Krongericht in Preston abermals die Schlagzeilen beherrschte. Sie hatte mit ihrem Sohn nicht über die Geschichte gesprochen und war verblüfft, in welchem Umfang er nicht nur über den Fall unterrichtet war, sondern sich auch davor ängstigte.

Die Schockwellen der Tragödie, die sich an jenem düsteren Februarnachmittag in Walton abgespielt hatte, traf viele von uns in verschiedener Weise. Die vielleicht traurigste Wirkung, die von ihr ausging, ist die Art und Weise, wie sie die Einstellung vieler Menschen zu Kindern und ihren Verhaltensweisen permanent veränderte. Hatte der Anblick ungepflegter Zehnjähriger, die sich an einem Schultag auf den Straßen herumtrieben, früher nur den Verdacht auf Schulschwänzerei und vielleicht Ladendiebstahl geweckt, so wird sich in Zukunft immer ein finsteres Fragezeichen dahinter erheben. Für mich und viele andere hat der Fall James Bulger eine bleibende Verzerrung auf dem Vorstellungsbild unschuldiger Kinder hinterlassen.

Robert Thompson und Jon Venables werden wahrscheinlich eine lange Zeit in geschlossenen Institutionen verbringen. Sie werden in der Art Gewahrsam bleiben, an die sie sich in den Monaten seit ihrer Festnahme in ihren getrennten Hafträumen gewöhnt haben, bis sie mit achtzehn alt genug sind, um in eine Jugendstrafanstalt, und schließlich, wenn sie einundzwanzig sind, in ein Gefängnis für Erwachsene überführt zu werden.

Es gibt einen bedeutsamen Vorbehalt. Die psychiatrischen Gutachten bescheinigten den beiden Jungen geistige Gesundheit und Verhandlungsfähigkeit. Ob sie diesen Geisteszustand bewahren werden, ist unmöglich vorauszusagen. Es ist jedenfalls nicht auszuschließen, daß sich einer oder beide zu so gestörten Charakteren entwickeln werden, daß sie aus dem Strafvollzugssystem in eine der stark gesicherten speziellen Heil- und Bewahranstalten des Landes verlegt werden müssen.

Die wahrscheinliche Dauer ihrer Haft wird Gegenstand eines privaten Empfehlungsschreibens des Richters an Innenminister Michael Howard sein. Geht man von seiner im Urteilsspruch geäußerten Ansicht aus, so scheint eine Haftstrafe bis zu zwanzig Jahren keine übertriebene Schätzung zu sein. Das vom Richter empfohlene Minimum einer Haftstrafe kann vom Lordoberrichter, Lord Taylor, oder von Mr. Howard heraufgesetzt oder verringert werden. Die erste Überprüfung des Urteils würde drei Jahre vor diesem Datum oder nach siebzehn Jahren erfolgen, je nachdem, welcher Zeitpunkt früher liegt.

Mary Bell verbrachte elf Jahre und fünf Monate in Haft, bevor sie auf »lebenslange Bewährung« entlassen wurde. Im Durchschnitt verbrachten zu lebenslangen Haftstrafen verurteilte erwachsene Täter, die 1992 auf freien Fuß gesetzt wurden, dreizehn Jahre und zwei Monate im Gefängnis.

In Europa stieß das über Thompson und Venables verhängte Urteil auf beträchtliche Kritik. In Deutschland können Kinder unter vierzehn Jahren nicht vor ein Gericht gestellt werden. Walter Wilken, Präsident des deutschen Kinderschutzbundes, sagte: »Dieses barbarische Urteil, das zwei Kinder zu einer Haftstrafe von unbestimmter Dauer verdammt, sollte vor die Europäische Menschenrechtskommission gebracht werden. In Deutschland würde ein Fall wie dieser vom örtlichen Jugendamt gehandhabt, das in Konsultation mit den Eltern ein Rehabilitationsprogramm für die Täter ausarbeiten würde.«

In Holland bezeichnete ein höherer Richter, Cornelius de Groot, die Urteile als unmenschlich. »Jugendliche, die ein anderes Kind ermorden, sind soziale Außenseiter«, meinte er. »Das hat fast immer mit ihrem familiären und sozialen Hintergrund zu tun. Sie haben kein Gefühl für Schmerz und Leid entwickelt. Erst durch Umerziehung können sie lernen, Mitleid zu empfinden.«

Denise und Ralph Bulger sorgten sich verständlicherweise mehr um das zukünftige Risiko anderer Kinder als um das Wohlergehen der Täter. Ihr Anwalt Sean Sexton sagte nach der Verhandlung, das Ehepaar Bulger hoffe, ein späterer Innenminister werde, wenn er einmal über die Entlassung der beiden Täter zu entscheiden habe, sich das Leid vergegenwärtigen, das sie als Eltern ertragen hätten, und werde die Täter nicht auf freien Fuß setzen, solange eine Wiederholungsgefahr bestehe.

Die Eltern und Geschwister der Verurteilten werden in den kommenden Jahren an ihrer eigenen Bürde zu tragen haben. Kein Elternteil, das ein Kind aufgezogen hat, welches im Alter von zehn Jahren solch ein Verbrechen begeht, kann sich dem Gefühl der Mitverantwortung entziehen. Es ist eine schwere Bürde, welche die Eltern von Robert und Jon um ihrer anderen Kinder willen mit Standhaftigkeit werden tragen müssen. Beratende Unterstützung können sie von der Wohltätigkeitsstiftung Aftermath erwarten, die im September 1988 gegründet wurde, um den Familien sehr schwerer Gesetzesbrecher längerfristig zu helfen. Jons Eltern hatten während des Verfahrens Berater von Aftermath bei sich im Gerichtssaal. Auch in dem Teil des Landes, wo sie sich schließlich niederlassen werden, bleiben die Familien weiterhin unter der Kontrolle der örtlichen Sozialbehörde. Gleichwohl ist es eher unwahrscheinlich, daß sie sich jemals wieder wirklich sicher fühlen werden.

Die Jungen hatten mittlerweile soviel Angst vor der Außenwelt, daß sie nicht an Flucht dachten. Sie begrüßten die Geborgenheit der verschlossenen Türen, hinter denen sie festgehalten wurden.

Laurence Lee sagte, Jon habe seit seiner Festnahme über zwölfeinhalb Kilo zugenommen, weil er so wenig Bewegung habe; die Sozialarbeiter machten sich Sorgen, er könne davonlaufen. »Er hat aber nicht die Absicht, wegzulaufen. Er möchte in der Sicherheit dieser Zuflucht bleiben«, sagte Mr. Lee. »Jon bekommt jetzt drei ordentliche Mahlzeiten und wird sehr gut unterrichtet. Natürlich ist er nicht frei, aber inzwischen hat er sich daran gewöhnt. Er ist so traumatisiert, daß er seinen Gewahrsamsraum als Zufluchtsort betrachtet. Ich glaube, er fürchtet sich jetzt vor der Außenwelt.«

Robert Thompson nahestehende Quellen erzählen eine ähnliche Geschichte. »Die Außenwelt ängstigt ihn. Als die Formulare zu seiner alle vierzehn Tage erneuerten Haftanordnung nicht kamen, dachte er, sie würden ihn freilassen müssen. Und war entsetzt. Er ist zumindest gegenwärtig ganz froh, wenn er bleiben kann, wo er ist. Er hat Schlafstörungen.«

Es fällt schwer, sich die wahrscheinlichen Auswirkungen des Verbrechens und seiner Folgen auf die zwei Täter vorzustellen, wenn sie sich zu Jugendlichen und dann zu jungen Erwachsenen entwickeln. Jon brachte es nicht einmal über sich, die Ereignisse jenes Tages zu diskutieren – Ereignisse, die ihm noch immer Alpträume verschafften. Seine Anwälte stießen hier auf das gleiche Problem wie Dr. Susan Bailey, als sie versuchte, alles mit ihm durchzusprechen. Er löste sich einfach in einer Flut von Tränen auf.

Der Tageszeitung *Liverpool Echo* gelang es, Zugang zu Dr. Baileys Bericht über Jon Venables zu erhalten.

Darin war von den Träumen des Jungen die Rede, und in einem dieser Träume stellte er die Uhr zurück und wurde ein Held, der James vor dem Tode rettete und zu seinen Eltern trug. Ferner war dem Bericht zu entnehmen, daß er gern Videofilme sehe, aber vor gewalttätigen Szenen zurückschrecke. Er träume von einem ewigen Leben bei guter Gesundheit und wünsche, die Welt könnte in eine riesige Schokoladenfabrik verwandelt werden, wenn man dem Artikel des *Echo* über den Bericht Glauben schenken darf.

»Wir haben noch immer keinen vollständigen Bericht dessen, was auf dem Bahngelände geschah«, sagte Mr. Lee, »und vielleicht werden wir die Wahrheit darüber, wer was tat, nie aus ihm herausholen können. Seiner Mutter gegenüber bringt er Reue zum Ausdruck. Mir hat er gesagt, er wünschte, er könnte die Uhr zurückstellen. Er hat Alpträume, Rückblenden auf das Geschehen, aber niemals hat er erklärt, warum es zu der Tat kam. Die Psychiater sagen, es bestehe ein extremes Trauma. Wir wissen nicht, ob es auf das Geschehen zurückzuführen ist oder schon vorher existierte. Eigentlich ist er ein sehr gefühlsbetonter Junge, schüchtern und ängstlich.«

Von Neil und Susan Venables sagte Mr. Lee: »Seine Eltern haben sich außerordentlich anständig verhalten. Sie leben jetzt wieder zusammen, obwohl das ein schwacher Trost ist. Jon kommt mit seinen Geschwistern, einem Bruder und einer Schwester, sehr gut aus. Die Familie hatte bis zu Jons Tat niemals Schwierigkeiten mit der Polizei. Zwar hat sich das Sozialamt mit der Familie befaßt, aber nur in Bezug auf die Lernschwierigkeiten vor allem der Geschwister, die in eine Sonderschule umgeschult worden sind.

Im nachhinein sagen die Leute, das sei eben eine jener Familien, in denen es zu Kriminalität kommen könne, aber eigentlich stimmt das nicht. Obwohl die Eltern sich getrennt hatten, handelten sie stets zum Wohle der Kinder und trafen viele gemeinsame Entscheidungen. In ihren Lebensumständen gibt es nichts, was als Grund dafür angesehen werden könnte, was geschehen ist. Ich glaube, daß nicht einmal die verdorbensten und lasterhaftesten Lebensumstände einen ausreichenden Grund für jene Tat abgeben können. Es ist eine Tragödie, die wahrscheinlich überall möglich gewesen wäre.«

Susan und Neil Venables sprachen nach dem Gerichtsverfahren von ihrer Scham über Jons Tat. »Es ist einfach ein Alptraum«, sagte Susan. »Ich sehe ihn an und frage mich: ›Wie konnte er in so etwas hineingeraten?‹ Andererseits sehe ich ihn an und sage mir: ›Nun, ich weiß, warum, weil er so schwach ist. Es war ihm wichtig, daß man ihn mochte, und er hatte gern Freunde. Aber er ließ sich mit dem falschen ein.‹«

Sie behaupteten, sie hätten Jon nicht erkannt, als sie vor seiner Festnahme die Videoaufzeichnungen aus dem Einkaufszentrum sahen. »Es kam uns überhaupt nicht in den Sinn«, sagte Neil.

»Wir sahen jede Nachrichtensendung im Fernsehen«, ergänzte Susan. »Wir lasen die Zeitungen, alles, weil wir selbst um die Sicherheit des kleinen Jungen besorgt waren. An dem Sonntag, als sie ihn fanden, waren wir sehr aufgeregt und entsetzt.«

Nach seiner Festnahme fragten Neil und Susan Venables ihren Sohn über die Tat aus, aber er verriet ihnen wenig. »Als wir fragten, warum er mitgemacht habe und nicht weggelaufen sei, sagte er nur, daß er Angst gehabt habe«, sagte Susan. »Er sagte, er habe Angst vor Roberts älterem Bruder gehabt. Robert habe ihm gedroht: ›Wenn du jemand was sagst, werde ich meinen großen Bruder bitten, daß er dich aufmischt.‹ Von James redet er nicht die ganze Zeit, aber hin und wieder. Dann wird er nervös und aufgeregt und sagt: ›Ich weiß, Mama.‹ Er ist untröstlich über die ganze Sache.«

Sie haben sich mit seiner langen Haftstrafe abgefunden. Susan Venables sagte, Jon falle es schwer, von der Familie getrennt zu sein, und er wolle nach Haus, aber sie antworte ihm jedesmal: »Du weißt, daß du das nicht kannst. Wir sind noch immer für dich da. Wir können versuchen, dich so oft wie möglich zu besuchen und dadurch zu unterstützen, aber weil du getan hast, was geschehen ist, kannst du nicht einfach nach Haus kommen.«

Neil Venables sagte: »Er wurde richtig erzogen und bekam alles, was wir ihm geben konnten. Seine Mama war strenger. Ich war der Softie, aber ich zog ihn trotzdem zur Rechenschaft, wenn er ungezogen war oder so was.«

Susan sagte, ihr anderer Junge wisse, was Jon getan habe, und sei sehr bestürzt. »Ich glaube allerdings nicht, daß er es richtig begreift. Wahrscheinlich versteht er nur einen Teil davon, mit seinen Lernschwierigkeiten, aber er möchte Jon wieder bei sich haben, wie wir alle. Aber daraus kann wohl nichts werden, nicht wahr?«

Sie bestritten, daß es in ihrem Haus Gewalttätigkeiten gegeben habe, und sagten, Jon und seine Geschwister hätten ein sehr enges Verhältnis zueinander gehabt. Ferner behaupteten sie, Jon habe niemals Horrorvideos angeschaut.

Allerdings war Neil Venables ein Liebhaber von Horrorfilmen, der regelmäßig Kassetten in der Videothek auslieh. Während des Verfahrens wurde hinter den Kulissen spekuliert, daß sein Sohn den Videofilm *Child's Play 3* gesehen habe, den Neil weniger als einen Monat vor dem Tag des Verbrechens ausgeliehen hatte. Dieser amerikanische Film der Universal Pictures stellt eine Puppe von der Größe eines Kleinkindes in den Mittelpunkt des Geschehens. Sie ist besessen von der Seele eines Killers und terrorisiert die Jungen in einer Kadettenanstalt. In einer Szene wird die Puppe, die Kinderkleidung trägt, von einem mit Farbe gefüllten Übungsgeschoß getroffen, das ein junger Kadett während einer Feldübung abfeuert, und das Gesicht der Puppe wird mit blauer Farbe bespritzt. Später wird die Puppe im Entscheidungskampf mit dem jugendlichen Filmhelden auf einem Volksfest in der Geisterbahn zerstört.

Die Polizei überprüfte die Videoausleihen beider Familien und fand nichts, was sie für signifikant hielt. Nachdem ich den erwähnten Film selbst gesehen hatte, kam ich zu dem Schluß, daß die Übereinstimmungen zwar auf dem Papier so wirken, sich am Bildschirm aber weit weniger überzeugend ausnehmen.

Mr. und Mrs. Venables sagten übereinstimmend, das Verbrechen ihres Sohnes habe eine »verheerende« Wirkung auf sie gehabt. »Mein Leben heute... Ich weiß nicht, ob ich es jemals wieder ganz in Ordnung bringe«, sagte Neil. »Ich glaube, ich bin noch immer in einem Schockzustand. Ich weiß es nicht.«

»Es wird niemals vergehen«, meinte Susan. »Man fühlt sich schon schuldig, wenn man ein wenig lacht oder fröhlich ist, und fragt sich: ›Worüber lache ich?‹ Dabei sagen die Leute, man müsse lächeln und lachen, oder man werde nie in ein normales Leben zurückfinden. Wir versuchen es einfach von Tag zu Tag und bemühen uns, mit der Geschichte zu leben und Jon zu helfen, so gut wir können, und eine normale Familie zu sein, was zur Zeit nicht der Fall ist. Aber wir müssen einfach versuchen, unser Leben wieder zusammenzuflicken und uns auf die Erziehung unserer anderen zwei Kinder zu konzentrieren.«

Hört man Anne Thompson über das Geschehen sprechen, so war das Hauptproblem, daß die ganze Welt gegen sie und ihre Familie gewesen sei. In einem Interview mit einem Journalisten, das nach der Urteilsverkündung veröffentlicht wurde, behauptete sie weiterhin, daß Robert kein Mörder sei. Sie gab der Schulleiterin die Schuld, den Sozialarbeitern, der Polizei, ihren Nachbarn, Jon Venables, allen – nur nicht Robert und sich selbst. »Er ist ein kleiner Lügner, er ist verschlagen, er ist ein Tunichtgut, er stiehlt, er schwänzt die Schule. Aber er ist kein Mörder«, sagt sie trotzig.

»Immer geben sie den Eltern die Schuld. Es ist eine sehr schwierige Situation, wenn man als Familie keine Unterstützung bekommt, man ist allein und steht der Welt allein gegenüber, wie ich jetzt... Wenn wir auf die Straße müssen, sehen wir uns um. Wir gehen nicht aus, wenn es sich vermeiden läßt.«

Sie bestätigte, daß der Ältere ihrer beiden Söhne, die bei ihr lebten, seit der Tat nicht mehr die Schule besuche. »Ich lasse sie nicht gehen«, sagte sie. »Ich schicke meine Kinder nicht in die Schule, sonst endet schließlich noch eins im Gefängnis. Die Lehrerinnen werden mit ihren Jobs nicht richtig fertig. Schicken Sie mir einen Hauslehrer, und ich weiß, wo meine Kinder sind.«

Sie warf der Schulleiterin vor, sie am Tag des Verbrechens nicht von Roberts Verschwinden verständigt und ihn nicht in der Schule festgehalten zu haben. »Ich hatte es satt, zur Schule zu gehen und gesagt zu bekommen: ›Ihr Sohn ist nicht hier.‹ Das war von September bis Weihnachten so. Ich weiß nicht, wie oft ich hinging und die Schulleiterin anschrie, sie solle ihn in der Schule festhalten.« Sie behauptete, ihr Sohn habe die Schule geschwänzt, weil er die Schulleiterin nicht gemocht habe und weil er Schikanen ausgesetzt gewesen sei.

»Alle meine Kinder sind in diese Schule gegangen, und sie hat nie eins von ihnen gemocht«, meinte Mrs. Thompson.

Natürlich gab sie zu, daß Robert ein bißchen frech gewesen wäre und sagte: »Ich glaube, da kommt in ihm etwas von mir heraus.« Sie behauptete, Robert habe ihr gesagt, im Gerichtssaal sei ihm zum Weinen zumute gewesen. Auf die Frage, warum er es nicht getan habe, wäre seine Antwort gewesen: »Weil all diese Leute zuschauten und mich ein Baby genannt hätten.«

Mrs. Thompson erzählte von ihren regelmäßigen Besuchen im Polizeirevier Walton Lane, ganz in der Nähe ihres Hauses im Walton Village. Oft habe sie die Polizisten aufgefordert, ihn in eine Zelle zu werfen, aber sie hätten immer gesagt: »Nehmen Sie ihn mit nach Haus, er ist Ihr Sohn.« Auf die Frage, ob sie glaube, daß der Mord hätte verhindert werden können, wenn ihr Sohn von der Polizei öfter in Gewahrsam genommen worden wäre, sagte sie: »Ja.«

Nach ihrer Version hatte Jon Venables ihren Sohn mit zwei Pfund bestochen, daß er an dem betreffenden Tag mit ihm gehe. »Ich weiß nicht, warum er sich überhaupt mit meinem Robert zusammmengetan hat, das würde mich wirklich interessieren. Was ich glaube, ist, daß er sich vor Jon fürchtete.« Sie gab an, Roberts Probleme mit dem Schuleschwänzen hätten angefangen, als Jon auf der Bildfläche erschienen sei. »Jon Venables hat etwas Seltsames an sich. Warum würgte er ein anderes Kind mit dem Lineal? Hat er wirklich nie zuvor jemandem etwas zuleide getan?«

Sie malte ein schauriges Bild von ihrer Nachbarschaft in Walton und behauptete: »Hier müssen Sie hart und rauh sein, sonst können Sie nicht überleben.« Nachbarn hätten mit Rauschgift gehandelt und schon gedroht, ihr die Kniescheiben zu zerschlagen. Ihre Kinder und sie seien eine gezeichnete Familie. »Sie sind Schlingel, kleine Schlingel, aber sie sind keine verdammten Mörder!« beharrte sie. »Nennen Sie eine Familie in der Gegend, die ein gutes Wort für uns übrig haben würde. Wenn irgendwo Sachen von der Wäscheleine verlorengingen, hieß es sofort: ›Das waren die Thompsons.‹ Ich sage nicht, daß meine Jungen unschuldig sind, aber sie kriegten die Schuld für Dinge zugeschrieben, die sie nicht ausgefressen hatten.«

Mrs. Thompson stimmte zu, daß ihr Sohn auf dem Bahngelände gespielt habe. »Jedes Kind in Walton spielt auf dem Bahngelände. Das einzige, was da oben fehlte, waren Schaukeln und Rutschen. Warum also sollte mein Sohn zum Strand gehen, ein kleines Kind nehmen, und mit ihm den ganzen Weg nach Haus machen, vorbei an Leuten, die ihn kennen? Warum sollte er das tun? Er schwört, daß er es nicht getan hat... daß er den Kleinen nicht getötet hat, und ich glaube ihm.«

Robert beschäftigte sich in Gedanken wie besessen mit diesem wenig befahrenen Bahngelände und der Schreckensszene, die er dort selbst mitgeschaffen hatte. Sein »posttraumatischer Streß« plagte ihn, wie Dr. Eileen Vizard erläuterte, mit Erinnerungen, Alpträumen und Rückblenden auf den Schauplatz des Verbrechens. Besonders besorgniserregend war ihre Feststellung, daß Robert unter einem Mangel an erfahrener therapeutischer Betreuung leide.

»Er hat überhaupt nicht akzeptiert, daß er den Mord beging«, sagte ein anderer Beobachter Roberts. »Er hat sich selbst davon überzeugt, daß er an der Ermordung keinen Anteil hatte. Das ist es, woran er fest glaubt. Er spricht ganz zwanglos über all das. Manchmal weint er, aber es ist kein Zeichen von Reue, denn er akzeptiert nicht, irgend etwas getan zu haben, das er bereuen müßte.«

Es ist zu hoffen, daß Robert und Jon nun, nachdem das Gerichtsverfahren hinter ihnen liegt, die tiefenpsychologische Therapie bekommen werden, welche die finsteren Fantasien zum Vorschein bringen kann, die mit an Sicherheit grenzender Wahrscheinlichkeit zu dem Verbrechen führten, um die Jungen damit zu konfrontieren. Das wird wahrscheinlich ein langer und schmerzhafter Prozeß sein, aber er muß um ihrer selbst und um der Sicherheit anderer willen durchgeführt werden.

Der Gerichtspsychologe David Glasgow sagte im Juni: »Weil sie taten, was sie getan haben, werden sie nie wieder dieselben sein und müssen für eine ausreichend lange Zeit eingesperrt bleiben. Ich sage das ohne irgendwelche Rachsucht. Es muß so sein, weil sie durch ihre Tat und ihre Vorgeschichte so tief verändert wurden, daß sie inhaftiert werden müssen. Meine Sorge ist, daß das System, das ihre Rehabilitation zu bewerkstelligen hat, schwach ist. Es korrigiert kaum das, was im Bewußtsein eines Menschen vorangegangen ist.

Sicherlich wird einer der Jungen, und möglicherweise auch der andere, zu einem sehr beunruhigenden Halbwüchsigen heranwachsen. Nichts wird wahrscheinlich besser geeignet sein, sie in ihrem Gefühl von Ablehnung, Isolation und Einzigartigkeit zu bestärken als besondere Haftbedingungen und die entsprechende Behandlung. Das allein schon kann sich durchaus pathologisch auswirken. Sie eignen sich den Status an, der mit Absonderung und Anderssein einhergeht, sehen sich nicht als Teil der Menschheit und bleiben unempfindlich gegen das Verletzen anderer Menschen oder die Gefühle normal empfindender Personen.«

Die Kinderpsychiaterin Professor Anne Burgess arbeitet eng mit dem FBI zusammen, um Verhaltensmerkmale zu identifizieren, die für Mörder und Gewaltverbrecher charakteristisch sind. Ihre Arbeitsgruppe untersuchte in den USA fünfundachtzig jugendliche Straftäter, die Morde begangen hatten. Dabei bediente sie sich unter anderem der Technik, die inhaftierten jungen Mörder Zeichnungen des Verbrechens anfertigen zu lassen. Schon diese Bilder lieferten häufig Hinweise auf die inneren Beweggründe der betreffenden Jugendlichen.

Sie warnt jedoch, daß die Jungen alles Erdenkliche tun werden, um die Fantasien, die zu dem Verbrechen führten, zu verbergen. Etwas, was einer der Jungen gesehen hatte, kann ihn angeregt und seine Fantasie in Bewegung gesetzt haben. »Er sieht etwas und ist wahrscheinlich ein aufgeweckter kleiner Bursche und setzt seine Fantasie eher in einer sehr verschlungenen Weise ein, statt direkt auf ein positives Ziel hinzuarbeiten. Seine Zeit verbringt er dann mit Pläneschmieden. Meine Vermutung ist, daß der führende Kopf der beiden Jungen sehr klug ist. Er wurde Zeuge von irgend etwas, und das legte den Keim für den Plan«, sagte sie.

Dann faßte sie mit nüchternen Worten zusammen, warum es äußerst wichtig ist, daß diese seltsame Fantasiewelt sich nach außen öffnet. »Männer gehen für fünfzehn Jahre ins Gefängnis und kommen heraus und verüben exakt das gleiche Verbrechen«, sagte sie. »Das ist sehr ernst. Wenn man sich da keine Mühe gibt und dieses Denken bloßstellt, wird es fortdauern. Sie sollten nicht darüber nachdenken, wie sie töten können, denn das ist eine sehr gefährliche Art zu denken. Es kommt darauf an, ihre Fantasien in ganz normale Dimensionen zu lenken.«

Sicherlich werden diese Jungen langfristiger Untersuchungen der besten Psychiater bedürfen. Ihr zartes Alter läßt hoffen, daß es noch nicht zu spät sein mag, ihre Denkweisen zu ändern. Angesichts ihrer Jugend und solcher Präzedenzfälle wie dem der Mary Bell muß es eines Tages die Möglichkeit geben, Täter dieser Art wieder in die Gesellschaft zu entlassen. Doch wenn dieser Tag kommt, wird er zutiefst zwiespältige Empfindungen wecken. Die Gesellschaft wird weder vergeben noch vergessen, was mit James Bulger geschah. Das mindeste, was zu erwarten sie ein Recht hat, ist die Gewißheit, daß die schlimmen Instinkte, welche diese Jungen zu ihrem Verbrechen trieben, bis dahin für immer ausgetilgt sein werden.

Welche Wirkung der Fall James Bulger auf die Debatte über Gesetz und Ordnung in Großbritannien hatte, zeigte sich wieder im Vorfeld der Thronrede der Königin, in der die Regierung am Beginn der neuen Sitzungsperiode des Parlaments traditionell ihre Gesetzgebungsvorhaben in Form einer Regierungserklärung darlegt. Die Thronrede für 1993 mit ihrer Betonung auf dem Feldzug gegen das Verbrechen fand während des Gerichtsverfahrens statt, und einige Tage zuvor sprach Premierminister John Major von der Notwendigkeit, daß Eltern ihren Kindern frühzeitig den Unterschied zwischen Recht und Unrecht einprägten. Er konnte sich dabei nicht auf das Gerichtsverfahren berufen, da man ihn sonst des Eingriffs in ein schwebendes Verfahren beschuldigt hätte, aber die Schlußfolgerung war deutlich genug.

Für Ralph und Denise Bulger war der Schaden irreparabel. Keine Reform des Strafvollzugs oder der Gesetzgebung würde ihnen jemals ihren hübschen kleinen Jungen wiedergeben. Die Gerichtsverhandlung stellte eine wichtige Etappe für sie dar. Den ganzen Sommer über hatten sie in einer Art Schwebezustand gelebt. Der natürliche Prozeß ihrer Trauer wurde dann schmerzlich immer wieder neu belebt, solange am Horizont dieser letzte Teil der Lebensgeschichte ihres Sohnes sichtbar blieb.

Anfangs konnten sie es kaum ertragen, sich der Außenwelt zu stellen. Nach der Beerdigung kehrten sie in den schützenden Kokon der Familie zurück, der sich ihnen in Eileens kleinem Haus in der Scoter Road bot.

»Ich erinnere mich, daß Ralphs Bruder James vorbeikam und sagte: ›Komm heraus. Du kannst nicht die ganze Zeit hier drinnen bleiben. Du siehst furchtbar aus‹«, sagte Denise.

»Dabei ist es hier gar nicht so schlecht. Kirkby ist ein netter Ort, wo man leben kann. Aber ich erinnere mich nur, daß ich dachte, ich würde gern für immer dort oben sein, wo James jetzt ist. Das war alles, was ich wollte. Ich erinnere mich, wie jemand mich nach meinen Gefühlen fragte und wie ich bloß sagte: ›Ich möchte wieder mit meinen zwei Kindern zusammen sein.‹

Ich denke heute noch an Kirsty. Immer denke ich, wie sie wohl aussehen und wie groß sie sein würde. Es ist einfach so schwer zu glauben, daß wir zwei verloren haben.«

Pater Michael O'Connell – für Ralph »Mick der Pfarrer« – trug wesentlich dazu bei, daß sie behutsam wieder in das Leben der Gemeinde eingegliedert wurden.

»Es war Mick der Pfarrer, der uns zuerst herausholte. Er half uns viel«, sagte Ralph.

»Ohne ihn würde ich noch immer in diesem Schlafzimmer sitzen«, erinnerte sich Denise. »Nach der Beerdigung kam er manchmal, um uns im Wagen mitzunehmen. Eines Tages sagte er: ›Wo haben Sie Ihre Wanderstiefel?‹ Dann meinte er, ich solle gehen und sie anziehen. Er fuhr mit uns zu einem großen Park, und wir stiegen einen Hügel hinauf.«

Pater Michael O'Connell sagte dazu: »Der Ausflug war eine bewußte Anstrengung meinerseits, um sie aus der häuslichen Enge hinaus in die freie Natur zu bringen, um ihnen Gelegenheit zu geben, wieder etwas anzuschauen. Immer wieder fragten die Leute mich, wie es Denise und Ralph gehe. Es war das Beste, allen zu sagen, daß sie mit ihrer Lage fertig würden und damit eine neutrale, unverbindliche Antwort zu gehen. Es kommt vor, daß man einem Menschen begegnet, der guter Dinge ist, und zehn Minuten später sagt jemand etwas, und das wirft ihn zurück in die Tiefen der Trauer.

Jemand stirbt, und man begleitet die Familie zum Krematorium. Verabredet man in einer Woche oder in vierzehn Tagen zurückzukommen, um die Urne mit der Asche zu holen, ist es noch nicht beendet, ist der Schlußstrich noch nicht gezogen. Das geschieht erst, wenn ich die Urne mit der Asche beigesetzt habe. Ich hatte das Gefühl, daß auch für Denise und Ralph noch kein Schlußstrich gezogen war. Der November rückte näher, und er würde den Schlußstrich bringen. Es gab noch immer etwas zu erledigen.

Die Gerichtsverhandlung erschütterte mich nicht in meinem Glauben, aber ich fand es beängstigend und erschreckend, daß zwei zehnjährige Jungen das tun konnten. Ich wollte nicht glauben, daß zwei kleine Kinder zu so etwas fähig waren.«

Ich fragte Pater O'Connell, ob er annehme, daß die Bulgers diesen zwei Jungen ihre Tat würden verzeihen können. Er dachte lange darüber nach, bevor er erwiderte: »Alles ist möglich. Aber ich meine, daß der Boden bereitet werden muß, bevor Vergebung erfolgen kann. Man muß in der Lage sein, inneren Frieden und Freiheit zu finden, um fähig zu sein, an Vergebung zu denken. Vergebung hat mehr mit dem eigenen Selbst zu tun als mit den Empfindungen anderer. Wir sagen, vergebt ihnen, damit wir nicht in Haß und innerem Aufruhr verhaftet bleiben. Der anderen Person ist es vielleicht nicht wichtig, ob ihr vergeben wird oder nicht. Es geht um die Person, die verletzt wurde, die noch immer mit sich selbst und ihrem Leid beschäftigt ist, und von da bis zur Vergebung ist es noch ein weiter Weg.«

Nach meinem Gespräch mit Pater O'Connell, das ich in Ray Matthews' Wohnzimmer führte, hatte er der Familie Neuigkeiten mitzuteilen. Er war in eine Pfarrei in Tamsworth in Mittelengland versetzt worden und würde Kirkby bald verlassen. Ray war sichtlich betroffen. Pater O'Connell versprach, daß er in engem Kontakt bleiben und für Denise, Ralph und die anderen erreichbar sein würde, wann immer sie ihn brauchten. Es sollte sich zeigen, daß er sein Wort hielt, aber es war auch deutlich zu sehen, daß die Familie ihn schmerzlich vermissen würde.

Ein weiterer »Außenseiter«, der dieser festgefügten großen Familie eine enorme Hilfe sein sollte, war der Anwalt Sean Sexton. Der vierunddreißigjährige in Walton praktizierende Anwalt war durch Heirat entfernt mit der Familie verwandt. Die Mutter von Rays Frau und Sean Sextons Großmutter waren Schwestern gewesen; einige Male waren sie bei Familienfeiern zusammengekommen. Sean Sextons Name war im vergangenen Jahr sogar in die überregionalen Schlagzeilen geraten, als er in den Polizeiverfahren zur Anklageerhebung gegen alkoholisierte Verkehrssünder eine Gesetzeslücke gefunden hatte.

»Die Polizei erhielt Tausende von Briefen, Karten und Geschenken, Geldspenden strömten herein, und zu alledem hatte der Fall eine immense Publizität gefunden«, sagte Mr. Sexton. »Die Polizei riet der Familie, sich einen Anwalt als Interessenvertreter zu nehmen, und eines Samstags zur Mittagszeit – es war der Tag, als gegen die Jungen Anklage erhoben wurde – erhielt ich einen Anruf, daß ich im Zusammenhang mit dem Fall Bulger in Kirkby gebraucht würde. Ich hatte nicht gewußt, daß Rays Schwester Denise Bulger ist, und meine erste Reaktion war Entsetzen, weil ich dachte, ich würde von einem der zwei Täter als Anwalt gewünscht. Erst kurz zuvor hatte ich bei einem Essen mit Kollegen darüber gesprochen, und wir waren alle übereinstimmend der Meinung gewesen, daß wir durchaus nichts mit dem Fall zu tun haben wollten.«

Mr. Sexton nahm die Rolle des Rechtsberaters der Familie an und ging zum Polizeirevier Marsh Lane. »Man zeigte mir ein Zimmer, wo drei oder vier Polizeibeamte Hunderte von Karten und Briefen durchsahen und Geld sortierten. Ich hatte nie etwas dergleichen gesehen, und sie auch nicht.«

Die Familie behielt einige der gespendeten Spielsachen, die sie aufbewahren wollen, aber die meisten wurden an Kinderkrankenhäuser verschenkt oder nach Rumänien ausgeflogen.

Was das Geld betraf, so wollten sie nichts davon. Ihre erste Regung war, es in James' Namen für einen wohltätigen Zweck zu stiften. Mr. Sexton jedoch mußte an ihre Zukunft denken und ihnen praktischen Rat geben.

»Ich fand es sehr schön, daß sie es für wohltätige Zwecke stiften wollten – aber wer konnte schon wissen, was in einem Jahr war?« erinnerte er sich. »Ich schlug eine Kompromißlösung vor und sagte: ›Die Menschen möchten Ihnen persönlich helfen. Tun wir also für Sie und Ihre Familie, was wir tun können – aber auch für junge Menschen in Merseyside und besonders in Kirkby. Das wird ein Andenken an James sein.‹ Ich wollte dafür sorgen, daß Mr. und Mrs. Bulger eine gewisse Sicherheit haben würden, auf der sie später aufbauen konnten. Das Leben würde für sie vielleicht noch sehr schwierig werden.«

Das Ergebnis war die am 25. Februar erfolgte Gründung der James Bulger Gedächtnisstiftung, die Bürgermeister Herold Campbell von Knowsley mit einem Spendenaufruf an die Bevölkerung verband. Sean Sexton wurde zusammen mit dem geschäftsführenden Vorsitzenden des Stadtrates von Knowsley, David Henshaw, und Mike Reddington, der als Verwalter der Hillsborough-Stiftung über große Erfahrung in solchen Dingen verfügte, zu Treuhändern ernannt. Nach Beendigung des Gerichtsverfahrens waren mehr als 161 000 Pfund an Spenden für den Fonds eingegangen. Eine Anzahl von Projekten sollten mit diesen Mitteln realisiert werden. Alle sechzehn Grundschulen in Kirkby wurden aufgefordert, praktische Vorschläge für Verbesserungen im Schulbereich zu machen, die den Schülern zugute kommen und eine geeignete Gedenkfunktion erfüllen sollten. Die Reaktionen wurden von den Treuhändern als »großartig« bezeichnet; sie gaben bekannt, daß allen Antragstellern geholfen würde, ihre Ideen zu verwirklichen. Darunter befand sich ein wunderschönes kleines Projekt der katholischen Grundschule Sacred Heart neben der Kirche, wo der Trauergottesdienst für James gehalten worden war. Es war Ralphs alte Schule, und mehrere von James' Vettern besuchten sie. Ein besonderer Winkel des Schulhofs sollte mit kleinen Tischen und Stühlen verschiedener Größen für verschiedene Altersgruppen ausgestattet und mit Bäumen, Sträuchern und einer Pergola gärtnerisch gestaltet werden, um einen stillen Ort zu schaffen, wo Kinder, denen nicht zum Herumtoben und Spielen zumute war, in den Pausen sitzen und mit ihren Freunden plaudern oder lesen konnten. Die Einrichtung sollte einfach ›James' Ecke‹ genannt werden. Die Treuhänder beschlossen ferner, bei der Beschaffung von speziellen Einrichtungen für körperlich behinderte Kinder einer Sonderschule der Stadt zu helfen.

Unter den zahlreich eingehenden Hilfsangeboten waren auch viele von Reiseveranstaltern. Denise und Ralph hätten buchstäblich eine Weltreise machen können, aber sie waren noch nie im Leben mit einem Flugzeug geflogen. Die vertraute Geborgenheit ihres Zuhauses war es, was sie am meisten wünschten. Schließlich wurden sie unter der Voraussetzung, daß Ray Matthews mit ihnen reiste, um jede etwa benötigte Unterstützung zu gewähren, zu einem Kurzurlaub auf der Kanalinsel Jersey überredet. Die ganze Familie hielt den Atem an und sorgte sich, daß sie außerhalb des Kreises ihrer steten Zuwendung sich nicht wohlfühlen könnten. Glücklicherweise war die Reise aber ein Erfolg und gab ihnen die Gelegenheit, sich ein paar Tage in einer Umgebung zu entspannen, wo sie nicht wegen ihrer neuen und unerwünschten Berühmtheit belästigt wurden.

Aber der hellste Lichtblick in jenem für Denise und Ralph

langem und schwierigem Sommer war zweifellos die Neuigkeit, daß Denise wieder schwanger war. Sie hatten gehofft, es geheimzuhalten, aber dank einer zufälligen Bemerkung wurde die Nachricht bekannt, und am 13. Mai bestätigte Sean Sexton es in einer Erklärung: »Denise weiß seit ungefähr zwei Wochen, daß sie schwanger ist. Das Kind wird im Dezember zur Welt kommen. Nach allem, was die Ehepartner in den letzten drei Monaten durchgemacht haben, ist dies eine wundervolle Nachricht, und sie sind beide hocherfreut.«

Sean Sexton sah die Schwangerschaft als einen neuen Lebensinhalt, den sie zu diesem Zeitpunkt so dringend benötigten. »Sie werden etwas haben, worauf sie bauen können, eine Zukunftshoffnung, nachdem es im Februar und März ausgesehen hatte, als sei ihnen nichts geblieben.«

Pater O'Connell sagte, er habe auf die Nachricht zwiespältig reagiert. »Einerseits war ich froh für sie, gab es ihnen doch Hoffnung und eine Zukunft und etwas, worauf sie sich freuen konnten. Andererseits hatte die Sache ein Fragezeichen für mich. Manchmal können wir unserer Trauer und der Beschäftigung mit ihr zu leicht entfliehen, indem wir unsere Gedanken mit etwas anderem ausfüllen, bevor wir mit uns selbst und unserem Schicksal soweit ins reine gekommen sind, daß wir uns nicht nur notgedrungen und in unwilliger Bitterkeit damit abfinden, sondern es als eine Prüfung akzeptieren lernen. Aber meine Hauptreaktion war: Wenn Denise und Ralph glücklich damit sind, dann ist es das, worauf es wirklich ankommt.«

Nach der Mordtat waren Ralph und Denise ebenso wie die gesamte Öffentlichkeit über die vollständigen Einzelheiten dessen, was ihrem Sohn widerfahren war, zunächst weitgehend im unklaren geblieben. Erst als der Termin des Gerichtsverfahrens näherrückte, wurde eine umfassendere Aufklärung erforderlich. Albert Kirby traf mit Ralph zusammen und erklärte ihm den Ablauf des Geschehens und der Mißhandlungen. Es wurde erwartet, daß Ralph die Information anschließend der restlichen Familie zugänglich machen würde, doch brachte er es nicht über sich, davon zu sprechen, und Kriminalkommissar Kirby mußte ein weiteres

Treffen vereinbaren, um einigen von James' Onkeln die näheren Umstände zu erläutern. Ein Großteil der Information wurde Denise wegen ihrer inzwischen fortgeschrittenen Schwangerschaft zumindest einstweilen vorenthalten.

James Bulger, der den Leichnam seines kleinen Neffen identifiziert hatte, wußte besser als die meisten, was zu erwarten war. »Ralph hat sich der Sache nicht gestellt«, sagte er. »Bis er es tut, wird er nicht weiterkommen. Ich glaube, wenn Denise das Kind hat, wird dies der Auslöser sein, der sie wieder ins Leben zurückwirft. Denise wird darüber hinwegkommen. Sie ist sehr stark. Natürlich gibt es Augenblicke, wo sie zusammenbricht, aber das ist nur normal und stärkt sie für die nächste Krise. Ralph macht mir mehr Sorge. Ich glaube, er hat Angst, die Wahrheit zu erfahren.«

James wird die Erinnerung an den Anblick seines kleinen Neffen im Leichenschauhaus mit ins Grab nehmen. Der Zorn frißt noch immer in ihm. »Ich mache ihre Familien mitverantwortlich. Jemand muß sich all diese Tage vor die beiden Jungen gestellt haben. Die beiden hatten schließlich eine Menge Blut an ihren Kleidern«, sagte er.

Ray Matthews hatte während der langen Tortur der Gerichtsverhandlung grau und hager ausgesehen. Die Nervenanspannung, Tag für Tag an Stelle seiner Schwester im Gerichtssaal auszuhalten, war ihm deutlich anzusehen. »Die Gerichtsverhandlung ließ alles wieder hochkommen«, sagte er hinterher. »Es war, als hätten sie James gerade erst entführt.

Ich beobachtete die Eltern der Jungen im Gerichtssaal. Mrs. Thompson war zwar nur einmal oder zweimal dort, aber ich sah sie nie lächeln oder lachen. Aber Jon Venables Mutter lachte tatsächlich, als sie an uns vorbeiging. Ich glaube nicht, daß ihr bewußt war, wer wir waren, sie redete gerade mit einer anderen Person, aber offensichtlich kam ihr in diesem Gerichtssaal und in dieser Atmosphäre irgend etwas komisch vor.«

Auch er findet es schwer verständlich, daß niemand von den Eltern der Täter die Polizei anrief, nachdem die Bilder der Videokameras veröffentlicht worden waren. Selbst wenn sie nicht glauben konnten, daß ihre Kinder an der Untat beteiligt waren, mußte ihnen die Ähnlichkeiten der Kleidung aufgefallen sein. »Sie ließen es einfach auf sich beruhen«, meint er, »bis die Polizei fünf oder sechs Tage später ins Haus kam. Sie hätten wenigstens den Hörer abnehmen und sagen können: ›Ich glaube nicht, daß es mein Sohn ist, aber die Fotos sehen ihm ähnlich.‹ Nicht einmal das taten sie.

Als wir im Gerichtssaal waren, wurden uns Briefe von Mitbürgern gegeben. Ich erinnere mich besonders an den Brief einer Frau mit zwei Kindern, die darin schrieb, daß sie sich schon jetzt vor der Zeit fürchte, wo man diese beiden Täter aus der Haft entließe, weil sie glaube, sie würden so etwas wieder tun. In solchen Briefen wird eine Verunsicherung und Furcht in der Bevölkerung deutlich, die es vorher nicht gegeben hatte. Wir fühlen mit den Menschen dort draußen. Wenn die Mörder entlassen werden, solange sie noch jung sind, könnten sie noch mehr Kinder in Gefahr bringen, und das fürchten viele Eltern genauso sehr wie jugendliche Nachahmungstäter.«

»Es ist etwas, was wir nicht für möglich gehalten hätten«, sagte Ralph. »Ihre Eltern können sie nicht geliebt haben. Unglaubliche Bösartigkeit steckt in diesen beiden.«

Denise faßt ihre Gefühle für Robert Thompson und Jon Venables in einem Wort zusammen: »Haß.«

In einem Gespräch sagte sie: »Ich sehe meine eigenen zehnjährigen Neffen an und kann nicht glauben, daß es möglich ist. Es ist schwer zu glauben. Ich gebe auch den Eltern eine Mitschuld, aber hauptsächlich sind es die Jungen. Die Eltern haben sie nicht aufgefordert, die Schule zu schwänzen. Sie haben ihnen nicht gesagt, sie sollen hingehen und jemand umbringen. Zerbrochene Ehen sind keine Entschuldigung. Es gibt viele Kinder, die von einem Elternteil erzogen werden oder sogar in Heimerziehung leben und die doch zu ordentlichen und tüchtigen Menschen heranwachsen. Sie gehen nicht hin und tun so etwas.

Die beiden hatten die feste Absicht, jemand umzubringen. Sie wußten, was sie taten. Ich halte die Eltern für mitschuldig, aber die Hauptschuld liegt bei ihnen.«

Sean Sexton weiß, daß das Ende der Gerichtsverhandlung für Denise und Ralph Bulger noch lange nicht das Ende des Schmerzes bedeutet. »In den nächsten Jahren wird es die Jahrestage geben, seinen Geburtstag und den Tag seines Todes. Es wird immer Erinnerungen und schwierige Zeiten geben, die durchgestanden werden müssen. Sie wollen ja gar nicht, daß die ganze Sache möglichst bald in Vergessenheit gerate. Sie wünschen auch nicht, daß die Öffentlichkeit vergessen soll, was geschehen ist. Beide kennen den Fall Mary Bell, wissen, wie lange sie inhaftiert war und sind aufrichtig besorgt, daß diese gefährlichen Kinder mit einundzwanzig oder zweiundzwanzig wieder draußen in der Gesellschaft leben und neben normalen Leuten wohnen könnten. Und daß dann gleiches oder ähnliches wieder geschehen könnte.

Ich habe junge Leute verteidigt, die schwerer Verbrechen einschließlich Mordversuchs beschuldigt wurden und hatte deswegen keine Bedenken. Aber ich würde zögern, es in Zukunft zu tun, nachdem ich die verheerenden Folgen einer solchen Tat für die Familie des Opfers gesehen habe. Tatsächlich, ich bin nicht mehr der mitfühlende Liberale, der ich war. Es hat mir zu denken gegeben, und heute frage ich mich, ob es nicht doch so etwas wie das Böse an sich gibt; manches kann man nicht erklären, es sei denn, man akzeptiert, daß es das Böse in der Welt gibt. Früher hätte ich in einem Gespräch über Jungen wie diese gesagt, sie müßten zur Arbeit angehalten, müßten psychologisch und erzieherisch betreut und beraten werden, und im übrigen sei niemand unverbesserlich schlecht. Heute würde es einer Menge Überredung bedürfen, bevor ich mich mit dem Gedanken anfreunden könnte, daß man sie jemals wieder freilassen würde – und das hätte ich vor neun Monaten nicht gesagt.«

Während das Gerichtsverfahren zu Ende ging, wurde der Grundstein einer neuen Zukunft für Ralph und Denise gelegt. Ein Teil der gespendeten Gelder aus dem Treuhandvermögen wurde dazu verwendet, ihnen ein bescheidenes Haus mit drei Schlafzimmern in Northwood, Kirkby, zu kaufen, nur drei Gehminuten von der Scoter Road entfernt. Beim Möbelkauf und Planen der Einrichtung fanden Denise und

Ralph Ablenkung von den Ereignissen in Preston. Eine ihrer ersten Aufgaben sahen sie in der Einrichtung eines Kinderzimmers für das neue Baby. »Wir können es kaum erwarten, einzuziehen«, sagte Ralph. »Es ist klein, aber es hat drei Schlafzimmer, und zur Scoter Road sind es nur ein paar Minuten.«

Sean Sexton blieb optimistisch, daß schließlich doch noch ein Arbeitgeber Verwendung für Ralphs beträchtliche manuelle Fähigkeiten finden würde.

Einstweilen hatte Ralph sich während des Sommers und Herbstes die meiste Zeit mit dem Herumbasteln an einem gebrauchten Ford Escort beschäftigt. Er erledigte alle Instandhaltungsarbeiten an dem Wagen selbst, während Denise Fahrunterricht nahm, um auch damit fahren zu können. Das würde viel mehr Bewegungsfreiheit für beide bedeuten, und so kann sich das Kind auf viele glückliche Ausflüge mit Mama und Papa im Familienwagen freuen. Auch James hätte das bestimmt gefallen.

Danksagungen

Das Recherchieren und Schreiben meines ersten Buches über ein so schwieriges und schmerzliches Thema war eine entmutigende Aufgabe. Ohne die Hilfte und Unterstützung vieler Menschen, die unmittelbar mit diesem grauenhaften Fall befaßt waren, und die Ermutigung und den Rat anderer, die mir auf verschiedenen Gebieten ihre Fachkenntnisse zur Verfügung stellten, wäre sie unmöglich zu bewältigen gewesen.

Ich muß damti beginnen, daß ich Ralph und Denise Bulger und den vielen Mitgliedern ihrer großen und festgefügten Familie meinen Dank abstatte, die mich in ihre Wohnungen einließen und an ihren Erinnerungen an die schrecklichste Erfahrung ihres Lebens teilhaben ließen. Insbesondere möchte ich Ray und Daliah Matthews für ihre endlose Geduld, Gastfreundschaft und Unterstützung danken. Meinen Dank auch ihrem Anwalt Sean Sexton.

Ebenso wichtig wie die Zusammenarbeit der Familie Bulger waren für dieses Buch die Hilfe und der Zugang, den mir viele Beamte der Polizei von Merseyside über längere Zeit für intensive Interviews gewährten. Ihre Bereitwilligkeit, mir über die beruflichen Einzelheiten hinaus Einblick in den emotionalen Streß zu geben, den dieses Verbrechen und seine Aufklärung ihnen abverlangte, verschaffte mir unschätzbare, vielleicht einzigartige Einsichten in die inneren Konflikte und seelischen Belastungen der mit diesen Ermittlungen betrauten Menschen.

Also gilt mein Dank Kriminalkommissar Albert Kirby, dem leitenden Ermittlungsbeamten, Kriminalinspektor Jim Fitzsimmons, den Pressesprechern der Polizei Ray Simpson, Diane Halliwell und Wendy Johnson, Kriminalinspektor Andy McDiarmid, den Kriminalpolizeimeistern Phil Roberts, Jim Green und Andy Rushton, den Kriminalpolizisten Dave Tanner und George Scott, der Polizistin Mandy Waller, dem

Leiter der fotografischen und technischen Unterstützungseinheit Ian Clague und seinen Kollegen Colin Smith und Alan Williams.

Meine Arbeit als Reporter der Press Association, der nationalen britischen Presseagentur, für die Region Merseyside, versetzte mich in eine einzigartige Lage, dieses Buch zu schreiben. Dafür und für die Erlaubnis, dieses Projekt zu verfolgen, bin ich ihr zu besonderem Dank verpflichtet. Peter Beal gebührt hierfür noch ein ausdrückliches Wort des Dankes.

Danken möchte ich auch Peter Kilfoyle, dem Unterhausabgeordneten der Labour Party für Liverpool-Walton; Rechtsanwalt Rex Makin; Ann Burgess, Professorin für Kinderpsychiatrie am Institut für Pflegeberufe der Universität von Pennsylvania; David Glasgow, Lehrbeauftragter für gerichtsmedizinische Psychologie an der Universität Liverpool; Jonathan Hill, Professor für die Psychiatrie von Kindern und Jugendlichen an der Univestiät Liverpool; Ken Roberts, Professor für Soziologie an der Universität Liverpool; David Bamber, David Utting und ihren Kollegen vom Studienzentrum für Familienpolitik, Verbrechensverhütung und Vorsorge. Graham Clegg, Pater Michael O'Connell und Linda Roughley. Ein besonderes Wort des Dankes richte ich an Diane Power, die Mutter des kleinen Jungen, der früher am Tag von James' Entführung beinahe Opfer der jugendlichen Mörder geworden wäre.

Schließlich möchte ich all jenen danken, die mich bei der Vorbereitung dieses Buches angeleitet und mir geholften haben. Dieser Dank gilt insbesondere meiner Redakteurin Catherine Hurley, Sara Fisher, Peter Rubie und Lori Perkins, Diane Birt und meiner Frau Andrea, die in den dunklen Augenblicken, als dieses ganze Projekt unerträglich zu werden drohte, für mich da war.

Zu bemerken bleibt noch, daß die Namen aller in diesem Buch erwähnten Kinder mit Ausnahme von Robert Thompson und Jon Venables sowie den Kindern der Familie Bulger verändert worden sind.